山手樹一郎傑作選

浪人若殿

山手樹一郎

コスミック・時代文庫

※この作品は二〇一〇年小社から刊行されたものです。
本書には今日では差別表現として好ましくない用語も使用されていますが、作品の時代背景および出典を尊重し、あえてそのまま掲載しています。

目次

娘岡《おか》っ引《ぴ》き

一

両国薬研堀《りょうごくやげんぼり》のお吟《ぎん》が妙な用をたのまれて、子分の文吉《ぶんきち》をひとりつれ、川崎《かわさき》まで出張《でば》ってきたのは、もう花に間もない春の昼さがりであった。

お吟は薬研堀に船宿をいとなんでいる小湊屋《こみなとや》仁助《にすけ》のひとり娘で、おやじの仁助が岡っ引き仲間でも知られた親分株なので、娘だてらにいつの間にかその道に興味を持ちだし、

「おとっつぁん、それはこうだろう」

と、そばからよく御用のことに口を出す。

「お吟、いいかげんにしねえか。御用のことなんかに娘が口を出すもんじゃねえ」

はじめのうちこそ仁助もそのたびに苦い顔をしいしいしたが、その口出しがな

かなかうがっていて勘が鋭《するど》い。しまいにはおやじのほうからときどき意見を聞くようになって、ついちょうほうだし、当人はもともとおもしろがっている道だから、いつか娘岡っ引きになりすまして、子分たちをあごで使って飛びまわるようになってしまった。

そういう変わり種《だね》だから、ことしはもう二十の声を聞いて、娘盛りはすぎてしまったが、きっすいの下町っ子で、一枚絵にでもなりそうな女っぷりだから、薬研堀のお吟といえば、

「ああ、あの娘親分か」

と、八丁堀《はっちょうぼり》のだんながたにも人気のある存在になって、かわいがられている。

そのお吟がきょうわざわざ川崎くんだりまで出張った用というのが、またちょいと変わっていた。

これは岡っ引きのほうではなく、船宿のほうでいつもひいきになっている浜松《はままつ》藩の留守居役《るすいやく》堀川儀右衛門《ほりかわぎえもん》が、ゆうべふいに店へきて、

「仁助、あす一日お吟のからだを借りたいんだが、どうだろうなあ」

と、父親の仁助にいったのだという。

「堀川さま、せっかくですが、お吟は舟はだめなんで——。なあに、ああいうお

ちゃっぴいですから、まるっきり舟はこげないということもないんですが、そこは女のことで、安心してお客さまをまかせるってわけにはいきやせん」

「いや、舟じゃない。捕物のほうなんだ」

「へえ、捕物ねえ。だんなが捕物をなさるんで」

「実はな、藩内のことで、世間へ知らせてもらっては絶対に困るのだが、国もとでこのほどおもしろからぬことがおこった。まあ、ありがちなことといえばありがちなことなのだが、重役のせがれが女道楽をおぼえてな、お納戸《なんど》金《きん》を百両《りょう》ほど持ち出して、江戸へ向かったというのだ」

「好きな女をつれて、駆け落ちというやつですか」

「いや、道中女づれでは目だつから、ひとりかもしれぬ。日取りからいうと、あすあたりは江戸へはいるはずなのだ。あいにく相当腕のたつほうなので、若侍を向けたのではけが人が出る。それに、今もいうとおり重役のせがれなので、なるべく内分に取りおさえ、いずれその重役が出府するから、それまでそっちへ監禁しておいてくれというたのみなのだ」

「なるほど――」

「事を穏便《おんびん》にして、うまく取りおさえるとなると、だましてつれてくるほかはない。男より女のほうがいいだろうと思って、ふっと思いついたのがお吟なのだ」

つまり、お吟にそのせがれをうまくだまして、江戸へつれこんでくれという注文なのである。

二

「お吟さん、野郎はどうせ江戸のほうへ歩いてくるんでしょう」

大森《おおもり》を出はずれようとしても、お吟の足はまだとまろうとしないので、文吉が不審そうに聞いた。

「野郎って、だれのことさ、文吉」

聞きとがめるように、お吟がちらっと振りかえる。

「その浜松の重役のせがれで、香取礼三郎《かとりれいさぶろう》とかいう野郎のことでさ」

あまり御用の勘のほうはよくないが、そのかわり人間は実直で、骨惜《ほねお》しみということをしないから、お吟はいつも文吉をつれて歩く。

文吉のほうでもお吟の気心はよく知っているから、手足のように動くかわりに、遠慮気がねはしないことにしている。

「それごらんな。香取礼三郎という名がちゃんとあるんだから、その野郎呼ばわりだけはおよし。癖《くせ》になるよ」

「なあに、だいじょうぶでさ。いくらあっしがバカでも、当人の前で野郎呼ばわりなんかしやしません」

「かげでだって、野郎呼ばわりは聞き苦しいよ」

「けどねえ、あねご、その香取礼三郎ってのは親のつけた名まえで、いまはどんな偽名《ぎめい》を使ってるかわからねえんでしょう」

「そりゃわからないねえ。身にうしろ暗いことのある人間ほど、偽名をつかいたがるからね」

「つまり、野郎は香取礼三郎って親からもらったりっぱな名まえを、自分からすてててしまったんだ。いまのところなんと名のっているのか、こっちには見当がつかねえ、だから野郎でたくさんでさ」

「ふ、ふ、そんなに野郎呼ばわりが好きなら、かってにおしよ。もっとも、この野郎、神妙にしろは、岡っ引きの通りことばだからね」

「そうですとも。この野郎神妙にしろっていうから、十手《じって》に威光がつくんで、それを、あんたはん神妙にしなはれなんてやったって、恐れ入るようなぬすっとはひとりもありやせんや」

「文吉親分は強いからなあ。ぬすっとがみんな恐れ入るんだってねえ」

「けっ、お吟さんにその憎《にく》まれ口さえなかったら、もうとっくに嫁入りの口があるんだけどなあ」

どっちもどっちで、口も達者なら足も達者だった。ことに、お吟ののびのびとしたしなやかな肢体《したい》は、春光に年増《としま》ざかりの色香をみなぎらせながら、小きざみのすそさばきまことにあざやかである。

「ねえ、あねご」

「なにさ」

「野郎は江戸のほうへ歩いてくるんでしょう」

「なあんだ、また振り出しから始まったね。それがどうしたのさ」

「あねごはどうしてそう先へばかりいそぐんです。なにもこっちがそうご足労をかけなくたって、野郎は江戸へはいるにきまってるんですから、向こうから歩いてきてくれる。わざわざ出迎えなくちゃならない客じゃなし、大森あたりで待っていたっていいと思うんですがねえ」

「そうかえ。じゃ、おまえ、大森へ引きかえして待っておいでよ」

「あれえ、おつにからんできやしたね」

「およしよ、からみがいもないくせに」

お吟はなにか考えるところがあるらしく、足もゆるめようともしない。

三

「文吉、おまえきょうの御用は少し変だと思わないかえ」

お吟の顔が急にまじめになる。

「といいやすと――」

そんなことは少しも考えていない文吉だから、きょとんと目をみはった。

「堀川さんはゆうべ、おとっつぁんになんといっていたか、おまえも聞いているね」

「そりゃ聞きやした、浜松の重役のせがれがお納戸金を百両持ち出して、江戸へ向かっている。きょうあたり着くはずだから、だまして取りおさえてくれと、こうでしたね」

「あたしもそう聞いた」

「それがどうして少し変なんです」

「その重役のせがれを取りおさえてくれるようにと、国もとから江戸へたのんでよこしたのはだれなんだろう」

「そりゃ国もとの重役たちじゃありやせんか。それとも、野郎の親かな」

「まあ、親として考えてごらんよ。親ならせがれの持ち出した百両をさっそく穴埋《あなう》めして、実はこれこれだからせがれをつかまえておいてくれと、江戸屋敷の親戚《しんせき》へたのみこむのがほんとうだろう」

「そうですね」

「ところが、堀川さんは妙なことをいっていたねえ。そのせがれはちょいと腕がたつので、若侍を取りおさえに出したのではけが人が出る。だから、女のほうがいいんだとね。すると、堀川さんは腕力にかけても、そのせがれを取りおさえる気でいる。いや、そうしてくれと国もとからたのまれている。そんなたのみ方をする親はないから、これは国もとの重役たちの命令と見ていい。つまり、そのせがれはもう罪人あつかいにされていることになるねえ」

「なるほど――」

「ほかの重役たちがわが子を罪人あつかいにしているのを、親は黙って見ているだろうか。百両は大金かもしれないけれど、わが子のためにならなんとでもして、せがれの罪のつぐないをしてやるのが親の人情だと、あたしは思うな」

「そうですねえ。重役をつとめているくらいの親が、百両の金ができないって法はない。よっぽど貧乏重役なのかな」

「おやおや、おまえはさっきからあたしの話をなんにも聞いちゃいないんだね」

お吟はしようがないというように苦笑いをする。

「冗談でしょう。ちゃんと聞いているから、返事をしているんじゃありませんか」

「いいえさ、おまえにはなんにもわかっていなそうだっていうことさ」

「へえ。じゃ、お吟さんにはどうわかっているっていうんです」

「つまりねえ、堀川さんはいいかげなことをいって、口先であたしを使おうとしているっていうことさ」

「なんですって――」

「まだわからないのかえ。香取さんが女道楽をおぼえて、お納戸金を持ち出したなんてのはみんなでたらめで、ほんとうなのは、あたしにうまく香取って人をだましまして、つかまえてもらいたいことだけさ。バカにしてるわ。あんまりお吟さんを甘く見ているようだから、あたしはひとつ真相をさぐってやれと思って、こうして出てきたんです。わかったかえ、文吉」

四

「おどろいたなあ」

文吉はまだ半信半疑である。勘の鋭《するど》いことにかけては、親分の仁助でさえ毎度かぶとをぬいでいるお吟のことで、自分などとても及びもつかぬと、そのほうはさじを投げている文吉だが、常識からいっても、一藩留守居役《るすいやく》ともあろうりっぱな侍が、なんのためにそんな口から出まかせをいって娘をだます必要があるのだろうと、小首をひねりたくなるのだ。

「じゃ、お吟さんの見込みだと、その香取礼三郎ってせがれは、そんな道楽むすこなんかじゃないっていうんですか」

「あたしはそう思うな。そりゃ会ってみなけりゃはっきりしたことはいえないけれど、ほんとうはあたしはもっと恐ろしいことを考えているわ」

「どんなことなんです」

「堀川さんは、うまくいったらその男を品川《しながわ》の小料理屋あたりへつれこんで、酒をのませておいてくれ。いいころあいにこっちからかごを持って迎えに行くと、おとっつぁんにたのんだんだってね」

「そんな話でした」

「つまり、酒で殺して、なにもわからなくなっている男を、どこかへつれていって監禁しようというのだろうけれど、ただの道楽むすこならそんなまねをしなくても、親戚《しんせき》の者が会って親身の意見をしてやれば、よっぽどバカか気ちがいでもないかぎり、きっということをききます。それを酒で殺しておいてくれなんていうのは、そのせがれのほうに理屈があって、正面からはぶつかれない。理屈からいっても香取さんのほうが正しい。腕からいっても香取さんのほうが上だということになりゃしないかえ」

「なるほど」

「そういう堀川さん側にとってつごうの悪い男なら、なまじ監禁などしておくより、いっそ殺してしまったほうが早いじゃないか」

「なんですって――」

「あたしはねえ、人間ひとりを酒で殺して、人殺しのおてつだいなどまっぴらだから、わざわざこんな遠いところまでその人を出迎えにきてやったんです。品川の近所には、たぶんもう人殺しの目が光っているだろうからね」

「おどろいたなあ」

文吉は目を丸くして、ただおどろいてばかりいるようだ。

そういうお吟と文吉が、やがて六郷《ろくごう》の渡しへかかったのは、もう昼をすぎようとするころだった。

「あねご、腹がすきやしたねえ」

「催促《さいそく》しなくたって、川崎の宿へはいったら中食《ちゅうじき》にしてあげるよ」

「ありがとうござんす」

渡し舟は、こっちを出たのと、向こうからくるのとが、いまちょうど川のまんなかですれ違ったところだった。

広い河原にはうらうらとかげろうがもえて、空のどこかで絶えずひばりの声がする。六郷川の流れは春の真昼の日ざしをいっぱいにうけて、のどかにも美しいけしきである。

「文吉、きのどくだけれど、ひょっとすると中食はぬきかもしれないよ」

ゆっくりとこっちへこいでくる舟のほうを見ていたお吟が、急にそんなことをいいだしたのである。

五

「どうしてひる飯はぬきなんです、お吟さん」

「あれをごらんよ。あの舟の中に、深編《ふかあ》み笠《がさ》をかぶったお侍がひとり乗っているだろう」

「なあるほど、――あれがお目あての道楽むすこかもしれないってんですか」

「まあ、見ていてごらんよ。あたしはどうもそんな気がする」

話しているうちに、渡し舟はもうこっちの岸へ着いてきた。

乗り合いは五、六人で、先を争うようにどかどかと岸へあがったが、深編み笠の侍はいちばんあとからゆっくりと舟をおりる。

むろん、かぶり物で顔はわからないが、黒羽《くろは》二重《ぶたえ》の紋服《もんぷく》の着流しで、背は五尺《しゃく》七、八寸《すん》もあろうか、がっしりとしたからだつきがいかにも若々しい。重役のせがれというだけあって、腰の物の好みもなかなか渋いようだ。

「文吉、あれにちがいないよ」

「そうですかねえ。背かっこうはたしかにそうらしいが、深編み笠を取らせてみたら二目と見られぬあばたづらなんてんだと、あとがこわいな」

聞いてきた人相《にんそう》は、まゆ濃く、鼻筋通り、色は白いほうで、きりっとした男まえだというのである。

「まあ、ぶつかってみよう。まちがったら、ごめんなさいとあやまってしまえばいいんだから」

お吟は文吉をうながして、その侍のあとを追い、河原から土手へあがって、街道へ出たところで声をかけてみた。

「もし、お武家さま――」

「わしかな」

深編み笠は静かに立ち止まってこっちを向く。身におぼえのある落人《おちうど》、多少なりとびくっとなるのがあたりまえだが、そんなふうは少しも見えない。

「まことに失礼でございますが、お武家さまは浜松のおかたで、香取礼三郎さまとおっしゃりはしませんでしょうか」

お吟は率直にぶつかっていく。

「香取礼三郎な」

相手は深編み笠の中から、じっとこっちを見ながら、

「よかろう。香取礼三郎にいたしておこう」

と、にっこりしたような声である。

「では、今まではほかのお名まえを使っていらしたのでございますか」

「うむ、宿帳にはずっと浜松権兵衛《ごんべえ》と書いてきた」

「ほんとうは香取礼三郎さまとおっしゃるんでござんしょう」

「おまえはだれからその名を耳にいたしたのか」

そののんびりとした声音《こわね》になんとなく気品があって、暗い感じはどこにもない。

「江戸のお留守居役堀川儀右衛門さまからうかがいました。申しおくれましたが、あたくしは両国薬研堀の船宿、小湊屋仁助の娘で吟と申します」

「儀右衛門がわざわざわしをここまで出迎えろと、おまえに申しつけたのかね」

「そうなんです。重役の道楽むすこがお納戸金《なんどきん》を百両《りょう》持ち出して江戸へ向かった。もうきょうあたり江戸へはいるころだから、迎えに行ってくれ、若侍を迎えに出してもいいのだが、あいにくそのむすこさんは少し腕がたつんで、けが人が出ては困るというんです」

お吟はありのままを話してみる。

六

「まあ、歩きながら話そうかな」

香取礼三郎はお吟をさそってゆっくりと歩きだしながら、

「そうか、わしは浜松の重役の道楽むすこにされていたのか」

と、またしても笑っているようだ。

「香取さまはこうしてお目にかかってみると、そんな道楽むすこではなさそうでございますねえ」

「いや、案外これでわしは道楽むすこのほうかもしれぬな」

「そうでしょうか。でも、お納戸金を持ち出したなんて、うそなんでしょう」

「おまえ、名まえはお吟とか申したな」

「ええ」

「お吟は堀川儀右衛門にたのまれて、わしをつかまえにきたようだが、堀川のいうことは信用していないのかね」

「ええ、信用できないんです。少しもつじつまがあっていないんですもの。これでもあたしは岡《おか》っ引《ぴ》きの娘ですから、人よりは勘が働くほうなんです」

「ああ、そうか。では、うしろからついてくる男は、おまえの家来なのか」

「おとっつぁんの子分で、文吉というんです」

「子分の文吉、ご苦労であるな」

うしろを振りかえって、香取という男はなかなか如才《じょさい》がない。

「へえ、すんません」

ふいをくらった文吉は、どきまぎしている。

「香取さまはお国もとで、どんなおいたをなすったのかしら。ほんとうは命をねらわれている、そんなおぼえはございませんか」

お吟はずばりと切り出してみた。

「どうしてそんなことがわかるんだね」

「あたしはこれから香取さまを品川までおつれして、そこでお酒をすすめる。そこへ堀川さまからの使いがかごを持って迎えにくるという約束になっています。ふつうの道楽むすこなら、酒で殺すなんてことまでしなくても、親類の人がきて親ごさんがどんなに心配していなさるかを話して意見さえすれば、それでわかることです。酒で殺してつかまえるなんてことは、よっぽど手にあまる人につかうひきょうな手で、どんな事情があるかしれないが、これはただごとじゃないと、あたしは考えました」

「偉いなあ。お吟はたしかにいい頭を持っているようだ」

「おからかいになってはいけません」

「いや、本気だ。しかし、お吟がそんなふうに頭を働かせたとなると、堀川はおまえの命までねらうようになるかもしれないな」

「かまいません。あたしはお上《かみ》から十手《じって》をあずかる岡っ引き娘ですもの、いい人は助け、悪い人はおなわにしなければならないつとめがあるんです」

お吟はきっぱりといってのける。

「そうか。では、お吟はいいほうの味方になってくれるんだな」

「なります。あたし曲がったことは大きらい」

「たのもしいなあ。わしも正しからざることは黙って見ていられない性分《しょうぶん》でな、ついよけいなおせっかいをやって、命をねらわれるようになってしまった」

「話していただけませんか？　あたし、きっと味方になってさしあげられると思うんですけれど」

うぬぼれではなく、お吟はそういう根性の骨を持って生まれている娘なのだ。

七

「お吟あねごさん、お話の途中ですんませんがねえ」

うしろから文吉が力のない声で呼んだ。道はやがて蒲田村《かまた》へかかってきたようだ。

「どうしたの、文吉」

「あれえ、あねごさんは平気な顔をしていやすね」

「なにがさ」

「おどろいたなあ。お吟さんはほんとうに腹がすかないんですか」

「ああ、そうそう、あたしたちはまだお昼をたべていなかったのねえ」

「たのんまさあ、だんなにお願いして、なんとかしておくんなさいよ。このままじゃ行き倒れになってしまいそうでさ」

「お吟、おまえたちはまだ中食《ちゅうじき》まえだったのか」

深編《ふかあ》み笠《がさ》の礼三郎が聞きとがめる。

「そうなんです。川崎で中食をと考えていたら、あの渡しで香取さまにお目にかかってしまったものですから」

「さようか。実は、まだわしも中食まえだ」

「あら、香取さまもでございますか。どうして川崎でお中食をおとりにならなかったのでしょう」

お吟は思わず目をみはる。

「あそこに飯屋があるようだな。わしも空腹になった。あれにて中食をとることにしよう」

それは軒《のき》になわのれんをさげ、油障子《あぶらしようじ》に酒さかなありますと書いた、あまりぱっとしないいなかの一膳《いちぜん》飯屋である。

「お待ちなさいまし、香取さま。大森まで行けば、もう少し気のきいた家がいくらもありますから」

「いや、空腹にまずいものなしというからな。ここでよい」

礼三郎はさっさとその油障子をあけてはいってしまう。

「ありがてえ。だんなはうまいことをおっしゃる。空腹にまずいものなし、そのとおりでござんすとも」

文吉はうれしそうに、もうごくりとのどを鳴らしている。

「いらっしゃいまし」

出迎えた飯屋のおやじは、六十ばかりの老人だが、案外身じまいもこざっぱりとして、店のそうじもこぎれいに行きとどいているようである。

これならまあがまんできそうだわと思いながら、お吟はふっと、深編み笠を取って台の前のあき樽《だる》へゆったりと腰をおろした香取という男の顔をはじめて見て、どきりとしてしまった。

まゆ濃く、鼻筋とおり、色は白いほうで、きりっとした男ぶりだと聞いてきているから、相当の美男子にはちがいないと想像はついていたが、これは美男子というより美丈夫《びじょうふ》というほうの凛《りん》とした面《おも》だて、しかもどこかに育ちをおもわせる気品というものが備わっている。

「文吉は酒をたしなむか」

礼三郎はわらいながら、向かいあって腰をおろした文吉に聞く。

「へえ、たしなみやす」

文吉もぽかんと相手の顔を見ているようだ。

「じい、一本つけてやってくれ」

「はい」

「あら、香取さまは召《め》しあがらないんですか」

お吟はそんなことを聞きながら、ひきつけられるように男の隣へ腰をおろしている。

八

「わしは酒はあまり好きではない」

「でも、文吉ひとりではいただきにくいでしょうから――」

お吟はなんとなく香取に酒をのませてみたい気もして、飯屋のおやじに酒肴《しゅこう》と中食を注文してしまう。

「香取さまは、昨夜は戸塚《とつか》泊まりでございましたか」

きのうの朝小田原《おだわら》を立ったとすれば、ゆうべの泊まりは藤沢《ふじさわ》か戸塚泊まりということになる。小田原から戸塚まではほぼ十里《り》の道のりだ。

戸塚から川崎までは七里あまりあるから、あの時分までに川崎へ着くにはよっぽど早立ちをしてこなければならない。すると、当然川崎で中食を取るようになるはずである。

「いや、わしは程《ほど》ガ谷《や》泊まりだった。どうしてだね」

香取はちょっと不審そうな目をする。

「じゃ、きのうは二里よけいに歩いたことになるんですね」

「うむ、そういうことになる」

「わかりました。江戸からどなたか小田原まで、ご迷惑なお出迎えが出ていたんじゃありません？　だから、どうしても夜道をかけなければならなかったんでしょ」

つまり、江戸から堀川の間者《かんじゃ》が小田原まで出向いていた。その間者から江戸へ急使があったから、ゆうべのうちに、香取がきょうあたり江戸へはいるとわかった。そこで、堀川が薬研堀へ手を打ちにきたということになるのだろう。

香取は早くもその間者に気がついたから、それをまくために程ガ谷まで夜旅をかけ、きょうは八つ（二時）ごろまでに江戸へはいってしまおうとした。だから、川崎で中食など取っていられなかったということになりそうである。

「お吟はまったくよく頭が働くなあ」

香取は感心したように、まじまじとお吟の顔をながめている。

さすがにお吟は男の涼しい目がまぶしくなって、顔を赤らめながら、

「香取さまはどこでその江戸のひもをおまきになりましたの」

と、聞いておきたいことはみんな聞いてしまわないと、気のすまない性分《しょうぶん》なのである。

「六郷の渡しにお吟あねごという出迎えがあるとわかれば、別にひもをそう気にすることもなかったのだが、わしもけが人を出すのは好まないので、藤沢《ふじさわ》で一度宿についた。ひもを安心させておいて、それから程ガ谷まで夜旅をかけた。実は、これで安心して江戸へはいれると思っていた」

「おきのどくさま。せっかく川崎でお中食までぬいて江戸へおいそぎになりましたのに、あたしたちとんだおじゃまをしてしまって」

「いや、もうしようがない。あねごたちがここまで出張《でば》っているようなら、品川あたりにはもっと大きい安宅《あたか》の関《せき》ができているだろう。ここでゆっくり腹ごしらえをしてまいることにいたそう」

「けど、藤沢でまいたひもが、あとから追いかけてきやしません？」

「お吟にまかせておこう」

にっこりとわらってみせる香取だ。

「弁慶《べんけい》よしなに計《はか》らいそうらえですか」

お吟はついそんな軽口が出て、我ながらうきうきとしてくる。

九

おやじがちょうしとつまみ物をおいていくと、

「お待ち遠さま――」

「だんな、いただきやす」

文吉は独酌《どくしゃく》でかまわず酒をはじめた。すきっ腹へ酒はしみわたる。突き出しの切り干し大根の煮たのも、案外江戸まえの味で、これならいけると思った。

が、そんなことも半分はうわのそらで、文吉はさっきから前のお吟の様子ばかりに気を取られて、

――あれえ、こいつは少し変だなあ。

と、内心びっくりしていた。

どっちかといえば、今までは男など目端《めはな》にもかけず、捕物ばかりをおもしろがって、その張りのある目にも、年だけにすっかり女になりきっているからだつきにも、鋭《するど》いかみそりのような冷たさがあった。

きのどくに、この娘はかたわなんじゃないかなあとさえ、文吉は思ったことがある。

そのお吟の目にもからだつきにも、一度に娘という花が咲いたように、あとかたもなく冷たさが消えて、香取という男に全身を引きつけられ、夢中になって媚《び》態《たい》をさえ見せはじめているのが、はっきりとわかるのだ。

おおげさにいえば、はだにさえ女という光沢《こうたく》を増して、熱ぼったくうれてきたという感じである。

――驚いたなあ。うっかりすると、お吟さん、とんだやお屋お七《しち》になりそうだぞ。

それにしても、この香取という男は何者なのだろうと、文吉はそっちも気になる。これも常人とはまったく変わった鷹揚《おうよう》さが、だんだん目についてくるのである。

「もう召しあがらないの、香取さん」

お吟がちょうしを取ってすすめようとしても、

「うむ、もういい」

と、香取は二つ三つ杯をほしたきり、二度とは手にしようとしなかった。

「ここのお酒、お口にあわないんですか」

「いや、酒はあまり好きなほうではない」

「じゃ、飲むと苦しくなるほうかしら」

「別に苦しくなったおぼえもないが、酒はうまいときとまずいときがあるな」

「まあ、ごあいさつ——。あたしのお酌《しゃく》じゃお気にいらないんでしょ」

お吟はしんけんな顔をしてからみだしている。

文吉から見れば、それはあきらかに恋娘の目の色であり、恋娘の口にしたがるせりふなのである。

「いや、わしはこれから安宅の関を越さなくてはならないんだ」

「そんな心配は入りません。あたしっていう弁慶がちゃんとついているんですもの」

「そうか、そういえばそうだったな」

香取はおっとりとわらってから、

「実は、わしは、人に酒を慎《つつし》むようにと忠告してきているのだ」

と、妙なことをいいだす。

「まあ」

「酒と女色を慎まなければ、国が乱れるばかりでなく、身をほろぼす」

「ああ、殿さまにそう諫言《かんげん》をなすったんですね」

はっとお吟は思いあたるものがあった。

「良薬は口に苦《にが》しで、その殿さま、手討ちにするとおこりだしたんでしょう」

十

「殿さまがわしを手討ちにしたいより、ぜひ殿さまにわしを手討ちにさせてしまいたい家来どもがいるのだな」

礼三郎は苦わらいをしている。

「つまり、お家に悪人がいて、忠義な香取さまがじゃまになる、だから追い出してしまえというわけなんですか」

「いや、ただ追い出しただけでは安心できないんだ。なんとかしてわしの命をとってしまいたいんだろう」

「まあ、ひどい」

お吟はまゆをひそめずにはいられない。いや、昨夜の堀川の口ぶりから、たぶんそんなことだろうと察して、義憤《ぎふん》めいたものは感じていたが、いま当人の口からそうはっきり聞かされると、そういう冷酷むざんな悪人どもに対して激しい敵《てき》愾心《がいしん》さえ燃えてくるのだ。

「すると、だんな、江戸屋敷の堀川さんてのも、悪人の仲間ってことになるんですか」

文吉は一本のちょうしにもういい顔色になりながら、急に元気が出てきたようだ。

「うむ、あれも悪人の手下だな」

「悪人の親分てのは、どんな野郎なんです」

「親分は江戸にいる。だから、わしが江戸へはいることをこわがっているのだ」

「わかった。江戸の家老の野郎にちげえねえ。そうでしょう、だんな」

「声が高いよ、文吉」

お吟は文吉をたしなめて、

「それに、大名屋敷の中のことは、岡《おか》っ引《ぴ》きがいくら力んでみたところで、手はつけられないんですからね」

と、我ながらちょいとくやしい。

「そいつはわかってますがね、しかし、困ったことになりやがったな。もうすっかり悪人どもの手がまわってますぜ。このまま江戸へはいってだいじょうぶですか、だんな」

「文吉、ほんとうはおまえたちもその悪人どものまわした手の一つだったのではないかな」

礼三郎がにっこりわらってみせる。

「ちげえねえ。とんだ悪人の手先につかわれるところでしたねえ、あねご、バカにしてやがる」

「あたしは悪人の手先になんかつかわれやしません。だから、この御用は少しおかしいって、はじめからいっていたでしょ」

「なるほど、そうでしたっけね。手先につかわれそこなったのは、あっしひとりか。バカにつける薬ってのを、どこかに売っていねえもんですかねえ」

「これをつかわすから、これでまにあわせておくがよい」

礼三郎が自分の前のちょうしを、文吉のほうへ押してやる。

「うへっ、恐れ入りやした」

「文吉、いい気になって安宅の関を忘れちゃだめよ」

お吟がじろりと白い目を向ける。

「そのご心配にゃ及びやせん。あっしは安宅の関を飲み取ってみせやさ」

文吉はだんだん気が大きくなってくるようである。

三人がゆっくりその飯屋で中食《ちゅうじき》を取って、ふたたび大森のほうへ歩きだしたのは、やがて八ツ半（三時）に近いころであった。ここから品川までは一里《り》半ほどの道のりである。

三段がまえ

一

春の日はやや西へまわったが、街道はまだのどかに明るい。

「重役のせがれがお納戸《なんど》金《きん》を持ち出したなんて、悪人どももへたなしばいを書いたもんですねえ」

考えてみると、お吟はなんだかおかしくなってくる。中食《ちゅうじき》を取って腹が満ち足りたので、それだけ気がのんびりしてきたのかもしれない。

「ほんとうだな」

深《ふか》編《あ》み笠《がさ》の礼三郎の声も少し眠そうである。

「香取さまは、失礼ですが、重役には重役のお家がらなんでしょう」

お吟は念のために聞いてみた。

「うむ、まあ重役のうちだろうな」

「江戸ははじめてなんですか」

「いや、まえに四年ほど江戸に修業に出ていたことがある」

「じゃ、お知り合いの家もいくらかあるわけですね」

「そうだなあ」

「でも、こんどはそんなところへお泊まりになってはいけません。きっと、もう悪人どもの手がまわっているにちがいないんですから」

お吟はいそいでくぎを一本刺しておく。だれがなんといっても、礼三郎は自分の家へつれていくことにきめているのだ。

「いや、わしは、迷惑のかかるような家へは、どこへも顔は出さないことにしている」

「それがほんとうですわ。あたしの家なら安全でいちばんいいと思います。少しむさくるしいところなんですけれど」

思いきって誘ってみる。

「そりゃお吟さん、よけいあぶなかあありませんか」

うしろから文吉が口を入れてきた。

「どうしてさ、文吉。どうしてうちがあぶないのさ。承知しないから」

「だって、あねごにきょうのことをたのんだのは、江戸の悪人の手下の堀川さんなんですぜ。品川で酒で殺す約束をすっぽかすと、今夜にもきっと堀川さん自分で乗りこんできますぜ」

文吉はいい気持ちに酒がまわっているから、つい高声になる。

「バカだねえ。なんだってそんな野ら声を出すのさ。一町《ちょう》四方へ聞こえちまうじゃないか」

「すんません。けど、だんなを薬研堀へおつれするなあ、考えものだなあ」

「しっかりおしよ、バカだねえ」

「あれえ、またバカが出た」

「家のおとっつぁんの稼業《かぎょう》は、なんだか知っているのかえ」

「知ってやすよ。船宿の亭主と岡《おか》っ引《び》きの親分、二足のわらじってやつでさ」

「ぶんなぐるから――」

「ああ、わかった。あねごはおとっつぁんに堀川さんをおなわにしてもらおうっていうんですね」

「それでも、いくらか血のめぐりがよくなったかしら」

「おかげで、さっきバカにつける薬をだんなの分までのましてもらいやしたんでね」

「まさか岡っ引きがお侍をおなわにもできやしないけれど、うしろ暗いことのあるやつは、自分のほうから家の敷居はまたぎたがらない。そうは思わないかえ、文吉」

お吟はそれを礼三郎に納得してもらいたいのである。

二

「あねご――」

礼三郎がわらいながら叫んだ。

「なんです、香取さん」

「さっきもいうとおり、わしといっしょに歩いていてさえ、悪人どもはあねごが裏切ったんじゃないかと邪推《じゃすい》をまわしたがるにちがいないんだから、好意はありがたいが、むしろこの辺で別れたほうが無事だと思うんだがな」

「だって、香取さんは善人なんでしょう」

「それはわしは善人だ」

「善人がもし悪人なんかこわがっていたら、この世の中はどんなことになるんです」

「なるほど――」

「悪人は善人がこわいから、いつも悪知恵をしぼっていなければならないんです。けれど、いくら悪知恵をしぼったって、けっきょく悪人は善人に勝てっこありません。その証拠には、いつの世でも善人は悪人を入れる牢屋《ろうや》をこしらえているけど、悪人が善人を入れる牢屋をこしらえた時代があるなんて話、昔からまだ一度も聞いたことありませんもの」

「おもしろいことをいうなあ、あねごは」

「善人がびくびくして往来《おうらい》を歩いて、悪人がいばって往来を歩くなんて世の中だったら、生きていたってつまらないじゃありませんか。あたしは死んだって悪人なんかに負けているのはいやです」

「わかった。では、われわれは善人なのだから、大手を振って行けるところまで行ってみることにしよう」

「あたしの目の黒いうちは、きっと香取さんをまもってみせますから、ご安心なさいまし」

お吟は冗談のようにきっぱりといいながら、なんだか世の中が急にたのしくなってくる。

「だんな、ほんとうですぜ。薬研堀のお吟あねごといやあ、うちの仁助親分より名がとおっていて、江戸じゅうの悪党どもがふるえあがるんですからねえ」

文吉がうしろからおおげさにおだてあげる。

「ありがとうよ。半分は一の子分の文吉っていう知恵袋がついていてくれるからなんです」

「そうですとも。あっしの知恵袋なんてものは、吹き井戸のように年じゅうあふれているもんだから、袋のひもがしまらねえくらいでさ」

「道理で、いい知恵はみんなあぶれちまって、いつもあってもなくてもいいような知恵しか残っていないのね」

「けっ、なにもそう他人の前で正直にぶちまけなくたっていいやなあ」

道は大森をぬけて、やがて不入斗《いりやまず》村から鈴《すず》ガ森《もり》へかかってきた。ここは右手がすぐ海で、左手に松原が十町あまりつづく。処刑場はその松原の中にあった。

「あねご、どうも怪《あや》しくなってきたねえ」

その松原の中ほどまできたとき、礼三郎がいった。

「どうしたんです、香取さん」

「あそこに浪人者らしいやつがふたり、こっちを見ている」

なるほど、向こうの松原の中に、あまり風体《ふうてい》のよくないやつがふたり立ってい
る。

「こちらが女づれだから、なにか因縁《いんねん》をつけて酒手《さかて》にでもしようっていうんでし
ょう。だいじょうぶよ、あたしがついているんですから」

お吟はひとりでしょって立つつもりだ。

「なにぶんたのみおく」

礼三郎は至極《しごく》すなおだ。

三

「おい、ちょっと待て」
はたして、浪人どもはそこまで行くと、三人の行く手へのっそりと立ってきて、
おうへいに呼びとめた。

「お武家さま、なにかご用でございましょうか」

お吟がていねいに小腰をかがめる。

「むろん、用があるから呼びとめたんだ。おえまたちどこへ行くのだ」

「江戸へもどるところでございます」

「どこへ行ってきたんだ」

「川崎のお大師さまへおまいりしてきました」

「江戸はどこだ」

「両国の薬研堀でございます。けっして怪しい者ではございません」

「名まえはなんと申す」

「あたしはお吟、連れは浜松権兵衛、供《とも》は文吉と申します」

どうせ相手はなにか因縁をつけようとねらっているのだから、お吟はてきぱきと答えてやる。

「おい、その連れの男、人がものを聞いているのに、かぶりものを取ったらどうだ」

浪人者はじろりと目を礼三郎のほうへ向ける。

「だめなんです。この人は唖《おし》なんです。かんべんしてやってくださいまし」

「なにッ、啞だと」

「はい、唖ですから口がきけないんです、耳も聞こえません」

澄まして答えながら、文吉のやつがわらいだささなければいいがなと、お吟は思った。

「うそをつけ、ここで見ていると、今まで喋々喃々《ちょうちょうなんなん》とやりながらきたではないか」

「そんなことございません」

「いいから、かぶりものを取らせろ」

「もうかんにんしてくださいまし。日のあるうちに江戸へはいってしまわないと困るんです」

お吟はたのむようにいう。

「ならん、どうしてもかぶりものをとらんというのか」

「あなたがたは、どうしてそんなにこの人の顔が見たいんです」

「なにッ」

「唖の顔なんか見たってしようがないじゃありませんか。それとも、ぜひ顔を見てこいって、だれかにたのまれてきているんですか」

「無礼なことをいうな。唖でもないものを、唖だというから、化けの皮をはいでやるんだ」

「そんな物好き、およしなさいまし」

「おまえは黙っていろ。——おい、その男、かぶりものを取れ」

どうやら、浪人者のねらいは礼三郎にあるらしい。すると、これはただのゆすりかたりではなく、やっぱり堀川にたのまれてきているのだ。

「おい、かぶりものを取れというのに、わからんか」

浪人者は手まねをしてみせる。

礼三郎はこくりと一つうなずいて、ゆっくりと深編み笠を取る。

「きさま、ほんとうに唖なのか。そうじゃあるまい。返事をしてみろ」

礼三郎は黙って浪人者の顔を見ている。

——あら、唖のまねをしてくれるつもりだわ。

お吟は急にうれしくなってくる。

四

「半兵衛《はんべえ》、どうしよう」

浪人者は当惑したように、連れのほうを見る。

「そうだなあ」

半兵衛という男は鋭《するど》い目をして、礼三郎とお吟の顔を見くらべている。おなじ尾羽《おは》打ち枯《か》らした浪人者でも、このほうが人間も腕も上のようだ。

「唖《おし》じゃしようがあるまい。だいいち、唖だとは聞いてこなかったからな」

「まあ待て」

半兵衛はひと足前へ出て、

「あんたは薬研堀のお吟といったな」

と、お吟を見すえる。

「そうです」

「わしは金田《かねだ》半兵衛《はんべえ》、この男は石崎五郎《いしざきごろう》、見るとおりの貧乏浪人だが、この仁《じん》はほんとうに唖なのかね」

「ええ、唖なんです」

「あんたはきょう、この唖と道づれになる約束だったのかね」

「いいえ、道づれになる約束だなんて、だれともしたおぼえはありません」

お吟はそう答えながら、こんなことを聞くようではもうただの浪人者たちではない、やっぱり堀川からたのまれてきているやつらにきまったと思った。

「そうか、だれとも約束はないか。たしかだろうね」

「どうしてあなたはそんなことをお聞きになるんです」

「それは、わしに聞くより、自分の胸に聞いてみることだ。まあよろしい。あんたはちょいとそこをどいていてくれ」

半兵衛はそういっておいて、あらためて礼三郎の顔を見る。

「おい、貴公、唖だそうだな」

礼三郎は相かわらずぽかんとした顔をして、とぼけている。

「唖じゃ話してもわかるまいが、われわれは少し子細《しさい》があって、というより正直にいえば食うために、貴公とここで真剣勝負をやらなければならんのだ」

半兵衛は両方の人さし指で切り結ぶ手まねをしてみせ、

「貴公もそういう因果《いんが》だとあきらめて、したくをしてくれぬか」

と、刀の柄《つか》をたたいてみせ、たすきをかけるしぐさをしてみせる。

礼三郎はわかったというようにうなずいてみせてから、お吟のほうを向き、自分のふところをたたいてみせて、半兵衛にやるからというように目をうごかせてみせる。

「あの、お金を金田さんにあげるというんですか」

と口でいっても唖にわかるはずがないから、やっかいなことになってしまったと思いながら、いそいで礼三郎のふところを指さし、紙入れから金を出すまねをして、金田のほうを目で見てみせる。

礼三郎はそうだとうなずく。

「ねえ、金田さん、この人お金あげるから、これはいやだといっているんですけどねえ」

こんどは金田のほうへ、指で切り結ぶまねをして、手を振ってみせる。

「お吟さん、おれは唖じゃないよ」

半兵衛は思わず苦わらいをする。

五

「じゃ、どうしても金田さんはこの人を切るというんですか」

お吟の娘らしい目が必死の色になる。

「やむをえぬ。これも侍の意地でな」

半兵衛はうそぶくようにいう。

「悪人にいじめられて、唖にまでなっている人を切る。そんなのがお侍の意地なんですか。この人にどんな罪があるというんです。女のあたしでさえ、事情を聞いてこの人の味方になりたくなった。たのまれた人を裏切って、この人をかばえばあたしまで命をねらわれるとわかっていながら、この人の味方にならずにはいられないのに、あなたたちはたのまれたから罪があろうとなかろうとこの人を切る。そんなのをお侍の意地だと思っているんですか」

「しかし、武士が一度金をもらって約束をした以上、約束は破るわけにいかんでな」

「ですから、この人はお金はあげるっていってるじゃありませんか。だいいち、自分たちが悪いことをするために、この人が生きていてはつごうが悪いから、あることないこと悪名をきせて人に切らせようとする、そんな人たちを、あなたがたはほんとうの武士だというんですか。武士の約束なんてものを、そんな悪事に使って、お腰の刀に恥ずかしくないんですか」

「おまえ、なかなかやるなあ」

半兵衛は苦わらいをして、

「その話はあとでゆっくりつけてやる。とにかく、けがをするといかんから、そこをどいてくれ」

と、さっさと下《さ》げ緒《お》を取ってたすきをかけはじめるのだ。

礼三郎はと見ると、これも、もういいからどいていろというように、目で合い図をしている。

「石崎、こんなきれいな娘の前では、ひきょうなまねもできない。それに、相手は啞だしな、勝負は一騎討ちにするから、貴公はそこで見ていてくれ」

それでも半兵衛にはいくらか良心があるらしく、そんなことをいいながら、

「おい、啞ん坊、行くぞ」

あらためて声をかけておいて、さっと抜刀《ばっとう》した。

「香取さん、負けないで」

もうしようがないと思ったお吟は、いそいで松原の中へ身を避けながら叫ぶ。

礼三郎も深編《ふかあ》み笠《がさ》を投げ出して、抜きあわせる。

文吉がその深編み笠をひょいと拾って、お吟のところへ逃げてきた。

「えいっ」

半兵衛は人殺しを請《う》け負《お》ってくるだけあって、相当の腕まえのようだ。

礼三郎は唖のつもりだから、黙って青眼につけている。見た眼にはゆうゆうたる構えで、白刃に対してなんの恐怖も感じていないようだ。半兵衛のほうはもう多少目がつりあがっている。

「だいじょうぶかねえ、お吟さん」

文吉ははらはらしながら、酒もすっかりさめてしまったようだ。

「かなり腕はたつほうだって、いっていたけどねえ」

その堀川のことばだけがたのみだが、お吟も気が気ではない。

「おうっ」

半兵衛が気合い鋭く、じりじりと間合いをつめてきた。

礼三郎はむろんはじめから相手を切る気はなかった。ただ身をまもるために刀をぬいているだけである。

見ると、金田半兵衛という浪人者も、すごんではいるが、なんでもかんでもこっちを切ろうとは考えていないようだ。

――お吟に言い負かされたかな。

おもしろいやつだと、礼三郎は思った。

娘の理屈に、なるほどと感心できるようなら、まだ腹から悪党にはなりきっていないのである。

よし、逃げてしまおうと考えていると、早くもその気持ちを読みとったように、

「とうっ」

半兵衛はからだごと火の出るようなもろ手突《てづ》きを入れてきた。

だっと無言でひっぱらいながら飛び違った礼三郎は、そのまま品川のほうへいっさんに走りだした。

六

「あっ、逃げたぞ」

見ていた石崎があわてて叫びながら、抜刀して追いかけようとすると、

「やめろ、五郎。追うな追うな。唖ん坊を切ったところで仕事にはならん」

と、はたして半兵衛が大声にどなっていた。

浜川橋《はまかわ》のあたりまで走って、もうよかろうと足をゆるめると、

「香取さあん」

お吟がうしろから叫びながら追っかけてくる。

礼三郎は刀を鞘《さや》へおさめて、くるりと振りかえり、自分の口を指さして、口はきけないというように手を振ってみせた。

「いやだあ、あたしにまで」

お吟は胸の中へ飛びこまんばかりに追いすがって、はあはあ肩で息を切りながら、

「でも、よかったわ、うまくいって」

と、ほっと胸をなでおろしたようである。

「だんな、へえ、お笠」

文吉が追いついて、うやうやしく深編み笠をささげてくれる。

「やあ、ありがとう」

礼三郎は礼をいって、さっそくかぶりながら歩き出す。

「香取さん、唖のまね、とてもうまかったわ。なかなか役者じゃありませんか」

男のたもとにつかまって、まだ肩をはずませながら、お吟が感心する。

「いや、お吟こそなかなかいい弁慶ぶりだった。感心している」

「あんなこと——。でも、ゆだんできませんねえ、あんな浪人者までたのんでいるとすると」

「うむ」

「あたしは香取さんを品川で酒で殺すことになっていたんですけれど、あたしだけじゃやっぱり安心できなかったんですね」

「というより、悪人どもはできればわしが江戸へはいらないうちに、人手にかかって殺されてしまったほうが、始末がいいと考えたのだろう」

「あくどすぎるわ、そんなこと。いったい、悪人どもはなにをたくらんでいるんです。どうしてそんなに香取さんがじゃまになるんでしょうねえ」

「いまにわかるよ。このぶんでは、この先にもまだどんな手くばりがあるかわからんな」

礼三郎もしだいに腹にすえかねてくるものがある。

七

品川から八ツ山《やま》下へかかろうとするころ、日はようやく夕がたがかってきた。

「お吟、どこへも寄らなくてもいいのか。この辺でわしを酒で殺すはずだったのだろう」

礼三郎はちょっとお吟をからかってみる。

「もうやめましたの。あたしは弁慶になって、どこまでも悪人と戦います」

お吟はきっぱりという。

「そうか。おまえは娘には惜《お》しい気性《きしよう》を持っている」

「ですから、安心してあたしにまかせておいてくださいまし」

「しかし、啞《おし》だけはやめような。あれはどうも不自由でいかん」

「じゃ、だんな、こんどはいざりになってかせぎやしょうか」

文吉がそんなのんきなことをいいだす。

「いいかげんにおしよ、文吉、香取さんに失礼じゃないか」

「いいえ、右や左をお気をつけなすってというなぞでさ」

「ふ、ふ、苦しい言いわけだねえ」

が、それがことば占いでもあったかのように、右手に品川の海が夕日にあかるい海ばたのよしず張りの掛け茶屋の中から、ばらばらっと五、六人の若侍たちが出てきて、行く手へ立ちふさがってしまった。

「しばらくお待ちを願います」

先頭に立った三十四、五とも見える精悍《せいかん》そうな顔をした堂々たる押し出しの侍が小腰をかがめて、

「失礼ですが、国もとの礼三郎さまでございますな」

と、恐れげもなく深編《ふかあ》み笠《がさ》の中をうわ目づかいに見上げようとする。悪役にはもってこいというような苦味《にがみ》走《ばし》った男ぶりである。

「そのほうはだれかな」

「江戸詰《づ》め用人をうけたまわる鐘巻弥次郎《かねまきやじろう》と申します」

「新参か――」

「昨年の春以来、藩政一新のためにご奉公しております」

うわさには聞いていたが、ぬけぬけとそんなことが言いきれるのだから、なる

ほどこれは相当なしたたか者だと礼三郎は思った。

「わしになにか用か」

「お見かけ申したら、失礼のないように高輪《たかなわ》の下屋敷へご案内いたすようにと申しつけられて、お待ちいたしておりました」

「江戸家老宇田川外記《うだがわげき》の申しつけか」

「国もとよりのおさしずにござります」

「高輪の下屋敷へつれてまいって、どうしようと申すのか」

「それはいずれまた国もとよりおさしずがまいりましょう」

「念の入ったことだな。わしがまいらぬと申したら、なんといたすな」

「いいえ、ぜひご案内つかまつります」

にっと弥次郎は冷たい微笑をうかべる。

「捨ておくがよい。わしはすでに家を捨てた一介の浪人者だ。江戸のさしずも、国もとのさしずもうけるに及ばぬ」

礼三郎はおだやかにいう。

——まあ、この人、浜松の若様なのかしら。

応対の様子ではどうもそうとしか思えないので、お吟は思わず息をのんでしまった。

八

「失礼ですが、ご一門といえどもわがままは許されません」

弥次郎は傲然《ごうぜん》と放言をする。

「わがまま――？」

「さよう、あなたさまは身がってに脱藩をされたばかりでなく、すでに藩主さまから御意《ぎょい》討ちの仰《おお》せが出ております」

なんとも憎々《にくにく》しい放言である。

「そのほうどもは兄弟牆《けいていかき》に鬩《せめ》ぐの愚《ぐ》をおかさせるのがそれほどおもしろいか」

「なんと申されます」

「わしは藩主の弟だぞ。兄弟は仲よくありたいもの、兄弟が争うのは見苦しい。たとえその兄が弟を討てと命じても、理をといていさめるのが家来の道ではないのか。だいいち、主人の御意討ちなどが通用したのは、もう昔のことだ。その御意討ちにさえ武士道の教えというものがあって、時去り事すぎては無用のこととされておる。そのほうどもにその教訓の真意がわかるか」

わかったといっては自分たちの立場がなくなるので、

「あなたさまはその兄を愚弄面罵《ぐろうめんば》されたおかただ。武士道の教訓からはみ出しているのだから、やむをえないでしょう」

と、強引《ごういん》に横車を押そうとする。

「そのほうはあまり頭がよくないな。それで藩政一新のご奉公ができるのか」

「これは聞きずてならぬことを――、たとえご舎弟さまといえども許しませんぞ」

「それ見ろ、おのれの非を指摘されれば、そのほうでも腹がたつだろう。わしは兄上の非をことばをつくして諫言《かんげん》いたしたまでだ。それが御意にさからったのを、家来どもがいいことにして御意討ち、御意討ちと江戸の者まで騒ぎたてる。あまり見えすいた藩政一新は見苦しいぞ。立ちかえって外記にそう申しておくがよい。あまり天を侮《あなど》ってはならぬとな。――そこをどきなさい」

「なりません。なんと申されても、いちおう高輪へご案内いたします」

「まいらぬと申したら、なんとする」

「お手向かいいたします」

「切ると申すのか」

「御意討ちの命が出ております」

「わからぬやつだな。ここは天下の往来《おうらい》だぞ。見ろ、あのように人立ちがいたしておる。わしがこの深編み笠を取ってそのほうどもを相手にしただけでも、公儀《こうぎ》の問題になる。まして、家来がわしを討ったとわかれば、公儀の手はそのほうどもの藩政一新にまで取り調べが及ぶ。家名が断絶するぞ。それでもよいか」

さすがの弥次郎も、ぐっとことばに詰まったらしい。ここは東海道《とうかいどう》の玄関先で、すぐそこに高輪の大木戸《おおきど》があるのだ。もういっぱいの人だかりのなかには武士もいれば、町人もいる。公儀の隠密《おんみつ》などがまじっていないともかぎらないのだ。

「残念ながら、相《あい》わかりました」

「わかったか」

「あなたさまはさすがに頭がよろしいようだ。きょうのところは、弥次郎たしかに一本まいりました。あとの勝負は、いずれ日を改めてということにして、きょうはこれにて引きさがります」

弥次郎はバカていねいに一礼すると、

「一同、引きあげよう」

若侍どもをうながして、さっさと大木戸のほうへ歩きだす。

九

「あの、若様だったんでございますね。あたしちっとも知らなかったもんですから」

大木戸をはいって、高輪海岸を肩をならべて歩きながら、お吟はおそるおそるいった。

重役の若だんなとでさえずいぶん身分違いだのに、藩主のご舎弟さまでは、ほんとうはそばへも寄れない人なのである。

「いや、わしはもう浪人香取礼三郎、今までどおり香取さんでいいよ」

礼三郎はわらっている。

「ほんとうに香取さんでいいんでしょうか。なんだかこわい、あたし」

「いいとも――。どうせわしは当分仁助親分の家へ居候《いそうろう》をさせてもらうつもりでいるんだ」

「ほんとう、香取さん」

「うむ。悪い家来たちも、十手《じって》をあずかる親分の家へ近づけないだろう」

「うれしい、あたし」

お吟はわくわくせずにはいられない。

「へっ、へえ、飯《まま》をたいたり水仕事か」

うしろから文吉のやじが飛ぶ。

「失礼ですよ、文吉。若さまに対して」

「いいえ、あっしはお吟さまに申し上げたんで」

「なによ、わざわざさまづけなんかにして、薄っ気味が悪いじゃないか」

「いけねえなあ。お腰元さまなんてものは、そんなぞんざいな口をきくもんじゃありやせんぜ。若さまにきらわれまさ」

「大きなお世話よ。もう若さまじゃないんだし、ただの香取さんでいいんだもの。ねえ、香取さん」

お吟はそっと礼三郎のたもとにつかまってみせる。

「そうでござんすとも――。ただ、香取さんでなくちゃお嫁に行けやせんからね」

「ぶんなぐるよ、文吉」

お吟の生地《きじ》はあくまでも鉄火娘にできているようだ。

が、さて礼三郎が家の人になってくれるときまると、いまの鐘巻弥次郎という悪用人とのいきさつがとても心配になってくる。

「ねえ、香取さん、だいじょうぶでしょうか」

「なにがだね」

「あの新参者の悪用人、勝負はいずれ改めてっていってましたわ。執念《しゅうねん》深そうだわ、あいつ」

「いや、あいつが執念深い張本人じゃなかろう。根はもっと深い。考えてごらん、きょうの手くばりにしても、三段がまえになっている。まずお吟、次が鈴ガ森の浪人者、それから弥次郎」

「憎らしい。じゃ、張本人てのは江戸家老のなんとか外記ってやつなんですか」

「まずその辺だろうな。さいわいお吟が頭のいい娘親分だったので、こっちは明るいうちに江戸へはいった。明るいということは、うしろ暗い悪人どもにはいちばんつごうが悪いので、血を見ずにすんだ。みんなあねごのおかげだな。どうもありがとう」

礼三郎は正直に頭をさげる。

「いやだ、そんなにほめられると恥ずかしい。でも、香取さまはどうしてお兄上さまとそんな兄弟げんかなんかなすったのでしょう。お兄上さまが香取さまをいじめたんですか」

なにもかも聞いてしまわなくては、とても安心できないお吟なのである。

十

「兄上がわしをいじめるのではなくて、悪い家来どもが兄上にわしをいじめさせるのだ」

礼三郎はあっさり話しだす。

「つまり、悪い家来がお兄上さまに意地をつけるんですね」

「わしは殿さまが国もとの香取という郷士《ごうし》の娘に手をつけて産ませた子で、十五のとき城へはいった。後見役の国家老和泉又兵衛《いずみまたべえ》という者が器量人だったので、香取礼三郎のまますぐに江戸へ修業に出されたから、ほんとうに城へはいったのは十九のときだった。わしはこれで人間が正直だから、国もとでは家来たちの間に評判がよかった」

「わかります。根からのお大名育ちと違うから、話がよくおわかりになるんでしょう」

「まあそういうことになるかな。三年まえに父君がなくなって、三つ年上の兄上が跡をつがれたのだ。兄上は正室の子で、江戸育ちだ。性質はごく内気で、はじめから若殿さまだったから、わがままなところがある。それに、酒をのむと酒乱になる気味があった」

「気の小さい人にかぎって、お酒をのむと気が大きくなって、いばりたがるもんですわ。うちの文吉にもその気味があるんです」

「けっ、なにもこんなところで、あっしを引きあいに出さなくたっていいじゃありやせんか」

うしろで文吉がぼやく。

「文吉は女にも手を出したがるか」

礼三郎がわらいながら聞いた。

「ご冗談で、だんな」

「あら、お兄上さまは女もお好きなんですか」

お吟は人のことでもなんだか顔が赤くなる。

「女がきらいだという男もないだろうが、兄上のは少し度がすぎるようだ」

「わかりました。そういうお兄上だと、どうしてもご舎弟の香取さまのほうが人気が出てくるわけですね」

「そうなのだ。兄上としては第一に、それが内心気に入らないようだった。そこへ目をつけたのが、江戸家老の宇田川外記なのだ」

「悪人の張本人なんですね」

「悪いことに、外記の娘は先々代の殿さまの子をもうけている。つまり、なくなった父君の末弟にあたり、われわれには叔父《おじ》ということになるが、年はわしより二つ下の、ことしたぶん二十三だろう。新三郎《しんさぶろう》といって、今は深川《ふかがわ》の下屋敷に若隠居している」

「江戸家老さんはその人に家督を取らせたいんですね」

お吟にはすぐぴんと頭へきた。

「兄上の酒乱をあおって、わしが家督をねらっているようにたきつけ、わしをいじめ出してしまえば、あとは兄上だけだ。その兄上が酒乱で気が違ったということにでもなれば、いやでも家督は新三郎さんにまわることになる」

「まあ、ひどい。そんなに向こうの胸の中がちゃんとわかっているのに、香取さまはどうして自分からお城を出てきてしまったんです。くやしいじゃありません か」

「それがなあ、兄上はいま国入り中だが、わしがあることでどうしても諫言《かんげん》しなければならなくなった。側用人《そばようにん》の伊豆和四郎《いずわしろう》という者が外記の一味で、いやでもそうなるようにしばいをしくんだのだが、その結果が、手討ちにすると兄上の激怒を買ったことになるんだ」

礼三郎は深編み笠《ふかあみがさ》の中で苦笑しているようである。

花だより

一

その夜——。

昌平橋《しょうへいばし》内の上屋敷の自宅へ堀川儀右衛門を招《まね》いて、共に鐘巻弥次郎の吉報を待ちかねていた江戸家老宇田川外記は、もどってきた弥次郎から三段がまえの吉報がことごとく失敗したと聞かさせられて、世にも苦い顔をした。

「お吟や浪人どもはあまりあてにもならぬとして、そのほうまでがいながどのに一杯食うとはどうしたことだ。日ごろにもないではないか」

国もとへやった側用人《そばようにん》伊豆和四郎と、この弥次郎とは、外記も左右の腕にしているのだから、しかるにしてもあまり強くは出られない。また、このふたりはそれだけの才覚と度胸を持っていて、このふたりが失敗したとなると、ほかのだれがやっても失敗するだけの理由がいつもちゃんとあるのだから、一目《いちもく》おかないわけにはいかないのである。

「第一の失敗は、薬研堀のお吟という娘が寝がえりをうったことでしょうな」

弥次郎は自分の失敗を失敗とも思っていないような不敵なつらがまえで、ずばりと言いきった。

「なに、お吟が寝がえりをうったと申されるのか」

このほうは自分に責任があるだけに、堀川は思わず目をみはる。

「いや、だからといって、これは別に堀川さんの責任じゃない。わしもいなかどのにははじめて会ったのだが、あれは敵ながら相当な人物です。娘っ子などの手に負《お》えるような男じゃなさそうです」

「なるほど——。すぐれたご器量とは聞いていたが、そんなに恐ろしい男か」

堀川は外記のてまえ、それならいくぶん申しわけもたつので、わざとおおげさな顔をしてみせる。

「たしかに恐るべき男です。だからこそ、ご家老もあの仁《じん》をいちばん問題にしておられるのですからな」

「お吟という娘が、どう寝がえりをうったのかな」

外記はそれとなく肝心《かんじん》な話のほうをうながす。

「お吟はどういう考えか知らんが、大森の先までいなかどのを迎えに行ったようです。まあ、国もとの重役の道楽むすことはどんなつらをしている男かと、半分は好奇心もあったのでしょう。会って話してみているうちに、どうも堀川さんの話とは違うとわかってきたんでしょう」

「すると、いなかどのはそんな町娘にはじめから身分まであかしたということになるのか」

「さあ、自分のほうからあかしたか、娘のほうで察したか、どっちみちこれは知れずにはいないことなんですから、たいした問題ではありません。ただ、いちばん問題になるのは、いなかどのが早く江戸へはいりすぎたということです。昨夜予定どおり藤沢泊まりなら、江戸へはいるのは夜になるはずだ。ところが、いなかどのは昨夜一度藤沢で旅籠《はたご》について、こっちの尾行の目をくらましておいて、そっとそこを飛び出し、程ガ谷あたりまで夜道をかけたらしい。だから、鈴ガ森へかかったのは、まだ七つ（四時）まえだった。しかも、ここは唖《おし》のまねをして、うまく浪人どもの目をくらまして通ってしまったようです」

弥次郎は淡々と話しつづける。

二

「唖のまねをなあ」

外記と堀川は顔を見あわせている。

「金田半兵衛も石崎五郎も、腕にかけては相当なあばれ浪人だが、唖じゃ人違いだろう、切るのもかわいそうだというので見のがしたそうです」

「人がらを見てもわかりそうなものだがな」

堀川はちょっと不満そうにいう。

「いなかどのの唖ぶりが、それだけうまかったのでしょうな。お吟がそんなふうに寝がりをうってしまったんでは、品川の料理屋で酒でつぶすという手もなくなるわけです。だから、いなかどのはまだ日のあるうちに、われわれの待っている八ツ山下へかかってしまった。まずいことになったとは思ったが、まあぶつかってみろと、御意討《ぎょいう》ちを楯《たて》にとって呼びとめてみた。すると、いなかどのの言いぐさがいい。御意討ちなどが通ったのは昔の話だ。その昔でさえ、時去り事すぎては無用のこととされている。そのほうどもは、家来たちのつごうで、御意討ちなどを振りまわしているのだろうと、わらっているのです」

「理屈をこねさせるから、うるさくなる。有無をいわせずにというわけにはいかなかったのかな」

外記がまたしても苦い顔をする。

「有無をいわせずというやつは、明るくては無理です。もういっぱいの人だかりの中ですからな。それでもすきもあらばとねらっていたのですが、バカなまねはせぬものだ、ここは天下の往来《おうらい》だぞ、わしがこの深編《ふかあ》み笠《がさ》を取って、そのほうどもを相手にすれば、討っても討たれても公儀《こうぎ》の問題になる、家名が断絶するぞと、やっぱり相手のほうが一枚上でした」

弥次郎はわざと感心してみせる。

「そのほうがかぶとをぬぐくらいでは、容易ならん大敵ということになるな」

外記はいくぶん皮肉まじりに、弥次郎の顔を見すえる。

「だいたい、国もとには伊豆和四郎さんがついていながら、いなかどのを領内でかたづけられなかったというのが、そもそもの失敗です。しかも、浜松から江戸までは六十五里《り》ある。わしは和四郎さんの手腕を疑いたくなりますな」

けろりとしてそんな放言をする弥次郎だった。

事実、たったひとりの礼三郎を、国もとでかたづけられなかったというのは、重大な手ぬかりである。いや、伊豆和四郎ほどの男だから、手くばりはじゅうぶんしていたのだろう。その手くばりの上を行って、やすやすと江戸へ潜入《せんにゅう》してしまった礼三郎だから、いよいよ強敵ということになるのである。

「まあ過ぎてしまったことはしようがない、問題はこれからいなかどのをどう始末するかということだ。あとはつけさせてあるのだろうな」

外記は思いなおしたように、あらためて弥次郎に聞いた。

「いなかどのは薬研堀のお吟の家へはいったそうです。おそらく、当分そこで居候《いそうろう》をする気でしょう」

「大胆なまねをするな。あくまでもこっちを敵にまわして戦うつもりでいるのかな」

堀川が目を丸くする、なにか不安な色をかくしきれない。

「むろん、その腹はじゅうぶんできているでしょう」

弥次郎はきっぱりと答える。

「いなかどのはわれわれとどう戦おうというのかな」

外記はいかにもけいべつしたようにいう。

「そうですな。今のところはご当主さまの逆鱗《げきりん》にふれて、自分から江戸へ身をのがれたという形になっているのですから、当分静観という態度を取るでしょう。しかし、いよいよこっちが計画どおりに事をすすめて、新三郎さまお乗り出しということにでもなれば、奥方さまお里方《さとかた》へ泣きついて、真相をあばきにかかるという手が出てきます」

三

当主松平三河守忠之《まつだいらみかわのかみただゆき》の夫人はお京《きょう》の方《かた》といい、老中松平伊賀守《いがのかみ》の娘である。お京の方は輿入《こしい》れをして三年になり、まだ子どもはないが、非常に聡明《そうめい》なのが、なんとなく外記一派の目の上のこぶになっていた。

「なるほど、そういう手もあるな」

「もう一つは、いなかどのはきょうもわれわれに、天を侮《あなど》るなとご家老につたえろと放言しているくらいで、だいたいこっちの計画は見ぬいています。事を未然に防ぐつもりだと、まずご家老、次に伊豆うじ、それからかくいう弥次郎、堀川さん、この四人の命をねらうかもしれません。そのくらい腕と胆力《たんりょく》は持っているいなかどのです」

「うむ、それも考えられる」

外記はしだいに内心の不安がかくしきれなくなってくるようだ。

弥次郎としてはそれがつけ目なので、

「いちばん困るのは、いなかどのが家名を取りつぶしてもかまわぬという癇癪《かんしゃく》を起こすと、兄君の非行を公儀へ訴え出て、私憤《しふん》を晴らそうとするかもしれない。ご当主さまのご乱行が表ざたになると、それをすすめた者も、それを黙認した重臣も、同罪ということになって、詰《つ》め腹《ばら》はまぬがれなくなりましょう」

と、もう一本くぎをさしておく。

「それはいかん、どうしても今のうちに早く始末をしておかんと、――弥次郎、なにか手はないか」

いわば自分の胸一つで、礼三郎をうまくいじめ出した外記なのだから、思わずあわてだす。

「やはり、国もとでなんとか始末しておくべきでしたなあ」

世才《せさい》にはたけているが、案外気の小さい堀川もおちついてはいられなくなったようだ。

そのふたりの当惑顔をそれとなく見ながら、まず江戸の実権はおれが握ったようなものだと、弥次郎はひそかにせせらわらいたくなる。

「手はないことはありません、というより、今となっては、手がないではすまされない。国もとの伊豆さんのほうは、もう着々計画どおりに事をすすめてしまっているでしょうからな」

当主三河守はこの四月に参勤出府《さんきんしゆつぷ》することになっている。それまでに狂人ということにして、国もとで座敷牢《ざしきろう》へ押しこめてしまい、深川の新三郎を正式にかつぎ出そうという一味の計画なのだ。

また、当主忠之は狂人あつかいにされてもしかたない乱行をやっていた。側用人伊豆和四郎がそれをやらせたのだが、家来の女房を姦《かん》し、城下町の町人の女房まで奪った事実がある。

「兄上のそういう所業《しよぎよう》は、畜類《ちくるい》にも劣《おと》る」

礼三郎のこんどの御意討ちは、面と向かってそう直諫《ちよつかん》したのが忠之の激怒を買ってのことだった。

四

「いなかどのを少し甘く見すぎたのが、こっちの手ぬかりだった。とにかく、ここはそのほうに働いてもらわぬと、えらいことになりそうだ」

老獪《ろうかい》な外記は、それとなく弥次郎をおだてあげる。

「ご家老、わしはむしろいなかどのより、恐ろしいのは奥方さまだと考えています」

弥次郎が意外なことをいいだす。

「というと――」

「自分の亭主をいじめられてよろこぶ女房は、まずないでしょう。しかも、お里方《さとかた》はご老中ですからな。奥方の口ひとつで、どんな難題が振りかかってこないものでもありません」

「なるほど」

「また、そういう泣きどころをいちばんよく知っているのはいなかどのです。万一、いなかどのが奥方と気脈を通じるようなことにでもなると、こっちの計画は根こそぎひっくりかえされてしまいます」

弥次郎は外記脅迫《きようはく》の手をゆるめようとしない。

「奥の監視をもっと厳重にする必要があるというのか」

「座敷牢《ざしきろう》へでも入れないかぎり、完全な監視などというものは、ほとんど不可能です。現に、国もとと江戸であれだけ手を打っていたにもかかわらず、いなかどのはきれいにこっちの網の目をくぐっていますからな」

「なるほど」

「いちばんやっかいなのは、奥方さまが女にしては聡明《そうめい》だということです」

新参者の弥次郎は、平気でそんなぶしつけな口をきく。それだけに思いきった行動が取れるから、外記としてはちょうほうがりもすれば、恐れてもいるのだ。

「まさか、奥方さまを座敷牢へお入れするというわけにもいくまい」

外記は堀川と顔を見あわせながら、苦わらいをした。

「いや、できればぜひ座敷牢のほうがよろしいのです。背に腹はかえられませんからな」

「なんと申す――」

「ただし、普通の座敷牢ではいけません。もっとじょうぶな、生きた牢舎のほうがよろしい」

「生きた牢舎というと」

「おわかりになりませんかな」

弥次郎はにやりとわらって、

「では申し上げますが、女というものは亭主が道楽をすれば、どんなりこうな女でもやきもちをやくものです。りこうな女は表にそれを出さないいだけだ。それだけに、胸の中の不満は激しい」

と、またしても妙なことをいいだす。

「それで――」

「そこへ親切な男があらわれて、その女房を心からなぐさめてやったとすれば、どういうことになりますな。わしはそのなぐさめ手に新三郎さまを選びたいのです」

「ふうむ」

「新三郎さまが奥方をとりこにすることができれば、奥方にしても亭主はじゃまになってくる。お里方のほうも、奥方の口ひとつでなんとでもなる。こんな安心な座敷老はまたとありますまい」

弥次郎はさすがにすごい計算をたてていた。

五

深川の新三郎にはまだ奥方はない。もし、お京の方の心が新三郎に傾いてくれれば、外記としてはこれほど安心なことはないのである。

「しかしな、弥次郎、その手段はむずかしかろう。そういうことはあくまでも当人どうしの話で、わきからどうできるというものではないでな」

外記には堀川に対しての遠慮もあった。

「いや、ご家老、これは弥次郎の申すとおり、案外うまくいくかもしれませんぞ」

如才《じょさい》のない儀右衛門は、すかさずひざをのりだしてきた。

「ほう、儀右衛門にはなにか分別があるか」

「男女というものは、その機会さえあれば思わぬまちがいをおこしやすいものですからな。まずその機会を作ってみることです。なあ、弥次郎」

「そのとおりです」

弥次郎はにやにやわらっている。

「どう機会を作るのかな」

外記も思わずひざをのりだしていた。

「さいわい深川の下屋敷にはお美禰《みね》の方《かた》もおられる。お美禰の方の名で、奥方さまを一夕お茶の会へお招《まね》きになる。これなら奥方さまも出いいし、必ずその気になりましょう」

お美禰の方は外記の娘で、新三郎の生母である。老後というにはまだ若い四十まえだが、余生を新三郎といっしょに深川の下屋敷で送っていた。

「あとはお方さまの働きひとつで、うまく中座していただけば、おふたりきりになるわけでございますからな」

堀川はずんと承知といいたげな顔をしてみせる。

「うむ、そっちはまあそれでいいとして、こんどはいなかどののほうだ。どうだな、弥次郎、思案はないか」

外記はむしろ礼三郎のほうが気になるのである。

「ないことはございません。てまえはこれでなかなか策士でございますからな」

弥次郎はわざと澄ましてみせる。

「聞かせてくれ。どんな策だ。ほうびはぐんとはずむぞ」

「ありがたきしあわせに存じます。では申し上げますが、奥方からいなかどのに密書がとどくのですな」

「密書というと――」

「つまり、呼び出しをかけるのです。しかし、ただの呼び出しではいなかどのは乗りません。そこで、今の手を利用するのです。何日にお美禰の方から深川の下屋敷のお茶の会に招かれている。なにかたくらみがありそうでこわいから、加勢をお願いする。ほかの者では信用ができないから、筋違いではあるが、あなたにお願いするのだと持ちかける。事実、その日は奥方さまが下屋敷へ出向くのだし、これなら義理がたいいなかどののことだから、きっとひっかかります」

「しかし、おなじ日に下屋敷へ呼び入れて、だいじょうぶかな」

外記は不安の面持《おもも》ちをかくしきれないようだ。

「下屋敷は広い。まして夜のことだし、そこはまたなんとでもなります。だいいち、こっちから呼び出すのだから、途中で待ち伏《ぶ》せという手も考えられますからな」

弥次郎は自信ありげに言いきるのである。

六

礼三郎はお吟が誘うままに、ともかくも薬研堀の小湊屋へわらじをぬいで、当分その二階に居候《いそうろう》をすることになった。

「ごらんのとおりのがさつない稼業《かぎょう》でござんして、浜松の若さまではとてもお世話はいたしきれませんが、ご浪人の香取さんということでしたら、よろこんでお宿いたしやすから、ご遠慮なくいつまでも家にいらしていただきやす」

お吟からくわしい事情を聞いたおやじの仁助が、わざわざ浪人香取礼三郎としてならとことわったのは、若殿では浜松藩へ遠慮があるのと、岡《おか》っ引《び》きという職業がら、なるべくそんなお家騒動のごたごたなどに巻きこまれたくないという分別からだろうとは、礼三郎にもすぐわかった。

「お吟、おまえのおやじさまは、よく話のわかる男らしいな」

礼三郎が裏二階の六畳《じょう》へくつろいでから、お吟にいうと、

「おとっつぁんがもしわからないことをいったら、いつでもあたしがしかってやりますから、香取さんはちっとも心配しなくていいんです」

と、この鉄火娘は家でもお山の大将のようだった。

そのお吟が、まるで世話女房のようによくめんどうをみてくれるので、礼三郎としては思いがけないいい宿がみつかったことになる。ついうかうかと日をすごすうちに、江戸の町はいつか花のうわさで浮きたつようになってきた。

「香取さん、あれっきりお屋敷からなんともいってきませんけど、どうしたんでしょうね」

その日も朝の膳を二階へ運んできたお吟が、思い出したようにそれを口にした。いや、ほんとうは毎日、きょうはくるか、あすは掛け合いがあるかと心配していたのだが、もう七、八日もたつのになんの音さたもない。なければないで、どうしたのだろうと気になって、とうとうがまんがしきれなくなってきたのだろう。

「いや、外記にしても堀川にしても、表向き掛け合いにこられることではない。くればわしにしかられるだけの話だから、おそらくしばらく様子を見ているのだろう」

「様子を見て、どうしようっていうんでしょう」

「わしがどこかへ動きだすようだと、身にひけめがあるから、なんとかしなければならなくなる。ここにじっとしている間は、手の出しようもないし、またその必要もないことになる」

礼三郎は江戸へはいってから、まだ一度も外へ出たことがないのである。

「それで、香取さんはどう考えているんです」

「どう考えるとは――」

「悪人どもをこのままほうっておいていいんですか」

「ああ、そのことか。――それなら、わしは兄上に憎《にく》まれて、自分から浪人したのだ。家名や身分などにもう未練はないから、浜松六万石《ごく》がどうなろうと、よけいな世話はいっさいやかないことにきめている」

すねるなどという気持ちでなく、礼三郎は一介の素《す》浪人香取礼三郎でいい、そのほうが気が楽だと考えていた。

「じゃ、香取さんは悪人どもが憎らしくないんですか」

勝ち気なお吟は、なにか不服そうである。

七

「悪人どもはむろん憎《にく》いな。それはお吟が悪いやつを憎むのとおなじことだ」

礼三郎は、このごろめっきり女らしいなまめかしさを増してきたお吟のいきいきとした顔をながめながら、おだやかに微笑する。

「ですから、そんな悪いやつ、退治してやればいいのに。香取さんならきっとできるんですもの」

「いや、浜松のことは浜松でやればいいのだ。浪人したわしが手を出すと、よけいなおせっかいになる」

「じゃ、みすみすお家のつぶれてしまうのを、見物しておいでになるんですか」

「そうじゃない。わしは浜松のことなどもう見物しているのもうとましい。と申したら、お吟にはわしがなにかすねているように取れるかもしれないが、いまさら浜松の心配をするくらいなら、わしは浪人などしなかった。それを自分から身をひいてきたのは、わしは生まれながらの香取礼三郎にかえろうと決心したからなのだ」

お吟はわからないといったように、礼三郎の顔を見ている。

「わからないかね、お吟」

「わかりません」

「大名の家というものはな、お吟、主人と家来と両方のもので、けっして主人ひとりのものでもなければ、むろん家来たちのものでもない。家名が断絶して困るのは、主人も家来もおなじことだ。それをよく承知していながら、家来が欲に目がくらんで無理をとおそうとする、主人が無能でそれをおさえることができない、そういう家ならほろびたってしようがあるまい。心がけの悪い者は、ほろびるのが当然なのだ。わしがひとりでいくらほねをおってみたところで、どうなるものでもない。だいいち、わしは大名の家名などというものをそうありがたいとは考えていないのだ」

「どうしてありがたくないんです」

「では、お吟に聞くが、いったい人のしあわせはどこにあるとお吟は思うね」

「あたし岡《おか》っ引《ぴ》きの娘で、学がないんですもの、そんなことふいに聞かれてもこまります」

「そうか。お吟は自分がしあわせだから、そういうことを考えてみたことがないのだろう」

「じゃ、香取さんはふしあわせなんですか」

「さあ、お吟にはどう見えるね」

お吟はまた返事ができなくなってしまった。身分からいえばしあわせな人でなければならないはずだのに、こうして船宿の二階などに居候《いそうろう》しなければならなくなったのは、けっしてしあわせとはいえないようにも思える。

「わしはいつもこう考えている。人のしあわせというものは、必ずしも身分や富にあるのではない。それが証拠には、大名の家に生まれたばかりに、家来に毒殺される大名もいるし、金持ちの家へ生まれたばかりに、遊ぶことしか知らない哀《あわ》れな道楽むすこになってしまう者もある」

「それはそうですねえ。道楽むすこなんてのは、世の中のわらいものにされるばかりだわ」

「だから、人のしあわせというものは、その分に応じて身を修め、正しく生きていくことに勇気のある者ということになってきはしないかね」

「つまり、香取さんのような人のことですか」

「いや、お吟のような娘さんのことだ」

礼三郎はたのしそうにわらいだす。

八

「わしはなあ、お吟、たかが六万石《ごく》という小さな天地の中で、私欲のために目の色をかえて小細工を弄《ろう》している悪人ども、その小細工にのせられてなんの反省もない大名、そういうあさましい姿を見ていると、あまりにもバカらしくて、つくづくあいそがつきてしまったのだ。そんな大名と家来なら、かってにほろびるがいい。わしにはわしの天地がある、そう考えたから、自分から身をひいて江戸へ出てきたのだ」

それがけっして負け惜《お》しみでないことは、その深く澄んだ涼しいまなざしでもお吟にはわかってきたが、そして、そういうたくましい礼三郎という男に、今では激しい恋心さえ持っているお吟なのだが、それだけになにか物足らないものがある。

「香取さんはそれでいいかもしれないけれど、浜松にだっていいご家来はあるんでしょう。お家が断絶してしまったら、そういうご家来たちがかわいそうじゃありませんかしら」

「それは、このあいだもお吟がいっていたように、いい家来と悪い家来とくらべれば、浜松にだってむろんいい家来のほうがずっと多いはずだ。しかし、そのいい家来たちが、ただ自分の身の安全ばかりを考えて小さくなっていたのでは、どうしようもない。正しいことを正しいと言いきれない人間は、とうていいい世界には住めないのだ」

「そんなのをお人よしっていうのかしら」

「お吟にしろ、仁助にしろ、わしをかくまえば悪人どもからどんな迷惑をこうむるかもしれないとわかっていて、しかもこうして居候においてくれる、つまりは悪を憎む心があるからだ。なんの縁故《えんこ》はなくとも、人にはそれだけの勇気があるのに、侍でありながら正しいを正しいと言いきれないのは、ただお人よしだからではすまされない。ひきょう者という侍としてはいちばん恥ずかしい汚名をきせられてもしようがないとわしは考えている」

「ごめんなさい。あたし香取さんのお気持ち、よくわかりました」

お吟はやっと納得がいったが、

「でも、こんなに毎日家にばかり引っこんでいて、からだにさわりはしませんかしら」

と、こんどはそんなことが心配になってくる。

「そういえば、きょうはいい天気だなあ」

礼三郎は窓障子《まどしょうじ》にあかるい春の日ざしに、まぶしそうな目を向ける。

「お吟さん、二階ですか」

文吉の声が階段の下から遠慮そうに呼ぶ。

「なにか用なの」

「あのう、香取さんにお客さんですがねえ」

「いま行きます」

お吟はどきりとして、礼三郎の顔を見た。

「お屋敷からでしょうか」

「そうだな、わしがここにいることを知っているのは、このあいだ八ツ山下で出会った者どもぐらいしかない」

「あたしちょっと出てみます」

お吟は裏階段から台所へおりて、いそいで店の間《ま》へ出てみた。

土間にすらりと立っているのは、意外にも若党と中間《ちゅうげん》をつれた腰元ふうの女で、二十がらみとも見えるどこかきかなそうな顔をした美人である。

九

「おいでなさいまし。なにかご用でございますか」

お吟は行儀《ぎょうぎ》よくそこへ両手をつく。

「あのう、こちらに浜松の礼三郎さまとおっしゃるおかたさまが、お泊まりあそばしていらっしゃるそうでございますね」

ことばづかいはいやにていねいだが、どこかつんと取り澄ましたところがあって、気位の高そうな腰元である。

「はい、香取礼三郎さんとおっしゃる浪人さんなら、うちに泊まっていますけれど」

お吟はわざと礼三郎を浪人者あつかいにして、先方の出ようを待つ。

「あたくしはさるお屋敷の奥方さまにお仕《つか》えしております浅江《あさえ》と申します者でございますが、奥方さま内密の仰《おお》せつけをうけたまわり、礼三郎さまにお目にかかりたく参上いたしました。委細はお目通りのうえにて申し上げますが、お会いいただけますかどうか、お取り次ぎを願わしゅう存じます」

「お名まえをうかがわなくても、そのとおりお取り次ぎすればわかるのでございますね」

「はい、昌平橋内からまいった者だと、申し上げてみてくださいまし」

「かしこまりました」

昌平橋内といえば、浜松の上屋敷からにちがいない。しかも、奥方からの用できたという。お吟は不審におもいながら、二階へ引きかえしてきて、そのとおりを礼三郎に取り次いでみた。

「ふうむ。奥方の使いだと申すのか」

「そうなんです。奥方さまどうして香取さんがここにいるのわかったんでしょう」

「そうだな」

「もし悪人どもから聞いたとすれば、奥方さまも怪《あや》しいということになりませんかしら。どんなお人さまなんです、奥方さまというのは」

お吟はつい岡っ引き根性にならずにはいられない。

「わしはまだお目にかかったことはないが、お京の方と申して、お里方《さとかた》は老中松平伊賀守さまだ。非常に聰明《そうめい》なおかたで、折りめ正しい。どっちかというと行儀のよくない兄上は、夫人の前へ出ると窮屈《きゅうくつ》なので、自然近づきたがらないと聞いている」

「じゃ、悪人どもにだまされるなんてことはなさそうですね」

「里方が老中では、悪人のほうでもうっかりしたことはいえないだろうからな。とにかく、その浅江という女中に会ってみよう」

「ことによると、奥方さまの名まえをかたってきたのじゃないかしら。だまされちゃいやですよ、香取さん」

お吟はそう念を押して、下へおりていった。

――なにか小細工がありそうだな。

礼三郎としても、奥方からの内密の使者というのはちょっと意外だったので、これはゆだんできないとはすぐに気がついた。

まもなく、表階段からお吟に案内されてきたのは、どこか底意地の強そうな女中である。じろりとうわ目づかいにこっちの顔をそれとなく見きわめてから、行儀よくそこへ両手をつかえ、案内のお吟が障子をしめて去るのを待って、

「はじめてお目通りいたします。あたくしは奥方お京の方さまにお仕えします浅江と申しますふつつか者、なにとぞお見知りおきくださいませ」

と、あいさつをする。

十

「わしは浜松の浪人香取礼三郎だが、なんの用かな」

礼三郎はおだやかに聞く。

「はい、奥方さまにはこのたびのお国表《くにおもて》のことをお聞きあそばされ、本意ないことと、たいそうお嘆《なげ》きでございます。これでは浜松のお家は行く末どうなることかとご心配あそばされ、ご舎弟さまによくおわび申し上げておいてくれますようにとのことでございます」

浅江は使者に立つだけあって、よどみなく口上をのべる。

「いや、わしはすでに浪人者、なにごとも過ぎたことは忘れていただくようにと、そちからよろしく申し上げておいてくれ」

「それにつきまして、きょうは奥方さまからの内密のお申しつけをうけ、かようにおうかがいいたしたのでございますが、ひととおりお聞きいただけますでございましょうか」

「わしは浜松のごたごたにはあまりたずさわりたくない。浪人香取礼三郎として聞いてよい話ならともかく、聞いても役にたたぬ話なら、なまじせぬほうがよいのではないか」

礼三郎はいちおう突っぱねてみる。

「あの、ご舎弟さまは困っている人がありましても、見殺しにあそばすおかたでございましょうか」

味な持ちかけ方をしてくる浅江である。

「そうだな、その人の困りようにもよるが、武士として困っている者を見殺しにはできぬであろうな」

「奥方さまはただいま困っておいであそばします。と申しますのは、きょう深川のお美禰の方さまから、夜桜を見物かたがた、お茶の席をもうけたいからとお招《まね》きをうけているのでございます。表向きおことわりする理由はなにもございません。余儀《よぎ》なくおうけいたしたのでございますが、お美禰の方さまは新三郎さまのご生母、しかも江戸家老宇田川外記さまの娘でございます。なにかたくらみがあるのではないかとご心配あそばすのは、ご無理のないことではございませんでしょうか」

「まあ、その先を聞こう。それで、わしにどうせよと、奥方さまはいわれるのだな」

「はい、どうすればよろしいか、ご舎弟さまにうかがってきてくれるようにと、申しつかってまいったのでございます」

「なるほど――」

礼三郎はじっと浅江の顔を見すえる。

さすがに、浅江は才気走《さいきばし》った目を、それとなくひざのあたりへ伏《ふ》せてしまう。

「浅江、奥方さまはたとえばなにを恐れているのであろうな」

「さあ、あたくし――」

浅江はちょっと当惑したようである。が、それをはっきりいわなくては、助けてくれにはならない。

「あのう、このようなことを申し上げてよいか悪いか、あたくし一存でございますけれど、外記党が奥方さまを深川へ閉じこめるということは考えられないことでございましょうか」

「うむ、そういうことがあるとして、外記は奥方を閉じこめてどうしようというのかな」

「おゆるしくださいませ。そこまで浅江の口から申し上げるのは恐ろしゅうございます」

浅江は当惑した顔を伏せながら、うまく逃げようとする。

十一

「浅江が口にするのも恐ろしいようなことを、外記はたくらんでいると申すのだな」

礼三郎は念を押すように聞いてみる。

「はい、そうではないかと、あたくしは存じます」

「しかしな、浅江、たとえ外記がお京の方を深川の下屋敷へとじこめたとしても、お京さまにはお里方がある。そのような無法を黙ってみているであろうかな」

「それは、お里方へおすがりあそばせば、いちばんよろしいのでございますけれど、そのようなことはまえもってお願いしにくいことでございますし、事がおこってからでは、泣き寝入りにいたさなくてはならなくなる場合もございましょう。奥方さまはそれを恐れておいであそばします」

「泣き寝入りとは、手ごめにされる、そのような場合のことか」

「はい」

浅江はさすがに顔を赤くしている。

「そんな心配があるのなら、ことわるわけにはいかぬのか。君子《くんし》危《あや》うきに近寄らずということもある」

「ご病気なればともかく、奥方さまといたしましては、そうもいたしかねるのでございます」

「それで、けっきょくはわしにどうしてくれと申されるのか」

「あの、日が暮れましたら、ご舎弟さまに深川の屋敷のご門までお出向きをねがい、あたくしを呼び出していただきます。そして、あたくしが奥へ、ご舎弟さまが奥方さまにお目にかかりたいと申してまいられましたとお取り次ぎいたせば、お美禰の方さまと新三郎さまも、まさかにそれはならぬとは申せませぬ。そこで奥方さまにご対面くださいまして、それとなくご帰館をすすめてくだされば、外記党もどう手の出しようがなく、無事にすむのではございませんでしょうか」

「なるほど」

礼三郎は納得したような顔をして、

「奥方さまがそうしてくれと申されるのだな」

と、それとなく念を押す。

「はい、かようなことはあまりお里方へも知らせたくないし、なにもかもよく事情をご承知のご舎弟さまにおすがりいたすほかはないと、奥方さまはおっしゃっておられます」

まことしやかに申しのべる浅江だった。

「しかし、そんなまねをいたすと、あとでそちが外記党にねらわれはせぬかな」

「いいえ、たとえあたくしの身がどうなりましょうと、奥方さまには替えられません。これがご奉公の道でございます」

「さようか。よく相《あい》わかった。なんとかいたしてみよう」

「あの、ご承知くださいますでしょうか」

「うむ、そちが身を捨てての忠義を無にするわけにもいくまい。お京の方さまによろしく申し上げておいてくれ」

「ありがとうございます。奥方さまもどんなにかおよろこびでございましょう。あたくしも使者に立ったかいがございまして、うれしく存じます」

浅江は何度も礼をのべて、やがて帰っていった。

「どうだったんです、香取さん」

浅江を送り出したお吟が、いそいで二階へあがってきた。

十二

「お吟、あれはむじなの使いらしいな」

礼三郎はわらいながらいった。

「じゃ、奥方さまの内密の使者だなんて、うそなんですか」

「うそだな。奥方さまはわしがここにやっかいになっていることは知るまい。たとえ知っていても、あんな使者はよこさぬ」

「内密のご用って、どんな口上だったんです」

「深川の仙台堀《せんだいぼり》に、例の新三郎さんが生母お美禰の方といっしょに住んでいる。奥方さまは今夜そのお美禰の方から夜桜見物かたがたお茶の席へ招かれているのだそうだ。ことわるわけにもいかないから出かけるが、外記のたくらみが恐ろしい、わしに助けにきてくれという口上だった」

「助けるって、どうすればいいんです」

「日が暮れたら下屋敷の門まで行って、あの腰元を呼び出す。奥方さまにごあいさつがしたいと申し入れると、あの腰元が奥へつれていってくれる。そこで、わしが奥方にすぐご帰館するようにとうまくすすめれば、敵はどうしようもなかろうというのだ」

「わかりました。そんなことをいって香取さんを下屋敷へひっぱりこんで、だまし討ちにしようっていうんでしょう。外記むじなって、案外頭はよくなさそうですね」

お吟はわらいだす。

「どんなりこうな人間でも、悪事をたくらむとどこかに手ぬかりをやっているものだ。りこうな人間ほどそれが多いんじゃないかな」

「そうでしょうか」

「こんども外記むじなはあの腰元に、わしに知らせなくてもいいことまでしゃべらせている」

「どんなことなんです」

「いったい奥方さまはなにをそんなに恐れているのかと、わしがわざと腰元に聞いてみると、奥方さまを深川の下屋敷へ閉じこめるかもしれませんと、浅江はいっていた。そんなことをすれば里方で黙っていないだろうといってやると、いいえ、口がきけないからだにされないともかぎりませんと、口走っていた」

「まあ」

「そんなことは、たくらまれるほうで気がつくものではない。気がつけば、むろん、どんな口実をこしらえてでも、そんなあぶない招待はことわるだろう」

「じゃ、外記むじなはそんな恐ろしいことをたくらんでいるということになるんですか」

「わしはそう見て取った。つまり、新三郎さんがうまく奥方を不義に誘いこんでくれれば、外記は里方の老中をまるめこむことができるから、万事自分の思うように事が運ぶ。悪人ならちょっとやってみたくなりそうな手段だからな」

「奥方のほうでは、そこまでは気がついていないんですね」

「さあ、きょうほんとうに深川へ招かれていることが事実で、その招きに応じるとすれば、そこまでは気がついていないということになるな」

「そんなこと、香取さん、黙って見ていていいんですか。あのお腰元さんにはなんと返事をしてかえしたんです」

お吟は躍起《やっき》になってきたようだ。

「日が暮れたら深川へ出向くと返事をしておいた」

「じゃ、奥方さまを助けてくださる気なんですね」

十三

「奥方さまが深川へ出向くかどうか、あの腰元の話だけでは信用できぬからな」

礼三郎はあまり気のりがしないような顔つきである。

「そうだ、文吉を昌平橋のお屋敷へ張りこませておきましょう」

お吟はいまにも立ち上がろうとする。

「まあ待て――。わしはさっきもいうとおり、浜松のことにはこれ以上深入りしたくない」

「それはいけません。こんどのことは違います。浜松さまであろうと、小田原さまであろうと、罪もない奥方さまが悪人にいじめられようとしているのを、知らないのならとにかく、知っていて黙っているのはお侍さんのすることじゃないと思います。あたし、香取さんはそんな冷たい人になってもらいたくないんです」

花が咲いたように、いきいきとお吟の顔が紅潮してくる。

「そうか、黙って見ていてはいかんか」

「いけません。義を見てせざるは勇なきなりっていうじゃありませんか。悪いやつを見のがしておくなんて、男じゃありません」

「お吟は威勢がいいんだなあ」

礼三郎は苦笑している。

「待ってらっしゃい。いま文吉に張りこみをいいつけてきますから」

捕物娘はひとりで心得て、さっさと下へおりていく。

――あの娘親分は、わしを子分にする気かもしれんな。

おもしろい娘だとほほえましくはなるが、さてお京の方を今夜外記党の悪計から救うとなると、お吟が考えているようにそう簡単にはいかないのである。

だいいち、礼三郎はお京の方に会ったことがないから、気心がわからぬ。よけいなまねをすると思われでもすると、ほねをおってとんだ道化者《どうけもの》にならなければならない。

たとえば、お京の方が自分の助太刀《すけだち》をよろこんでくれるとしても、それが国もとの兄忠之のほうへどうひびいていくか。あまり立ち入ったまねをすると、それこそ悪人どものほうで不義にこしらえて、どう逆用するかわからない恐れがあるのだ。

――それでなくてさえ、兄上はわしを憎《にく》んでいるんだからな。

そんなことを考えると、礼三郎はだんだん心が重くなってくる。

が、外記党がほんとうに今夜お京の方を手ごめにするような悪辣《あくらつ》な手段を考えているとすれば、お吟ならずともこれはとうてい黙視《もくし》することはできないのだ。

――けっきょく騒動の外に立って、自分だけ風流をたのしむなどということはできない因果《いんが》をしょっているのかもしれないな。

それならそれで、断じてやるほかはないんだがと、やっぱり闘志を感ぜずにはいられない礼三郎なのだ。

「香取さん、奥方さまの行列がお上屋敷を出ましたって」

お吟が勢いこんで二階へ駆けあがってきたのは、やがて八ツ（二時）を少しまわった時刻だった。

「そうか。それはちょっとめんどうなことになったな」

礼三郎はお吟の顔を見て考えこんでしまう。

十四

「さあ、出かけましょう、香取さん」

お吟がせきたてる。

「どこへ出かけようというのだ」

「仙台堀のお下屋敷なら、奥方さまの行列はきっと新大橋《しんおおはし》をわたっていくにちがいないんです。だから、新大橋へ先まわりしていましょう」

「しかしなあ、あねご、行列を往来《おうらい》のまんなかでとめて、こんにちはと出ていくわけにもいくまい。通行人が迷惑をするばかりでなく、往来中でできる話でもない。だいいち、行列をまもっていく供《とも》まわりの侍どもは、ほとんどが外記党の息のかかった者と見なければならないのだ」

「そういえばそうですねえ」

お吟はちょっと当惑しながら、

「お大名って、やっぱり不自由なものね。それじゃ下屋敷へ押しかけていくほかないじゃありませんか」

と、ずばりと言いきる。

「まあ、それよりしようがあるまい」

「まさか表門から乗りこむわけにもいかないでしょう」

「うむ、舟で行ってみよう。あの屋敷には水門口があるはずだ」

「見つかるとたいへんですねえ」

急にお吟は心配になってきたようだ。

「そのときはまたそのときのことだ。表に敵の見張りがうろついているかもしれないから、なるべく悟《さと》られないように舟のしたくをしてくれ」

「はい」

稼業《かぎよう》が船宿だから、舟はお手のものである。が、桟橋《さんばし》は往来を一つ越したところにあるから、もし表に敵の目があるとすれば、その目をのがれるのはちょっとむずかしい。

お吟は文吉に屋根船のしたくをさせて、それとなくあたりへ目をくばってみたが、それらしい姿は見あたらないようだ。もっとも、隠密《おんみつ》をつとめるほどの人間が、そうすぐ人目につくようなところにうろうろしているわけもないから、この見あたらないはあまりあてにもならない。

しかし、いつまでそんなことを心配していてはきりがないので、お吟は思いきって門口のほうへ合い図をした。

そこに待っていた礼三郎が、例によってゆうゆうと出てきて、桟橋から舟にうつる。つづいてお吟がするりと船房へすべりこむと、

「出しやす」

文吉が声をかけておいて、ぐいと一つ棹《さお》を突っぱる。

舟はゆらりと岸放れして、やがて棹が艪《ろ》にかわり、薬研堀から大川《おお》へこぎ出していくのだ。

「別に怪《あや》しいやつはいないようよ」

そっちの窓障子《まどしょうじ》を細めにあけて、しきりに往来のほうを見ていたお吟が、元柳《もとやなぎ》橋の下をくぐりぬけると障子をしめて、礼三郎のほうを向いた。

「お吟、おまえ十手《じって》捕縄《とりなわ》の用意をしてきたか」

礼三郎がわらいながら聞く。

「いいえ、そんなもの持ってきません。きょうはあたし岡《おか》っ引《ぴ》きの娘のお吟じゃなくて、若様のお腰元のつもりなんですもの」

お吟はうれしそうに答えながら、そこへ三つ指をついてみせる。

「それは違う。わしこそきょうはお吟あねごの子分のつもりなんだがなあ」

十五

お京の方の行列が、深川仙台堀の下屋敷へはいったのは、八ツ半（三時）を少しまわった時刻であった。

きょうの供頭《ともがしら》は鐘巻弥次郎で、外記も堀川儀右衛門も供には加わらず、いっさいの采配《さいはい》は弥次郎がまかされている。

弥次郎はすでに一昨日ひそかに下屋敷をたずね、お美禰の方とも新三郎とも思いきった打ち合わせをすませ、下屋敷の老用人宮崎喜兵衛《みやざききへえ》もきょうの計画によろこんで一味を誓《ちか》っていた。

新三郎さえ世に出れば、下屋敷の者はみんなそれぞれ出世ができるのだから、だれしも異存のあろうはずはない。しかも、こんどの首謀者《しゆぼうしや》はお美禰の方の実父たる江戸家老宇田川外記なのだから、安心してそのさしずどおりに動いていればいいのだ。

玄関まで奥方を出迎えたお美禰の方は、丁重《ていちょう》に奥の書院へお京の方を案内して、

「きょうは女たちばかりのお花見でございますから、奥方さまにもごゆるりとおくつろぎくださいますように」

と、さっそく酒肴《しゅこう》の膳が配された。

障子をあけひろげた庭には別に桜はなかったが、そのかわり床《とこ》の間《ま》に五分《ぶ》咲きの花を生け、座にはお京の方の供をしてきた腰元たちと、下屋敷がわの腰元たちと、女ばかりの席で、お美禰の方が如才《じょさい》なく無礼講《ぶれいこう》を触れ、下屋敷がわの腰元たちに隠し芸など披露《ひろう》させると、上屋敷組も負けてはいず、少しの酒量で座はたちまちにぎやかになってきた。

ことに、上屋敷組は、きょうは下屋敷へ遊びにきたという気持ちがあるうえに、あらかじめお美禰の方からよく言いふくめられている下屋敷がわの女中どもが、どこまでもしたてに出ながらうまく酒をすすめ、芸を誘い、先立ちになって浮かれてみせるので、上屋敷組は日ごろ気づまりな奥勤めからすっかり解放された気持ちになり、いつの間にか自分たちが遊びに夢中になってきた。

日ごろ聡明《そうめい》なお京の方も、夫忠之の乱行ぶりにはまゆをひそめていたが、まさか外記党に恐ろしい陰謀《いんぼう》があるとは、さすがに思いも及ばない。だからこそ、きょうもうっかりお美禰の方の招《まね》きに応じて出てきたのだ。

そして、思いがけないくつろいだもてなしをうけて、女中どもがよろこんでいるのを見ると、あまりはしゃぎすぎて、はしたないまねをしてくれなければよいがと、ひそかに心配しながらも、座のおもしろさについ微笑をさそわれている。すすめられるままに三つほどすごした杯に、ほおをほんのりと桜色にそめながら、いつか酔いごこちにもなっていた。

酒というものは、女でさえこんなにたのしくなる、まして夫忠之がつい度をすごしたくなるのも、無理はないかもしれぬ。

考えるともなくそんなことを考えていると、

「奥方さま、およろしければ美禰自慢のお茶室をごらんくださいませ」

お美禰の方がふっと誘いかけてきた。

「どうぞ――」

「女中どもはこのままにしておきましょう。美禰がご案内いたします」

気軽にうながされて、お京の方もその気になり、お美禰の方について黙って廊下へ出た。

さすがに中老浜野《はまの》が立って、あとにつづこうとする。

十六

茶室はおもやの東がわの雑木林の中に竹がきをめぐらして、玄関をはいると六畳《じょう》と三畳と二間になっている風雅な建物だった。

庭の障子《しょうじ》をあけ放して、六畳の間《ま》にすわると、雑木林の中に一株の桜があって、まだ五分《ぶ》咲きとまでいかぬ花のふぜいが明るい夕日の中にいかにもういういしい。おもやからは飛び石づたいに少し離れているだけだが、ここはおもやを背にして林を一つ隔《へだ》てているから、ひっそりとして、まるで山の中へでもきたようである。

どこかでうぐいすが鳴いていた。

「まあ、お静かですこと」

若い腰元たちのにぎやかさからのがれてきたお京の方は、急に気がしずまって、うっとりとせずにはいれなかった。

「ただいま一服さしあげますから、どうぞごゆるりとおくつろぎくださいませ」

お美禰の方は釜《かま》のしたくのできている三畳のほうへ立って茶の用意にかかる。

そこから見るお京の方は、丸髷姿《まるまげすがた》もしっとりとおちついて、どちらかといえばその行儀《ぎょうぎ》のよさを夫忠之にうとまれ、浜松へ嫁《か》して三年、夫婦仲は冷たいほうだから、高雅なうちにもいちまつのさびしさがにおいこぼれているのは争われない。たとえていえば、谷間の幽暗《ゆうあん》に咲く白ゆり、そんな美しさである。

──新どのとはちょうど似合いのご縁《えん》。

そうなれば浜松六万石《ごく》はいやでもわが腹を痛めた新三郎のものになるのだからと、お美禰の方はたのしかった。

空閨《くうけい》に悩む女体《にょたい》が、それだけの資格のある男の愛情に、ふっと心のみだれぬはずはない。男女の道というものは、身分の高下、日ごろの英知さえ越えがちなものなのだ。

お美禰の方はもう老境にはいっていた先々代三河守から、思いがけない寵愛《ちょうあい》をうけたときのことを思い出す。そのはじめは、やっぱり上屋敷で茶室へお供《とも》をしたおりだった。

まだ十六のときで、老侯《ろうこう》にふいに手を取られたときは、ただもうからだじゅうがふるえて、声ひとつたてられなかった。

「美禰、なにもこわいことはない」

耳もとで老侯にささやかれ、かっとからだじゅうに火がついたような、そんな夢中のうちに、すべては終わっていた。

そういう男と女の甘美《かんび》な絵巻き物が、いままたこの茶室で、まもなくくりひろげられようとしているのである。

それはまた浜松六万石を取るかのがすかの勝負がかかっている豪華な絵巻き物でもあるのだ。

「おかげんはいかがでございましょうか」

お美禰の方は薄茶をたてた茶わんをささげて、作法どおり若い奥方の前へおいた。

「いただきます」

しとやかに両手をさしのべて茶わんを取るふっくらと白いお京の方のみずみずしい手をながめて、まだ四十まえのお美禰の方は、われながら胸がときめかずにはいられなかった。

「なあに、お方さま、奥方さまはもうはたちにもなっておられる。すでに成熟した女体ですからな、どうお行儀がよくても、うちからくずれます」

一昨日打ち合わせにきた弥次郎は、そんなぶしつけなことを平気で口にしてわらっていた。

はたして、この行儀のいいお京の方に、そんな女心が燃えあがるだろうかと、お美禰の方はなにか心配でもある。

十七

「お方さま、こちらでございましょうか」

老用人宮崎喜兵衛が玄関から遠慮そうに声をかけてきた。筋書きどおり迎えにきたのだろう。

「喜兵衛ですか」

「はい、奥方さまご帰館の儀《ぎ》について、弥次郎どのがちょっとおうかがいしたいことがございますそうで」

「ただいままいります」

お美禰の方は気軽に答えて、

「奥方さま、すぐにもどりますから、——しばらく中座いたします」

と、お京の方にあいさつをして立ち上がった。

お京の方は別に気にもとめず、軽い酒気にほてるほおを微風になぶらせながら、うっとりと夕桜をながめている。

なにも考えてはいなかったが、心の中はけっしてしあわせではなかった。ひとりでいると、いつものことながら、しいんと気が沈んでくる。夫忠之にうとまれている身が、そういう宿命なのだからどうしようもないともうあきらめてはいるが、やっぱり寂しいのである。

――生涯人形妻でおわるのかしら。

お京の方にはいつも乱酔《らんすい》して押し入ってくる夫に、どうしても迎合する気にはなれなかった。なにかけだものじみていて、忠之のそういう酔態《すいたい》には愛情が感じられないのである。いや、むしろ嫌悪《けんお》の情さえおこって、これではいけないと思いながら、ついからだのほうが反抗しているのだった。

忠之は気の小さい人なのだ。酒に酔っていないと、家来にさえ気がねが出るらしい。だから、酒の力をかりて暴君になり、その後悔をまぎらせたいから、また酒をのむ。

去年、忠之が国入りをしたときはほっとした。きのどくではあるけれど、酒と女にただれている忠之には、とうてい同情は持てない。これで当分あのけだものじみた酔態を見ずにすむと思ったのだが、国入りをした忠之の暴君ぶりはいっそうひどいらしく、江戸表《おもて》までとかくのうわさがはいってくる。なるべく耳をふさぐようにしているのだが、女中どもの口からなんとなく耳にはいってしまうのである。

――このままにしておいていいのだろうか。

形だけでも妻という座にいるだけに、暗い気持ちにされることもあったが、女の意見など思いもよらぬ人なのである。

けっきょくはついている家来どもがふがいないのだ。里方《さとかた》とはすべての家風が違うのだから、せめて自分だけでも清く生きぬくほかはないと思う。

我にもなく思わずため息が出てきたとき、ふっと庭に人かげがさして、着流しの新三郎がふらりと縁先《えんさき》へ近づいてきた。

「おお、これは気がつかぬことをいたして、失礼しました」

若い新三郎はこっちに気がついて、はっとしたように白いほおをそめた。

「おじゃまいたしております」

お京の方は会釈《えしゃく》をかえして、それで新三郎は引きかえしていくのかと思ったら、

「客をこんなところへひとりでおくとは、少し失礼のようですな」

と、わらいながら縁先から話しかけてきた。

答えようがないから、お京の方はつつましく微笑している。

十八

「忠之どのもほどなくまた出府《しゅつぷ》されますな」

新三郎は如才《じょさい》なく話しかけて、縁先から去ろうとしない。

「はい」

おかまいなくお引き取りくださいともいいかねるので、お京の方は目をひざの上へ伏《ふ》せてしまう。

「忠之どのはお京どのに冷たいという話ですが、ほんとうですか」

そんなことを平気で口にする新三郎だ。

お京の方は返事のしようがないので、ただ顔が赤くなるばかりだ。

「そうそう、忠之どのはこのごろ少し乱心の気味があると聞きましたが、お京どののお耳にもはいっておりますか」

「いいえ、そのようなことは――」

さすがにどきりとして顔をあげると、

「そうか、やっぱり家来どもが遠慮してかくしているんですな。では、国もとで一大事がおこっているのを、まだご存じありませんね」

と、まゆをひそめてみせる。

「一大事とは、どのようなことなのです」

ついつりこまれて、聞かずにはいられない。

「よろしい。お耳に入れましょう。こんなことを奥方にかくしておくというのはよろしくない」

新三郎は縁からあがってきて、前へすわる。

男とふたりきりの対座は、人妻の身として慎《つつし》まなくてはならぬが、玄関の間に浜野が控えているはずである。それに、障子もふすまもあけひろげてあるのだから、と、お京の方はいささか安心していた。というより、国もとの一大事というこ とのほうが気がかりだったのだ。

「ほんとうのことをうかがわせていただきます」

「わたしは正直ですから、うそはいいません。それに、忠之どのが日ごろお京どののことを少しもかえりみようとしない。冷淡だと聞いているので、一度意見をしようと思っているくらいでした。しかし、忠之どのはやっぱり酒乱だったのですな。それならいくら意見をしてもだめだ。あなたに同情するだけです」

「国もとで忠之どのがなにかなすったのですか」

「やったようです。遠乗りに出て、農家の若い女房を刀でおどし、意にしたがわせた。城下町の人妻をさらってきて、座敷牢《ざしきろう》へ入れさせ、これを手ごめにした。公儀《こうぎ》に聞こえれば家名断絶です」

「まあ」

お京の方はあまりのことに顔をあげていられなかった。忠之の日ごろから見て、けっしてないとはいえないことなのである。

「舎弟の礼三郎どのが、見かねて意見した。これがまた少し手きびしかったようです。そんな乱行は犬にも劣《おと》るとやったものだから、忠之どのがおこって、手討ちにしようとした。これはまあ舎弟のほうでうまく逃げ出してしまったので、事なくすんだ。が、それ以来、忠之どのはすっかり凶暴になってしまって、乱心したとしか思えない。余儀《よぎ》なく家老どもが相談して、一時座敷牢へ移したということです」

「ほんとうですか、新三郎どの」

お京の方の顔から、さっと血の気がひいてきた。

「わしはお京どのに同情します。しかし、乱心ではしようがない」

新三郎はいかにもきのどくそうにいう。

十九

「国もとの礼三郎さまは、どうあそばしたのでございましょう」

「忠之どのの乱行ぶりにあきれて、国もとを立ちのいてしまったそうです。もっとも、これには忠之どのの御意討《ぎょいう》ちの追っ手がかかっている。逃げ出すほかはなかったんでしょうな」

新三郎はお京の方が伏《ふ》し目《め》になりがちなのをいいことに、もうわがものにも等しい美貌《びぼう》の奥方のにおわしいばかりの女体《にょたい》を無遠慮に見すえながら、

「そこで、問題になるのは浜松の跡めのことなんだが、礼三郎さんが家出をしてしまったんでは、わしがはいってつぐほかはなかろうと、家来どもはいうのです」

と、かまわずいってのける。

「では、あの、忠之どのはもう隠居ときまったのですか」

「どうもそうするほかはなさそうです。当分座敷牢《ざしきろう》は出られそうもないそうですからな。しかし、わしがもし跡めになおるようなら条件があると、老臣どもにいっておきました。わしははじめからお京どのに同情している。いや、正直にいえばお京どのが好きだった。名目はどうあろうともかまわぬから、事実上お京どのといっしょにしてくれるなら、跡めをつごうと、希望しました」

「まあ」

「老臣どもも、お京どのが忠之どののほんの名ばかりの奥方だということはよく承知しているので、まだ表向きは困るが、これは当人どうしのことだ。直接ふたりで話しあってみてくれるようにと、実はきょうはそのためにお京どのをお方さまの名でお招《まね》きしたわけなのです」

あっとお京の方は目をみはって、新三郎のいかにもなれなれしいぶしつけな目に出あうと、からだじゅうをかたくして、すっと立ち上がった。

あまりにも無遠慮な放言に、座にいたたまらなくなったのだろう。

「どうかされたのか」

新三郎はわざととぼけたように聞きながら、その手はすばやくお京の方の掻取《かいど》りのすそをおさえていた。

「あっ、お放しなさい、新三郎どの」

「そうおこることはないと思うんだがなあ。なにが気に入らなかったんです」

「無礼です、お放しなさい」

「そうはいきません。無礼があったらあやまりますから、まあおすわりください。たいせつな客をおこらせたとあっては、新三郎のぶちょうほうになります」

さっと立ち上がった新三郎は、いきなりお京の方の背後から肩を抱きすくめ、力いっぱいそこへねじ倒そうとする。

「浜野、浜野、きてください」

必死に身もがきしながら、奥方は玄関の間のほうを呼んだ。

「わしはあなたが好きだといっているんだ。あなたは美しい」

「放して――。無礼な」

たちまち掻取りが肩からぬけおちて、強い男の力にはとうてい抗《こう》しきれない。どたりとお京の方はそこへねじ倒され、はでなすそが乱れ散る。

「浜野、――浜野」

「安心なさい。ここにはもうだれもいません」

耳もとへ熱ぼったくささやいた新三郎は、ひたとそのままうしろからけがらわしいほおをよせて、いまわしい手がゆうゆうと胸乳《むなぢ》をさぐってくる。

二十

はなかった。

すべては計画的に運ばれていたのだとわかると、お京の方はもう絶望するほかはなかった。

助けを呼んでもむだなのである。うしろから抱きすくめられて、もがけばもがくほどすそがみだれ、けだものの手でえりもとをかきむしられるだけなのだ。

「無礼な、——許して」

「お京どの、——わしのいとしいお京どの」

におよかな女体をわが胸に抱きすくめている新三郎は、有頂天になってそんな甘ったるいたわごとを耳もとへささやきながら、その手がしだいに胸乳へ深く迫ってくる。

「いけません、——放して」

「そのような冷たいことをいうものではない。わしはほんとうに、お京どのが好きなのだ。きっと、お京どのを一生しあわせにしてみせる」

鉄面皮《てつめんぴ》な新三郎は、ねこなで声を出しながら、みだらな手がいよいよ凶暴に狂いまわってくるようだ。

——恥ずかしい。

お京の方は必死に身をまもりながら、ついに力がつきかけてきた。

「新三郎さん、それはなんのまねですな」

ふっと縁先《えんさき》からそう話しかけてくる声があった。

「バカ、だれだ」

ぎょっと新三郎は顔をあげて、家来の者ならしかり飛ばしてやろうとこわい目をしたが、

「あっ、礼三郎」

あまりの意外さに、まったく愕然《がくぜん》とせずにはいられなかった。

思わず押えつけている手がゆるんだので、その間にお京の方は夢中でその手をのがれ、ふらふらっと立ち上がる。

「逃げちゃいかん、お京どの」

その声におびえたお京の方は、

「助けて――」

よろよろと礼三郎のほうへ逃げていく。

「どこへ、どこへ行くんだ」

「おやめなさい、新三郎さん。男のすることじゃない」

礼三郎がけいべつするようにたしなめる。

「きさま、どこからここへはいってきたんだ」

惜《お》しいところで掌中《しょうちゅう》の玉《たま》を逸《いっ》した新三郎は、憤怒《ふんぬ》に狂いだしそうな形相《ぎょうそう》になってくる。

「裏門からおじゃまいたした」

「だれにことわってはいってきたんだ」

「あなたはだれにことわって、お京どのにこんな乱暴を働いたのかな」

みごとな逆襲である。

「黙れ、乱暴ではない。お京どのは、お京どのは忠之の酒乱にあいそをつかしていたんだ」

だから、納得ずくのことだといわぬばかりの放言である。

「なるほど、忠之どのは国もとで座敷牢へ押しこめられたそうですな」

「乱心したんだからしようがない。わしがお京どのをもらいうけても、だれも文句はないはずだ」

「浜松の家督もあなたにきまったと聞いたが」

「そのとおりだ。きさま、それを根に持って、こんなところへじゃまにきたのか」

「いや、わしは鐘巻弥次郎という新参者に招かれて、ここへやってきたのです」

「なにッ」

新三郎ははっと思いあたることがある。

二十一

今夜お京の方の名で礼三郎を屋敷へおびきよせ、ついでに始末しておこうと、弥次郎はいっていた。

弥次郎はもうその手配をちゃんとしているはずなのだ。いったいなにをぐずぐずしているのだろうと、新三郎はむやみに腹がたってくる。

「新三郎どの、あなたがたのやり方は少しあくどすぎるようですぞ」

礼三郎はあくまでもおちつき払っているようだ。

「なにがあくどいんだ」

「忠之どのを酒乱にして、まずじゃまになるわしを追い出させ、次に忠之どのを座敷牢へ押しこめ、こんどはお京どのの口をふさぐために手ごめにしておく。うまく家督が乗っ取れたら、次の手はおそらく殿さま急病死ということになる」

「ひがむな、礼三郎。いまさら見苦しいぞ」

お京の方のてまえ、新三郎はどうしても負けてはいられないのである。

そのお京の方は、礼三郎の手のとどくところまでのがれて、くずれるようにすわりながら、まだ人ごこちもなく肩で息を切っている。みだれたままの姿が、新三郎の目にはひどくなまめかしい。

「見苦しいのは新三郎さんのほうだ。もっとも、あなたはほんの傀儡《かいらい》で、黒幕にただおどらせられているにすぎない愚《おろ》か者《もの》だが、たとえ愚か者にもせよ、悪人にもせよ、男はいやがる婦女子をはずかしめるものではない。そんなまねは、破廉《はれん》恥漢《ちかん》のすることとだ。座敷牢は国もとばかりではなく、この屋敷にも必要のようですな」

「黙れ、黙れっ。きさまのようないなか出の朴念仁《ぼくねんじん》に、女の気持ちなどわかるものか。お京どのはむしろ、わしのたわむれをよろこんでいたのだ。やきもち半分のよけいなおせっかいはやめて、さっさとここを出ていったらどうだ」

新三郎は半分それを信じている。いや、そうだと信じたい。男にたわむれかけられて、それが絶対にいやだと思う女はないはずだ。そう考えると、急に元気が出てくる。

「しらふでそんなことが平気でいえるあなたは、やはり座敷牢のほうがいいようですな。どうも常人とは思えぬ」

礼三郎はあきれたように苦笑して、

「お京どの、よろしければお供《とも》しましょうか」

と、お京の方をうながす。

「はい、どうぞ――」

お京の方はいそいでねれ縁のほうへにじりよる。

「どこへ行くのだ、お京どの。それでは約束が違うではないか」

が、お京の方はもう新三郎のほうを見ようともしない。

「はきものがありませんな。これをさしあげましょう」

礼三郎は自分のぞうりをぬいで、くつぬぎの上へなおす。

「すみませぬ」

お京の方は小褄《こづま》を取って、礼三郎のさし出す手につかまり、ぞうりをはこうとする姿が、もうすっかり礼三郎にすがりきっているように見えて、新三郎の胸へかっと嫉妬《しっと》の炎がうずをまいてきた。

二十二

「うぬっ」

新三郎は差し添えを引きぬくなり、夢中になって礼三郎に切りかかっていった。

が、それより早く、礼三郎は、

「あぶない」

新三郎が柄《つか》に手をかけたと見るなり、近づけてはお京の方にけがをさせる恐れがあるので、こちらから座敷へ踏んごみざま、だっと新三郎に当て身をくれていた。

「う、うっ」

新三郎はたわいもなくどすんとそこへしりもちをついて、気絶してしまったようだ。

「こわい」

お京の方は、ひらりと自分のそばへ早くも飛びのいてきた礼三郎の胸へ、我にもなくすがりついている。

「だいじょうぶです、お京どの。今のうちにのがれましょう」

礼三郎はその肩をかかえるようにして、茶室の庭から玄関のほうへまわってきた。

この近くにはぶ用心にも警固の者はだれもいない。いや、きょうは道ならぬ一幕がある茶室だから、わざと人目を遠ざけておいたのだろう。

「どこへまいるのでございます、礼三郎さま」

お京の方は礼三郎に手を取られて、ぴったり寄りそいながらまだふるえている。

「もう上屋敷へもどられてはあぶないでしょうな。それとも、一度もどってみますか」

「いいえ、上屋敷へはもどりたくございません。恐ろしい」

一度仮面をぬいだ悪人どもは、もうどんな卑劣《ひれつ》なまねでも辞《じ》さないだろう。悪人どもにすれば、こうなってはなんとか奥方の始末をつけてしまわないかぎり、自分たちの身があぶなくなるのだ。

「よろしい。わしは裏へ船を持ってきています。とにかく、ここをのがれて、身の振り方はそれから考えましょう」

「見張りの者はいないでしょうか」

「いや、まだだいじょうぶです。悪人どもは、まさかわしがこんなまねをしているとは気がつかないだろうから、万事うまく運んでいると、ゆだんしている。今のうちです」

茶室の枝折り戸を出ようとすると、林の小道を小走りに、あたりを見まわしながら、走ってくる女中があった。

「あ、浜野――」

「まあ、奥方さま、どうあそばしたのでございます」

浜野はびっくりして走り寄ってきた。

「京は、京はあやういところを、この礼三郎さまに助けていただきました」

「では、あの、もしや新三郎さまが――」

「いそぎましょう、浜野。敵につかまるとたいへんです。くわしいことはあとで話します」

「はい」

浜野はまたしてもあたりを気にしながら、

「どこへまいるのでございます、奥方さま」

と、心配そうに聞く。

「礼三郎さまのお船へまいるのです」

「さあ、いそぎましょう」

礼三郎はお京の方をうながして、そこから林の中へ分け入った。西の水門口のところまで出るには、庭の南がわをぐるりとひとまわりしていかなければならないのである。

日はさっき落ちて、もう夕もやがただよいだしている。

二十三

茶室でそんなあくどい一幕を計画しておきながら、そのときの屋敷の警固はまったくほったらかしになっているようだった。

「あたくし、鐘巻さまに打ち合わせがあるとかで呼ばれまして、しばらく別間でお待ちしていたのでございますが、鐘巻さまがなかなかみえませんので、お茶室のほうも心配になり、ちょっと様子を見にまいったところでございます」

浜野はやっぱりそんなたくらみがあったのかというように、自分の立場を説明しながらまゆをひそめていた。

「浜野は茶室へくるまで、家来どもにだれにも見とがめられなかったか」

礼三郎が林の中をお京の方の手を取って先に進みながら、浜野に聞く。

「いいえ、こちらにはだれも見えませんでした」

「腰元たちはまだあの広間で遊んでいるのですか」

お京の方が聞く。

「はい、座がおもしろいので、みんな夢中になっているようでございます。それに、供《とも》まわりの者にも、みんなそれぞれご酒が出ていますから」

「つまり、敵はあまりにもうまくたくみすぎて、大きな手ぬかりをやってしまったのですな」

「はい、京はほんとうにあぶないところでございました」

家来たちをみんな酒で殺しておいて、その間に茶室で事を進めてしまおうとしたのだから、礼三郎がもしきてくれなければ、浜野が駆けつけても、もうそのときはひと足おそかったかもしれない。そう思うと、お京の方はいまさらのように胸が寒くならずにはいられなかった。

「礼三郎さまは、どうしてこのようなところへ――」

「それも敵の小細工がすぎた結果です。お京どの、浅江という女中を召《め》し使っていますか」

「さあ、京は存じません。浜野、浅江という者が奥にいますか」

「いいえ、それはたしかご家老外記さまの家の女中でございます」

「なるほど、外記の家の召し使いか。実は、その者がけさ、お京どのの内密の使者だと申してまいって、きょうここの屋敷へ奥方さまが招《まね》かれている、きっとなにかたくらみがあるにちがいないから、わしに夜になったら門まできてくれということでした」

「まあ」

「要するに、ついでにわしもかたづけてしまう気だったようだが、わしはどうも怪《あや》しいと見たので、昼間のうちに船でここへ乗りつけてみた。それが天のたすけという結果になったのでしょう」

「恐ろしい。ここでこんなまねをするようでは、さきほどの国もとの話も、いいかげんのことではないように思えます」

「実は、わしもそれを心配しているのです。正直にいえば、わしは浜松家にあいそをつかして江戸へ出てきたんだが、外記どもがそこまであくどいまねをしているとなると、ただ見ているわけにもいかなくなってくる」

礼三郎はまだいくぶん思い迷っているような口ぶりである。

「礼三郎さま、ほんとうのことを聞かせてくださいませ」

お京の方がすがるようにいった。

二十四

「どんなことを聞かせよといわれるのですか」

「あの、忠之どのは国もとで、農家の女房を刀でおどしたり、城下町のおなごをさらって座敷牢《ざしきろう》へ押しこめたり、ほんとうにそのようなまねをあそばされたのでございましょうか」

お京の方はさすがに消えも入りたいふぜいである。

「残念ながら、事実なのです。わしはそれをいさめて、怒りに触れたんだが、半分はついている家来どもが、忠之どのに乱行をすすめているのだ。だから、わしは、家来どもに踊らせられてはいけません、いまにご自分の身に災《わざわ》いがふりかかってきますぞと、そでをつかんで申し上げた。案《あん》の定《じょう》、悪人どもはわしが浜松を去ると、忠之どのを乱心者にして座敷牢へ押しこめてしまったようです」

「それで、忠之どのはどうなるのでしょうか」

「わしにはわかりません」

やがて毒殺されてしまうだろうとはわかっているが、そこまでは口にしかねる礼三郎である。

お京の方もそれはほぼ想像がつくらしく、そっとため息をついている。

林をぬけると、すぐ目の前に水門口の船着き場が見えてきた。ここは外庭になっていて、そこに船番小屋はあるが、日ごろ船はめったに使わないから、だれも番人はいない。

それにしても、ここまでのがれてくる間、ひとりも人に会わないのだから、敵はまったくゆだんしきっていたのだろう。

そのころ――。

きょうの筋書きを書いた立て役者鐘巻弥次郎は、お美禰の方の居間で思わぬ時をすごしていた。

弥次郎はおのれの才能に大きな自負《じふ》を持ち、人を人とも思わぬずぶとい男だから、お京の方をうまく茶室へ誘い出させ、誘い出したお美禰の方はほどよく老用人に迎えにやる。入れ違いに新三郎が茶室へ押しかける。それで万事つごうよく運ぶものと計算していたのだが、そこにちょっとした手違いがおこった。

中老浜野が奥方の供をして茶室へはいったことである。

浜野は奥方が里方《さとかた》からつれてきた女中で、しっかり者のうえに年ももう二十五をすぎていた。まさか茶室へ供をしてはいけないともいいかねるし、またそんな理由もたたないので、これはお美禰の方を迎えに行った老用人が、ついでに帰館の打ち合わせを口実に、いっしょにつれ出してきた。

そして、別宅で老用人に相手をさせておき、弥次郎との話をすませたお美禰の方が老用人にかわってうまく引きとめておく。

その間に弥次郎はそっと茶室の表まで行って、ほかの者には任せられない見張りをすることにしていた。

で、お美禰の方が居間へはいるのを待って、弥次郎はともかくもあいさつに出た。

あまりいい相談をするのではないから、むろん召し使いの者は遠ざけてある。お美禰の方は大事をたくらんでいる気疲れが、ひとりになるといささかの酒気もてつだって、急にぐったりと気がゆるんできたのだろう。なんとなくものうそうにすわった姿が、ひどくゆるみくずれた感じである。

「お方さま、お役目ご苦労に存じます」

弥次郎はついいたずらっぽい目に微笑をうかべていた。

二十五

「弥次郎、だいじょうぶでしょうかねえ」

お美禰の方が心配そうにいう。やっぱり、茶室のことが気にかかるのだろうか、事が事だけに、いささかおもはゆそうな顔だ。

「だいじょうぶかとは、新三郎さまのことですか」

「ええ、あの子にそんなしばいがうまくできますかしら」

「その心配はございますまい。新三郎さまは腰元いじりなど、一度もされたことはありませんか」

そんなぶしつけな口が平気できける弥次郎なのだ。

「さあ、どうでしょうかしら」

「奥方さまにもせよ、腰元にもせよ、女は女にちがいありませんからな。まして、お京の方さまは日ごろ殿さまにうとまれつづけている方です。年ごろからいっても、もうはだ寂しさをちゃんと知っている体です」

「しかし、お京どのは、まだ一度も忠之どのを近よらせたことがないのではないかというわさもありますよ」

「そういう話ですな。それならなおさらのこと、新三郎さまに親切にされれば、情にほだされやすい。あたりにだれの人目もないところですからな」

「お京どのがその気になってくれればよいのですけれど」

お美禰の方は急にまぶしそうな目をそらす。ここもまた今は人目のないふたりきりのへやだと気がついて、なんとなく良心にとがめてきたのだろう。

が、そんなことが良心にとがめるということは、それと裏腹にまだ四十まえのからだに甘いうずきを感じてきたことなのだ。

慎《つつし》んではいるつもりでも、つい目がうるんできて、なんとなく顔をあげかねる。

――はてな。

敏感《びんかん》な弥次郎には、すぐそれがぴんときた。

まもなく藩主に祭りあげる人の生母なら、手に入れておいて損はない。たちまちそんな計算までしている弥次郎なのだ。

一度そう腹がきまると、けっして遠慮気がねなどするような男ではない。まして、へたに声などたてられない共同の悪事を持っているお美禰の方なのだ。

「お方さま――」

弥次郎はもう大胆にも、すっとお美禰の方のほうへひざをすすめていた。

「あ、弥次郎――」

「ここも、だれの人目もないふたりきりです」

「でも、そのような」

「弥次郎はお方さまのために、この命をかけている男です。死ねといえば、いまここで死んでみせる男です。それでも、お方さまはわしが憎《にく》うございますか」

鉄面皮《てつめんぴ》ということは、こういう場合すばらしい武器の一つになる。

横からしっかりと肩を抱きよせられたお美禰の方のからだは、もうしびれたようになって、なんの抵抗力も失っていた。

「弥次郎、美禰を、美禰をからかうのでございましょう」

「いや、本気です。弥次郎は命がけ――」

せつなくあえいでいるお美禰の方の口紅《くちべに》の濃いくちびるが、やにわにしっかりと弥次郎の口でふさがれ、上体が中心を失ったように男の胸の中へ強くまきこまれていた。

二十六

甘美《かんび》な火遊びに陶酔《とうすい》して、思わぬあやしい一時をすごしてしまった弥次郎は、さすがに茶室のほうが気になってきた。

だれも茶室のそばへは近づかぬように手配がしてあるから、人がじゃまにはいる心配はほとんどない。たぶんこっちとおなじで、いまごろはお美禰の方のように、奥方もしどけなくなっていることだろうとは思うが、それをいちおうこの目でたしかめておかなくては、役目がすまないのだ。

「お方さま、茶室のほうもこんなふうにうまくいっているだろうか」

つい冗談口が出る弥次郎だ。

「恥ずかしい、弥次郎」

お美禰の方は厚化粧の顔を赤くして、背を向けながら髪をなおしている。

「わしはお方さまに、こんなご寵愛《ちょうあい》までうけて、果報者《かほうもの》だ」

「ほんの気まぐれではあるまいな」

「そのようなことがあるものですか。本心です」

「いつわりをいうと、きかぬぞえ」

小娘のようにひざへ手をかけてくるお美禰の方である。もう二昔《ふたむかし》もまえに老侯《ろうこう》の寵愛をうけたきりで、恋などというものは、露《つゆ》ほども知らず女盛りを尼のように深窓《しんそう》に埋《う》もれてきた人なのだから、一度に燃えあがった恋心は、小娘などよりははるかに激しいものがあるにちがいない。

「さあ、お方さまには浜野引きとめ役がある。わしは一度茶室をそっとのぞいてまいろう」

「もうそんな心配をしなくても、無事にすんでいるのではないかえ」

お美禰の方はまだ弥次郎を放したくなさそうだ。

「わしもそうは思うのだが――」

今からの心配では手おくれという感がないではないのだ。

「弥次郎、美禰はもうそなたを放しとうない」

「では、このままこうしていますかな」

いい気になって、からかい半分肩を引きよせようとしたとき、

「鐘巻どの、――鐘巻どのはおられますかな」

廊下のほうで老用人の声があわただしく呼んだ。

「しっ」

弥次郎はお美禰の方に目くばせして、いそいで次の間へ立ち、

「どうなされた、ご老人」

わざとがらりと障子《しょうじ》をあける。

「おお、鐘巻さん、浜野どのが座敷に見えぬが、まさか茶室へもどったのではあるまいな」

「なにッ、あれをひとりでおいたのか」

「いや、しばらく相手はしていたが、ちょっと用を思い出して中座した間に――」

このまぬけめとは思ったが、こっちにも火遊びをしていた弱みがある。

「とにかく、茶室へまいってみよう」

弥次郎はすぐに庭げたを突っかけ、茶室の林のほうへいそいだ。

――なに、案ずることもなかろうが。

途中でそうも思いなおしたが、その茶室の枝折り戸近くなって、そこからふらりと出てきた新三郎の青ざめた顔を見るなり、

――しまった。

弥次郎は不吉なものを直感して、どきりと立ち止まった。

二十七

「新三郎どの、どうなされた」

「おお、弥次郎――」

新三郎はことばをさがしているようにちょっとあとがつづかなかったが、

「いなかの礼三郎がきたぞ」

いきなりたたきつけるようにわめきだした。

「なに、いなかどのが――」

弥次郎は信じられないように、新三郎の青い顔を見すえながら、

「どこへいなかどのがまいったのですな」

と、聞きかえす。

「茶室へだ」

「それで——」

「お京どのをつれていってしまったぞ」

「なにッ、奥方さまを」

それを黙って見ているはずはないから、すると新三郎はおそらく当て身を食って今まで気絶していたのだろう。

「それで、奥方さまはまだ無事だったのですか」

「うむ」

新三郎は気まずそうに目をそらす。

「しかし、どこからはいりこんだかなあ」

しまったという気持ちが、はじめて胸に突きあげてくるのをぐっと押えつけ、

「裏にも表にも人目がある。水門口ですな。宮崎さん、四、五人水門口へまわして、舟の用意をさせておいていただきたい。まだそう遠くへ行っていないはずだ」

と、うろうろしている老用人にいいつける。

「心得ました」

老用人はあたふたとおもやのほうへ引きかえしていく。

「新三郎さん、かまわず押えつけてしまえばよかったのに」

弥次郎はそんなずぶといことをいいながら、とにかくいちおう茶室へはいってみる。

「まさか、礼三郎がこんなところへ押しかけてくるとは思わんからな」

新三郎はふらふらとついてきながら、

「惜《お》しいことをした。もう少しのところだったんだ」

と、ついつりこまれてくやしそうにいう。

「では、押えつけるには押えつけたんですな」

「うむ」

茶室を見まわしたが、いまさらどうしようもない。

「当て身をくらったんですか」

「うむ」

「いなかどのは強いですからな」

弥次郎は茶室を出て、雑木林の中を水門口のほうへいそぐ。

「弥次郎、礼三郎はなんでも知っているようだぞ。生かしておいていいのか」

「むろん、生かしてはおきません」

「お京どのは里方《さとかた》へ駆けこむ心配はないかなあ」

そんなことをされては、いたずらしそこなった自分にどんな抗議がくるかわからないので、新三郎はそれがこわい。

「心配しなくてもよろしい。弥次郎がついております」

「たのむぞ、弥次郎」

「だいじょうぶです。これが表ざたになれば家名断絶ですからな。奥方もそう急に里方へは駆けこめないでしょう」

あくまでもずぶとい弥次郎だった。

二十八

雑木林をぬけて水門口へ出るまで、まったく人には会わなかった。しかも、水門口はあけっ放しになっている。

内庭から外庭へ出る林の中に竹がきがあって、枝折り戸はついているが、これは子どもでもあけられるような簡単なものだ。

「なるほど、これならゆうゆうとはいって出ていけますな」

弥次郎は苦笑するよりしようがない。

むろん、弥次郎は一昨日ここへ打ち合わせにきて、屋敷の様子はひととおり見てかえっている。水門口がこうなっていることはちゃんとわかっていたが、礼三郎を呼び出してあるのは日が暮れてからのことだし、まさか奥方がひとりでこんなところからぬけ出すなどということはありえないことだから、ついうっかりしていたのだ。

しかし、なによりの失敗は、当然茶室は自分が見張ることにきめておきながら、思わぬお美禰の方との火遊びに、それを怠《おこた》ったことにある。

――皮肉なもんだな。当然うまくいくはずの茶室のいろごとのほうが失敗して、筋書きにない奥のぬれ場のほうがとんとんと進んでしまう。

やっぱりそれだけ役者が違うのかもしれないと、弥次郎は内心でおかしくもなる。

「弥次郎、ここから船で逃げたとすると、どうせ屋根船だろうな」

「そうでしょう。落人《おちうど》は人に顔は見せられませんからな」

「すると、お京どのはあのいなか者とふたりきりということになるぞ」

「やけますか、新三郎どの」

弥次郎はにやりとわらってみせる。

「あのいなか侍は、親切ごかしに、お京どのの手を取ってやっていた」

新三郎は嫉妬《しっと》の色をかくそうとしない。

「あなたが失敗すれば、奥方の心はいなかどのに傾く。どうせだれかをたよりたい奥方の境遇なのだから、それはしようがありません」

「憎《にく》いやつ――」

「しかし、ものは考えようです。いなかどのが奥方とふたりきりで屋根船で逃げたということは、たとえ帯は解《ほど》こうと解くまいと、他人が聞けば不義と見なします。不義者は表へ顔が出せない。だから、里方《さとかた》へ駆けこむ心配は絶対になくなるのです」

「そうか。それはそうだな」

新三郎はほっとした顔つきだが、

「弥次郎、お京どのをうまく取りかえしてくれ。なんとかよいくふうはないか」

と、もうみえも外聞もなくなっているようだ。

「新三郎どのはそんなに奥方に執心《しゅうしん》なんですか」

「わしも男だ。こうなったら一度はどうしても自分のものにしなくては承知できない」

「恩にきますか、新三郎さん」

この母と子をしっかりと両手につかんでおけば、浜松六万石《ごく》は自分のものだ、もう伊豆和四郎などは問題にならなくなってくると、弥次郎はちゃんと計算をたてている。

「わしが家督をついだら、弥次郎を家老にすると約束しよう。わしはどうしてもお京どのがほしい」

新三郎はどうやらお京の方の美貌《びぼう》にすっかり魅せられてしまったようだ。

鬼

一

翌朝——。

弥次郎《やじろう》は留守居役《るすいやく》堀川儀右衛門《ほりかわぎえもん》を表に立てて、自分は添え役《そえやく》として、西丸下《にしのまる》の老中松平伊賀守《まつだいらいがのかみ》に公用人神田主膳《かんだしゅぜん》をたずねた。

昨夜お京《きょう》の方《かた》の行くえはついにわからなかった。大名の奥方が普通の町家へまぎれこむということは考えられないから、いずれはどこかの下屋敷か、出入り町人の寮へひとまず身をかくすにちがいない。そういう想定のもとに、とりあえず浜松《はままつ》家の下屋敷と里方《さとかた》の下屋敷は残らず人をやって調べさせてみた。が、そのどこにもはいった様子はない。

横川《よこ》が竪川《たて》に合する南辻橋《みなみつじ》のほとりに里方の下屋敷が一軒ある。舟でのがれる

とすれば、ここがいちばん怪《あや》しいのだが、いくら里方の下屋敷でも、他人の所有なのだから、

「いいえ、まいってはおりません」

と返事をされれば、たって家さがしをさせてくれとはいいかねる。

とにかく、昨夜のうちに行くえがつかめないとなると、奥方の家出という前代未聞の大事件なのだから、浜松家にとっていちばんこわいのは里方の抗議である。

しかも、こっちには新三郎《しんざぶろう》がお京の方を手ごめにしそこねている事実があるのだ。

お京の方が里方へ駆けこむまえに、なんとか先手を打っておかないと、当然ただではすまなくなってくる。

「弥次郎、いったいどうする気だ」

その日の計画がとんだ失敗に帰《き》したと知らされると、さすがの宇田川外記《うだがわげき》も狼狽《ろうばい》その極に達してまっさおになっていた。

このくらいのことに狼狽するくらいなら、はじめからお家乗っ取りなどというあぶない陰謀《いんぼう》などたくらまないほうがいいんだと、弥次郎は腹の中でせせらわらいながら、

「まあ、万事まかせておいていただきましょう。大ぶろしきをひろげるようだが、

鐘巻《かねまき》弥次郎の目の黒い間は、ご家老に迷惑がかかるようなことは絶対にさせませんから、安心していてください」

と、ここでも恩を押しつけておくことを忘れなかった。

「うむ、それはそちの才覚はじゅうぶん信用はしているが、万一奥方がお里方へ駆けこんだとなると、新三郎どのの身が立たなくなるばかりでなく、それこそ家名のほうがあぶなくなってくる問題だぞ」

「そのご心配はいりません。奥方の家出などということは、大名の家としては前例のない不祥事ですからな。表ざたになれば、こっちばかりでなく、里方も天下のものわらいにされる。伊賀守さまは老中という要職をふいにしなければならない大事ですからな。逆にこっちからお京の方を不義者にして、里方へねじこむのです」

「できるかな、そんなことが」

「そこが腕一つ、舌三寸《したさんずん》です。あくまでも押しの一手でいく。下世話にも、無理がとおればということがあります。道理をとおすくらいなら、はじめからこんどのような小細工はしないがいいので、あぶない橋渡りはご家老もすでに覚悟のうえじゃありませんか」

「まあ、それはそうだが、――では、そちにはきっと自信があるのだな」

外記はこうしてことあるごとに、弥次郎に頭があがらなくなってくるようだ。

二

弥次郎はすでにお美禰《みね》の方《かた》をわがものにし、新三郎を薬籠中《やくろうちゅう》のものにしてしまっている。きょうの公用人との勝負に勝てば、外記も自然こっちのいいなりに動かなくてはならなくなるから、事実上浜松六万石《ごく》はわが手に握ったことになる。――いちかばちか、負ければどうせ獄門首《ごくもんくび》になる仕事なんだ。思いきりやってみるだけのことだ。

そう腹をきめてかかっている弥次郎は、もうなにものをも恐れぬ鬼になりきっていた。

「弥次郎、だいじょうぶか」

なまじ世の中のことを知りすぎている堀川儀右衛門は、きょうの相手は天下の公用人だけに、はじめから弱腰で、まったく自信が持てないようだ。

「だいじょうぶです。あなたがあぶなくなったら、わしが助け舟を出すから、まあ打ち合わせどおりにやってごらんなさい」

　弥次郎は平気でわらっていた。

　老中になにか運動をしようと思えば、まず公用人を動かさなくてはならない。だから、諸侯《しょこう》の留守居役は毎朝一度は公用人のところへ顔を出してあいさつをしたといわれているくらい、閣老の公用人は重視されていたし、またそれだけの見《けん》識才腕《しきさいわん》のある者でなければ、公用人などという役目はつとまらなかった。

　松平伊賀守の公用人神田主膳も、またそういう人物のひとりで、年配からいっても四十五、六の分別盛り、けっして才気を表に出さない柔和《にゅうわ》な人がらだった。

　公用人は年じゅう訪問客に責められているから、こっちから会いたいとなると、先客がすむまで何人でも控えの間《ま》で待っていなければならない。

が、浜松家とは特に姻戚《いんせき》関係があるので、そう手間は取らずに客間へ案内された。

「堀川さん、きょうはなにか特別のご用だということだが、なんですな」

　座がきまると、主膳は如才《じょさい》なくすぐに切り出した。

「神田さま、これはこのたび用人に取りたてられました鐘巻弥次郎と申す者です。お見知りくださいますように」

儀右衛門はまず弥次郎を引きあわせる。

「鐘巻弥次郎と申します。なにとぞよろしくお引きまわしのほどを」

「てまえは主膳です」

主膳は軽く会釈《えしやく》をかえして、

「堀川さん、鐘巻という姓は初耳のようですな」

と、儀右衛門のほうへ聞く。

「はあ、三年まえにお召《め》し出《だ》しになった新参です」

「すると、お京の方がまいられたあとですか」

「たぶん、半年ほどあとになりましょう。実は、きょうはその奥方さまの儀《ぎ》について、ご相談にまいったのですが」

儀右衛門がおそるおそる切り出す。

「奥方がどうかされたのですか」

まったくなんにも知らないような顔つきなのだ。

――すると、奥方のほうからまだなんともいってきていないのだ。

弥次郎は早くもそう見てとる。

「実は、その、まことに突然ですが、奥方さまが昨日お家出をあそばしまして」

「ほう、どこへまいられたのです」

主膳には家出ということばがまだぴんとこないようだ。

三

「実は、昨日、奥方さまには深川《ふかがわ》の下屋敷にあらせられる先侯のお部屋《へや》さま、お美禰の方さまのお茶の会に招《まね》かれまして、これなる弥次郎が供頭《ともがしら》をつとめ、八ツ半（三時）ごろ深川へお着きになられました。しばらくして、広間にてお美禰の方さまとくつろいでお話がありましたそうですが、やがて夕がた近く、お美禰の方さまのご案内で、奥方さまには浜野《はまの》ひとりをおつれになって、茶室へおはいりになられたそうでございます。あいにく、お美禰の方さまはご持病の軽い腹痛をおこされ、さようなことを申し上げて奥方さまにご心配をかけるのも本意ないことと、さりげなくおことわりを申して中座され、合い薬を召しあがって、まもなく茶室へもどられたそうでございます」

儀右衛門はそこまで一気に話して、

「そうであったな、弥次郎」

と、まちがいのないことをたしかめるように、いちおう弥次郎に念を押す。

「そのとおりでございます」

弥次郎ははっきりとうなずいてみせる。

「お美禰の方さまが茶室へもどってみますと、奥方さまの姿も浜野の姿もそこに見えぬ。さては広間のほうへもどられたかと、そっちへ引きかえしてみたが、そこにもお姿が見えぬ、あるいはお庭かとひととおりおさがししたが、どこにもおられる様子がない。もう一存ではどうしようもないので、家来どもに事のしだいを話され、それから屋敷じゅう大騒動をいたしましたが、ついに見あたらなかったというのです」

「妙な話ですな」

さすがに主膳はまゆをひそめながら、次のことばを待っている。

「屋敷じゅうにお姿が見あたらぬとすると、屋敷の外へ出られたことになります。どこから、なんのためにと、だんだん突きつめてまいりますと、裏の水門口があいていて、ここは日ごろあまり用のないところですから、番人もついていません。何者かがここへ外から船を入れ、奥方さまをおつれして船で出ていったのだろうということになりました」

「奇妙な話ですな」

主膳は信じかねるといった顔つきだ。

「そこで思い当たりますことは、主人忠之《ただゆき》さまのご舎弟礼三郎《れいさぶろう》さまが、このほど主人と争いをおこし、まことにお恥ずかしい話ですが、こっそり国もとをぬけ出しまして、出府《しゆつぷ》している形跡がございます。なにかひどく主人を恨《うら》んでいるとかでございますから、礼三郎さまが船でまいって、奥方さまをうまくつれ出したのではないか。いずれにしても、大名の奥方が普通の町家へまいられるはずはない、礼三郎さまは必ずどこかの下屋敷へ奥方さまを案内したにちがいないということになりましてな、心あたりの、それも川ぞいに近い下屋敷へ人をつかわしてみました。浜松家の下屋敷へははいっておりません。すると、ご当家の下屋敷かもしれぬということになるのですが、これはいちおうご当家さまにおことわりしてからでないと、手がつけられません。かようなしだいで、弥次郎を召しつれ、早朝からご相談にうかがったようなわけです」

神妙な顔はしているが、儀右衛門はなんとなく冷や汗をかいているようだ。

「どうも妙な話ですな」

主膳はどうもまだ納得がいかぬという顔つきである。

四

「奥方さまは納得のうえ、礼三郎どのの船にお乗りなされたのであろうか」

主膳がいぶかしそうに聞く。

「さあ、その点でどうでございましょうか」

儀右衛門はうっかり返事をしかねるので、弥次郎のほうを見る。

「礼三郎どのは、昨日奥方さまが深川へまいられることを、どうして存じていたのでしょうな」

これも当然な疑問である。

「弥次郎から申し上げてみたいと存じます」

「あなたは昨日供頭《ともがしら》をつとめられたのですな」

「そうです。昨日のことは全部てまえの責任ということになります」

「で、あなたの存じよりとは」

「まだ証拠を握ったわけではございませんが、礼三郎さまはご当主さまに不満があって出府《しゅつぷ》されたかたですから、ひそかに奥方さまと文通があったのではないでしょうか。礼三郎さまのほうから、なにか不満を訴えられた。それでは深川の下屋敷へ出向くことになっているから、そちらでお目にかかりましょうと、奥方さまからご返事がある。その辺のところではございますまいかな」

弥次郎はもっともらしい顔をしてみせる。

「礼三郎さまは奥方にどんな不満を訴えられようとしたのでしょうな」

「さあ、それは――」

口にしかねますといいたげに、わざと弥次郎はうすわらいを浮かべる。

「奥方さまは深川で、内密に礼三郎どのと会えるとお考えになったのでござろうか」

「いや、奥方さまは内密のおつもりではなかったかと思います。礼三郎さまのほうで、水門口から忍びこむような挙に出たのでしょう。なにぶんにもご当主さまの怒りにふれて、御意討《ぎょいう》ちを仰《おお》せ出されているお身の上ですからな」

「ご家中では、礼三郎さまをどうされる方針でいるのです」

「お目にかかれば、ぜひいちおうお屋敷へお供するほかはございません」

「なるほど――」

主膳はちょっと考えてから、

「礼三郎さまは、深川のお方さまが奥方さまを茶室へ案内されて、ご持病のために中座されるのを、予定にいれていられたのでしょうかな」

と、ふにおちない顔つきだ。

皮肉でいったのなら、なにか事情が耳にはいっているのだし、ほんとうにそんなバカげたことを考えているのなら、これはあまりたいした人物ではないということになる。

「いや、茶室まで忍んでいってみたら、偶然にそういうまわりあわせになった、そう考えるほかはありませんな」

弥次郎はずぶとくそらっとぼける。

「もしそういう偶然がなかったら、礼三郎さまはどうして奥方さまにお目にかかる気だったのでしょう」

「機会は奥方さまのほうから作ることになっていたのではないでしょうか」

「それはおかしい。奥方さまは別に礼三郎さまに内密でお目にかかる気はなかったように今うかがったばかりだが」

ものやわらかにだめをおしながら、あくまでもおちつき払っている主膳である。

五

「おことばではございますが、奥方さまはどちらかと申せば、殿さまとのご夫婦仲が日ごろおしあわせだったとは申せません。したがって、いろいろ人には申せぬご不満がおありでしょうし、おなじ不平のある礼三郎さまに話してみたい、ついそういうお気持ちになられるのは人情かと存じます」

弥次郎はぬけぬけと持ちかけていく。

「なるほど――」

「それが、おりよく、昨日は茶室でおふたりきりであった。もっとも、中老浜野はひかえておりましたが、これはお里方《さとかた》からついてまいった者で、奥方のじゃまになるようなことはございません。押しかけていった礼三郎さまにすれば、殿さまにもお家に対しても恨《うら》みがある。奥方さまをどこかへおつれしてかくしてしまい、家中の者が大騒動をするのを手を打って見物している。これはありそうなことだと思うのです」

「すると、奥方さまも礼三郎どのの人騒がせにご同意のうえ、いっしょに屋敷をぬけ出されたと見るのかな」

主膳はじっと弥次郎を見すえる。

「そうです。ご同意のうえと存じます。あるいは、半分は腕力でつれ去られたか、いずれにせよまったくご同意でなければ、人を呼びましょうからな」

「堀川さん、浜松家のご家来衆は、日ごろそんなに奥方さまに対して、冷淡だったのかな」

主膳の目がきらりと儀右衛門のほうを向く。

「いや、けっしてさようなことは――」

「ないといわれるか」

「はい」

「それではおうかがいするが、奥方さまにもせよ、礼三郎どのにもせよ、家中の者が大騒動をするのを、手を打って見物したくなる。そういう動機をだれが作られたのか。いや、奥方さまがどうしても屋敷へはもどれぬような立場にだれが追いつめたのか、ひととおりご説明願いましょう」

「正直に申せば、殿さまのご日常が根本かと思います」

弥次郎がそばから無遠慮にやりかえす。

「そちは新参者だからさようなことが平気で口にできるのだろうが、忠之さまは国もとで乱心者として座敷牢《ざしきろう》へ押しこめられたと聞く、しかとさようかな」

儀右衛門はあっと色を失ったが、

「さようにうけたまわっております」

弥次郎は捨てばちのように、平然として答える。

「ご舎弟礼三郎さまを国もとから追い、ご当主を乱心者にあつかい、いままた奥方さまが屋敷を出られる、浜松六万石《ごく》の跡めはだれがつがれるのかな」

「深川に先君のお胤《たね》、新三郎さまがおられます」

「新三郎さまのご生母は、江戸家老宇田川外記の娘であったな」

「さように聞いております」

「堀川さん、公儀《こうぎ》の目を侮《あなど》ってはいかん。帰られたら外記どのに、早く善処せぬと家名があやうくなると、しかと耳に入れておいていただきたい。新参者はよく念を入れて用いることです」

主膳は宣言するようにいって、すっと座を立ってしまう。

儀右衛門は全身に冷や汗を感じながら、急には立ち上がる気力さえつかなかった。

六

「弥次郎、えらいことになったようだな」

伊賀守邸を辞して外へ出ると、儀右衛門は供の者の耳をはばかりながら、絶望したようにいった。こんな新参者のいうことを、なまじ本気にしたのがまちがいだったと、いまさらのように腹さえたってくる。

「なにもそう悲観するには及ばないでしょう」

けろりとして答える弥次郎だ。

「のんきなことを申すな。里方ではもうなにもかも知っているようだぞ」

「どうせ、いずれは知れることです。そのほうが、あとでめんどうがなくて、かえってよろしい」

「それはそうだろう。家名が断絶してしまえば、めんどうもなにもあったものではないからな」

「いや、家名はまだなかなか断絶しません。こっちが断絶すれば、里方は老中という要職を棒にふらなければならん。公用人さんは気むずかしい顔をしていたが、いざとなれば極力こっちの弁護をしてくれるようになります」

「なんだと——」

「まあ考えてごらんなさい。国もとの殿さまのご乱行といい、昨日の奥方さまの駆け落ち事件といい、前代未聞のことばかりで、一つ表に出れば天下のものわらいになることばかりだ。では、そんなことはこれまでに一度もなかったかというと、殿さまのご乱行も、奥方の不義も、大名の家にはありがちなことだ。臭い物にふたで、みんなうまくかばいあっているから、あまり世間に知れずにすむ。跡めの問題だってそのとおりだ。これがどこの馬の骨かわからない者をつれてきて跡つぎにするわけではなし、ちゃんと血筋の正しい者を、ご当主が乱心したから隠居させて跡へ持っていこうと家来どもが苦労しているのだ。少しも不思議はないし、またがれが跡めに立とうと、里方としては別に痛くもかゆくもないことです」

ずぶといことをいうやつだなあと、儀右衛門はあきれながらも、こういうけたはずれの考え方もあるにはあると、つい耳をひかれてくる。

「しかし、奥方さまから昨日の茶室の件が里方の耳にはいると、これはただではすまないことだぞ」

「いや、おそらくもうすっかり耳にはいっているでしょう」

「なにッ」

「公用人さんはりこう者だから、それだけは口に出さなかった。それを口に出すと、問題はそのままにしておけなくなる。それに、奥方さまのほうにも、いなかどのといっしょに駆け落ちをしたというひけめがありますからな。事実はたとえどうでも、やったことが不謹慎《ふきんしん》なのだから、不義呼ばわりをされても言いわけはたたぬ」

「すると、奥方さまは里方へ駆けこんでおられるというのか」

「むろんそうでしょう。たぶん、南辻橋の下屋敷あたりでしょう」

「では、これからこっちはどうすればいいというのかな」

「とにかく、奥方さまにお目にかかって、よくおわびを入れ、今後は必ず奥方さまのどんなご希望でも入れるからとたのみこんで、上屋敷へなり、下屋敷へなりお好きなところへもどっていただく。それさえうまくいけば、里方のほうもたいていのことは納得してくれるでしょう」

まったくたかをくくっているような弥次郎の言いぶんなのである。

七

「それで、その下屋敷へはだれが行くのだな」

儀右衛門は念のために聞いてみる。

「そうですなあ、新参者のわしでは、奥方に信用がないでしょうからな。ご家老か堀川さんに行っていただくのがいちばんいいでしょう」

弥次郎はけろりとしたものである。

「しかし、奥方さまがそんなことですなおに納得してくださるかな。だいいち、礼三郎さまがいっしょだとすると、礼三郎さまが承知されまい」

「いや、いなかどのはいっしょではないでしょう。里方《さとかた》の下屋敷に奥方さまをいなかどのといっしょにかくまったとなると、これは里方の責任になりますからな。しかし、もしいっしょで、いなかどのが応対に出るようならしめたものです。重々こっちの不始末をわびたうえ、今後そんなことのないように、あなたさまに奥方さまの後見をしていただきたいと、うまく持ちかけてみるんです。それでふたりともきっとよろこんで納得するでしょう」

なにかそういう人の弱点をつかんで踊らせては、ひとりでよろこんでいるような弥次郎の口ぶりなのだ。

「どうもわしの任ではなさそうだな」

儀右衛門は苦い顔をして、

「奥方さまが南辻橋の下屋敷へはいられたということも、まだはっきりといいきれることではないのだろう」

と、つい一本突っこんでみたくなる。

「いや、それははっきりそう断定してよろしいでしょう。もっとも、いちおう如才《じょさい》なく調べさせてありますから、きょうじゅうには動かぬ証拠がつかめます」

「どこを調べさせてあるのかな」

「いなかどのの寝泊まりしているところは、薬研堀《やげんぼり》の小湊屋《こみなと》です。きのう奥方さまをのせていった船も、小湊屋の船にちがいありませんからな」

「なるほど――」

この小悪魔にはどうしてもかなわぬと、儀右衛門は内心とうとうかぶとをぬがざるをえなくなってきた。

「しかしなあ、弥次郎、いなかどのを奥方さまの後見役にたのんだとなると、奥方さまのご希望によっては上屋敷へ入れなければならなくなるぞ。そんなことをしてだいじょうぶかな」

「だいじょうぶです。ふたりで上屋敷へはいるようなら、もうただの仲ではない。こんどはふたりのほうでこっちを遠慮しなければならない。いい道具に使えることになる」

「つまり、おふたりに好きなようにさせて、こっちは実を取るというのか」

「そうです」

「新三郎さまが承知されるかな」

「なあに、好きにさせて道具に使うのは、新三郎さまが跡めをつぐまでのことで、公儀《こうぎ》も、里方も、世間も、新三郎さまのご当主を正式にみとめてしまえば、もう道具は不用です。もともとふたりは世間に顔向けのできないまねをしているんだから、こんどはどうされても文句がいえないことになる」

「さあ、そうこっちのおもわくどおりにいけばなあ」

「堀川さん、万事こっちのおもわくどおりにいくように事を運ばなければ、こんどはわれわれ一味の首があぶなくなる。わかっているんでしょうな」

弥次郎はずばりと痛いくぎを一本打ちこんでおいた。

八

お吟《ぎん》はその朝、南辻橋の下屋敷から、礼三郎さまには内密ですぐ出向いてくれまいかというお京の方の迎えをうけて、父親にだけはそのわけを耳に入れておいて、そっと薬研堀の家を出た。

きのうの夕がた、礼三郎といっしょに船でお京の方主従《しゆじゆう》を南辻橋の下屋敷まで送っていって、きのどくな奥方さまには心から同情しているお吟なのである。

お京の方はあやうく深川の悪魔の屋敷からは助け出されたものの、自分ではどこへ身を寄せていいか、これからの身のなりゆきはどうなっていくのか、まったく途方にくれているようだった。それを、

「お京どのが身を寄せられるのは、南辻橋のお里方の下屋敷よりほかはない」

と、すすめたのは礼三郎だった。

「里の下屋敷へはいれば、そのわけを父伊賀守の耳に入れなければならないでしょう」

ひょっとすれば、そのために浜松六万石《ごく》は断絶するかもしれないことだけに、

お京の方は心配そうだった。

「香取さん、あたし艫《とも》のほうへ遠慮しましょうか」

お家のごたごたなのだから、自分がそばにいてはいづらいことがあってはいけないと思い、お吟は外へ遠慮しようとすると、

「いや、あねごはここにいたほうがいい。これからまたなにかと働いてもらわなくてはならなくなるのだ」

と、礼三郎はわらいながら、お吟の素姓《すじよう》をすっかり奥方に話していた。

「お吟、どうぞ京の力になってください」

奥方はすなおに心から会釈《えしやく》をしていた。年はおない年のようだが、ほんとうにういういしいお京の方だった。

「もったいないおことばです。あたしにできることは、きっとどんなことでもいたしますから、なんなりと申しつけていただきます」

お吟はあらためてそうあいさつをした。

「あなたにそういっていただくと、心じょうぶでございます」

責任の重い中老浜野も、途方にくれているのはおなじらしく、そばからたのもしそうにいっていた。

「そこで、今の話だが、もうこうなってはお里方へなにもかもはっきりと事情を打ちあけられて、あとは伊賀守さまのご裁量にまかせられるがよいと思います」

礼三郎は奥方にきっぱりといっていた。

「でも、家名にかかわるようなことはございませんか」

「それは、あるいは家名は断絶するかもしれません。しかし、今の家来どものあり方では、どうにも救いようがない。なまじ事を表に出さぬようにこっちがとりつくろおうとすれば、悪人どもはそれをいいことにして、どんな無理でもとおそうとする。浜松六万石を悪の巣にしてしまうくらいなら、天下の見せしめのためにつぶしてしまうほうがいいのです」

思いきったことばに、

「まあ」

と、お京の方はさすがに目をみはっていた。

「香取《かとり》さんのお力で、なんとか悪人どもが退治できないんですか。そんなこと、くやしいじゃありませんか」

お吟は黙っていられなかった。

「わしがいくらひとりで力んでみても、家来どもにその気がなければどうしようもないことなのだ」

礼三郎は苦わらいをしていた。

「礼三郎さま、京の身はこれからどうなるのでございましょう」

お京の方は世にも心細げである。

「それは、お父上伊賀守さまがきめてくれましょう。ただ、悪人どもとしては、お京さまにどうしてももう一度屋敷へもどってもらわぬと、家名がたちません。必ずあらゆる甘言《かんげん》をつくして、わびを入れてきましょう。しかし、けっしてその手に乗ってはいけません。屋敷へもどられることがあるとすれば、それはお父上のさしずを待ってからのことです」

「あの、国もとの忠之さまはどうあそばすでしょうか」

「もうこうなっては、天命を待つほかはないと思います」

礼三郎が浜松家に対して、案外冷淡なのは、なんとしても忠之の行状《ぎょうじょう》にあきたらぬものがあるからなのだろう。

「礼三郎さまは、もうお兄上のことは、あきらめておいであそばすのですか」

お京の方が遠慮そうに聞いた。

「兄上の心に奇跡でもおこらぬかぎり、わしにはどうしようもありません」

「では、礼三郎さまのお心は、京に里方へ出もどれとおっしゃるのでございますか」

夫忠之は救いようがない。家来どもは家名をほろぼそうとどうしようと、わしの知ったことではないということになれば、お京の方はけっきょくこのまま実家へ出もどるほかにないのである。

「わしとしてはいいづらいことですが、家名断絶ということにもなれば、結果としてそれもやむをないことになりましょう」

礼三郎にそういいきられると、奥方はさすがに悄然《しょうぜん》とうなだれてしまった。

船が南辻橋の桟橋《さんばし》へつくころは、もうすっかり宵《よい》になっていた。礼三郎は船からあがろうとせず、

「お京どの、わしがあまり立ち入って世話をやくと、悪人どもがあとでそれをどう逆用するかもしれぬ恐れがあります。ここで上屋敷から人がくるまで必ず見張

りをしていますから、あなたはるす番にわけを話されて、すぐに上屋敷へ人を走らせるがよろしい」

　と、注意していた。

「はい。では、そういたします。いろいろお世話をかけまして――」

「浜野、お京さまはしばらくそちひとりがたよりなのだから、じゅうぶん気をつけてあげてくれ」

「心得ましてございます。きょうは思わぬお助けをいただきまして、お礼の申し上げようもございません。ありがとうございました」

　万一、奥方にまちがいがあっては、生きて顔向けのできない浜野だから、心からそこへ両手をつかえていた。

「いや、いまはたったこれだけの力にしかなってあげられぬ礼三郎だ。わらってくれ」

　礼三郎はさびしい微笑を見せてから、

「お吟、下屋敷はなにかと手不足だろうから、上屋敷から人がくるまで、浜野のてつだいをしてやってくれぬか」

　と、いいつけていた。

十

南辻橋の下屋敷へはいったお京の方の傷心の姿は、お吟の胸に深い同情の念をやきつけずにはおかなかった。

大名の姫君などというものは、生まれも違うし、育ちも違う。世間の苦労があるわけではなし、きっとなに不自由なくわがままいっぱいに暮らしているのだろうと、お吟は今まで漫然《まんぜん》とそんなふうに考えていた。いや、大名の家と町娘ではあまりにも縁《えん》が遠すぎるので、天の星でもながめるように、ただきれいだなあとぼんやりながめていただけのことである。

それが、いまこうしてお京の方に接してみると、この奥方のは特別の場合かもしれないが、あまりにもいたましすぎる現実に、それでなくてさえ血の気の多いお吟は、激しい義憤《ぎふん》さえ感じてくるのだった。

お京の方は大名のうちでも老中をつとめるような家がらに生まれ、浜松家へこし入れするまでは世の常の姫君たちとおなじように、きっとしあわせな月日をおくっていたにちがいない。

そして、いよいよこし入れときまるまでには、父君も家来たちも念入りに相手方の家の事情を調べあげたはずである。

それだのに、いざ浜松家へとついでみると、夫忠之は酒乱で、純情な花嫁はちぎりを結ぶ気にさえなれなかった。

夫のほうは夫のほうで、どうしてもわが意にしたがわぬ花嫁が、その夜から憎《にく》くなったにちがいない。それから三年、花嫁をうらみとおして乱行がつのるばかりだった。

しかも、その乱行のかげには、悪い家来たちが、家名を乗っ取ろうとしてわざとそうしむけていたのだという。

若い奥方はそれを少しも知らなかった。いや、薄々はなにかあるのではないかとわかってきても、どうする力もなかったにちがいない。

そして、夫はとうとう国もとで乱心者あつかいにされて、座敷牢《ざしきろう》へ押しこめられ、自分は悪人の奸策《かんさく》にかかって、深川の下屋敷で手ごめにされようとした。

今こうして里方《さとかた》の下屋敷へ身をもってのがれてはきたようなものの、悪人のいる屋敷へは二度と恐ろしくて帰るわけにはいかないし、このうえ万一家名でも断絶すれば、一生この下屋敷のやっかい者となって日の目を見ずに老い朽《く》ちてしまわなければならないのだ。

「浜野、京はいったいこの世へなんのために生まれてきたのでしょうね」

ここは日ごろあまり使わぬ下屋敷らしく、がらんとした書院に浜野とふたりきりで取り残された奥方は、もう涙さえ出さず、こんなふしあわせな自分の身の上が、自分でわからないといったようなぼうぜんたる姿だった。

浜野も答えようがなかったらしく、ただため息をついている。

「奥方さま、お力を落としてはいけません」

お吟はそうなぐさめずにはいられなかった。

「神さまはだれだって人間をふしあわせにするために、この世へ生まれさせたはずはないんです。人がふしあわせになるのは、たいていはその人の行ないが悪いからなんです。けれど、奥方さまは悪いことなどなに一つしていないんですし、奥方さまのふしあわせは悪い家来たちがいるからなんです。その悪い家来さえやっつけてしまえば、奥方さまはきっとおしあわせになれるのです」

十一

「ありがとう、お吟。京がこれまで、あんまり人形になりすぎていたのがいけなかったのです。でも、今となってはもうどうしようもありません」

お京の方は寂しそうにため息をつくばかりだった。

「いいえ、奥方さま。今からだっておそくはないと思います。奥方さまがその気になれば、お里方のお力を借りて、いくらも悪人どもは退治できると思います。あたしはこれでも岡っ引《おかぴ》きの娘ですから、きっと奥方さまのおてつだいをいたします」

もし、お京の方がその気になるなら、お吟はほんとうにどんなてつだいでもする気になっていた。

「お吟の気持ちはうれしいと思いますけれど、たとえ悪人はのぞくことができても、忠之さまのお心がなおらなければ——」

「それは、奥方さま、お考え違いだと思います。だんなさまのいけないところは、奥さまがよく意見してなおしてあげるのが、ご夫婦というものではないでしょうか。もし、奥方さまのお力で、悪人を退治して、そのうえ殿さまがいい殿さまになるようにしてあげられれば、こんなりっぱなことはないと、あたし思います」

普通なら、大名の奥方の前で、町娘がそんな口をきくのは思いもおよばないことだが、こうしてひざをまじえていると、それが平気でいえるのが、お吟にはわれながらふしぎだった。

そして、ふしあわせのどん底にいるお京の方には、そういうお吟の歯に衣《きぬ》をきせぬことばが、かえって胸にしみるらしく、

「京がまちがっていたかもしれませぬ」

と、なにか思いあたるように、うなだれてしまうのだった。

「あたしはこう思います。もし奥方さまがその気になれば、礼三郎さまだってあんなに冷淡にはしていられないのではないでしょうか。礼三郎さまもお兄上の殿さまが今のままではどうしようもないと考えているようですけれど、みすみすお家が悪人のために断絶しようとしているのを、そのまま黙って見ているという法はありません。ひとりでも味方ができれば、きっと立ち上がると思います」

「それは、礼三郎さまさえそのお気になってくれれば、京もほんとうに心じょうぶなのですけれど――」

「あたし、礼三郎さまにもう一度おすすめしてみます。奥方さまもその気でいられるのだからといって」

「でも、あのかたはもうすっかりあいそをつかしておいでのようですから」

「そんなことはありません。たとえだめでもなんでも、悪人と戦うのはこの世の中へ生まれてきた人のつとめです。みんなが理屈をいって世の中にあいそをつかしてしまったら、それこそ悪人ばかりの天下になってしまうじゃありませんか。あたしそんなてまえがってな人はきらいです。だいいち、ひきょうだと思います」

お吟はわれにもなくいつもの鉄火娘をまる出しにしていた。

「お吟さん、浜野もなんですか、勇気が出てきました。お吟さんのおっしゃるとおりです。あたしたちは、お家がたとえどうなるまでも、戦えるだけ悪人と戦うのがほんとうでございました」

浜野もきっぱりとそういって、急に目を輝かしていた。

十二

西丸下の上屋敷から、用人三浦作兵衛《みうらさくべえ》が警固の若侍数人をしたがえて、南辻橋の下屋敷へ馬で駆けつけたのは、やがて五ツ（八時）を少しまわったころであった。

お吟はもうだいじょうぶと見たので、

「ご用がございましたら、いつでもお使いをくださいまし。すぐ飛んでまいりますから」

と、奥方と浜野に別れを告げ、下屋敷を出た。

表門の前の桟橋《さんばし》に、礼三郎が約束どおり屋根船をつないで、文吉《ぶんきち》といっしょに待っていた。船はすぐ小名木《おなぎ》川へ出て、大川《おお》のほうへこぎだす。

「ご苦労だったな、お吟」

礼三郎はお吟の労をねぎらいながら、しかし暗い顔つきだった。

「香取さん、奥方さまがくれぐれもよろしくと申していました」

「うむ、おきのどくな奥方さまだ」

「ほんとうにおきのどくです。だから、あたしいってやりました。奥方さま、お力を落としてはいけません。神さまはだれだって、人間をふしあわせにしようと思って、この世へ産んだわけじゃありません。まして、奥方さまには一つも悪いことはないんですもの。お里方の力を借りてお家の悪人どもさえ取り押えてしまえば、きっとしあわせになれますって」

「うむ、それはそうだ」

礼三郎は苦わらいをうかべる。

「ところが、奥方さまは、殿さまが今のままでは、どうしようもないとおっしゃるんです。悪人を取り押えて、殿さまに意見をして、いい殿さまになってもらうのは、奥方さまのつとめです。それがほんとうのご夫婦というものじゃないでしょうかっていってあげると、京がまちがっていたかもしれませんと、とてもお悲しそうでした」

「今となっては、奥方の力でもどうしようもない」

「あら、変なことをいうんですね、香取さん」

お吟はそこで開きなおってやった。

「どうしてだね」

「いまさらどうしようもないからと、手をつかねてほうっておくのは、悪人に負けることじゃありませんか。たとえばもうお家は立たないまでも、あくまでも悪人と戦うのは人に生まれてきたもののつとめです。理屈ばかりいって、お高くとまっているのは弱虫です。あたし、奥方さまにそういってあげると、浜野さんていうお中老さまが感心して、あたくしもきっと人のつとめを果たしますといってくれたわ。香取さんはきょう、悪人の手から奥方さまを救ってくれたほどのかたなんですもの、どうしようもないなんてことばは、少し変だと思います」

「なるほど、それはたしかにそうだな」

礼三郎はまたしても苦笑いしながら、それっきり黙りこんでしまった。

頭のいい人なのだから、それで胸にこたえなければ、それこそもうしようがない男なのだと思ったので、お吟もそれっきりくどいことはいわなかった。

そして、けさ、お吟が家の前へ水を打っていると、中間《ちゆうげん》ふうの若い男がきて、

「ねえさんはここの娘のお吟さんですか」

と、あたりをはばかるように聞くのである。

「あたしはお吟だけれど、なんか用ですか」

お吟は南辻橋からきたんだなと、すぐに見て取っていた。

十三

「あっしは南辻橋の奥方さまからの使いできたんですが、つごうでお屋敷へきて

もらえまいかということでございます」

若い中間は、案《あん》の定《じょう》、南辻橋からの使いだった。

「かしこまりました。すぐにおうかがいいたしますと、申し上げておいてくださいな」

「へえ。あのう、あとをつける者があるかもしれないから、気をつけてくれるようにといわれてきました」

中間《ちゆうげん》はしきりにあたりを気にしていた。

「だいじょうぶです。あたしはそんなことには慣れていますから」

「では、あっしはひと足さきへ行って、お待ちしていやす」

中間はおじぎをして帰っていった。

「おとっつぁん、あたしちょっと南辻橋へ行ってきますからね、あとで香取さんがあたしのことを聞いたら、そういっておいてください」

お吟は店にいた父親にそうことわって、身じたくもそうそうに薬研堀を出てきたのである。

「お吟、あんまりお先っ走りをするんじゃねえぜ。先さまは町方とは違うんだからな」

父親はさすがに心配そうだったが、娘のはねっかえりにはもう慣れているので、別にとめようとはしなかった。

お吟が二階の礼三郎に黙って出てきたのは、礼三郎の気持ちはゆうべのままでまだはっきりきまっていないと見たからである。

――こっちはいくらかかってにしろときめていたって、悪人どものほうでどうせ黙って捨てておくはずはないんだけどなあ。

お吟にはそれがわかっているだけに、いつまでもふんぎりのつかない礼三郎が、なにかはがゆい。兄の殿さまにうとまれたのを根に持って、すねているとしか思えないのだ。

そういえば、ゆうべは奥方にもそれがあった。下世話なことばでいえば、ひとをさんざんそでにしたんだから、いまさらどうなったって知るもんかという気持ちなのである。つまり、奥方にはご亭主に対する愛情が少しも感じられないのだろう。

だから、いくらほねをおって悪人を退治してみたところで、ご亭主の酒乱と女あさりはなおりゃしないんだからと、投げていたにちがいないのである。

――人間てそんなものじゃないはずだ。

と、お吟は思う。奥方の働きひとつで無事にお家の騒動がおさまれば、ご亭主の殿さまだってきっと反省するにちがいないし、それでもだめなら、そのときこそりっぱに離縁《りえん》してもらうがいい。なんにもしようとしないで、あたしはふしあわせ者なのだと、ただめそめそしていたってはじまりゃしない。

――きょうの来てくれは、きっとお里方《さとかた》との打ち合わせがすんで、いよいよ悪人退治にかかる相談にちがいない。

お吟はそう見ていた。

そして、自分たちが先に動き出せば、礼三郎だって黙って見ていられなくなるだろうと、見越しているお吟だった。

西両国《にしりょうごく》から両国橋をわたって、東両国の盛り場を突っ切っていくと一ツ目《ひとめ》の橋へ出る。

橋をわたらずに竪川にそってまっすぐ下っていくと、横川が竪川に十文字に交差するところに南辻橋があるのだ。

十四

一ツ目の橋のたもとから相生町《あいおい》のほうへいそいでいたお吟は、ふっとそこの桟橋《さんばし》の上にさっきの若い中間が立って待っているのを、目ざとく見つけた。

「おや、どうしたんです、中間さん」

そばへ行って声をかけると、

「へえ、ここへ船をつけておいたんです。ここならもうだいじょうぶですから、どうぞお乗んなすって」

と、まじめな顔をしている。いっしょうけんめいに敵の目をくらましているつもりなんだろう。

「ずいぶん用心深いんですねえ」

「薬研堀まで船をつけないほうがいいって、出がけにいわれてきたもんですから」

桟橋の下に屋根船が一隻《せき》ついていて、船頭はもう棹《さお》を手にして待っているようだ。

「せっかくですから、じゃ乗せていただきます」

「どうぞ、そうなすっておくんなさい」

お吟は桟橋をおりて、船宿の娘で船にはなれているから、身軽に船に移った。

ぬいだげたの始末をしようとすると、

「いいえ、あっしがいたしやす」

と、若い中間はすばやくお吟のげたを取って、自分も船に乗る。

「すみません」

お吟は礼をいって、船房の戸をあけ、足のほうから中へすべりこんだ。

その戸を中間が外からしめてくれる。

「出しやす」

船頭が声をかけておいて、ぐいと一つ棹を突っ張ると、船はゆらりと岸放れしたようだ。

やがて四ツ半（十一時）に近い春の日ざしが障子《しょうじ》にあかるい。

――いったい、奥方さまはどんなふうに悪人どもと戦う気なのかしら。

船房にひとりでぽつねんとすわっていると、考えは自然とそこへ落ちていく。人の不幸をたのしむなんて気持ちは少しもないが、これから奥方を助けて、浜松六万石《ごく》の悪党と戦うのだと思うと、お吟は胸がわくわくせずにはいられない。

――どうせ乗りかかった船なんだもの、あたしはだれにも負けやしないから。

お吟はひとりで闘志をかりたてていた。

船は二《ふた》ツ目の橋の下をくぐり、三《み》ツ目の橋の下をぬけ、やがて舳《へさき》が右へかわったようである。横川へはいるのだ。

はたして、障子の日ざしが一瞬かげりだしたのは、南辻橋の下へかかったのだろう。

――着いたわ。

橋をくぐりぬけると風もなく、左手に昨夜礼三郎が船をつけていた桟橋があって、往来《おうらい》を一つ越した前が下屋敷の門になっているはずである。

「おや」

船はその桟橋へ着く様子もない。まっすぐこぎ進んでいくようである。

おかしいと思いながら、そっと左の窓障子を細めにあけてみた。案の定、いま下屋敷の門の前を通りすぎたところである。

――しまった。どうやらいっぱいくわされたらしいな。

迎えにきたさっきの若い中間は、奥方からではなく、悪人どものまわし者だったにちがいない。

お吟はどきりとしながらも、まだ声をたてようとはしなかった。

十五

それにしても、あの若い中間は、たしかに南辻橋の奥方さまからの使いだといっていた。

敵はどうして奥方がゆうべ南辻橋の里方の下屋敷へはいったことをかぎつけたのだろう。

——かぎつけたんじゃない。やまを張ったのかもしれないな。

考えてみれば、きのう船で深川の新三郎屋敷をのがれているのだから、船で奥方が行けるところといえば、事情からいっても南辻橋の下屋敷はいちおうだれしも考えるところだ。

そして、その実否《じっぴ》をたしかめるには、奥方からの使いと偽《いつわ》って、自分をひっぱり出してみるのがいちばん早い。

その手に乗って、うっかりつり出された自分は、なんのことはない、奥方さまは南辻橋の下屋敷ですよと、敵に身をもって答えたことになるのだ。

——薬研堀のお吟さんも、少しやきがまわったのかしら。

お吟はわれながらちょいとくやしかった。

ちくしょう、こうなったらただでは帰ってやらないから、そう思うがいいと、お吟はたちまち反抗心をふるいおこす。

ここで声など出そうものなら、なんだ今になって気がついたのかと、敵にバカにされるばかりだから、わざと黙っていることにした。

——けど、やつらはあたしを船でどこへつれていくつもりなんだろう。

これは考えるまでもなく、たぶんきのうのこっちの水路を逆に、深川の新三郎屋敷だろうと、すぐに見当がついた。

——目的はきっと香取さんをひっぱり出すおとりにするんだわ。

よし、おとなしく新三郎屋敷へつれていかれてやろう。

それは、いまだににえきらない礼三郎に活《かつ》を入れることにもなるし、敵の巣へ乗りこむのだから、なにか新しい事実がさぐれるかもしれない。

——ふん、あたしをただの娘だと思って甘く見ると、とんだことになるんだから。

お吟はくやしまぎれにそう度胸をきめて、いつまでもおとなしくすわっていてやることにした。

艫《とも》にいる若い中間は、うまくいった、まだ気がつかないなと、船頭と顔を見あわせてわらっているにちがいない。

バカ野郎、船宿の娘が船にだまされてたまるものか、もう南辻橋へ着く倍も時がかかっているじゃないか。うまくいったと思っているおまえたちのほうが、よっぽどまぬけなんだ。

お吟は胸の中で悪態をついている。

船は菊川橋《きくかわ》の下をぬけ、猿江《さるえ》橋の下をくぐって小名木川を突っ切り、扇《おうぎ》橋、福《ふく》永《なが》橋と、もう四つの橋の下をくぐっている。

ここで船が右へ変わって崎川《さきがわ》橋の下をくぐり、仙台堀《せんだいぼり》へはいるのである。

――そう舳《へさき》が変わった。

窓障子へうつる日ざしの位置の動きでも、はっきりそれがわかる。

それから要《かなめ》橋、亀久《かめひさ》橋、海辺《うみべ》橋と三つの橋下をくぐって、こんどは左へ舳が変わり、相生橋の下をくぐりぬけるとまもなく、新三郎屋敷の水門口へつくはずである。

――けど、少しおなかがすいちまったな。

時刻はおそらくもう八ツ（二時）すぎになるだろう。

十六

「お吟さん、着きやした」

船が桟橋《さんばし》の杭《くい》にとんと当たって、止まったなと思うと、艫《とも》からさきの若い中間《ちゆうげん》の声がもっともらしくいった。

お吟が黙って船房を出てみると、案《あん》の定《じよう》、そこはきのう奥方を船に乗せて救い出した新三郎屋敷の桟橋である。

「おや、ここは深川の新三郎さまのお下屋敷のようですね」

お吟は桟橋の上へげたをそろえて待っている中間に、わざとあたりを見まわしながら聞いてやった。

「へえ、そうでござんす」

若い中間は別にわるびれもせず、にっとわらっている。こんな仕事を任されて、しかもそれをちゃんとひとりでやってのける男なのだから、むろんただの中間ではあるまい。あらためて見なおすと、年ごろ二十五、六とも見える、からだつきのがっしりとした、目の色にどこか深いものを持っているなかなか苦《にが》み走《ばし》った男ぶりである。

「奥方さまはここにおいでになるんですか」

「へえ、そのようでござんす」

「じゃ、南辻橋じゃなかったんですね」

「あっしはただの使い奴《やって》でござんして、くわしいことはいずれだんながたからあらためてお話があると思いやす」

「中間さんはここの中間さんなんですか」

「へえ、豊吉《とよきち》と申しやす」

「わざわざ遠いところをご苦労さんでしたね。では、そのだんながたのところへ案内していただきましょうか」

お吟はげたをはいて栈橋へあがった。

中年の船頭が、これもこの屋敷のかかえ船頭なのだろう、あまりにも度胸のよすぎるお吟を、いささかあきれ顔で見送っている。

豊吉は先に立って、外庭の雑木林の中をずんずん奥へ歩きだす。

――奥方がきのう変なまねをされそうになったというあの茶室へつれていく気

かしら。

お吟はおよそそんな見当をつけながら、黙って豊吉のあとをついていく。

雑木林の中の小道はしいんとして、どこかで野うぐいすがいい声で鳴いていた。

「ねえさんはなかなかいい度胸でござんすねえ」

振りかえろうとせずに、豊吉がふっと感心したようにいう。

「そんなおせじいってくれなくたっていいんですよ」

「いいえ、おせじってわけじゃないんです。あっしはこれで気が小さいほうだもんだから、途中でねえさんがもしあばれだしたらどうしようと、びくびくしていたんでさ」

「うまいことといってるわ。そのときは手足を縛《しば》って、さるぐつわをして運ぶ気だったくせに」

「そうなんです。そういいつけられていたんで、あっしはそんな山賊《さんぞく》みたいなまねはあんまり好きじゃない。だからひやひやしていたんでさ」

「でも、豊吉さんは見たところ強そうね」

「おかげで小力は少しありやす」

「剣術もできるんでしょう」

「とんでもありやせん。剣術なんていくら苦労して免許を取ってみたところで、当節じゃ飯の種《たね》にゃなりやせんからね」

ちょいとおもしろいことをいう中間だと、お吟は思った。

十七

雑木林の中に外庭から内庭へはいる木戸があって、また雑木林がつづく。しばらく行くと、茶室のある枝折り戸の前に出た。

「ここでござんす。どうぞおはいんなすって」

豊吉は先に立って、玄関のわきから裏庭のほうへまわっていくようだ。

「豊吉さん、きのう妙なことがあったってのはここなの」

お吟はわざと聞いてやった。

「さあ、あっしはなにがあったか、よく知りやせん」

ほんとうに知らないのか、それともそらっとぼけているのか、豊吉はさばさばとそんな返事をする。

庭のほうへまわっていってみると、そこの六畳《じょうま》の間に待っていたのは、意外にも浜松家の留守居役《るすいやく》堀川儀右衛門である。

「ああ、お留守居役さま、薬研堀のねえさんをおつれしたんでござんすが、ここでいいんでござんしょうか」

豊吉がこの仕事をたのまれたのは堀川からではないらしく、いそいで聞いている。

「うむ、ここでいいのだ。――お吟、よくまいってくれたな。さあ、お上がり」

堀川はあいそよくお吟に声をかける。

「まあ、堀川さまだったのでございますか、わざわざお使いをくだすったのは」

お吟はそんな皮肉を口にしながら、負けてたまるものかという闘志が、むらむらっと全身にみなぎってくる。

「これはな、深い事情があるんだ。いまくわしい話をするから。――豊吉、ご苦労だった、もうさがっていいぞ」

「へえ。それでは、ごめんなすって」

豊吉はお吟のほうへ笑顔《えしやく》で会釈して、庭を出ていった。

お吟は黙ってぬれ縁《えん》へ腰をかける。悪人と同席などまっぴらだと思ったのだ。

「まあ、上がってはどうだな」

「いいえ、ここのほうがかってでございますから」

「そうか。それならそれでよい」

堀川もむりに上がれとはいわず、

「どうだな、礼三郎さまはごきげんかな」

と、なにくわぬ顔をして聞く。

「ええ、ごきげんでいらっしゃいます」

「けっこうけっこう――。あのかたはとんだ道楽むすこで、おまえの家へやっかいをかけるようになってしまった。しかし、もうそう長いことではない。当分の間だから、なにぶんたのみおく」

「いいえ、いくら長くたって、あたしの家はかまわないんです。浜松の若さまでお世話しているのではなくて、浪人者の香取さんで居候《いそうろう》させておくんですから」

「うむ、おまえのおやじの仁助《にすけ》は、さすがにもののわかった苦労人だ。しかし、礼三郎さまをいつまでも浪人者の香取さんにしておくわけにはいかぬ事情がこっちにもあるのだ」

「それはそうでござんしょうねえ」

生かしておいてはまくらを高くして寝られませんからねえと、口まで出かかるのを、さすがにお吟はぐっとのみこんでおく。

「これはまだないしょの話だが、国もとの殿さまがちと乱心ぎみでな、どうしても礼三郎さまに跡めをついでいただかなくてはならなくなった」

意外なことをいいだす堀川である。

十八

「香取さんが殿さまになれるんですか」

相手が相手なので、お吟はうっかり本気にはなれない。

「ぜひそうなっていただかなくてはなるまいと考えている」

堀川はあくまでもまじめらしく答えて、

「それについてな、きょうお吟にぜひたのみたいことがあってきてもらったのだ」

と、こっちの顔色を見ている。

きてもらったではなく、だましてつれてきたくせにと、腹の中でせせらわらいながら、

「あたしなんかにたのみってなんでしょう」

と、お吟は澄まして聞いてみた。

「大きな声ではいえぬが、お吟も知ってのとおり、奥方さまはいまお里方《さとかた》の南辻橋の下屋敷へまいっておられるそうだ。むろん、それにはそれだけの子細もあろうし、お考えもあってのことであろうが、これが表ざたになると、浜松家は家名が立たなくなる。ここのところはまずなにをおいても奥方さまに上屋敷へおもどり願い、万事おさしずをうけなくては、どうしようもない場合になっているのだ。そこで、どうだろうなあ、お吟、おまえこれからわしと南辻橋の下屋敷へいっしょに行って、奥方さまがわしにお目通りをお許しくださるよう、おまえからよくたのんでみてくれぬか」

これはまた意外な話である。浜松家の家来が浜松家の奥方に会うのに、あかの他人のたかが町娘に口ぞえをたのむ、表面から見て、こんなおかしな話はまたとないだろう。

「だって、おかしいじゃありませんか。あたしは別に浜松家にはなんの関係もない町娘なんですもの、あたしのいうことなど、奥方さまがお取り上げになりますかしら」

お吟はいちおう意地悪く突っぱねてみた。

「さあ、そこだ。わしの口からまことにだらしのない話で、赤面のいたりだが、そう奥方さまはわれわれ家来どもをただではご信用くださらぬ。正直にいって、そういう失敗をわれわれどもがしているのだ。むろん、奥方さまに悪かれと思ってやったことではないのだが、そういうとんだ思い違いがあったばかりに、奥方さまはお里方へおかえりになってしまわれたのだ。その点、わしは奥方さまにお目通りのうえ、重々おわびもし、今後どうすれば奥方さまが上屋敷へおもどりくださるか、そのおさしずをうけたいと思っている。しかし、わしひとりでまいったのでは、奥方さまはお会いくださるまいと思うので、恥をしのんで、事情をよく知っているおまえに口ぞえがたのみたいのだ。お吟、必ず恩にきる。なんとか考えてみてくれまいか」

一藩の留守居役をつとめるほどの分別盛りの堀川が、必死な顔をしてたのみこむのである。

そのわらにもすがりたい浜松家の家来どもの苦しい立場は、お吟にもわからないことはなかった。しかし、うっかりその口に乗れないのは、そういう苦しい立場に立ったのは、みんな身から出たさびで、自分たちの悪だくみが招《まね》いた結果だからである。

いや、率直にいえば、悪人どもがほんとうに後悔しているのか、なにかほかにたくらみがあってお吟を利用しようとしているのか、その点が、いちばん重大問題なのである。

「じゃ、堀川さまは、どうしてきょうあたしをだましてここへつれてきたんです」

お吟はまずそこから突っこんでいく。

十九

「人をだますのは悪い。しかしな、お吟、はじめからわしの迎えだといえばたぶんおまえはきてくれまい。わしのほうは、いま話したようなわけで、なんとしてもおまえにうむといってもらわなくては、家名にもかかわる重大な用件を持っているのだ。まあ、その点はあしからずかんべんしてくれ」

するりと言い抜けてしまう堀川である。

「あたしをそんなに重く見てくれるのはありがたいんですけれど、ほんとうはあたしがこれから南辻橋のお屋敷へ行ったたって、ご家来たちが奥方さまに会わせてくれるかどうかさえわからないんです」

「いや、そのときはそのときでしようがない。ともかくも、なじみがいにいちおうほねをおってみてくれ。こっちはもう万策がつきているのだ」

それがほんとうなら、ひとほねおらないものでもないが、どうもお吟には信用ができない。

だいいち、こんどのことは悪人どもが不当なことをたくらんだからこんな騒動になったので、それを心から後悔したというのなら、なにも自分のような町の娘などにたよって裏から手をまわさなくても、張本人の江戸家老宇田川外記が表から、お里方《さとかた》のご老中さまをたずねて、ひとことわびを入れれば、それで無事に解決のつくことなのである。

——このたぬきおやじめ、もっともらしい顔をして、またあたしにいっぱいくわせようとしているんだわ。よし、いまに見ろ。

お吟はいちおう堀川の手に乗ったと見せて、その裏をかいてやろうと思った。

「堀川さま、一つだけうかがわせてくださいまし」

「どんなことだな」

「堀川さまのほうでは、今までは香取さんがじゃまになったんでしょう」

「いや、そんなことはけっしてない。なにぶん礼三郎さまは殿さまのご不興《ふきよう》をうけておられるので、どうしようもなかったのだ。しかし、いまはもう事情も違ってきた。殿さまが正常でない今日では、万事礼三郎さまにおすがりするほかはなくなってきたのだ」

「では、こちらの殿さまはどうなるんでござんす」

「さあ、そこだ。それをこれから奥方さまにお目通りして、よく奥方さまのお考えもうけたまわり、万事相談しなければならんと思っているのだ」

まったくうまい口である。それが本心なら、まず礼三郎さまに会って相談したほうが早いのである。

「わかりました。あたしにできるかどうかわかりませんけど、では南辻橋へお供《とも》してみます」

「そうか、まいってくれるか。それはありがたい」

「お力になれるといいんですけれどねえ」

「いや、お取り次ぎさえしてくれれば、それでけっこうなのだ――。ちょいと待ってくれ。いましたくをしてくるでな」

堀川はいそいで立って、玄関から出ていった。

――たぬきがもうしっぽを出しかけている。

ほんとうに堀川に真心があれば、呼び出しをかけた時刻がわかっているんだから、こっちがおなかをすかせているぐらい、気がつかないはずはないのである。

二十

ふっと、さっきの若い中間豊吉が庭へまわってきた。

「ねえさん、こちらのお方さまが、ただいまここへまいりやす」

「あら、お方さまって、ご生母さまのことですか」

お吟は思わず目をみはった。

「へえ。ねえさんになにかごあいさつがあるんでしょうよ」

豊吉はにっこりしてみせて、自分は少し離れたところへひざまずく。

「困っちまうな、あたし」

「いいえ、ねえさんはそこでそのままおじぎをしていればいいんでさ」

「だって、あたし――」

さすがにお吟が当惑しているうちに、もう玄関のほうへ人のけはいがして、まもなくそこのふすまをあけ、掻取《かいど》り姿のお美禰の方が腰元ひとりをしたがえて、静かにはいってきた。

「お方さまでございます」

腰元が声をかけてきたので、お吟はぬれ縁《えん》に腰かけたまま、ていねいに両手をつかえる。

「薬研堀のお吟ですね」

お美禰の方の声は親しみ深く、ものやわらかである。新三郎の生母だというから、もう四十に近いだろうが、厚化粧をしているせいか、まだ三十二、三にしか見えない。

「はい」

お吟は返事をしながら、このかたはけっして腹黒い人ではないと、そんな気がした。

「遠慮しなくてもいいのですよ。顔をおあげなさい」

「はい」

「このたびは堀川儀右衛門といっしょにまいってくれるそうで、ご苦労です」

「いいえ、あたしがお役にたちますかどうか、わからないのですけれど――」

「もし、お京の方さまにお目通りできましたら、美禰が深くおわびをしていたと、くれぐれもお耳に入れておいてください。たのみます」

お美禰の方は心から心配そうな面持《おもも》ちである。つまり、気の弱い性分なのだろう。

「きっと、そう申し上げます」

お吟は江戸っ子だから、そんな弱いひとを見ると、つい同情してしまうのだ。

「なにぶんたのみます。それから、ここでお膳をあげるとよいのですが、儀右衛門がいそぐというので、船のほうへ心ばかりのしたくをさせておきました。遠慮なくお弁当をつかってください」

「ありがとうございます」

「豊吉、船のほうへ案内しておあげ」

「へえ」

豊吉がおじぎをして立ち上がる。

「では、ごめんくださいまし」

「気をつけておいでなさいよ」

「はい」

いいご生母さまだなあと、お吟は感心してしまった。そして、悪いのは取りまきの男の家来どもなんだとおもい、これだけはきっと奥方の耳に入れておこうと思った。

事実、気の弱いお美禰の方は、奥方が家出をされたと聞いてから、非はみんなこっちにあるだけに気が気ではなかった。といって、多少無理は承知でその非に荷担《かたん》してしまったのだから、いまさらのっぴきならないはめに追いこまれているのである。

二十一

――それにしても、弥次郎がもう顔を見せるはずだが。

弥次郎はひと足あとからまいりましょうと、堀川はいっていた。

きのうのたくらみは、すべて弥次郎の頭から出たことである。弥次郎はこわい男だと思う。

が、自分の良心とは別に、そのこわい弥次郎がお美禰の方にはたまらなく恋しい。ほかの男にはまねのできない強いものを持って、きのうは平気で自分を抱きすくめていた。

突然のことで、あっとからだじゅうがすくんでしまい、どうしようと身もがきしているうちに、たわいなく男のものにされていたのである。

それはそれでもうしかたがないと思う。

だから、恐ろしいたくらみだけはふっつりとやめさせて、弥次郎の身がらをこの下屋敷へもらいうけてしまおう。

それでないと、弥次郎は強いにまかせて、いつかは自分から身をあやまる男なのである。

——そんなことがあってはならない。

お美禰の方がそんなことを考えながら、うっとりと明るい庭のかげろうに目を細めていると、ふっと茶室の横手をまわってくる足音がして、まぶたに描いていた弥次郎のたくましい顔が、ひょいとぬれ縁の前へ出てきた。

「お方さま、ここにおられましたか」

「あ、弥次郎——」

「遅参いたしまして、申しわけございません」

弥次郎は庭に立ったまま、丁重《ていちょう》におじぎをする。

「富枝《とみえ》」

遠慮しているようにと目くばせをすると、腰元は心得顔に会釈《えしやく》をして、すぐに立ち上がった。

「だれも近づかないように、枝折り戸のところを見張っているのですよ」

「はい」

富枝は玄関から出ていったようだ。

「弥次郎、お上がり——」

「はあ、失礼いたします」

弥次郎はぬれ縁から静かにあがってきて、すっとひざを突きあわせるようにしてすわりながら、いたずらっぽく目がわらっている。

「お吟がいままいりましたから、そなたのことづてどおりによくたのんで、もどしてやりました」

お美禰の方はいそいでまじめな報告をする。

「けっこうでございます。どうやら、万事思うつぼに運びそうです」

「お京の方は、もどられるであろうか」

なによりもそれが心配である。

「必ずもどります。いなかどのをおもちゃにさしあげますといえばな」

「ほんとうかえ、弥次郎」

「まちがいありません。奥方さまも年ごろですからな。きのう新三郎さまがここでおさえつけてしまえば、いやもおうもなかったんですが、新三郎さまはお気が弱いから」

「では、礼三郎さまはお気が強いのかえ」

ついつりこまれて口に出してしまってから、さすがにお美禰の方は顔が赤くなる。

「それは、きのう助けてやったという気があるし、奥方には助けてもらったという気がある。ずっと船の中だし、南辻橋の下屋敷にも茶室はある」

にやりとわらってみせる弥次郎だ。

あけすけにそんなことをいわれてみると、お美禰の方もそれがほんとうかもしれないというような気がしてくる。

二十二

「では、礼三郎さまはお京どのとごいっしょに、上屋敷へおはいりになることになるのですか」

乱心したとはいえ、まだ国もとに当主が生きているのだから、そんなことをさせてもいいのだろうかと、お美禰の方はちょっと心配になる。

「いや、それは少し困るのです。いくら後家《ごけ》どのになられたからといって、まさか上屋敷で不義をたのしまれては、家中のしめしがつきません」

「だれが後家になられたのです」

「むろん、奥方お京の方さまです」

「まあ。では、忠之さまは――」

思わず息をのむお美禰の方だ。

「なにをそうびっくりなさるのです。あまり大酒をされたから、こんなことになるので、急死されたからといって、別にふしぎはありません」

弥次郎は平気でわらっている。

「あの、やっぱり座敷牢《ざしきろう》でですか」

「そうのようです。まだ国もとの伊豆《いず》から急死されたという手紙がとどいただけで、そっちのほうのくわしいことはわかりませんが、いよいよ新三郎さまに上屋敷へ移っていただかなくてはならんでしょう」

「だいじょうぶなのだろうかねえ、公辺《こうへん》のほうは」

「だいじょうぶです。もっとも、殿さま急死のほうは当分極秘にして、とにかく奥方さまにもどっていただかんことには、ここはまことにつごうが悪い」

「やっぱり、礼三郎さまになだめていただくのがいちばんいいのではないかえ」

「そういうわけです。そこで弥次郎、お方さまにおりいっておたのみがあるのですがなあ」

「なんです、改まって――」

「わしの見込みでは、今夜いなかどのはたぶんまた水門口からこの屋敷へ忍びこんでくるはずです。お吟を奪いかえさなければなりませんからな」

「では、お吟《びん》がここへきていることは、あちらにわかっているのですか」

「それはわかっているでしょう。岡《おか》っ引きらしいのが陸《おか》づたいにお吟の船のあとを追っていたといいますからな」

「まあ」

「そこで、いなかどのはここへ忍びこめば、まずこの茶室へくる。お方さまにひとりでここで待っていていただいて、お吟のことも打ち明け、ぜひ奥方さまにもどっていただくように、お方さまからうまくいなかどのを説きつけてもらうのです」

「できますかしら、そんなことが美禰に」

「できますとも——。別にしばいなどする必要はない。殿さまの急死のことは絶対に秘密だが、ほかのことはありのままにいえばいいのです。悪いことは、この弥次郎や堀川などにみんなしょわせてしまえばいい。つまり、泣きついてもらえばいいんです」

「さあねえ」

人のよいお美禰の方は当惑そうである。

「ただ一つ心配なことがあるんです」

「どんなことなの、弥次郎」

「いなかどのは気が強いほうだから、お方さまをくどくかもしれない。お方さまもいなかどのが好きになるかもしれない」

「まあ、弥次郎はなにをいうのです」

お美禰の方はたわいなく弥次郎の舌刀《ぜっとう》にのせられていく。

二十三

忠之の急死は、大酒のためか、毒殺か、いまのところはまだ判然としない。が、きのうのこっちの一幕がみごと失敗しているだけに、弥次郎としては少し早すぎた感があるのだ。

こうなっては、なんとしてもいちおうお京の方をなだめ、そっちの条件をすべてうのみにして、事態を収拾する以外に手はない。

お吟をだまして深川の屋敷へつれこみ、堀川をつけて南辻橋のお京の方を説得にやるのは、むろんけさからの弥次郎の計画だった。

一方、礼三郎は必ず深川の屋敷へお吟を奪いかえしにくる。これは浪人組を伏《ふ》せておいて切ってしまおうというのが、お吟のほうと一連した手段だったのだが、堀川を深川のほうへ出したあとで、忠之急死の密書が国もとから屋敷へとどいたのだ。

「弥次郎、どうする」

宇田川外記はおりがおりだったので色を失ったようだ。

「国もとの手まわしのほうが、少しうまくいきすぎたようですな」

外記が狼狽《ろうばい》するほど、弥次郎には思うつぼということになる。

「早く跡めの届け出をしておかんと、どうにもならなくなるぞ」

「そのまえに、お京の方と妥協《だきょう》しておく必要がありますな」

はじめからお京の方の口ぞえ一つが、老中松平伊賀守を動かす唯一のたのみだった。

昨日の一幕は、そのたのみの綱《つな》をもっと太いものにしておこうと欲ばりすぎて、とんだ失敗をしてしまったことになるのである。

「どうだ、その妥協がうまくつくか」

「そうですなあ、思いきってやってみるほかはないでしょう」

「どうしようというのか」

「深川のお方さまを人質に出すのです」

「なにッ、美禰をか——」

「そうです。堀川の嘆願《たんがん》ぐらいでは、奥方は南辻橋は動かない。それはわかっているのです。まず堀川がこっちの意のあるところを嘆願してきた。そのあとへ、お方さまを礼三郎といっしょに南辻橋へ向けるのです」

「美禰はいいとしても、礼三郎どのがこっちの自由に動くのか」

「これはお方さまにたのみこんでもらうのです。一時ご家老やわしが悪者になれば、いなかどのは正直だから、きっとひっかかります。そのうえお方さまが南辻橋の人質になって、なんなりと奥方の条件をいれましょうとなれば、まだ若い奥方なのだから、必ず納得するでしょう」

「で、その後はどうなるのだ」

「あとはまたあとのことです。ご家老はこっちが損をしさえしなければいいんでしょう」

「うむ。それはまあそうだが――」

「ご家老はひょっとして、奥方が跡めにいなかどのをと望まれては困ると考えているんでしょうが、その点だけは心配ありません。こっちには老中の手もとへ出してあるご封書というものがありますからな」

「なるほど――」

跡めのきまっていない諸侯《しょこう》は、国入りのおり、道中で万一の場合があったときはこの者を跡めにしてくれという嘆願書を密封して、老中の手もとへ出しておく。これをご封書というのだ。

二十四

老中はその藩から提出されたご封書をそのままあずかっておき、藩主が無事に帰府すればそのままその藩へもどす。万一、藩主が道中で急死などした場合は、その藩の重臣たち立ち会いのうえでご封書を開封し、跡めの協議に加わる。

忠之がこんど出していったご封書には、ちゃんと深川の新三郎の名が書きこんであるのだ。むろん、外記一派がかってにやったことだが、忠之が急死すればこれがものをいうことになるのである。

「そうであったな。しかし、それにしても、奥方の口ぞえがあるとないとでは大きに違うだろう」

「それはそのとおりです。まあ、任せておいていただきたい」

自信たっぷりの弥次郎は、ひとりで引きうけて深川の下屋敷へ乗りこんできたのであった。

お美禰の方を里方《さとかた》の人質にする。これは名案と弥次郎は信じていた。お美禰の方がそこまで誠意を示せば、お京の方の心は必ず動く。また、心の動くように若い奥方のきげんを取ってもらわなければならないのだ。

——そんなことをお美禰に言いつけられるのは、おれひとりだからな。
弥次郎はまた内心得意である。

「では、礼三郎さまを説きつけて、美禰は南辻橋の人質に残るかえ」

さすがにお美禰の方はまゆをひそめた。なにか不安でもあるし、女の自負《じふ》もあるから、これだけは気が進まぬらしい。

「おいやでございますか」

「いやとはいいませんけど、いまさらよその屋敷へ、窮屈《きゅうくつ》だし」

「ほんのしばらくのがまんでございます。そうしていただかないと、浜松家は断絶のほかはないし、それを救うも救わぬもお方さまのおほねおりひとつだと、ご家老もひどく心配していられるのです」

「でも、弥次郎に会えなくなるではありませんか」

わざと冷たい顔をして、そんなすね方もしてみせるお美禰の方だ。

「いや、そんなことはございません。わしはお方さまのいるところでしたら、たとえ地獄へでも押しかけます。お方さまのいない世界には、もうひとりではいられなくなっている弥次郎です」

「うまいお口だこと」

「うそだとおぼしめすか」

弥次郎はいきなりお美禰の方の肩を両手をのばして、荒々しく引きよせた。

「だめ、弥次郎」

「かまわぬ、——わしは鬼だ」

強引に抱きしめて、胸をおしはだけ、豊かな乳ぶさに手をかける。

「いけません、弥次郎。障子《しょうじ》があいているではないか」

「だれも近づきはしません」

するりと打ち掛けが肩からすべり落ちて、胸がはだけられていたが、それでものがれるように立ち上がって、お美禰の方は障子をしめに行く。

「逃げるのですか、お方さま」

「逃げはしませぬ」

障子をしめきって振りかえったお美禰の方の目は、もうたわいなくとろりとなって、いまにもからだごとくずれ落ちそうである。

決意

一

その日の昼ごろ、薬研堀の小湊屋の前へ、ふらりと旅の虚無僧《こむそう》が立って、尺八《しやくはち》を吹きはじめた。

おやじの仁助が出ていって、いくらかの小銭を布施《ふせ》すると、扇面《せんめん》をひらいてうけて、

「卒爾《そつじ》ながら、ご老人、ものをたずねたい」

と、天蓋《てんがい》の中から声をかけた。

「なにをおたずねでございますな」

「かぶりもののまま失礼でござるが、ご老人は当家の主人、仁助どののようですな」

「へえ、あっしはその仁助でござんすが」

「わしは浜松からはるばるとまいったものですが、敬《けい》の字と申せばわかるはず、香取礼三郎さまにぜひお目にかかりたい。いちおう取り次いでみてくださらんか」

仁助はどきりとしたが、稼業《かぎょう》がらその声音《こわね》を耳にして、別に悪意のある人のようにも思えないので、

「どうぞこちらへおはいりなすって――」

と、まず土間へ招《しょう》じ入れた。

浜松からきたというと、これが悪人でなければ、礼三郎の味方と思わなければならない。それならなるべく悪人の目につかないほうがいいと考えたからだ。

「おぞうさをかける」

虚無僧は土間へはいると、礼をいいながら、静かにかぶっていた天蓋をぬいだ。

二十四、五とも見える人品のいい若者である。

「敬の字さまとおっしゃったようでございますな」

「さよう、そう申せばおわかりのはずです」

「しばらくお控えくださいまして」

仁助は裏二階へあがっていって、礼三郎にこれこれだと告げた。

「なに、敬の字という者がまいったのか」

「はい、そう申せばおわかりのはずと申しています」

「虚無僧姿でな」

「はい」

「通してみてくれ。国家老和泉又兵衛《いずみまたべえ》のせがれに敬之助《けいのすけ》という者がいる。たぶん、それだろう」

敬之助とはおない年で、江戸で修業中はずっといっしょに暮らした仲だから、主従《しゅじゅう》というよりはむしろ兄弟同様の仲である。

それにしても、どうして自分がここにいるのを知ったろう。まだ国もとへはなんともいってやってはいないのだ。

「お会いになるのでございますね」

「うむ」

「かしこまりました」

仁助が気軽に立ち上がるのを、

「ああ、仁助」

礼三郎は呼びとめて、

「さっきからお吟の姿が見えないようだが、どこかへ他出しているのか」

と、気がついたので聞いてみた。

「へえ、ちょいと近所へ用たしにまいっていますんで」

仁助はなにげなく答えておく。

「そうか。それならよい」

礼三郎はそれをことばどおりに取って、

――敬之助はいったいなにしに江戸へ出てきたのだろう。

もうそっちのほうへ気を取られていた。

「失礼つかまつります」

階段をあがってきた敬之助の声が、そこで立ち止まったようだ。

二

「敬之助か、はいれ」

「はい」

虚無僧姿の敬之助は、うやうやしくへやへはいって、末座へすわり、

「礼三郎さまには、まずもってごきげんの体《てい》を拝し――」

と、作法どおりのあいさつをしようとする。

「敬の字、そう堅苦《かたくる》しい辞宜《じぎ》には及ばぬ。わしはもう浪人香取礼三郎だ。そのつもりでつきあってくれ」

礼三郎はわらいながらくだけて出る。

「それでは、おことばに甘えまして」

「うむ、それがいい。なつかしいなあ、敬之助」

「はい」

敬之助は万感胸に迫るといった顔つきで、がくりとうなだれる。

「又兵衛は変わりはないか」

礼三郎は国家老和泉又兵衛の計《はか》らいで、正統な松平家の血筋とみとめられ、城へはいることができたのだ。

その又兵衛は当主の暗愚《あんぐ》乱行にあいそをつかし、みずから耄碌《もうろく》をよそおって藩政から手をひいてしまっている。そうしなければ、いつ悪人どもに命をねらわれるかわからないからであった。

「はい、今のところはどうやら無事でございます」

「そうか、今のところはな。——しかし、敬之助はわしがここに居候《いそうろう》をしていると、よくわかったな。だれから聞いたな」

「それは、江戸の上屋敷にも何人かは味方がおりますから、そのくらいのことはすぐに知らせてよこします」

「ふうむ。それで、敬の字はなにしに江戸へ出てきたのだ。そんな姿をして出てきたところを見ると、国もとになにか変わったことでもできたようだな」

「ご明察恐れ入ります。一大事がおこりました」

「忠之どのが乱心して、座敷牢《ざしきろう》へ押しこめられたことは聞いている」

「どうしてそのようなことを——」

敬之助はさすがにびっくりしたようだ。

「わしはもう江戸の悪人どもに命をねらわれている。その悪人どもが、自分たちの口からうっかり漏《も》らしてしまうんだな。人間などというものは、いくらりこうぶっていても、けっきょくはあさはかなものだ」

「その殿さまが、座敷牢の中で急死あそばしました」

「なにっ」

こんどは礼三郎が愕然《がくぜん》とする番だった。

「毒殺か、敬之助」

「たぶん、そうではないかと存じます。お柩《ひつぎ》のそばへは一味の者しか近づけませんから、はっきりとはわかりませんが、その前々日てまえがお目にかかりましたときは、どこもお悪いご様子はなかったのです」

「座敷牢でお目にかかったのか」

「はい、お酒の相手に召《め》し出《だ》されたのでございます」

「座敷牢でも酒をのんでおられたのだな」

「酒気が切れますと常人になられます。悪人どもはお酒だけはむりにもおすすめしていたようでございます」

「そちがお目にかかったときも酔っておられたか」

礼三郎は思わずひざをすすめている。

三

「殿がお召しだと申しますので、牢格子《ろうごうし》の前までまいりますと、夜中でございましたが、殿にはお膳部《ぜんぶ》を前にされて、中へはいって酒の相手をせよとの仰《おお》せでございます」

「うむ、牢格子の中で酒をのんでおられたのか」

「はい。てまえが中へはいりますと、近く進め、杯を取らせると仰せられます」

「座敷牢の中へはだれでも入れてくれるのか」

「だれでもというわけではございませんが、ときにはごきげん取りに近習《きんじゅう》の者が中へはいって、お酒のお相手をしていたようでございます。てまえがお杯をうけまして、酌《しゃく》をして取らせると申されますから、杯を出しますと、ちょうしはからでございました」

「うむ」

「はてなと思いまして、お顔を見上げますと、飲め飲めとおおせられ、お目がさびしげにわらっておられます」

「うむ」

「おちょうしを取り寄せましょうかと申しますと、いや、酒は飲んでおる、きのうから畳がなと、小声でおっしゃるのです」

「ふうむ」

「殿はもう酔ってはおられませんでした。ちょうしは飲んだふりをして、みんな畳にこぼしていられたのでございましょう。——敬之助、わしは無念だぞと仰せられました」

「なにッ」

「身から出たさびゆえ、いまさら弱音は口にせぬ。すべてわしが愚《おろ》かであったからだ。ただひとこと、礼三郎に伝えておいてくれ。わしはこのままでよいから、家名だけは悪人どもにわたしてくれるな。たのみおくと、必ず伝えてくれと申されました」

敬之助の目からぽろぽろと涙がこぼれてきた。

「うむ、それから——」

礼三郎もひとりでに目がしらが熱くなってくる。

「わしは愚かな兄であった。しかし、さいわい礼三郎がいてくれる。あれは必ず家名をまもってくれるだろうと申されていました」

「うむ」

「もう一つ、お京の方さまは、里方《さとかた》へもどして、しあわせなところへ再縁《さいえん》させてくれ、わしがそう申していたと、忘れずに伝えてくれとおっしゃっておられました」

「そうか。座敷牢へ入れられてから、なにもかにもわかられたのだな」

「はい。これが申しておきたくて、この二、三日酒を口にしなかった、さあ、安心して、これからまた酒と心中だとおわらいあそばされ、少しおのみになると、たわいなく酔われまして、ごろりと横になり、眠ってしまわれました。それが最後のお別れで、二日めに急死されたのでございます」

「うむ」

礼三郎はじっと懐紙《かいし》を顔に当てた。どうしても涙がとまらない。

――身から出たさびだから、いまさらしようがない。

そうは思うのだが、そんなみじめな最期だったのかと思うと、血肉をわけている兄だけに、たまらなくいじらしい。

兄忠之はけっして悪い人間ではなく、ただ気が弱すぎたのだ。その弱点へ悪人どもがつけこんで、うまく利用したのだ。

四

「敬之助、又兵衛はなんと申している」

礼三郎はたぎってくるような怒りをしばらくおさえつけてから、いつもの声で聞いた。

「なんといたしましても、このうえは若さまにお覚悟を願わなければならぬと申しております」

敬之助の目にもただならぬ光があるようだ。

「殿さまの御意《ぎょい》で、家名などどうなろうとよいというおぼしめしの中は、なんともいたし方ないが、最後に殿さまは正気にかえられ、礼三郎さまをたのんで、家名だけは悪人どもにわたしてくれるなと仰《おお》せられたからには、命かぎり戦わねばならぬと、覚悟したようでございます」

かさねて敬之助がいう。

「ことによると、もうおそきに失したかもしれぬな」

「父もそれを申していました。しかし、家名はどうなろうと、悪人どもだけは始末せぬと、侍の面目《めんぼく》にかかわるのではないか。その点を若さまによく申し上げてみてくれと、言いつかってまいりました」

「それはわしも同感だ。浜松を立つとき、わしは兄を捨て、家名も捨てる気で立ってきた。そうするほかはなかったのだ。たとえ悪人どもをのぞいても、忠之どのがいるかぎりはむだだと考えたからだ」

「それはもう忘れることにいたしましょう。きょうから立つ、この立場から最善をつくす、それでよいのではないでしょうか。いや、それよりいたし方ないのではないでしょうか」

敬之助の語気がしだいに熱をおびてくる。

「しかしな、敬之助、どう考えても、十中の八、九、家名は立たんかもしれんぞ」

「それも覚悟いたしましょう。しかし、悪人の手によって家名をほろぼすより、最後まで家名をまもろうとする者の手によって、家名を葬《ほうむ》ったほうが、ご先祖代々さまもよろこんでくださるのではないでしょうか」

「うむ、それはそうだ」

さすがに又兵衛のせがれだなと、礼三郎はあらためて敬之助の顔を見なおすのである。

「外記一派はもう新三郎さまのお跡めを公儀《こうぎ》へ願い出ているようでございましょうな」

「いや、おそらくそれはまだだろう。実は、昨日、外記一派はお京どのを深川の下屋敷へ招《まね》いて、新三郎に手ごめにさせようという、悪辣《あくらつ》きわまる手を打とうとした」

「なんと申されます」

「お京どのさえ手に入れておけば、その口から里方《さとかた》が動かせる。多少無理はあっても新三郎を擁立《ようりつ》できると考えたのだろう。外記もだいぶ血迷ってきたようだ」

「なるほど——。それで殿さま急死を決行したのですな」

「そうかもしれぬ。もうこっちはだいじょうぶと見たのだろう。それに、わしの出府《しゅつぷ》をかぎつけているから、じゃまをされぬうちにと荒療治にかかったのだな」

「奥方さまはどうなされました」

「さいわいわしが助けて、里方の下屋敷へあずけてある」

「すると、伊賀守さまは外記一派の悪事を残らずお耳にされたことになるのですな」

「お京どのにわしがそうすすめた。そうするよりほかに、お京どのの生きる道はなかったのだ」

五

「お京の方さまから、醜《みにく》い内情がご老中のお耳にはいっているとしますと、やはり家名のほうは絶望だということになりましょうか」

敬之助ががっかりしたように聞く。

「いや、浜松六万石《ごく》はすでに忠之どのの乱行で帳消しになったと見るべきだろう。しかし、このたびの急死が、あるいはそれを救ってくれるかもしれぬ。多くは望めぬが、絶望はまだ早すぎるような気がする」

「と申しますと――」

「一にも二にもお京どのにすがってみるのだ。その一方で、心ある者の手で悪人どもの始末をつけることだ」

「なるほど」

「ただしな、敬之助、わしの跡めはいかん。わしとしても、一度家名を捨てておきながら、こんどは跡めほしさに必死になったとはいわれたくない」

「しかし、それではどなたが家名をおつぎになるのでしょうか」

「番町《ばんちょう》に忠正《ただまさ》どのがいるではないか。忠正どのの嫡男正太郎《しょうたろう》どのがよい。正太郎どのはお京の方の血につながる甥《おい》にもあたる」

「なるほど」

忠正は忠之の兄にあたるが、礼三郎同様側室のお腹なので、正室に忠之が生まれるとまもなく、番町の寄合《よりあい》旗本三千石の松平家へ養子に行っていた。この忠正の夫人は、おなじ松平伊賀守を父とするお京の方の姉だから、その間に生まれた正太郎は、伊賀守には孫にあたり、お京の方からいえば甥ということになるのである。

礼三郎はその血のつながりに、一縷《いちる》の望みをかけているのだ。

「しかし、礼三郎さま、その儀《ぎ》は一藩の者は納得いたしましょうかなあ」

敬之助はなにか不満のようである。

「敬之助、そちからそんなことを申してはいかんではないか。当主はすでに急死しているのだ。まず相続人をしっかりときめて、お京の方を動かす、それ以外には家名の救いようはない。それさえ万に一つしか望みのない現状なのだぞ」

礼三郎はきっぱりと言いきる。

「なるほど——」

そういわれてみると、敬之助にも押して反対することばはない。

「香取さん、ちょっとお耳に入れたいことがあるんですが」

ふすまの外から仁助が遠慮そうにいった。

「かまわぬ。はいってくれ、仁助」

「ごめんなすって――」

仁助はふすまをあけて敷居ぎわにすわり、

「実は、いま文吉が帰ってまいりやしてね、お吟は深川の下屋敷へつれこまれたそうでござんす」

と、意外なことをいう。

「なにッ、それはどういうわけなのだ」

なんにも知らない礼三郎は、思わず目をみはる。

「お吟のやつが、香取さんにはないしょにというもんですから、今まで黙っていたんですが、けさ南辻橋の奥さまからだと、若い中間《ちゆうげん》がお吟を迎えにきやしてね」

ひとりで出してはやったが、心配になるので文吉にそっとあとをつけさせたのだと、仁助はひととおりの話を耳に入れる。

六

「すると、お吟の船は、南辻橋へは寄らずに、深川の下屋敷へはいったというのだな」

「へえ、文吉はそう申しておりやす」

礼三郎はちょっと考えてから、

「仁助、悪人どもはうまくやまを張ったのだ。お京の方が南辻橋の屋敷へはいったことは、たぶんそうだろうと、少し考えればだれにでもわかる。しかし、ただそう見当をつけただけでは決め手にならぬ。そこで、ためしにお吟を奥方からの使いだといって連れ出してみたのだ」

と、ここまでは想像がつく。

「つまり、お吟のやつはうまくひっかかってしまったんでござんすね。しようのねえやつだ」

「いや、これはお吟でなくても、だれでもひっかかる。ことに、お吟はゆうべいろいろとお京の方を力づけてきているから、相談相手に呼ばれる理由はじゅうぶんある。次に、文吉を無事に見のがして帰したのが、問題になってくるな」

「といやすと、やつらは文吉がひもについているのを知っていたということになるんでございますか」

仁吉はちょっと意外そうな顔つきだ。

「長い陸《おか》づたいの尾行だし、その気で注意していれば、船からならよけい見やすい。つまり、敵はもう一度わしを深川の下屋敷へ誘い出そうという腹だろう」

「そうおっしゃれば、たしかにそうかもしれやせん」

「しかしなあ、仁吉、お吟はただそのおとりにだけ深川へつれていかれたのではないと、わしは考える」

「そうでござんしょうか」

「悪人どもは、どうしてもお京の方に上屋敷へもどってもらわぬと、せっかくのたくらみが水泡《すいほう》に帰する危機に立っているのだ。まずお吟をつれていって、ゆうべの事情をくわしく聞き出したうえ、ぜひお京の方に取りなしてくれと、手をつくしてたのみこむ腹だろう。お吟の口ぞえがなければ、お京の方はだれが行っても浜松家の家来には会うまいからな」

「まさか、お吟はそんなだしにつかわれやしないでしょうね、香取さん」

仁助の顔がみるみる暗くなってきた。そこは親で、はねっかえりなくせに、ひょっとするとひどく情にもろいところのあるのを、よく知っているからだろう。

「心配いたすな。まちがいのないうちに、わしがなんとかお吟を助け出してきてやる」

「いいえ、香取さん、そのお心はうれしゅうございますが、娘のためにあなたさまのお身に万一のことがあっては、それこそ取りかえしがつきません。どうぞご無理はなさらないでいただきます」

「いや、わしに考えのあること、まあ、任せておくがよい」

礼三郎はたのもしく言いきってから、

「敬之助、これからわしといっしょに南辻橋へまいって、お京どのに会ってみよう。そこから必ず活路がひらけるような気がする」

と、敬之助のほうを向いた。

「かしこまりました。お供《とも》いたします。このままのかっこうでよろしゅうございましょうか」

「うむ、かえってそのほうがいい。途中は知らん顔をして、別々に歩くのだ」

礼三郎は気軽に立ち上がって、へやの壁にかけてある深編《ふかあ》み笠《がさ》を手にする。

七

お京の方は、今後の身の振り方をいっさい父伊賀守にまかせて、自分は世をすてようと覚悟するほかはなかった。

浜松家が断絶すれば、当然出もどりの身になるのだから、一生この下屋敷のやっかい者になって、このまま老いくちていくほかはないのである。

――お吟は昨夜、あくまでも悪人と戦うようにとすすめてはいたが。

せめて礼三郎さまでも力になってくれないかぎり、女ひとりではどう戦いようもないことなのである。

「浜野、考えてみると、恐ろしいことですね」

「なにがでございましょう」

「きのうのようなことが、下屋敷ではなく、上屋敷でたくまれていたのでしたら、京はいまごろ自害していました」

それを考えると、いまさらのようにぞっとせずにはいられないお京の方である。

「ほんとうにさようでございます。上屋敷では、礼三郎さまでも、どうしてくだされようもなかったでございましょうし」

「女は弱いものです。ああなってはどうしようもないのですから」

「深川のお方さまは、それをご承知で、奥方さまをお招《まね》きになったのでございましょうか」

うっかりしていたのはこっちも悪いのだが、浜野はお美禰の方に激しい怒りを感ぜずにはいられない。

「いいえ、お方さまは知らぬことなのでしょう。新参者の弥次郎が、新三郎どのと相談をしてたくらんだことだと思います」

お京の方はお美禰の方まで悪人の一味だとは考えたくなかった。

「新参者には重代《じゅうだい》の恩《おん》というものがございませんから、ほんとうに恐ろしゅうございます。それにしましても、新三郎さまはどういうお気だったのでございましょう」

「あのかたのことは口にするのも恥ずかしい」

まるでけだもののような濁《にご》った目をしてつかみかかってきた男の顔を思い出すと、お京の方には思いもかけないできごとだっただけに、あまりのいやらしさに身ぶるいが出てくるのだ。

「気のつかぬことを口にいたしました」

「京はそれより、あのような取り乱したところをお目にかけてしまって、礼三郎さまに恥ずかしいと思います」

お京の方はわれにもなく顔が赤くなってくる。

「礼三郎さまはほんとうにおりっぱなかたでございます。けれど、どうしてお家のことにあんなにご冷淡なのか、浜野はふしぎでなりません」

ふしぎというより、浜野はそれが不満なのだ。

「いいえ、礼三郎さまはもう浜松家のことはどう手のつけようもないと、あきらめておいでになるのでしょう。ですから、ご自分も一生浪人者でいいと、お覚悟なすっているのだと思います」

「あたくし、それが少し不満なのでございます。それだけのご力量をお持ちになって生まれておいであそばすのに――浜野はゆうべのお吟の申したことは正しいと思います」

なんだかくやしくなってくる浜野だ。

「申しあげます」

けさからこの下屋敷づきにまわされてきた腰元が、廊下へきて両手をつかえた。

八

「ただいまお玄関へ、薬研堀のお吟と申す町娘がまいりまして、奥方さまにお目通りいたしたいと申しているそうでございますが、いかがいたしましょう」

「お吟でしたらかまいません。ここへ通してください」

お京の方はそういいつけながら、思わず浜野と顔を見あわせる。

「かしこまりました」

腰元はさがっていった。

「浜野、お吟がまいりましたね」

なにしにきたのかしらといいたげな顔である。

「ごきげんうかがいにまいったのかもしれません」

奥方さまは礼三郎さまのおたよりをお待ちになっているのかもしれないと思ったので、浜野はさりげなく答えておく。

まもなく、お吟が腰元に案内されてはいってきた。

「奥方さま、昨夜は失礼いたしました」

「お吟、よくまいってくれましたね」

「はい、お中老さま、またおじゃまにうかがいました」

お吟は浜野にも如才《じよさい》なくあいさつをする。

「昨日はこちらこそ、いろいろお世話になりました。昨夜は無事にお家へもどられたのでしょうね」

「はい、昨夜は無事だったのですが、きょうは申しわけないことをしてしまいました」

「どうしたのです、お吟。礼三郎さまになにかおまちがいでもあったのですか」

お京の方の顔色が急に曇ってきたようだ。

「いいえ、香取さまではないんです。あたしがうまく悪人どもにだまされてしまったのです」

「まあ、そなたがですか。どうしたのです」

「けさ、あたしの家の前の往来《おうらい》へ水をまいていましたら、南辻橋の奥方さまから使いにきたといって、若い中間《ちゆうげん》さんが迎えにきたのです」

「まあ」

「悪人どものほうでは南辻橋を知っているはずはありませんので、あたしてっきり奥方さまのお迎えだと思って、すぐに出てまいりました。途中から屋根船に乗せられまして、たしかにこの前まではきたんですが、そっと見ていると、船はずんずん通りすぎてしまうんです」

「どうしました、それであなたは」

それほどの大事を、お吟はあまりうろたえたふうもなく、さばさばと話しているのが、浜野にはなんだか大胆すぎるようで、思わず顔を見つめずにはいられない。

「あたし、もう覚悟してしまったんです。なまじ騒げば縛《しば》られるだけだし、どうせつれていく先は深川の下屋敷だろうと思っていると、やっぱりそうでした」

「すると、悪人どもは奥方さまがここにおいでになるのを、もう知っていたのでしょうか」

「いいえ、うまく見当をつけて、やまを張ってあたしを呼び出したらしいんです。深川へつくと、あたしはきのう奥方さまがいらした林の中の茶室へつれていかれたんですが、そこに待っていたのはお留守居役《るすいやく》の堀川儀右衛門さんだったのです」

お吟の話はいよいよ本題へはいってきたようである。

九

「では、儀右衛門がお吟をさらわせたのですか」

お京の方はまゆをひそめている。

「はい、ひきょうなまねをしてすまなかったが、ぜひたのみがあるって、きょうはいやにていねいなんです。だんだん話を聞いてみると、悪人どもも奥方さまがこちらにかくれてしまったので、こんどばかりはとても困っているんですね。ぜひ上屋敷へお帰りが願いたい。そのためにはどんなお言いつけでも必ずまもるつもりだが、とにかくいっしょに南辻橋へ行って、奥方さまにお目どおりができるように、あたしにお願いしてくれっていうのです」

お吟はまずありのままを告げた。

「すると、儀右衛門はお吟といっしょにまいっているのですか」

「いっしょにきて、船の中であたしの返事を待っています」

奥方は黙って浜野と顔を見あわせている。

「あたし、そんな虫のいいこと、いまさらだめだって、よっぽどそのときことわってやろうかと思ったんですけれど、ふっと考えました。どうせ悪人どもはまた奥方さまをうまくだまそうとするのだ。どんなことをいってだますのか、ただ聞いておいてやるだけなら、こっちのなにかの足しになるかもしれない。自分ひとりでかってにことわってしまうより、一度奥方さまのお考えを聞いてからのほうがいい。そう気がついたので、承知しましたと、ご返事したんです。そうしましたら、あとから深川のお美禰の方さまもおひとりで茶室へまいられて、どうぞ奥方さまにくれぐれもおわび申し上げておいてくださいと、お方さまのほうは心からそうおっしゃっていました」

「でもねえ、お吟さん、あちらさまはただでは奥方さまの前へ出られないようなことをしているのです。堀川さまはどんなおわびをするつもりなのかしら」

浜野はずうずうしすぎるといいたげな顔である。

「だから、あたし、堀川さんに聞いてやりました。こちらの新三郎さまはいったいどうなるのでございますって——。それは奥方さまのおいつけどおりにする。礼三郎さまとご相談のうえできめていただけばいいのだと申します。だって、そちらさまは香取さんをじゃまにして、お命までねらっていたんじゃないんですかって、かまわないからあたし突っこんでやりますと、いや、あれは家来たちの心から出たことじゃない。なにぶん、殿さまのお怒りが強かったので、しかたなく御意《ぎょい》にしたがったまでだ。しかし、今は事情が違う、これからは礼三郎さまに奥方さまのご後見をおねがいして、うまくやっていくほかに道はないだろうと、おっしゃることは至極《しごく》もっともらしいんですけれど、堀川さんは相当のたぬきおやじですから、あんまり信用はできやしません」

「では、奥方さまがもし堀川さまにお目通りは許しませんと申したら、お吟はどうなります」

どうやら、浜野は奥方に堀川をあわせたくない気持ちらしい。

「それはかまいません。あたしはただお取り次ぎだけの約束なんですから」

「また深川へつれていかれて、いじめられるようなことはありませんかしら」

浜野はそんなことまで心配しているようである。

十

「浜野。京は儀右衛門に会ってみようと思いますが、いけませんか」

お京の方はなにか決心したようにいった。

「さあ、いかがでございましょうか。どうせお腹のたつようなことしか申さないのではないでしょうか」

会ってもむだだと、浜野はきめているようである。

「それはそうでしょうが、外記たちがどんな考えでいるのか、聞いてみたいと思います。それに、むだではあっても、一度京の心の中を申し聞かせておいたほうがよいのではありませんか」

つまり、奥方は戦うだけは戦ってみようと考えたらしい。

「よくわかりましてございます。奥方さまはもういっさいをお父君伊賀守さまにお任せあそばしたのでございますから、そのことをはっきりと申し聞かせてやれば、外記もまた考えようがあるかもしれません。外記たちがほんとうにおわびをしようとなれば、こちらへまいるまえに伊賀守さまのほうへおわびを入れるのが筋道かと存じます」

小細工に乗ぜられないようにという浜野の心なのである。

「それをよく申し聞かせてやるつもりです。作兵衛《さくべえ》を呼んでください」

いちおうは用人三浦作兵衛にも相談しなくては、もう里方《さとかた》のかかり人になっているのだから、自ままなことはできぬ奥方の立場なのだ。

「はい」

浜野が立ち上がろうとしたとき、その作兵衛老人がせかせかと廊下から姿を見せて、

「おお、お吟、まいっていたか」

と、お吟に声をかけながら、座に着く。

「ご用人さま、昨夜は失礼いたしました」

「うむ、うむ」

作兵衛はまあ待てというように手で制して、

「奥方さま、ただいま玄関へな、浜松の礼三郎さまがお越しあそばして、お京の方さまにお目にかかりたいと申しておられるのだが、作兵衛はまだ礼三郎さまを存じあげません。まちがいなかろうとは存じますが、浜野どのにでも一度、玄関へ出てみていただきたいと存じましてな」

と、さすがに老人は用心深い。

それに、礼三郎は自分から素浪人《す》に身を落として、身軽にひとりで出歩いているから、ものがたい老人にはよけい一存では納得しかねるものがあるのだろう。

「まあ、礼三郎さまが——」

お京の方ははっと目を輝かせて、

「浜野、すぐにお出迎えを」

と、いそいでいいつける。

「あの、香取さんなら、お吟がまいります」

お吟が気軽に立ち上がる。

「ああ、そうでしたね。では、お吟にたのみましょう。作兵衛、お吟はよく礼三郎さまを存じていますから」

「かしこまりました。お吟、いっしょにまいってくれ」

作兵衛はさっさと先に立つ。

「ご用人さま、香取さんはおひとりで来たんですか」

文吉が案内してきたのかもしれないと、お吟は思ったのだ。

十一

「礼三郎さまは虚無僧《こむそう》をつれておいでなさる」

作兵衛老人は先に立ちながらいう。

「虚無僧――？　あら、だれかしら」

お吟はちょっと見当がつかない。

玄関へ出てみると、なるほど、礼三郎は若い虚無僧を供《とも》につれて立っていた。

「まあ、香取さん」

お吟は思わず式台へ飛びおりていった。

「おお、お吟、やっぱりここへまいっていたか」

礼三郎はおだやかに微笑する。

「文吉が知らせてくれたんですか」

「うむ、深川の下屋敷へ船でつれこまれたとわかったので、たぶんこっちへまわるだろうと見当をつけていた。深川からだれかいっしょにまいっているのではないか」

「堀川さんがぜひ奥方さまのところへつれていけというもんですから、――いま、表の船の中で待っているんです」

「そういえば、表の桟橋《さんばし》に屋根船が一隻《せき》ついていたようだ。――しかし、仁助が用心深く文吉にあとをつけさせたからいいようなものの、あまり独断で事を運んではいかんな」

「すみません」

なんといっても敵にいっぱいくわされたのは事実なのだから、お吟はすなおに
あやまっておくほかはなかった。

「礼三郎さま、まずお上がりくださいませ」

作兵衛があらためて招《しょう》じる。

「さようか。しからば――」

礼三郎は虚無僧に目くばせして、はきものをぬぐ。

作兵衛が先に立って、奥方の居間へ案内する。

――あの虚無僧さん、だれなんだろう。

いちばんあとから廊下へ進みながら、お吟にはどうしても見当がつかない。

「礼三郎さま、ようこそおたずねくださいました」

お京の方はちゃんと敷居ぎわまで出迎えてあいさつをした。

「それではかえって恐れ入る。礼三郎は今は名もなき素浪人なのですから」

「いいえ、お京も今は浜松家を去っていった当家のやっかい者でございますから」

お京の方はきっぱりといって、さびしく微笑しながら、

「どうぞおはいりくださいませ」

と、礼三郎を正面の席へ招じて、自分は下座へつく。

「高あがりは礼ではないが、それではひとまず失礼します」

礼三郎は行儀《ぎょうぎ》正しく一礼して、悪遠慮はせずに、上座についた。

——りっぱだなあ、香取さんは。

お吟はほれぼれとしながらも、ふっと心に寂しい風の吹きこむのを、どうすることもできなかった。

しょせんは身分の違う人と、だんだんはっきりわかってくるのと、女の敏感《びんかん》さから、お京の方の礼三郎を見るまなざしに、なにかすがるようなもののあるのを、ゆうべの船の中からちゃんと見ているからである。

——あちらさまはお似合いなのだもの。

やっぱりあきらめるほかはないと、もう半分は観念しているお吟なのである。

十二

「礼三郎さま、どうぞごゆるりとなさいますように」

客を案内してきた老用人三浦作兵衛は、座がきまると、廊下からすぐ遠慮しようとする。

「いや、作兵衛、きょうはたいせつな話がある。しばらくそちも立ち会っていてくれ」

礼三郎がとめた。

「さようでございますか。それでは――」

作兵衛はそのまま廊下へすわる。

おなじ廊下に、虚無僧姿の和泉敬之助が着座している。

「お京どの、あれに控えているのは国家老和泉又兵衛のせがれ敬之助と申す者です。さきほど江戸へはいったばかりです」

「まあ、それでは国もとになにか――」

お京の方ははっとしたように敬之助のほうを見る。

「はじめてお目通りつかまつります。国もとの和泉敬之助にござります」

敬之助はあらためてそこへ両手をつかえる。

「京です。敬之助は変わった姿をしていますね。なにか国もとからの忍びのご用ですか」

「はい」

申し上げてもよろしいでしょうかというように、敬之助はちらっと礼三郎のほうを見あげる。

「お京どの、敬之助はこのたび内々にて殿さまのご遺言《ゆいごん》を持って出府《しゆつぷ》してまいったのです」

礼三郎がかわっていう。

「では、あの、殿さまには——」

奥方だけでなく、同席の者がみんなあっと息をのんだようだ。

「まだ公表はできませんが、忠之どのはすでに急逝《きゆうせい》されたようです」

「まあ」

さすがに奥方は暗然となりながら、静かに目をつむって合掌《がつしよう》する。

「敬之助はその三日ほどまえに、座敷牢《ざしきろう》へ呼ばれ、今ではご遺言ともなるべきおことばがあったそうです。忠之どのはそれを申し残したいばかりに、前日からひそかに酒気を断って、敬之助を待っておられたそうです」

礼三郎はそこまで告げて、敬之助に目くばせした。

お京の方はまだ合掌のままである。

「そのおり、殿さまの申されましたままをお耳に入れます」

敬之助はそういって、自分も合掌した。

「敬之助、わしは無念だぞと、まず仰《おお》せられました。身から出たさびゆえ、いまさら弱音は口にせぬ。ただひとこと、礼三郎に伝えておいてくれ。わしはこのままでよいから、家名だけは悪人どもにわたしてくれるな、たのみおくと、申されました」

思わず涙があふれてくる敬之助だ。

「もう一つ、お京の方さまは里方へもどし、しあわせなところへ再縁《さいえん》されるようにとわしが申していたと、忘れずに伝えてくれとおおせられておりました」

合掌している奥方の目から涙がほおへ糸をひいて、奥方はやがて懐紙《かいし》を取ってじっと目にあてた。

だれもしばらくは口をきかなかった。

――毒殺なんだわ、きっと。

お吟は胸の中でそう思いながら、やっぱり涙がこぼれてくる。

十三

「お京どの、今となってはいささかおそきに失する恨《うら》みはあるが、兄忠之どのの遺言《ゆいごん》、礼三郎は無にできなくなりました。お京どのにもぜひご協力を願わなくてはならんと思うのですが、いかがでしょう」

しばらくたって、礼三郎がまず口を切った。その覚悟はちゃんとしてきたような、きっぱりとしたまなざしである。

「はい、京にできますことなら、なんなりと――」

奥方の涙にぬれた目がいきいきと輝いてくる。

「では、わしの考えはのちほどお話しすることにして、――お吟」

礼三郎はふっとお吟のほうを向く。

「はい」

「堀川儀右衛門が船で待っていると申したな」

「ええ」

「会ってみよう。呼んできてくれぬか」

「でも、堀川さんは奥方さまに取り次いでくれといっているんです」

浜松の礼三郎がいっしょだとわかれば、堀川はここへはこないかもしれないと、お吟は心配になったのだ。

「いや、わしがここにいてもいなくても、儀右衛門のいうことはたぶんおなじだろう。もし、わしがここにいてつごうが悪いようなら、儀右衛門の船はもう桟橋《さんばし》にはいないだろう。まあ、行ってみてごらん」

たしかにそうだとお吟は思った。礼三郎がここの門をくぐるのを、見のがしているような堀川ではないからである。

「では、あたし、ちょっと行ってみてまいります」

「まあ待ちなさい、お吟」

作兵衛老人がとめて、

「礼三郎さま、この使いはてまえがまいりましょう。若い娘ごにまちがいがあってもなりますまい」

と、老人はさすがに用心深い。

「さようか。しからばたのむ、作兵衛」

「心得ました」

老用人は気軽に席を立っていった。

「お京どの、こんどはあなたが正座です」

「いいえ、京はここでよろしいのです」

「それはいけません。あなたはここのあるじ、わしは客です。そうしないと、儀右衛門が話しにくいでしょう」

礼三郎はさっさと下座へさがって、お京の方に正座をすすめる。

「では、おことばにしたがいまして」

お京の方は会釈《えしやく》して、正座になおる。

「浜野とお吟はそっちがわにすわれ。敬之助はこっちへこい」

礼三郎がさしずをして、お京の方を正面に、あとの者はその左右にさがってすわることになる。

「礼三郎さま、儀右衛門は京になにを申しにまいるのでございましょう」

座がきまると、お京の方が心配そうに聞いた。

「さあ、外記一派はいずれにしても、お京どのに上屋敷へもどってもらわないと、どうすることもできない立場にあります。きょうはひたすらあやまりながら、お京どのの胸の中をのぞいて帰る役目でしょうな」

礼三郎はわらいながら答えた。

「お京はなんと返事をすればよろしいでしょう」

かさねてお京の方が聞く。

十四

「信じられることは信じる。信じられないことは信じられないと、はっきり申されるがよろしい。はじめから悪人ときめてかからずに、冷静な気持ちで相手の話を聞いてみることでしょう」

礼三郎はお京の方にそうすすめながら、これからは自分もまたそうでなくてはならぬと思った。

悪人は切ってしまうという態度より、できるだけ大きな目で見て、改悛《かいしゅん》させられればそれに越したことはないのである。

「はい」

お京の方はすなおにうなずいていた。

まもなく、裃姿《かみしもすがた》の堀川儀右衛門が、作兵衛に案内されて廊下からはいってきた。

そこに礼三郎が控えているのを見ても、別に悪びれた様子のないのは、やっぱり門をはいるのを見て知っていたのだろう。

「これはこれは、奥方さまにはごきげんの体《てい》に拝し、儀右衛門祝着《しゅうちゃく》に存じます」

堀川はまず奥方にあいさつをのべ、次に礼三郎のほうを向いて、

「礼三郎さまには、久々にてお目通りつかまつります」

と、当たらずさわらずにいって、おじぎだけは丁重《ていちょう》に両手をつかえる。ことばじりを取られないように、用心しているのだろう。

「儀右衛門、ここがよくわかりましたね」

取りようによっては皮肉とも聞こえることばだが、お京の方の顔には少しも悪意はないようだ。

「はい、これなるお吟からうけたまわりまして、なんとも恐れ入った儀《ぎ》と、一同ただ恐縮いたしております」

「きょうはなにか用ですか」

「はい、おりいってお願いの儀がございまして、まかり出ましてございます」

そこでことばを切ったのは、人払いをしてくれといいたいのだが、さすがに口にしかねるからだろう。堀川がいちばん気にしているのは、虚無僧《こむそう》姿の敬之助の

ようだ。

「儀右衛門は、国もとの家老和泉又兵衛のせがれ敬之助とはまだはじめてですか」

「おお、これはこれは敬之助どのでございましたな」

やっと思い出したらしく、いそいで会釈をする。

敬之助も黙って会釈をかえしていた。これもさっきの礼三郎のことばがあるから、けっして敵意を顔にあらわしてはいない。

「儀右衛門、ここにいる者はみな内々の者ばかりです。遠慮なく用を申してみるがよい」

「はい」

内々の者ばかりとはいっても、ここには町娘のお吟もいるし、里方《さとかた》の用人三浦作兵衛も控えているのだから、堀川はちょっと当惑しているようである。

「言いにくそうだな、儀右衛門。わしから口を切ってつかわそう。国もとのご当主さまは、このほど急逝《きゅうせい》されたそうだ。わしは敬之助の知らせでわかったのだが、そちのきょうの用はそのことか」

礼三郎はおだやかに話を引き出そうとする。

「な、なんと申されます。お国もとの殿さまが、ご急逝——」

儀右衛門はまったく知らなかったらしく、さっと顔色をかえた。

十五

「てまえはまだ初耳でございますが、それが事実なれば、まことにおいたわしきかぎりでございます」

儀右衛門は気をとりなおしたように暗然といってから、

「それにつきましても、ぜひ奥方さまに上屋敷へおもどり願いませんでは、われわれども当惑つかまつります。さいわい礼三郎さまもご同席のこと、なんなりとおさしずくだしおかれまして、家名が相立《あいた》ちますよう、お取り計らいの儀をせつに懇願《こんがん》つかまつります」

と、もっともらしくそこへ両手をつかえる。

「儀右衛門、それはそなたひとりの心なのですか。それとも、家来ども一同の意見なのですか」

お京の方が当然な不審を出す。

「これはけっしててまえの一存ではなく、家老宇田川外記ともよく相談のうえ、家来ども一同にかわりまして、不肖《ふしょう》儀右衛門がおわびにあがったのでございます」

「それなれば、京にさしずをされなくとも、外記はなぜ京がここへ身をひいたか、よく存じているはずですね」

こっちで条件を出すまでもなく、そっちで帰れるような手を打ってくるのがほんとうだと、奥方はいいたいのである。

「ごもっともでございます。その点外記はじゅうぶん覚悟はいたしているようでございますが、ともかくもいちおう奥方さまのおさしずを仰《あお》いでくれるようにと、かように申しつけられてまいりましてございます」

「すると、儀右衛門、まずこっちから条件を出せ、それから家来どもで相談をしようというように聞こえるな」

礼三郎がそばからだめを押す。

「おことばではございますが、おさしずをうかがって家来どもが相談しようというのではなく、おさしずどおりにいたしますという意にござります」

うまく身をかわそうとする儀右衛門だ。

「それは儀右衛門、少し違うぞ。外記はどうすれば奥方が納得してもどられるか、ちゃんと承知しているはずだ。まして、殿さますでに急逝されている今日、このままでは家名断絶のほかはないどたん場に立っているのだ。もう一度家来ども一同とよく相談のうえ出なおしてはどうか」

「はい」

儀右衛門はすなおにちょっとうなだれてみせてから、

「礼三郎さまに、念のため一言おうかがいしたい儀がございます」

と、おそるおそる顔をあげた。

「なんなりと申してみよ」

「家来ども一同は、ぜひ家名断絶だけはまぬがれたいと願っておりますが、奥方さまならびに礼三郎さまのお考えは、その点いかがでございましょうか」

家名が救いたければ、多少の妥協《だきょう》はしようがあるまいといいたい儀右衛門なのだろう。

「儀右衛門、浜松の家名をここまで危うくしたのはだれの責任なのか。よく考えてみなさい。名分《めいぶん》の立たぬ家名なら、断絶もまたやむをえまい。お京どのはそこまで覚悟されて身をひかれたのだとは、そのほうどもにはまだわかっていないようだな」

礼三郎はびしりと一本きめつけておく。

「よく相《あい》わかりましてございます。さっそく立ちかえって相談のうえ、あらためてまかり出ることにいたします。なにとぞしばらくご猶予《ゆうよ》をお願いつかまつります」

堀川儀右衛門はおじぎをして、すごすごと立ち上がった。

十六

老用人が心得て見送りに立つ。

「礼三郎さま、あの様子ではとても改悛《かいしゅん》の望みはないのではございませんかしら」

お京の方がなにか絶望したようにいう。

「そうですな。外記どもはまだわれわれを甘く見ているようだ」

礼三郎は苦笑しながら、

「しかし、こんどばかりは当惑しているのも事実なのですから、いやでも心を改めるか、それとも最後の悪あがきをしてくるか、もうしばらく待ってみることにしましょう」

と、その目はおだやかに澄んでいる。

「家名を立てるためには、どうすればよろしいのでございましょうか」

「ここまできてしまっては、はたして家名が立つかどうか、もう断言はできません。しかし、われわれとしては、あくまで家名の立つように努力しなくてはならぬ。とすれば、まず第一に問題となってくるのは跡めです」

「お跡めは礼三郎さまが順なのでございましょう」

それが当然だと、お京の方はいいたげである。

「いや、わしは辞退します。一度自分から家名を捨てた男だし、いまさら家名ほしさに狂奔《きょうほん》したといわれるのも、男としてうれしいことではありません」

「では、あの、やっぱり深川の新三郎さまなのでございますか」

「あの男は論外です。あの男にこそ牢座敷《ろうざしき》が必要かもしれませんからな」

「ほかに、お跡めに立つ方がありますかしら」

「番町に忠正どのがいます。ただし、忠正どのを立てるわけにもいきませんから、嫡男正太郎どのをもらいうけてくるのです」

「まあ」

「正太郎どののご生母は、お京どのの実の姉上になる。正太郎どののならお京どのがわが子としてもふしぎはないし、しかも浜松家の血を正しくうけているのだから、だれが聞いても納得がいきましょう」

「それはそうでございますけれど――」

お京の方はなるほどとうなずきながらも、礼三郎に遠慮があるらしく、

「でも、正太郎どのはまだ七つでございますから」

と、いちおうは辞退の意をもらす。

「奥方さま、おいぼれがよけいな口出しのようでございますが――」

すでに座にもどっていた作兵衛がひざを乗り出した。

「お跡めに年の心配はいりませぬ。正太郎さまが元服あそばされるまで、礼三郎さまにご後見をお願いすればよろしいのでございます」

と、口をそえてきた。

「そうしていただければ、これに越したことはございませんけれど」

「それは追っての相談として、ともかくも正太郎どのの跡めの儀《ぎ》は、お京どのから伊賀守さまのお耳にもぜひ入れておいてください」

こっちはまずこれでだいじょうぶだと礼三郎は思った。

十七

堀川儀右衛門がお美禰の方の供《とも》をして、再度南辻橋の下屋敷をたずねたのは、もう灯《ひ》ともしごろであった。

お美禰の方の来訪では、まさか居間で会うわけにはいかないので、書院へ通し、お京の方はまず浜野と老用人作兵衛につきそわれて、応対に出てみた。

「奥方さま、美禰はあつかましさを忍んで、きのうのおわびに出ました」

お美禰の方は顔を赤らめながら、心からわびて、

「ほんとうは、美禰はあなたさまにおあわせする顔がないのでございますが、お家はいま浮沈のせとぎわに立っていますとかで、美禰が人質になって、ぜひ礼三郎さまに一度深川へお運びいただくようにお願いしてみてくれと外記が申しますので、こうしておうかがいしたのでございます」

と、意外なことをいいだす。

「ただいまお方さまから申し上げましたとおりにて、右のおもむき奥方さまから礼三郎さまにお願いしていただけますれば、ありがたきしあわせに存じます」

儀右衛門もそこへ両手をついて、懇願《こんがん》するのだ。

「では、外記はいま深川へまいっているのですか」

「はい。今夜は上屋敷に重役どもがあつまりまして、評議中でございますが、まず深川にて礼三郎さまのご意見をうかがいましたうえ、上屋敷へご案内申しあげたほうが順ではないかということになりましたそうで、外記だけ深川へまいっております」

お京の方の一存では計《はか》らいかねることである。

「作兵衛、礼三郎さまに申し上げてみてください」

「かしこまりましてございます」

作兵衛は立って、礼三郎の待っている奥の間《ま》へきた。

「ふうむ。お美禰の方が人質になるというのか」

ひととおり話を聞いた礼三郎は、小首をかしげている。

「香取さん、あのお方さまはけっして悪人じゃありません。いってみれば、あんまりお人がよすぎるんで、悪人どものいい道具に使われているんじゃないかしら」

お吟は黙っていられない性分《しょうぶん》だから、てきぱきといってのける。

敬之助がすごい娘だなあというような顔をして、苦笑していた。

「わしもお吟のいうとおりだと思う」

「やっぱりそうでしょう。ですから、うっかり堀川さんなんかの口車へ乗っちゃだめだと思います。敬之助さんはどう思います」

「拙者《せっしゃ》も同感です。悪人どもがほんとうに改悛《かいしゅん》したのなら、いまさら評議も人質もいりません。外記が自分でここへ出てきて、奥方さまの前へ両手をつけば、問題は一度にかたづいてしまうのです」

敬之助もきっぱりと言いきる。

「ほんとうだわね。でも、敵は香取さまを深川へ呼んで、どうしようというのかしら。まさか、こっちにお方さまという人質があるんですから、そうむちゃなこともできないと思うんですけれど」

お吟にはそれがわからないのである。

十八

「外記がおのれの野心を実現しようとするには、なによりもわしがじゃまになる。そして、お京どのはどうしてももどってもらわなくてはならん。つまり、じゃま者はのぞけ、必要なものは手に入れろという腹であろう」

礼三郎はちゃんと見ぬいている。

「すると、うっかり深川へは乗りこめませんな」

どうなさいますといいたげな敬之助の顔だ。

「いや、せっかく人質までよこしたのだから、とにかくまいってみよう。外記に会って、一度はしかっておく必要がある。たとえむだでも、やるだけのことはやっておくべきだ」

「でも、もしこのあいだの鈴《すず》ガ森《もり》のときのように、浪人どもでも集めていたらどうします」

そばからお吟が心配する。

「拙者がお供いたしましょう」

「いや、まいるのはわしひとりでよい。そちには別にたのみがある」

「どのようなことでございましょう」

「作兵衛もお吟も聞いておいてくれ」

「はい」

「今も申すとおり、外記どもはどうしてもお京どのが必要なのだ。わしが出かけたるすへ、たぶんこんどはわしの名を使って、お京どのを誘い出してくるのではないかと思う。絶対にそんな手には乗らぬようにしてくれ。どうしてもお京どのにきてもらう必要がある場合は、わしが自分で迎えにくる。きっとたのみおくぞ」

「なるほど、ありそうなことでございますな。その儀は必ず注意いたしますが、しかし、礼三郎さまはおひとりでまいられて、だいじょうぶでございましょうかな」

作兵衛がまたしてもそれを心配する。

「まあ、ひとりでまいってみよう。人質があることだから、敵もそう無謀《むぼう》なまねはすまい。それに、ひとりで行ってあぶないものなら、ふたりで行ってもあぶないのはおなじことだ。わしのことはそう心配しなくともよい」

礼三郎はあっさり言いきって、

「作兵衛、書院へまいってみよう」

と、むぞうさに立ち上がる。

「はい」

「礼三郎さま、なにとぞじゅうぶんお気をつけくださいますように」

敬之助が必死にいって両手をついていた。

「うむ。わしのことより、あとをたのむぞ。お京どのを人質に取られるようなことがあると、それこそ取りかえしがつかぬことになるぞ」

礼三郎はもう一度念を押すようにいって、廊下へ出た。

――憎《にく》らしい、奥方さまのことばかり心配して。

お吟はふっとねたましいものを感じながら、黙ってくちびるをかんでいた。

「お吟どの、あんたは一度深川の下屋敷へまいったことがあるんだな」

敬之助がそっと聞く。居間はもうふたりきりになっていた。

「ええ、よく知ってます」

「教えてくれぬか。忍びこむとしたら、どこから行くのがいちばんいいだろう」

「そんなこと聞いて、敬之助さんはひとりで深川へ忍びこむつもりなんですか」

お吟はびっくりして顔をあげる。

胸の炎

一

「お方さま、久々ですな」

礼三郎は老用人の案内で書院へ出ると、むぞうさにお京の方の下座へついて、お美禰の方に会釈《えしゃく》をした。

「礼三郎さま、このたびはまことに申しわけないことになりまして、お恥ずかしゅうございます」

お美禰の方は穴があったらはいりたいといったふぜいで、そこへ両手をつかえる。

「お方さまは間にはいって、苦労されますすな」

いかにも気の弱そうなお美禰の顔を見ると、この人だけは礼三郎は憎《にく》む気にははなれない。

「美禰はただ途方にくれております。お察しくださいませ」

「儀右衛門、お方さまを人質にするから、わしに深川へ出向いてくれという返事を持ってまいったそうだな」

礼三郎は堀川のほうへきびしいまなざしを向ける。

「はい、恐れ入った儀《ぎ》にござりますが、そうしていただけますれば、ありがたきしあわせに存じます」

「わしがまいって、なんの相談をいたすのかな」

「外記の存じ寄りを逐一《ちくいち》申し上げて、責任を取りたいと申しております」

堀川は神妙に答える。

「いまのことばにしかと相違ないか」

「はばかりながら、そのためにお方さまをおあずけいたしますので、けっして偽《いつわ》りはございません」

すると、外記は自決の覚悟をきめたのかと、口まで出かかった皮肉を、さすがにお美禰の方の前だから遠慮して、

「さようか。それほどまでに申すなら、多少納得のいかぬところもあるが、とも

かくも出向いてみようかな」

と、苦わらいにまぎらせていう。

「あの礼三郎さまは、おひとりでお出かけあそばすのでございますか」

お京の方がはっとしたように聞く。

「わしは素《す》浪人香取礼三郎ですからな、別に供《とも》はいりません」

「いいえ、外記にご用でございましたら、こちらへ呼びましょう。おかるはずみはお慎《つつし》みくださいませ」

お美禰の方に気がねしながらも、奥方は必死のまなざしのようだ。

「いや、それではお方さまのせっかくの人質を無にするようで、本意ありません。それに、わしに少し考えもあることです。まあ、おまかせおきください」

礼三郎の腹はすでにきまっているのである。

そこまで言いきられては、それでもあぶないからとは口にしかねるので、お京の方はじっと目を伏《ふ》せてしまう。

「作兵衛、あとをたのみおくぞ」

「はい」

「お方さまも、わしがもどるまで、くつろいでいられるように」

「はい、申しわけございません」

「儀右衛門、まいろうかな」

礼三郎は堀川をうながして、すっと立ち上がった。

「お供つかまつります」

堀川はお美禰の方に会釈をしてから、

「奥方さま、それではおいとまつかまつります」

と、あらためてお京の方にあいさつをする。

二

「礼三郎さま、ご苦労さまにございます」

玄関先まで見送りに出た老用人が、式台へひざまずいて別れのあいさつをのべる。

ひとりで深川へ乗りこむということが、やっぱり気がかりなのだろうと思ったから、

「作兵衛、あまり心配いたすな」

と、礼三郎は振りかえっていたわりながら、おやと目をみはった。そこの衝立《ついたて》の前へお京の方がすわって、じっとこっちを見送っていたからである。その燃えるような目は、なぜおひとりでそんなかるはずみをなさるのですと、恨《うら》んでいるようにも見える。

――ご心配なく。

礼三郎はその目へ、にっと微笑をかえしながら目礼して、玄関を離れた。

松平家の足軽がふたり、ちょうちんを持って門の外まで送ってきた。

門前の桟橋《さんばし》に屋根船が一隻《せき》待っている。

船はかごよりおそいが、途中はかごより安全である。いきなり槍《やり》を突っこまれる恐れはまずないからだ。

そのかわり、うっかりすると、昼間のお吟のようにどこへ運ばれてしまうかわからない恐れがないでもない。

いずれにせよ、今夜の礼三郎は敵の手に乗って、敵の出ようを見てやろうという腹だから、黙って船へ乗った。

「ご同席は恐れ入りますから、てまえは艫《とも》へ遠慮いたしております。ご用のおりはいつにてもお呼びくださいますように」

儀右衛門は船が岸を離れるとすぐ、そうことわって船房を出ていった。これから深川まで長いあいだ礼三郎ににらまれているのは、堀川としてもさすがに窮屈《きゅうくつ》だったのだろう。

「自由にせよ」

礼三郎は別に気にもとめなかった。

気になるのは、むしろいま別れてきたお京の方の恨みがましいまなざしである。きのうからお京の方がひたすら自分をたよりにしていることは、兄嫁として当然なことで、そこを悪人どもに逆用されないようにと、礼三郎はじゅうぶん気をつけてきた。

が、きょう再度儀右衛門が返事を持ってたずねてくるまでの間、一同であれこれとこんどのことについて話しあっているうちに、お京の方はかくしきれない感情を、うっかり目にも声音《こわね》にも見せて、自分ではまだ少しも気がついていないふうだった。

礼三郎もまたできるだけさりげなくうけこたえはしていたつもりだが、しらずしらずお京の方の感情にまきこまれている言動がなかったとは言いきれないものがあったにちがいない。

――気をつけなくてはいかんなあ。

礼三郎はなんとなく冷や汗を感じてくるのだ。

正直にいって、礼三郎はひと目見たときから、お京の方が好きになっていた。兄忠之をきらいぬいた女性だけに、その清純さに心ひかれるものがあったのだろう。

不幸な結婚をしたお京の方としては、純真なだけに、一度心の目がひらかれたとなると、感情が抑制《よくせい》できなくなってくるのは、やむをえない。

――皮肉だなあ。

ともかく、相手が兄嫁と名のつく女性だけに、礼三郎は当惑せずにはいられなかった。

三

船はやがて、例の水門口から裏庭の船着き場へはいったようである。

――やっぱり、小細工をやる気だな。

礼三郎はとっさに敵の腹を読んで、苦笑した。

ここにも表門の前に桟橋がある。今夜は正式に招《まね》かれた客なのだから、表門から迎えるのが礼儀なのだ。

「殿さま、着きやしてございます」

船が船着き場へ着いて、艫から声をかけたのは下郎である。

「儀右衛門はおらぬか」

礼三郎はわざと呼んでみた。

「へえ、お留守居役《るすいやく》さまはさきほど陸《おか》へあがりやした」

これはまた意外である。そういえば、南辻橋を出てから間もなく、船はどこかの桟橋ぎわへ舷《ふなばた》を軽くとんと当てたようだった。船はそのままとまらずに、ゆっくりこぎぬけていたようだが、おそらく儀右衛門はそのとき陸へあがったのだろう。

また小細工をやりに南辻橋の屋敷へ引きかえしたか、それともひと足早く深川へ打ち合わせに陸を走ったか、とにかくゆだんはできない。

もっとも、なにかやるだろうとは覚悟して出てきたのだから、いまさら騒ぐ必要もない。礼三郎は黙って船房を出た。

桟橋へはきものをそろえてひざまずいているのは、若い中間《ちゅうげん》である。たぶん、お吟が話していた豊吉という男だろう。

空には六日ばかりの月がほのあかるく、それでもちょうちんを持った小侍がふたり、岸まで出迎えていた。

「そちたち、外記のいいつけで出迎えているのか」

「はあ」

「儀右衛門はもどっておるだろうな」

「はあ」

小侍たちは顔を見あわせながら、なにか当惑しているようである。

「外記にこれへ出迎えるようにいいなさい。侍は礼儀を失ってはならぬ」

礼三郎はおだやかにいって聞かせる。

そこの小屋のかげから、つかつかと鐘巻弥次郎が出てきた。

「香取さん、今夜はご苦労ですなあ」

頭からこっちを浪人扱いにする気らしい。

「そのほうは弥次郎と申す新参者だな」

「そのとおりです」

「外記はおらんのか」

「はあ、さきほど上屋敷へもどりました。香取さんによろしくといっていたようです」

「そうではあるまい。外記ははじめからここへ出向いてはいないのだろう」

「そういうことになりますかな」

弥次郎は人をくった顔をしてわらっている。

すると、この新参者が独断で外記の名を使い、自分をここへ呼び出したことになりそうだが、おかしいのは、どうしてお美禰の方がこんな新参者の口ひとつで人質などになる気になったかということである。

「外記がおらんのでは、わしがここへまいってもしようがないということになりそうだが——」

礼三郎はそれとなく口うらをひいてみる。

「いや、けっしてそんなことはございません。わしがご家老の名代をつとめます」

弥次郎がぬけぬけという。

四

「外記の名代として、そちはわしになんの用があるのか」

礼三郎はおだやかに聞く。

「問題は簡単です。あなただからもう隠す必要もないが、ご当主さまは国もとで急逝《きゆうせい》されました。わが藩ではぜひお跡めを至急決定しなければなりません。お跡めの資格者としては、ご舎弟のあなたと、ここの新三郎さまと、ふたりしかない。しかし、あなたはなくなられた殿さまのお怒りに触れて、自ままに国もとを出奔《しゆっぽん》されたかただから、すでに失格者だ。また、一藩としても、お跡めにはぜひ新三郎さまをと希望しています。その点はあなたとしても、文句なくお認めになるでしょうな」

弥次郎はそんな虫のいいことを述べ立てて、それをこっちへ押しつけようとする。

「まず聞こう。名代としていいたいことを、残らず申してみるがいい」

「そうですか。では申しあげるが、新三郎さまお跡めは問題ないとしても、ここに困ったことには、急逝された殿さまにご承知のとおりのご乱行があります。これを公儀《こうぎ》へ取りあげられると、浜松家は断絶の恐れがあります。そこへもってきて、どういうお考えからか、奥方さまが昨夜突然屋敷を出ていかれています。このままではとうてい家名は立ちません。そこで、われわれがあなたに望みたいのは、われわれのほうとしてもあなたがたの罪はいっさい不問に付することにするから、ぜひお京の方さまに上屋敷へもどられるよう、あなたから説得していただきたい。そのうえで、場合によってはあなたを奥方、いや、いまはもうご後室さまということになるんでしょうな、とにかくお京の方さま付きの後見人ということに認めてあげてもよろしい。どんなものでしょうかな」

いったい、この新参者は、こっちをわざとおこらせようとしているのか、それとも、後見人などという甘い口車にのると考えてそんな条件を出しているのか、礼三郎はちょっと判断がつかなくなってきた。

「いまのそちのことばの中に、こっちの罪はいっさい不問に付すという一節があったようだが、その罪というのはなにを差しているんだね」

「それがおわかりになりませんかな。そんなはずはないんだがなあ」

弥次郎はまじまじとこっちを見すえながら、

「昨夜、奥方さまをこの屋敷からつれ出されたのは、あなたのはずだが」

と、にやりとわらって見せる。

「いかにも、それはわしだ」

「そして、奥方さまもまたよろこんで、あなたにつれ出されたはずですな」

「ここにじっとしていては、破廉恥漢《はれんちかん》に手ごめにされるからな」

「もし奥方さまを手ごめにしようなどという者がいたとすれば、それはまさしく破廉恥漢に相違ないが、しかし、奥方さまを人目につかぬように連れ出して、好きな夢を見たとすれば、たとえ納得ずくでそうなったとしても、破廉恥漢以上の不義の汚名はまぬがれませんからな」

「下司《げす》は下司のことしか考えられぬとみえる」

礼三郎は一笑に付そうとする。

「下司でも大名でも、不義は不義でしょう。たとえ事実はどうあろうと、世間の目から不義と見られるような場所におのれをおいたということは、弁解の余地のない不覚です」

五

自分たちのふらちはいっさいたなにあげておいて、あくまでも人を非道の罪におとしいれようとする、この新参者はとうてい救う道のない悪の権化だと思うと、礼三郎はしだいに怒りがおさえきれなくなってきた。

「そのほうは、人質を平気で犠牲にしてまで、おのれの野望をとげたい男のようだな」

「いや、てまえはただ浜松家六万石《ごく》が無事に相立《あいた》つようにと考えているだけです」

弥次郎はぬけぬけと答える。

「外記やそのほうどもの考え方では、とても家名は相立つまい」

「いや、あなたさえじゃまをしなければ、ちゃんと家名が立つようになっていたのです」

「そのじゃま者をのぞくために、そちは今夜わしをここへ呼びよせたのか」

「そうです。お家のためにはかえられませんからな。いかがでしょう、ご協力願えませんかな」

まったく人をくった顔つきだ。

こっちが承知しないのは百も知っているはずだから、むろんそれだけの手くばりはちゃんとしてかかっているのだろう。

「弥次郎、もしわしをここで切るようなことでもあると、人質の命もなくなるぞ」

念のためにだめをおしてみる。

「やむをえんでしょうな。お方さまにはおきのどくですが、家名のためなのですから、よろこんで死んでくれましょう」

「救うべき道のないやつだ」

「いや、死んでいただくのはじゃま者のほうで、わしはちゃんと救われることに、自分で道を作ってあります」

「どんな道かな」

「申しますまい。あなたの胸を乱して、死ぬまでそのことに思いが残るようだと、成仏《じょうぶつ》できません」

こやつ、お京どののほうへもなにか手を打っているなと、礼三郎の目がわれにもなく怒りに燃えてくる。

「やっぱり、すぐ気がついたようですな。そのとおりです。どうしても奥方さまを手に入れて、あなたのかわりにわしが手なずけて、こっちの思いどおりに働いてもらわんことにはうまくいかない。これもお家のためなんだから、まあ奥方さまにも多少は泣いてもらわなくてはならんでしょう」

「うぬッ」

礼三郎の憤怒《ふんぬ》はついに爆発してしまった。だっといきなり抜き討ちに踏んごむ。弥次郎はちゃんとそれを計算に入れていたらしく、ひらりと飛びさがって、林の道のほうへ走りだす。そして、走りながら、

「奥方のことをいうと、すぐむきになる。あやしい証拠だ。おこれ、おこれ」

と、冷笑する。

「待て、――おのれ」

「おこれ、おこれ――。お京はもうわしのものだ。じゃま者を始末して、ゆっくりかわいがってやるんだ」

「うむッ」

礼三郎はいつになくどうやら理性を失ってきたようである。

弥次郎を追って林の中へ飛びこんだとたん、

「そら来た」

「たたっ切れ」

一度に伏勢《ふくぜい》が抜刀《ばっとう》をかざして立ちあがったのである。

六

――許さん。

礼三郎の目はもう血走っていた。

「えいっ、――とうっ」

こう敵に取りかこまれては、立ち止まっては危険だから、一刀を左右へたたきつけるようにして、がむしゃらに進む。

木の間をもれるわずかな月あかりはあるが、林の中は暗い。

憎《にく》い弥次郎の姿はもう見えなかった。

「えいっ」

「とうっ」

「わあッ」

たしかにひとりを切った。

「それ、逃がすな」

「こっちだぞう」

こっちが進むと、敵もそれにつれてがさがさと包囲陣が移動していくようだ。

──くそっ。

礼三郎は歯がみをしながら、力のつづくかぎり一刀を振って、前へ前へと出る。

「えいっ」

「とうっ」

戛然《かつぜん》と白刃が火花し、よけそこねた者はわあッと悲鳴をあげて倒れていった。

──お京どの。

礼三郎のまぶたにはっきりお京の方の白い顔がうかんでいた。

「礼三郎さま、お死にになさないで」

「だいじょうぶだ、わしはきっと生きてみせる」

「きっとですよ、礼三郎さま」

「おお」

礼三郎はがむしゃらに進む。

「そら、こっちへきた」

「わあッ」

右も左も、前もうしろも敵である。

――わしは死なぬぞ。

礼三郎の全身が神経になって、進む一歩一歩に力がみなぎってくる。

どうしても弥次郎だけは切って帰らなければならないと思うのだ。

――あいつは、わしのお京どのまでねらっている。

礼三郎は許せないと思う。

こんなに激怒したのは、われながらはじめての経験だった。

なぜこんなにおこっているのだろう。

そうだ、お京どのの名がけがらわしい弥次郎の口から出たとたん、わしはかっと全身が火になったのだ。

それでいい。お京どのはわしの胸の中の宝なのだ。お京どのをまもるためなら、わしは死んでもいい。お京どのがそれでしあわせになれることなら、わしはどんなことでもやってみせる。

「えいっ」

「とうっ」

「わあッ」

またひとり切ったようだ。

ここはまだ外庭の林の中のはずである。

あの茶室へ行く奥庭の木戸はどっちのほうだろう。弥次郎はそこへのがれたにちがいないのだ。

「おうい、敵はどこだあ」

「こっちには来ないぞう」

「見つけた者は声を出せえ」

そんな声がややうしろになったようだ。

——よし。

礼三郎はほっと一息ついて、足をゆるめた。

七

——さて、どうしたものか。

礼三郎ははずむ息をしずめながら、ちょっと迷った。

弥次郎は許せぬ。できれば切ってしまいたい。しかし、敵は今夜こそ自分といううじゃま者を始末する気だから、ここへはかなり多くの浪人者を集めているようだ。

こっちはひとりなのだから、戦闘が長びけば、必ず疲れが出てくるだろう。暴勇《ぼうゆう》は慎《つつし》むべきだ。このあたりが引きあげどきかもしれぬ。

ようやく礼三郎が冷静さを取りもどしかけてきたとき、

「香取うじ、ひと休みかね」

ふいに九尺《しゃく》ばかり前へ木の間もれる月かげをまだらにうけながら、弥次郎がのっそりと突っ立って、いかにも小バカにしたように冷笑した。

「うぬッ」

いいところへと思った礼三郎は、こんどこそ断然切ってすてる覚悟で、一気に二、三歩踏み出したとたん、

「あっ」

急に踏み出した足にこたえがなく、からだの中心を失って、しまったと思ったときには、もう全身が宙にういて、すうっと地の底へ吸いこまれていく。

雑草に埋《う》もれていたから井戸の中へ、うっかり足を踏みはずしていたのだ。

「ふふ、うまくいったものだ」

弥次郎はにやりとわらって、用心深くから井戸のそばへ進み、中をのぞいてみたが、むろんまっくらでなんにも見えない。

このから井戸は、なんのためにこんなところへ作ったものか。深さ一丈《じょう》五尺ばかりあって、落ち葉が舞いこんでつもるにまかせてあるのを、弥次郎は昼間ちゃんと見ておいたのである。

「香取うじ、いかがですな。これでもまだ拙者《せっしゃ》と妥協《だきょう》する気はありませんかな」

弥次郎はから井戸の底へ声をかけてみる。

が、中からはなんの返事もなかった。打ちどころが悪くて落ちこんだとたん気絶したものか、それとも様子を見るためにわざと黙っているのか。

「返事がないところをみると、気絶ですかな。いや、それならかえって貴公のためにしあわせかもしれぬ。どうせ貴公はこっちの話に乗るようなおとなしい男じゃない。正気で生き埋めにするのは、いかにわしでもちょっと気がひけますからな。貴公を生き埋めにしておいて、お京の方はゆっくりこの弥次郎がもらいうける。やがて、奥方さまがいやでも男の子をおうみあそばす。なんと、これがあなたの残していった胤《たね》でな、なあに、多少月がずれるぐらいのことはなんとでもなる。その子が他日、浜松六万石《ごく》をつぐという趣向はどうです。お気に入りませんかな」

そこへしゃがみこんで、そんなむだ口を小声でしゃべりつづけながら、弥次郎はじっと井戸の中へ耳を澄ましている。

どうやら身動きひとつするけはいのないのは、やっぱりほんとうに気絶しているのだろう。

「ふ、ふ、こうなると少し張りあいがないが、まあよかろう。――おい、竹造《たけぞう》」

弥次郎は立ち上がって、小道のほうへ呼ぶ。

「へえ」

若い中間《ちゆうげん》ががさがさと林の中へはいってきた。

八

「お呼びでござんすか、鐘巻さま」

「うむ、だれか二、三人、鍬《くわ》の用意をしてすぐくるように言いつけてくれ。いそげよ」

「へえ」

竹造はすぐに駆けだしていた。

「そこにいるのはだれかア」

こっちの声を聞きつけて、浪人組三人ばかり抜刀《ばっとう》をひっさげて、がさがさと駆けつけてきた。

「金田《かねだ》、わしだ」

「やあ、鐘巻さんか。どうしましたな」

浪人組の頭取金田半兵衛《はんべえ》が、妙なところにいますなあというように聞く。

「金田、香取はいまわしがこのから井戸へ切り落としてやった」

弥次郎はこともなげにいう。

「ほう、それはおてがら――」

「ここの始末はわしがするから、貴公は人数を船着き場へ集めて、死傷者を早く調べてみてくれ」

「心得ました」

「今夜はまだ網にかかってくるやつがあるはずだ。水門口は特に警戒を厳重にして、忍びこんできたやつがあったら、なるべく手取りにするようにしてくれ」

「承知しました。しかし、香取という男は、相当の剣客《けんかく》でしたなあ」

半兵衛は一度鈴ガ森で刃《やいば》をあわせて、礼三郎の腕まえはよく知っている。弥次郎がどんなに強くても、そうむぞうさに切れる相手ではないし、だいいち弥次郎は刀も抜いていないのだ。

──ははあ、香取は自分から井戸へ足を踏みはずしたんだな。

と気がついたので、それとなくさぐりを一本入れてみる。

「なあに、たかが若だんな芸だ。とにかく、香取はかたづいた。水門口をたのむぞ」

平気でわらっている弥次郎だ。

「鐘巻さま、つれてまいりました」

そこへ鍬を手にした竹造が、仲間をふたりつれて駆けこんできた。

「ご苦労──。このから井戸は危険だから、その辺の土を削《けず》って、埋められるだけ埋めてくれ。落ちても背がとどくほどになればよかろう」

「へえ」

「手早くやれ」

金田は黙ってそこを離れながら、

——生き埋めにする気だな。

なんとなく背筋がぞくぞくとせずにはいられなかった。

そのぶきみさをかりたてるように、土を掘りおこしてから井戸へ投げこむ冷酷《れいこく》むざんな音が、どさっどさっと耳についてきた。

そのころ——。

南辻橋の屋敷では、お京の方の居間へ老用人、敬之助、お吟の三人が、奥方を取りまいて、暗い顔を見あわせていた。

浜野は別間《べつま》のお美禰の方の相手に出ていて、ここにはいない。

「奥方さま、やっぱり、てまえはこれから深川へまいってみることにいたします。礼三郎さまおひとりでは、いざというとき心配です」

敬之助はまたしても思いきって顔をあげた。さっきも一度それを口にして、老人にとめられているのである。

九

「敬之助どの、あなたのお気持ちはよくわかるが、それはいけませんぞ。礼三郎さまはなにかお考えがあるからおひとりで出向かれたのだ。その礼三郎さまがお出かけのおり、なんと申されたな。敵はどうしても奥方さまにおもどり願わなくてはならんのだ。どんな手を使って奥方さまを取りもどしにこないものでもない。ご自分がお迎えにくるまでは、けっしてここを動かぬよう、必ず奥方さまをおまもりしているように、とのことでございましたな」

老用人作兵衛もまたおなじことをくりかえして敬之助を引きとめる。

「それはよくわかっているが、こっちは奥方さまがここを動きさえしなければよろしいのだ。敵はちゃんと人質までよこしてはいるが、どんなひきょうな手を使わないともかぎらん。むろん、わしひとりが行ってみたところで、万一礼三郎さまになにか事を構えているとすれば、おそらくわしひとりの力ではどうしようもあるまい。しかし、様子を探り出してくれれば、また手の打ちようもある。ご無事ならむろんこれにこしたことはないが、とにかく一度様子を見にやってくれぬか。そのかわり、様子さえわかれば、すぐにもどってくる」

敬之助の心は、すでに半分深川へ飛んでいっているようである。

「作兵衛」

お京の方が意を決したように顔をあげた。

「はい」

「敬之助の申すことも、もっともだと思います。ここにはそなたはじめ、警護の者もまいっていますから、まさか外記も夜討ちなどはかけますまい。それに、礼三郎さまのお迎えがないかぎり、京がどんな迎えの手にも乗らなければ、ここは少しも心配はいりません。一度敬之助を深川へつかわしてみてください。京も深川の様子が気がかりです」

「さあ、いかがなものでしょうな。それは当家にも上屋敷から若侍どもがつめておりますから、夜討ちなどはいっこうに恐れるには足りません。用心しなくてはならないのは、裏面から謀略《ぼうりゃく》にかけてくる敵なのです。その敵の謀略をよく見ぬけるのは、浜松藩の内情にくわしい敬之助どのをのぞいては、ほかにいないのですからな」

作兵衛老人はあくまでも用心深い。

「いいえ、どんな謀略を使ってきても、京がそれに乗りさえしなければよろしいのです。京は今夜礼三郎さまのお顔を見ないかぎり、ここは動きません。それならいいでしょう」

お京の方もまた礼三郎の安否《あんぴ》がしきりに気になるようだ。

作兵衛の立場から考えれば、礼三郎は浜松家にとってなくてはならない人ではあるが、跡めのことはすでに番町の正太郎ときまっている。これを立てるために、たとえば悪人どもと戦って不幸にもその犠牲になってもやむをえないことなのである。

礼三郎にしてもその覚悟があるから、ひとりで今夜深川へ乗りこんでいったので、それはそっちへ任せておくのがいちばんいいのだと思うのだが、さすがにそこまでは言いきれなかった。

「奥方さまがたってと仰《おお》せられるのでしたら、作兵衛はむりにも行っては悪いとは申しません」

しぶしぶながら納得するほかはなくなってきた。

十

「敬之助、作兵衛がよいと申します。礼三郎さまのご様子を見てきてください」

お京の方はほっとした面《おも》持ちで、せきたてるようにいう。

「はい」

「そのかわり、様子がわかりしだい、すぐもどってきてください」

「承知いたしました」

自分からいいだしたことだから、敬之助は即座に立ちあがろうとする。

「敬之助さま、あたしもいっしょにまいりましょう」

それまで黙って控えていたお吟が、急に身づくろいをしながらいいだす。

「いや、それはあぶない」

「あぶないっていえば、敬之助さんだっておなじことでしょう。あたしは一度行って、深川のお屋敷のかってがわかっていますし、今夜のはただ様子を見に行くんですから、あたしをつれていったほうが、きっとなにかのお役にたつと思うんですけれど」

お吟はもうどうしても行くと、覚悟をきめているようだ。

それに、お吟は普通の娘とは違うし、奥方は昨夜からのことをよく知っているので、

「敬之助、お吟ならだいじょうぶです。きっと役にたつと思いますから、いっしょにつれていくがよい」

と、そばから敬之助にすすめ、

「お吟、けっして無理をしませんように」

と、お吟に注意した。

「だいじょうぶです、奥方さま。ただ様子をさぐってくるくらいなら、あたしは岡《おか》っ引《ぴ》きの娘なんですもの」

たのもしく言いきってみせるお吟だ。

「たのみます、お吟」

お京の方が心からいう。手をあわせんばかりともいいたい必死なまなざしである。

「はい」

「お吟、だいじょうぶかな」

さすがに作兵衛老人は心配そうだった。

「まあ、見ていてくださいまし、ご用人さま」

お吟はにっこりわらってみせて、

「では、奥方さま、行ってまいります。敬之助さん、まいりましょう」

と、気軽に立ち上がった。

「お吟、いいかな。おまえは娘のことだ。これはあぶないと見たら、けっして深入りをしてはならんぞ。おまえにもしものことでもあると、親ごに申しわけないでな」

玄関まで送って出ながら、作兵衛がくれぐれもいっていた。

「あたし、きっと気をつけますから」

老用人の好意に対しては、ありがたいと思ってそう答えたが、その実、お吟の心はなんとなく重かった。

——あたしなんか、死んだってかまやしない。

ともすれば、そんな捨てばちな気持ちにさえなってくる。

礼三郎の目も、お京の方の目も、もうどうしようもないものになっている。まして、今のお京の方の目の色は、礼三郎の安否が心配でたまらない、ならば自分で飛んでいきたいような必死なものが隠しきれないふうだった。

がっかりしちゃうなあ。

お吟は気がめいらずにはいられなかった。

十一

「お吟さん、深川まで歩いていくのかね」

表へ出ると、虚無僧《こむそう》姿の敬之助が聞いた。

「いいえ、水門口からはいるには船がいちばんいいんですけれど、船じゃおそいから、とにかく海辺橋までかごで飛ばしましょうよ」

礼三郎が屋敷を出てから、すでに半刻《はんとき》（一時間）あまりたつ。礼三郎はどうせ船だろうから、いまごろやっと向こうへ着いたか着かないかだろう。

こっちはこれからかごで飛ばせば、半刻とたたないうちに向こうへ着けるはずである。いま五ツ（八時）を聞いたばかりだから、五ツ半（九時）までには行き着ける勘定《かんじょう》になるわけだ。

「よかろう。じゃ、かごにしよう」

柳原《やなぎはら》町三丁目のかどに駕籠《かご》徳《とく》というかご宿があった。

ふたりはそこからかごに乗って、特にいそぎの用だからといって、途中をいそいでもらった。

——おいろごとはおいろごと、捕物は捕物なんだから。

えんほい、えんほい、かごが宵《よい》すぎの町を走りだすと、お吟は急に元気が出てきた。これから悪党どもを向こうにまわして戦うんだと思うと、ひとりでに闘志がわいてくるのである。

あたしはやっぱり岡ッ引きの娘なんだなあと、われながらおかしくなってくる。

——それにしても、あっちはお方さまという人質までよこしているんだから、そうむちゃなことはできないはずだ。

あたしはどうしてこんなにあわてて出てきたんだろうと、お吟はもう一度反省してみる。

お京の方の居間にいるときには、なんだか心配でたまらなかった。こっちは香取さんひとりなんだから、とても無事にはすまない。そんなことばかり考えていた。

敬之助もそうだったらしい。

——そうだ、奥方さまにつりこまれてしまったんだ。

今から考えてみると、たしかにそうにちがいない。

お京の方は、もう二度と礼三郎の無事な顔は見られないと思いこんでいるらしく、居ても立ってもいられないというように、ため息ばかりついていた。

世間知らずの奥方には、どうしてもそんなふうにしか考えられないのだろう。相手が好きな男だけに、いっそう気がもめるのである。

——あれがこうじると、恋わずらいってのになるんだわ。

いや、もう半分それにかかっているかもしれない。そう思うと、ふっとなにごとも思うにまかせぬ奥方がいじらしくもなってくる。

あたしは岡っ引きの娘に生まれてよかった。好きかってなことができるんだもの と、本気でそんな気もしてくるお吟だった。

「ねえさん、もう海辺橋でござんすが、どっちへ行きやしょう」

かご屋が足をゆるめながら聞いた。男の敬之助に聞かずに、こっちへそんなことを聞いてくるのも、かご屋でさえ自分のほうをはねっかえりと見ているからだろう。お吟は苦わらいをしながら、

「かご屋さん、もうきたの。ここでいいわ」

と、やっぱり威勢よく答えていた。

十二

海辺橋のたもとでかごをかえしたお吟と敬之助は、橋をわたってすぐ右へ折れる。その河岸《かし》っぷちをまっすぐ行くとまもなく相生橋をわたるようになるが、そこまでの片側町が深川万年町《まんねんちょう》で、その裏側一帯が新三郎屋敷の裏手のへいになっている。

「相生橋をわたってみましょう。向こうの河岸っぷちから見ると、お屋敷の西側のへいがずっと見えるんです。水門口もそこにあるのよ」

「そうか」

お吟は先に立って、相生橋をわたった。そっちの町名は永堀町《ながぼりちょう》とかわる。橋をわたってまたすぐ左へ折れる川っぷちの道は材木町《ざいもくちょう》までつづいて、対岸はずっと新三郎屋敷の西側のへいにつづく。

水門口は裏手に近いほうにあって、そのあたりはことに森が深いようだ。

「ねえ、水門口があいてるでしょ。あそこから舟ではいると、あの森の中へはいっていく道があるんです。その道なりにしばらく行くと、内庭にはいる木戸があって、まだ雑木林がつづくのよ。その林の中に、奥方さまがひどいめにあいそこなった茶室があるんです」

「あの森は、こっち側より少し地形が高くなっているようだね」

「ええ、築山《つきやま》というほどじゃないけれど、いくらかつまさきのぼりになってるわ。深川は一帯に土地がひくいんで、あの屋敷を建てるとき新しく土を入れて、林をこしらえたのね」

新三郎屋敷の表門は、もう材木町へかかった川っぷちにあって、そこから少し行ったところにある丸太橋《まるたばし》をわたって、川っぷちを表門のほうへ引きかえすようになっている。

時刻はやがて五ツ半（九時）に近いから、あたりはもうひっそりとして、ほとんど人通りはない。

「さて、これからどうするね。やっぱり、舟で水門口からはいってみるのが、いちばん早いんじゃないかな」

外から、ことに川越しにへいばかり見ていたって、中の様子はわかりようがない。

「敬之助さん、あたしにまかせといて」

お吟は意気ごむようにいった。

「そりゃまかせておいてもいいが、どうするんだね」

「あたし、門番に会ってみようと思うんです。礼三郎さまは今夜はお客さまとして招《まね》かれているんですから、それがほんとうなら、奥方さまからのご用だといえば、きっと奥へ取り次いでくれるはずです」

「なるほど――」

「敬之助さんはここから表門を見ていてください。あたしがもし門の中へはいって、なかなか出てこなければ、なにかたくらみがあったと考えて、それをすぐ奥方さまに知らせてあげてもらいます。ようござんすね」

「それはいかん、女のお吟さんをあぶないところへおいて、わしだけが無事に引きかえすわけにはいかない。よし、それならわしが門番に会ってみよう」

「だめよ。敬之助さんじゃ、はじめから向こうで用心しちまうもの。それに、あたしは昼間も一度あそこへ行っているんですから、向こうでもあたしのことを知っていると思うんです。まあ、ここはあたしにまかせといてください」

お吟はそこの路地口のほうへ敬之助を押しやるようにして、もうさっさと丸太橋のほうへ歩きだす。

十三

お吟は丸太橋をわたって、すたすたと新三郎屋敷の表門へ近づいていく。

今わかれてきた敬之助はと、対岸になった材木町を見わたしたが、姿が見えない。たぶん、うまく路地の中へかくれているのだろう。

——敬之助さんのほうじゃ、ちゃんとあたしを見ているだろうにな。

そう思うと、なんだか胸がくすぐったくなってくる。

それにしても、これから敵の中へ乗りこんでいくというのに、あたしは胸ひとつどきどきしないんだから、やっぱりはねっかえりにできているんだわと、お吟はわれながら感心した。胸がどきどきするどころか、あたしの目をごまかそうなんてそうはいかないからと、自慢してやりたいような気持ちなのである。

「こんばんは、——ごめんください。もうおやすみですか。門番さん」

門番小屋の窓の下へ行って声をかけてみると、

「だれだね、いま時分」

男の声がつっけんどんに聞こえた。

「薬研堀のお吟という者です。お留守居役《るすいやく》の堀川さまにご用があってきたんですけれど」

「なに、堀川さまだあ」

急に声が小さくなって、中でなにかもそもそ相談しているようだ。

——これは怪《あや》しい。堀川さんといえば、すぐに取り次いでくれるのがほんとうなんだわ。

それをもそもそ相談しているのは、堀川はもう上屋敷へ帰ってしまったか、それとも礼三郎さんをほかへ連れていってここへはもどらなかったのか、いずれただごとではない。

お吟がそんなことを考えているうちに、くぐりの桟《さん》を中からはずす音がして、やがてぎいとくぐりがあいた。

中から外へ出てきたのは、若い中間《ちゅうげん》である。

「あら、あんた豊吉さんでしたね」

それはけさ自分をだまして、船でここへつれてきた中間なのである。

「ねえさん、堀川さんになんの用だね」

豊吉はじろじろお吟の顔を見ている。

「堀川さんはまだここにおいでになるんでしょ。たしか、さっき香取さまをおつれしたはずですからね」

「うむ、それはおいでになる。だから、どんな用だって聞いているんだ」

「それをいわなければ、堀川さんに取り次いでくれないんですか」

「うむ、女は化け物だからな。いや、この辺には悪いきつねが住んでいて、よく女に化けて出やがるんだ」

にやりとわらってみせる豊吉だ。

「ふうんだ。あんたこそ、けさたぬきになって、あたしを化かしたじゃありませんか。悪いたぬきってありゃしない」

「ああ、そうだったな。この辺にゃ深川の八百八だぬきといって、悪いたぬきが多すぎるんだ。悪いことはいわねえから、まただまされないうちに、早く帰ったほうが無事だぜ」

「ところが、せっかくですが、そうはいかないんです。あたしはこれでも、今夜は奥方さまのご用できているんですからね」

「ほんとうか、ねえさん。少しおかしいなあ」

豊吉はまたしてもじろじろとお吟の顔を見ている。その目の色になんとなく深みがあって、少しもいやらしさがないのだから、妙な男である。

十四

「早く堀川さんに取り次いでくださいよ。奥方さまはとてもいそいでおいでになるんです。浜松の礼三郎さま、ほんとうにこちらへきているんでしょうね」

お吟も負けずにじろじろと豊吉の顔を見てやる。

「そりゃきておいでなさる」

「まだ外記さまとお話しになっているんですか」

「うむ、めんどうな話だからな。もう少しかかるだろう」

「弥次郎さんもいっしょなんですか」

「いっしょだよ」

「あぶないなあ。あの男は新参者だから、なにをやりだすかわからないって、奥方さまはひどく心配しているんです」

「つまり、ねえさんは、浜松さまが無事にここから帰れるかどうか、様子を見にきたってわけじゃないんかね」

豊吉が痛いところをずばりと突いてきた。

「あら。じゃ、こちらさまは浜松さまを無事に帰さないつもりなんですか」

負けずに逆襲していくお吟だ。

「さあ、そんな上つ方のことは、おれたち下郎にわかるはずもないが、おれたちは用談がすむまでは、だれがきても門前払いをくわせろと、鐘巻のだんなからかたく申しつけられているんだ。ねえさんもこのまま帰ったほうが無事なんだがなあ」

「豊さん、あたしは奥方さまのご用できているんですよ。それでも取り次げないっていうんですか」

「そりゃ、どうしても取り次げっていうんなら取り次がねえこともないが、ほんとうにねえさん、奥方さまのご用なんだね」

「あたしはあんたのように、人をだましたりする女じゃありません」

お吟はじりじりしながら、とうとう大みえをきってしまった。

「そういわれると一言もないが――」

豊吉は苦わらいをして頭をかきながら、

「じゃ、とにかく堀川さんにそっと取り次いでみるから、しばらく待っていてくんな」

と、いそいで門内へ引きかえしていく。

──よし、今だ。

お吟はとっさに覚悟をきめた。豊吉のいうことは、なんだかあやふやで信用できない。こっちは堀川に会うより屋敷の様子をさぐり出すのが目的なんだから、今のうちに門内へはいりこんでやれと、そんな大胆なことを考えてしまったのだ。

そっとくぐりのそばへ走り寄ってあけてみると、いま豊吉がはいっていったばかりなのだから、ぞうさなくあく。

門番小屋は雨戸がしまっているし、さいわいあたりには人目もないようだ。お吟はするりと中へはいって、後ろの戸をしめ、かまわず表玄関のほうへ歩きだした。

もし人に見とがめられたら、いま豊吉に取り次ぎをたのんだ者だといえばいいのだ。

前庭の正面に丸い植え込みがあって、表玄関の見とおしを避けている。

まずそこまで忍び寄って、玄関のほうを見ると、玄関はあいているが、豊吉の姿は見えない。内玄関は表玄関の右手にあるらしい。豊吉はたぶん内玄関のほうへ行ったのだろうから、左手の川っぷちのほうの庭へはいりこめればしめたものだと思った。

十五

「おい、そこにいる者はだれだ」

ふいにうしろから声をかけて、門番小屋のほうから走り寄ってくる者があった。

「あっ」

振りかえってみると、どこか浪人者くさい三人づれである。

「なんだ。おまえは薬研堀の岡《おか》っ引《ぴ》きの娘だな」

先頭に立ったやつがあきれたように目をみはる。

「あなたはだれなんです」

そういえばどこかで見た顔だと思いながら、お吟は大胆にやりかえす。

「忘れたのか。このあいだ鈴ガ森で会った石崎五郎《いしざきごろう》だ」

「ああ、そうだわ。――あんた、いつここのご家来になったんです」

そうだ、この顔はたしかに鈴ガ森で礼三郎を待ちうけていたふたりの浪人者のうち、刀を抜かなかったやつのほうにちがいない。

「われわれはきょうからここの家来になったんだが、おまえこそどうしてこんなところへはいりこんでいるんだ」

「はいりこんでいるんじゃありません。お留守居役の堀川さんにお目にかかりにきて、いま中間さんに取り次いでもらっているんです」

「ふうむ。堀川さんな。どんな用なんだね」

「それは中間の豊吉さんて人にいいました。南辻橋の奥方さまからのご用を持ってきたんです」

「そうか――。豊吉のやつ、どうしたのかな」

ちらっと表玄関のほうを見ながら、

「よし、わしが案内してやろう。奥方さまからのご用なら、なにも取り次ぐまでもないこと、すぐ堀川さんのところへ案内すればいいんだ。いっしょに来い」

石崎は気軽にいってうながす。

――こいつ、いよいよ怪しい。

お吟はそう思ったが、こっちはその怪しい事実をこの目でくわしく見ていくためにはいりこんでいるのだから、

「そうですか。じゃ、すみませんがお願いします」

と、敵の手に乗ってみてやろうと、とっさに腹をきめる。

「こんな夜ふけに、遠いところをたいへんだったなあ」

石崎はそんなそらせじをいいながら、先に立って表玄関のほうへ歩きだす。

「いいえ、そこまで町かごできましたから」

「そうか。歩いちゃたいへんだからな」

それにしても、豊吉はどこまで取り次ぎに行っているんだろうと、お吟は内玄関のほうばかり気をつけている。ほんとうに堀川に取り次いでいるとすれば、そっちから引きかえしてくるにちがいないからだ。

「まあ、上がれ」

玄関の式台のところまできて、石崎がそういいながら、ひょいと振りかえる。

「こんな表玄関から上がってもいいんですか」

「いいとも――。おまえは今夜、奥方さまのご用できているんだからな」

「そうですか。すみませんねえ」

なにげなくお吟がげたをぬいで式台にあがったとたん、

「あっ」

つと一歩踏みこんできた石崎のこぶしがおどって、しまったと思ったときには
もうみずおちへ激痛を感じ、お吟はくらくらっと目の前がまっくらになっていた。

十六

お吟が暗い一室で、ふっと我にかえったのは、どのくらい時がたってのことか。

気がついてみると、手足が縛《しば》られ、さるぐつわまでされて、どこかへころがされているのだ。

畳の上だということだけは、うしろ手にしばられた手でわずかにさぐっただけでもわかる。

——そうだ、あいつだ。ちくしょう。

お吟ははっきりと石崎五郎の角張った顔を思い出した。

不覚にも当て身をくったのは、新三郎屋敷の表玄関だから、たぶんここはその近くのへやなのだろう。

耳を澄ましてみると、屋敷の中はしいんとして、どこにも人声はないようだ。

——しまった。

お吟は思わずうめかずにはいられなかった。

ここはまるであき屋敷のようである。かりにも礼三郎がきて外記と話しあっているのだとすれば、屋敷じゅうがこんなに静かなはずはない。

いや、もし屋敷の主人新三郎がここにいるとすれば、人目があるから、雇《やと》われ浪人の石崎五郎などが自分をこんなめにあわせるすきはないはずである。

すると、ここは雇われた浪人ばかりがるす番をしているところだということになる。

では、礼三郎はどこへつれていかれてしまったのだろう。

いったい、自分をこんなところへつれこんで、どうする気なのだろう。

――そうか、いたずらをする気なんだ。

あの豊吉もぐるなんだろうか。

そうではなさそうだ。豊吉は、古いたぬきがいるから、ここから帰れとしきりにすすめていた。あたしが強情《ごうじょう》を張って、なんでも堀川に取り次げといってきかないもんだから、しかたなくだれかに取り次ぎに行った。

あたしは門の外でおとなしく待っていればいいものを、いい気になってくぐりから黙って押しこんだところへ、あの石崎がきあわせる。敵は三人だった。ほかにだれも人目はない。

石崎はあたしを当て身で倒して、そっとここへかくしておく。あとでうまいおりを見つけて、自分ひとりでか、あるいは三人で押しかけてきて、人知れずあたしをもてあそぼうという雲助《くもすけ》根性をおこしたにちがいあるまい。

――ちくしょう、どうしようかしら。

お吟はそこまで気がつくと、もうじっとしていられなくなってきた。早くからだのなわめをどうかしなければならないのである。必死に手足をもがいてみたが、なわめは強くて、びくともしてくれないようだ。

――まさか、こんなひきょうなまねをしようとは思わなかった。いまさらくやしがってみても、もうどうしようもないのである。

――いやだ、だれがおまえたちなんかに。

それを思うと、ぞっと背筋が寒くなってきて、急に狂ったように座敷じゅうをころげまわってみたが、手足になわめがいっそう強くいこむばかりで、すぐに息切れてくる。

――もうだめなのかしら、あたし。

とうとうお吟は涙がこぼれてきた。

十七

すうっとふすまがあいて、ろうそくの灯《ひ》が流れこんできた。

――あっ、とうとうきた。

ぎょっとしてそっちを見あげると、左手に裸ろうそくをかざして、右手でうしろのふすまをしめているのは中間《ちゅうげん》の豊吉である。

――ちくしょう、この男まで。

くやしがってお吟がにらみつけたとき、豊吉はゆらめく灯の中で、にっとわらいながらそばへ寄ってきた。

「ねえさん、いまなわを切ってやるから、声をたてなさんなよ」

豊吉は小声で耳もとへささやきながら、もうあいた右手でふところの匕首《あいくち》を抜いている。

「おまえ、あんまり大胆すぎるからいけねえんだ。男を甘く見ちゃいけねえ」

なあんだ、助けてくれる気なのかと、急に力がぬけてしまって、ぐったりとなすに任せていると、豊吉は用心深く手足のなわめを切りほどいて、

「さあ、いい。口の手ぬぐいは自分で解《ほど》けるだろう」

といった。

「ありがとう、豊吉さん」

「これからがたいへんなんだ。灯を消すから、おれの手につかまって、おれがいいというまで口をきいちゃいけねえぜ」

うなずいてみせたとたん、豊吉はもうふっとろうそくを吹き消していた。

あたりはふたたびやみ一色になる。

「そら」

豊吉が手さぐりで出してくる手に、こっちからも手さぐりですがりつくと、さっきのふすまぎわへひっぱっていって、じっと外へ耳をすましながら、静かにふすまをあけた。

外は長廊下で、すぐそこが内玄関らしく、そこの鴨居《かもい》に金網をはったあたりが薄暗い。

豊吉はその内玄関から庭へ出る気らしく、そっと足音をしのばせながら出ていったが、

「いけねえ」

舌打ちをしながら、すばやくついたてのかげへ走りこむ。

とたんに、もう内玄関の式台の前へ足音が近づいてきて、ふっと立ち止まったようだ。

「貴公たち、まさか、かもにいたずらはしなかったろうな」

たしかに石崎の声が、わらいながら聞く。

「石崎さん、われわれは約束のかたい男です」

「けっこうだ。善悪にかかわらず、約束はきっとまもる。それでないと、いっしょに仕事はできないからな」

「で、石崎さんはあのかもをどうする気なんですな」

「そんなやぼなことを、まじめな顔をして聞くもんじゃない。いいか、まずおれ、それから貴公たちはふたりでじゃんけんできめろ」

「しかし、そんなことが鐘巻先生に知れるとあとがこわいですぞ」

「いや、かもをあの座敷へつかまえておいたのは、われわれ三人のほかにだれも知らないんだ。黙っていれば人に知れるはずはない。つまり、役得というやつだ。いいか。じゃ、しばらくまず見張りをたのむぞ」

あまりにも人間放れのした放言に、お吟はかっとからだじゅうが熱くなってきて、思わずちくしょうと歯がみをせずにはいられない。

十八

「じゃ、たのんだぞ」

石崎がずぶとい声でいう。

「どうぞ、ごゆるりと——」

ふたりの仲間が半分わらい声で答える。

石崎は玄関へあがって、ついたての前を通り、そこの暗い小座敷へはいっていく。

——今だ。

豊吉はお吟に目くばせして、すっと表玄関の廊下のほうへ走った。

玄関先にいる見張りの者に見つかればそれまでだが、どっちみちここにいてはあぶないのだから、思いきって逃げ出す以外手はないのだ。

表玄関の正面にもついたてが立っていて、そのうしろは使者の間のふすまになっているが、逃げるには庭へ出たほうが逃げ道が多い。

豊吉は表玄関から前庭へ出て、さっきお吟がねらっていた川っぷちのほうの内庭の木戸の中へ駆けこむ。

「おい、かもはおらんぞ。なわを切って逃げたようだ」

「そんなことはないでしょう。あのなわは、女の力では切れませんからな」

「いや、ほんとうだ。来てみろ」

そんな声を耳にしたときは、豊吉はもう木戸の内側にいて、ぺろりと赤い舌を出していた。

「どこへ行くの、豊さん」

追われている身で、しかも敵はすぐそこにいるのだから、さすがにお吟は胸の動悸《どうき》が激しい。

「まあ、こっちへ行ってみよう」

豊吉は月かげを避けて、いそいでお吟を林の中へ誘いこみながら、

「今夜は浪人組が二十人ばかりここへはいりこんでいて、庭の急所急所をかためているんだ。その見まわり組にぶつかったら、えらいことになるからね」

と、そっと教えてくれる。

「お屋敷の人はだれもいないの」

「いないよ。残っているのは、足軽と中間だけだ。あとは悪いたぬきばかりさ」

「みんなどこへ行ってしまったの」

「殿さまは昌平橋の上屋敷、お方さまは南辻橋の奥方さまのところ」

「じゃ、堀川さんは今夜ここへ来なかったんですね。外記さんがきているというのも、うそだったんですね」

「ご家老さんはこないが、堀川さんはきたよ」

「礼三郎さまとごいっしょだったんでしょう」

「いや、ひとりでひと足さきへかごで飛んできたんだ。それでないと、手くばりがおそくなるからね」

「まあ」

お吟はあいた口がふさがらない。

「じゃ、礼三郎さまはどうなすったんです」

「とにかく、この辺で様子を見ることにしよう」

豊吉はさっきの木戸が立ち上がれば見えるあたりまできて、そこの茂みのかげへしゃがみこむ。すぐうしろに川っぷちの土べいが近い。

「ねえ、礼三郎さまはこなかったんですか」

「きたよ。船で水門口からね」

「それで、どうなったんです」

「弥次郎さんに会ったさ」

「それから――」

「それから掛け合いがはじまってね」

豊吉はしきりにあたりに気をくばっている。

十九

「豊さん、あんたなにか知っているんでしょ。はっきりおいいなさいってば」

お吟はもどかしくなって、ならんでしゃがんでいる豊吉の腕をひっつかんでいきながら、思わず声が高くなる。

「しっ、――大きな声を出しなさんな」

豊吉はおさえるようにいって、

「たぬきどもにかぎつけられたら、ふたりともばっさりじゃねえか」

と、苦わらいをしてみせる。

「だから、じらさないで話してくれたっていいじゃありませんか」

「ほんとうのことをいうとなあ、あねご、浜松さまはあんまり大胆すぎたんだ。つまり、自分の心があんまりきれいすぎるもんだから、悪党の気持ちがわからないんだな」

「だって、こっちにはちゃんとお方さまという人質がいるんですよ」

「そんな人質のひとりやふたり、どうなったって、弥次郎は自分の目的さえとげればいいと考えている」

「まあ」

「それは、たとえばこっちでどんなひどい裏切り方をしたって、まさか善人ぞろいの奥方さま組には人質は殺しきれないと、ちゃんとたかをくっているんだ」

そういわれれば、たしかにそのとおりである。

そこまで見ぬいてかかったとすれば、知らずにおびき出された礼三郎は、どんなめにあっているのかわからない。

「まさか、まさか弥次郎は礼三郎さまを切らせてしまったんじゃないでしょうね」

「切っちゃいけないって法が、弥次郎にあるとでも考えているのかね」

「なんですって」

「弥次郎は浜松さまを頭から不義者あつかいにしたんだ。奥方さまとうまくやっているんだろうとね。浜松さまはその口車にひっかかって、かんかんにおこってしまった。人間はあんまり腹がたつと、ついむてっぽうになる。浜松さまはかんかんになって弥次郎を追いまわしているうちに、どうやら外庭の雑木林の中にあるから井戸へ落ちこんでしまったらしい」

「まあ」

「おれは表門の番をしていたんで、その話を聞いたときはもうおそかった。弥次郎のやつ、ほかの中間たちに言いつけて、そのから井戸を半分埋めてしまっていたんだ」

「ほんとう――」

お吟はまっさおにならずにはいられない。

「じゃ、じゃ生き埋《う》めに――」

「おれはその場に立ち会っていたのではないから、きっとそうだとは言いきれないが、それがほんとうなら、もうどうしようもありゃしねえ」

「から井戸へ落ちたってのはほんとうなんですね」

「それはたしからしい」

「弥次郎がそのから井戸を半分埋めさせてしまったのもほんとうなんでしょう」

「うむ、そのあたりの土を掘りおこして、から井戸はたしかに半分埋まっている。それはあとから行って、この目で見てきているんだ」

「どうしよう、あたし——。じゃ、もう助かりっこないじゃありませんか」

おろおろとお吟は中腰になって、またぺたんとそこへすわりこんでしまった。生き埋めにされてしまったとは、あまりにもむごたらしい話である。

二十

「豊吉さん、あたしをそのから井戸のところへつれてってください」

お吟はもう目がつりあがっていた。

「そりゃ、つれていってもいいが、行ってみたところでもうどうにもなりゃしないぜ」

「いいんです。あたしはこの目でそのから井戸を見なけりゃ、承知できないんです」

どんなことでまだ息があるかもしれない。むりにもそう考えていたいお吟なのだ。

「行ってもむだなんだがなあ。それに、水門口にはたぬきどもがたくさん番をしているんだ。あそこがいちばん敵のはいりこみやすいところなんでね」

「弥次郎のやつもそこにいるの」

「いや、弥次郎は出かけている。水門口の大将は、金田半兵衛って男だ」

「弥次郎のやつはどこへ出かけたの」

「さあ、それなんだがね、いちばんじゃまな浜松さまがかたづいたとなると、こんど弥次郎がほしいのは奥方さまってことになる」

「なんですって――」

「これはおれの考えなんだが、外記組は、いや、浜松一藩は、敵も味方も、いまのところお京の方さまのおそでにすがるほかは、家名をつなぐことができないどたん場に立っているんだ。といって、きのうのような失敗をしたんじゃ、どう外記や堀川がわびを入れたからといって、ただで奥方さまのお怒りがおさまるはずはないだろう」

「あたりまえじゃありませんか。そんな虫のいいこと、だれが承知するもんですか」

お吟は吐《は》きすてるようにいう。

「だれが考えたってそうだろう。すると、残る手段は一つということになる」

「どう一つなのさ」

「奥方さまをさらってくるよりしようがない」

「そんなこと、できるもんですか」

「うむ、なかなかむずかしい」

「だいいち、そんなまねをすれば、奥方さまはいよいよお腹だちになるばかりだわ」

「むろん、そういうことになる」

豊吉はあんまりお吟の風あたりが強いので、あとをいうのをためらっているようだ。

「どうしたのよう、豊さん。なぜその先を話さないんです」

「まるでおれがしかられてるみたいで、口がきけなくなってしまったんだ」

豊吉に苦わらいをされて、お吟もさすがにはっと気がつき、

「どうしたんだろう、あたし。豊吉さんに当たり散らしたってしようがないのに

――。ごめんなさい」

と、頭をさげながら、思わず顔が赤くなってきた。

「おかしいわ。豊吉さんはいったい、あたしの味方なの、敵なの」

考えてみると、それからしてわからなくなってくる。

「さあ、ねえさんのなわをといてやったところを見ると、敵じゃないようだな」

「そうねえ。――でも、けさはあたしをだましにきたじゃありませんか」

「すると、やっぱり敵かな」

しかし、お吟はなんとなく豊吉は悪人には見えない。そういえば、根っからの下郎とも思えないところさえあるようだ。

からくり

一

そのころ――。

南辻橋《みなみつじ》の下屋敷の表門へ、小者に長持ち一棹《ひとさお》をになわせた若党ふうの男が立って、門番小屋のほうへ案内を請《こ》うた。

「おたのみ申す。――おたのみいたします」

「どなただね」

門番中間《ちゅうげん》が小窓をあけてきいた。

「夜中まことにお手数をかけますが、てまえは相生橋《あいおい》の屋敷からまいりました者で、今夜こちらさまにお美禰《みね》の方《かた》さまがお泊まりになりますについて、用人宮崎《みやざき》喜兵衛《きへえ》の申しつけにて、お方さまの寝具を運んでまいりました。右のおもむき、奥へお取り次ぎくださいますよう、お願いいたします」

若党はていねいに小腰をかがめながら申し入れる。

「下島《しもじま》さま、どうしましょう」

中間が中へ聞くと、かわって下島と呼ばれた足軽が窓へ立って、じろりと外を見ながら、

「新三郎《しんさぶろう》さまお屋敷から、お美禰の方さまの寝具をとどけにきたと申すのだな」

と、あらためて聞いた。

「はい、てまえは新三郎屋敷の若党にて金村次郎八《かねむらじろはち》と申します」

金村は三十前後とも見えるなかなかきりっとした若党ぶりで、中間に持たせているちょうちんの紋どころも、たしかに浜松《はままつ》家のものにちがいない。

「しばらくそれにて待つがよい。奥へ取り次いでみる」

下島は老用人から、今夜はことに注意するように言いつけられているから、すぐに内玄関へ走って、そこに詰《つ》めている若侍に奥の老用人に取り次いでもらった。

まもなく老用人作兵衛《さくべえ》は自分で出てきて、

「深川《ふかがわ》からお方さまの寝具を運んできたそうだな」

と、足軽に聞く。

「はい。小者ふたりに長持ちをになわせ、金村次郎八とかいう若党がそう申しております。ほかにちょうちん持ちの中間がひとり、四人でございます」

寝具などはわざわざ運ばせなくても、こっちにその用意はある。

が、お美禰の方は一晩泊まってすむか、二晩三晩になるかはわからない事情にあるので、堀川儀右衛門《ほりかわぎえもん》が深川へ帰って、それから手まわりの品をそろえてとどけさせるとなると、ちょうどこっちへ着くのはいまごろになる。

「使いの者はたしかに四人きりだな」

「はい」

「よし、門をあけて使いの者がはいったらあとをすぐ締め、ここへ案内してみろ」

「かしこまりましてございます」

足軽は心得て引きかえしていった。

「三浦《みうら》さま、いまごろになって、少していねいすぎやしませんか。こっちに客の寝具は用意してないとでも考えているんでしょうかな」

若侍がなにか事あれかしといいたげな顔をしていう。

「いや、寝具といっしょに、なにかお手まわりのお品をとどけてきたのだろう。

向こうとしては、ともかくも二日でも三日でもお方さまに不自由な思いをおさせするのだから、できるだけのことはしたいという心づかいもあるのだ」

作兵衛がそういってきかせているうちに、足軽が使いの者を案内して、内玄関へ近づいてきた。

二

「御用人さま、深川のお使いを案内いたしました」

先頭に立ってきた門番足軽が作兵衛に告げる。

「うむ」

作兵衛は式台までおりて出て、

「そちは深川の浜松家からまいったのだそうだな」

と、若党に聞く。

「はい、お方さまにご寝具をとどけるようにと申しつけられまして、これなる長持ちを運んでまいりました。てまえは若党金村次郎八と申します」

「さようか。そちたちを疑うわけではないが、お方さまは当家のたいせつなあずかり人である。まちがいがあってはならんによって、いちおうここでその長持ちのふたを取ってみなさい」

かついできた人足の足どりから見ても、そう重いものではなさそうだから、たしかに寝具だろうとは思うが、作兵衛はそういいつけて、じっと次郎八の顔を見る。

「かしこまりました」

次郎八はなんのためらう色もなく、

「これ、長持ちをこれへおろせ」

と、小者に命じた。

「へえ」

人足は式台の上へそっと長持ちをおろして、にない棒をぬく。

別に錠がおりている様子もなく、次郎八はむぞうさにふたをあける。

「どうぞ、ご覧くださいまし」

中にはふんわりと上から唐草《からくさ》模様のふろしきがかけてあるが、手で押してみるとたしかにふとんらしい手ざわりである。

「よろしい。ご苦労であった」

作兵衛は若党に、もうふたをしてもよいとうなずいてみせてから、

「これ、庭からお方さまのお居間の廊下へ案内してやれ。お方さまにわしから申し上げておく」

と、門番足軽に命じた。

「かしこまりました。――さあ、案内いたそう」

下島は先に立って、内玄関の横手についている木戸をあけ、内庭へはいった。建物にそってぐるりと南の庭へまわり、しばらく行くと、そこだけ雨戸が三枚ばかりあいて、明るい灯《ひ》が庭へ流れている廊下の前へ出た。

やがて五ツ半（九時）に近い時刻で、屋敷じゅうはこれから寝につこうとするところである。

廊下には腰元がふたり待っていて、

「長持ちがとどきました」

と、下島が告げると、

「ご苦労でした。ここへおいてください」

と、縁先《えんさき》をあける。

あとはふたりで座敷へ運びこむつもりだろう。

障子《しょうじ》をあけて、お美禰の方が廊下まで出てきて、

「ご苦労でしたね」

と、若党たちに声をかける。

「はい。――恐れ入ります」

若党はていねいにおじぎをしてから顔をあげて、

「お方さまは、お屋敷へなにかおことづけはございませんでしょうか」

と、聞いた。

三

――あっ。

お美禰の方は若党の顔を見てびっくりした。それは思いがけなくも弥次郎《やじろう》の変装だったからである。

「そうですね、用人に返事をつかわしましょう。しばらくお待ち」

お美禰の方はなにかわくわくした気持ちで座敷へ引きかえす。

「金村さん。では、あっしたちはご門のそばで待っていますから」

小者たちが気をきかせていう。

「うむ、そうしてくれ」

「道はわかるかな」

下島足軽は若党ひとりを奥へ残しておくわけにはいかないので、小者たちに聞いた。

「へえ、今きた道でござんすから、よくわかっています」

ちょうちん持ちの中間が気軽に答えて、もう先に立ってさっさと引きかえしはじめる。

その間に、腰元たちふたりは、両方から長持ちを持って、控えの間のほうへ運んでいった。女ふたりの力でちゃんと運んでいけるのだから、中身はたしかに寝具、その他手まわりの軽いものしかはいっていないことはたしかだろう。

――弥次郎はなにしにきたのかしら。

お美禰の方は文机《ふづくえ》に向かったが、いっこう筆が進まなかった。

夕がた屋敷を出がけに、弥次郎は、

「なにごとも新三郎さまのおためですから、しばらくごしんぼう願います。おそくともあすの夕がたまでには、きっとこの弥次郎がお迎えにまいりますから」

と、何度もいっていた。

それを今夜、若党に姿をかえてまで忍んできたのは、なにか事情でもかわったのか、それともただ様子を見かたがたなぐさめにきてくれたのか。

――ほんのしばらくでも、ふたりきりになってみたいが。

そうは気があせるが、あいにく弥次郎のそばには足軽がついて待っている。相手が若党では、まさか座敷まで呼び入れることはできない。上へあげるのにしても、せいぜい廊下までである。

――どうしよう。

お美禰の方はいらいらしながら、ともかくも長持ちは無事に着いたと、巻き紙に書くだけは書いた。

が、だれにあてる返事でもないので、そんなものを渡す気にもなれず、裂《さ》いて丸めて、あんまり手間取るのもおかしい、いっそ口で返事をしておこうと思いなおして、筆をおき、そのままもう一度廊下へ出てきた。

「次郎八、書状にも及びますまい。――でも、それではそなたのおちどになりますか」

立ったまま弥次郎に聞くと、

「いいえ、おことばだけでもけっこうかと存じます」
と、弥次郎は神妙に答えてから、ちょっとなにか考えているようである。
だあん。
ふいにこのとき、表玄関のほうでなにか火薬が破裂《はれつ》するような、重い異様な音がした。
しいんとしている屋敷うちだけに、戸障子《としょうじ》がびりびりと鳴る。
だあん。
つづいてまた一発、あっと人々は思わず顔を見あわせる。

四

「くせ者だ、出あえ」
「くせ者だ――くせ者だあ」
玄関のほうでそんな声が二声、三声したと思うと、その声がたちまち、
「火事だ、火事だ」
「火事だぞう」

と、けたたましく絶叫する声にかわった。

「下島さん、火事のようです、だいじょうぶでしょうか」

若党次郎八が顔色をかえながら聞いた。

「うむ、ちょっと見てくる」

あわてて駆けだそうとする足軽に、

「お願いです。さっきの小者たちがくせ者にまちがえられないように、気をつけてやってください」

と、次郎八はすがるようにしてたのむ。

「心得ている」

下島はあたふたと玄関のほうへ駆けだした。

もうそっちのほうがぼうっと赤く見えるのは、火が軒下《のきした》から吹き出したのだろう。

思ったより早い火のまわりに、

「火事だあ」

「早く庭へ出ろう。――火事だあ」

と、屋敷じゅうが度を失って混乱してきたようだ。

「弥次郎、――いいえ、次郎八、どうしましょう」

廊下のお美禰の方は、ひざがしらがガくガくして、もう立っていられないようだ。

「火事でございます」

「どういたしましょう」

腰元たちふたりも、おろおろと廊下へ走り出てきて、がたがたとふるえている。

そこへ若侍ふたり、駆けつけてきて、

「お方さま、用人三浦作兵衛が、お庭へご避難くださいますようにとのことでございます。われわれ両人、ご案内いたします」

と、いそがしくそこへひざまずいた。

「ご苦労です」

お美禰の方はちらっと弥次郎のほうを見て、弥次郎が黙ってそれへ庭げたをなおすと、半分は夢中でそれをはく。

「どうぞこれへ――」

たびはだしのまま庭へ飛びおりた若侍のひとりが、たよりないお美禰の方の足もとに気がつくと、如才《じょさい》なく手をさしのべる。

お美禰の方は弥次郎に手を取ってもらいたかったらしく、またしてもそっちを見たが、弥次郎がひざまずいたまま動かないのを見ると、若侍に手をあずけて、庭のほうへ走りだした。

「さあ、あなたがたも——」

もうひとりの若侍が、腰元をうながしてあとにつづく。

それと見た弥次郎は、ひらりと廊下へ飛びあがり、なにか忘れ物でも取りにはいるようなかっこうで、つかつかと長持ちのおいてある座敷へはいっていった。

すでに廊下へは薄煙がはい出して、表座敷はもう一面の火になっているようだ。

——まずうまくいった。焼け玉の威力は恐ろしい。

弥次郎はにやりと冷たいうすわらいをうかべながら、手早く長持ちのふたをあける。

「早く庭へ避難しろう」

「火の手は早いぞう」

そこここで必死に人々の叫んでいる声がものものしい。

五

だあんという爆発の音が、二度まで表座敷のほうから耳をうってきたのは、お京《きょう》の方《かた》がこれから寝所へ引き取ろうとしているところであった。

「あっ」

腰元たちが顔色をかえて思わず中腰になったとき、

「火事だ、――火事だぞう」

という叫び声が、遠くから中つぎをするように、たちまちこの奥の間までつたわってきたのである。

「火事だそうでございます、お中老さま」

「どういたしましょう」

三人いた腰元たちが三人とも、ばたばたと立ちあがる。

「静かになさい」

浜野《はまの》は叱《しか》りつけるようにいって、

「ひとりは表の間《ま》へ物見をなさい。あとの者は雨戸をあけますように――。おちついてするのですよ」

責任があるから、浜野はまだぴたりとすわったまま、てきぱきとさしずする。

「はい」

ひとりは廊下を走っていき、残ったふたりはがたぴしと雨戸をあけはじめる。

「浜野、なにか火薬のような音がしましたね」

お京の方はじっと表座敷のほうへ耳を澄ましている。

「はい、なにごとでございましょうか。ただいま物見が聞いてまいりましょう」

むろん、ただごとではないとわかっているが、浜野にも答えようがない。

「火事だあ」

「火の手が早いぞ。早く逃げろう」

騒ぎはどたばたとしだいに大きくなってくるようだ。

「お中老さま、たいへんです。表のほうに火が見えます」

庭へおりた腰元のひとりが、金切《かなき》り声《ごえ》をあげた。そこへ老用人が若侍を四、五人したがえてあたふたと駆けつけてきたのである。

「奥方さま、お庭へお立ちのきのおしたくを願います」

「作兵衛、火薬のような音がしましたが、あれはなんです」

「たしかにはわかりませんが、くせ者が二、三人忍びこんでいるようです。たぶん、その者どもが焼け玉のようなものを表の間へ投げこんだのではないかと存じます」

「お方さまはお立ちのきになりましたか」

さすがにお京の方はこまかい心づかいをする。

「はい、家来どもをふたりつけて、お立ちのきを願ってあります」

「ご用人さま、くせ者のほうはだいじょうぶでございますか」

浜野が念のために聞く。

「いましがた深川からお方さまのもとへ、長持ちが一棹《ひとさお》とどきました。中身はたしかに寝具と見とどけてありますが、若党ひとり、中間《ちゅうげん》三人で運んでまいりました。この四人をくせ者と見て、いまさがさせております。じゅうぶんお気をつけくださいますように」

長持ちだけを受け取って、人足小者は門から帰すべきであったと、いまさら後悔してもまにあわぬ作兵衛だけに、必死の覚悟をきめているのであった。

六

「作兵衛、もしくせ者が深川の者だとしますと、礼三郎《れいさぶろう》さまのおん身にもなにかまちがいがあったのではありませんか」

お京の方の顔色がさっと変わった。

お美禰の方という人質でうまく礼三郎をおびき出したのだから、その礼三郎がわなにおちれば、こんどは敵はどうしてもお美禰の方を救い出さなければならない。焼け玉を使っての火事は、そのための非常手段だと、奥方はすぐぴんと頭へきたのである。

「あるいはそのようなことかもしれません。このうえ奥方さまにおまちがいがあっては一大事、ともかくもいちおう築山《つきやま》のあずまやまでお立ちのき願います」

作兵衛としては、礼三郎は浜松家のために自分から承知のうえで虎穴《こけつ》に飛びこんでいったのだから、たとえまちがいがあってもしようがない。

また、そのために敵がお美禰の方を奪いかえしにきたとしても、人質だからそのかわりに切るなどという残酷なことはとうていできることではないし、しいてやればやったほうの家名にも傷がつく。だから、これも奪いかえされたところで、今の場合そう問題にはならぬ。

この場合は、お京の方ひとりをさえしっかりとまもりきれば、敵はどう悪あがきをしたところで、家名断絶という悪の報《むく》いをいやでもまぬがれないのだ。

長持ちでは失敗した作兵衛だが、さすがにそこは年の功で、とっさにそう腹をきめていたのである。

事実、実際問題としても、上屋敷からこの下屋敷へ警固にきている人数は、まさか敵がこんな思いきった手段に出るとは思いもかけないから、わずかに十人足らずで、お京の方をまもる以外にはどう手の打ちようもなかったのだ。

「奥方さま、おしたくを――」

もう薄煙がここまではい寄ってきだしたので、浜野がそうすすめた。

お京の方は黙って立ち上がる。これは自分のことより礼三郎の身が心配でたまらないお京の方なのである。

浜野はかまわず奥方の着物をしごきで腰あげして、違いだなの上から懐剣《かいけん》を取ってきてわたす。

「お掻取《かいど》りは浜野があとからお持ちいたします。玉枝《たまえ》、奥方さまのお手を――」

「はい」

「ご用人さま、ともかくひと足お先へ」

「おう。——さ、ご案内つかまつります」

作兵衛は先に立って庭へおりた。

つづいてお京の方が上ぞうりのまま腰元玉枝に手を取られておりる。廊下に待ちかまえていた警固の侍が五人、ばらばらっと前後をかためた。

しんがりは、やっと自分の身じたくを終わった浜野が、奥方の掻取りをそでだたみにして胸に抱いて、これも上ぞうりのまま一行のあとを追う。

火はもう表の間じゅうにひろがったらしく、屋根を吹き抜いた炎が西風にあおられながら、火花のような火の粉《こ》を空へまきちらしている。

遠く近くの町々の半鐘《はんしょう》がものものしく鳴りだしていた。

——敵が今夜ねらったのは、お方さまだけだろうか。

浜野はなんとなく不安である。

七

作兵衛が先頭に立って、植え込みの間を築山《つきやま》ののぼり口までのがれてくると、

「えいっ」

そこの木かげから覆面黒装束《ふくめんくろしょうぞく》の男が、いきなり作兵衛目がけて切って出た。

「くせ者ッ」

作兵衛は必死に抜刀《ばっとう》しようとしたが、すでに左の肩先を深く切りさげられているので、鯉口《こいぐち》を三寸《すん》ばかり抜いたまま、どっとそこへしりもちをついて、もう目の前がまっくらになってきた。

「それッ、くせ者だ」

「ゆだんするな」

警固の侍たちがかっと抜刀して、その覆面に殺到していったが、くせ者はひとりではなく、

「えいっ」

「とうっ」

十人ばかりが一団となって、切って出たのである。

「うぬッ」

「えいっ」

「とうっ」

覚悟はしていたとはいえ、まさかこんなくせ者がここに待ち伏《ぶ》せしているとはついうっかりしていたうえに、人数もこっちの五人に対して敵のほうがはるかに多い。

「出あえ、くせ者だあ」

「くせ者だぞう、出あえ」

味方は口々に絶叫しながら、たちまち苦戦におちいっていく。

「作兵衛、どうしました」

お京の方はさすがに気丈《きじよう》にも、倒れた老用人のそばへ走り寄っていったが、それを待ちかまえてでもいたように、反対側の木かげからつかつかと前へ進み出たくせ者がひとり、

「おのれ、無礼者」

奥方が懐剣の袋に手をかける間に、

「ごめん――」

つと手もとへおどりこんで、

――あっ、弥次郎。

その鋭い目からはっとそう見て取ったときには、だっとみずおちへ当て身を入れられ、奥方はひとたまりもなくそこへ両ひざをついている。

いや、事実はがくんとそこへひざをつくまえに、弥次郎はすばやくお京の方のからだを胸の中へ抱きとめて、そのまま築山のうしろへ運んでいたのだ。

「あれえ、奥方さまが――」

「くせ者です。みんなきてください」

腰元たちは口々に金切《かなき》り声《ごえ》をあげたが、その前へ覆面ふたりが立ちふさがったのを見ると、どうにも進みきれない。

――しまった。

浜野も掻取《かいど》りを捨てて、懐剣《かいけん》を抜いてみたものの、若い腰元たちを背にかばうのが精いっぱいだった。

「えいっ」

「とうっ」

そこここで死にもの狂いに戦っている警固の侍たちをしりめにかけて、弥次郎がぐるりと築山のうしろの林の中へはいってくると、そこにさっきの中間《ちゆうげん》三人が、これもさっき運びこんだ長持ちのふたをあけて待っていた。

長持ちの中は、よけいなふとんは捨てて、人ひとりが楽に寝られるだけのゆとりが作ってある。

奥方は気を失ったまま、その長持ちの中へあおむけに寝かされる。

八

鐘巻《かねまき》弥次郎がお京の方を入れた長持ちを中間にかつがせて、ゆうゆうと南辻橋の下屋敷の裏口からぬけ出し、途中をいそいで、無事に新三郎屋敷の表門へかかったのは、やがて四ッ（十時）に近い時刻であった。

――運がついているというときは、万事こんなもんだな。

弥次郎は内心得意の絶頂にいた。われながらこうまでうまく事が運ぶとは思いがけなかったのである。

強敵礼三郎はから井戸の中へ生き埋《う》めにして、もうあとの心配はない。

これからお京の方を例の茶屋へ運びこませ、今晩はじゃまな新三郎は堀川儀右衛門をつけて上屋敷へ送りこんであるから、だれにも気がねはいらぬ。ゆっくりと朝までに説得して、奥方がその気になってくれさえすれば、浜松六万石《ごく》はまず新三郎が無事につぐことになるだろう。

――その説得がなかなかむずかしい。

ただではむろんうむというはずはあるまい。へたにむだぼねをおるよりは、有無をいわせずに口のきけないからだにしておいて、それからきげんを取る。忠之《ただゆき》をうとみとおして、まだ男を知らない奥方なのだから、朝までにはすべてを観念して、きっとこっちのものになるだろう。

――そうなれば、浜松六万石はおれの手に握ったもおなじことだ。

なによりも新三郎が命がけで打ちこんでいるはずのお京の方を、一藩士の身でわがものにできるということが、弥次郎にはこのうえもない男冥利《おとこみようり》なのである。

そして、冷酷な弥次郎は、南辻橋の火事場へ残してきたお美禰の方のことなどは、もうほとんど忘れてしまったように、思い出しもしなかった。

「門番、鐘巻弥次郎さまのお帰りだ。早く門をあけてくれ」

ちょうちん持ちの中間が走りぬけていって門をたたく。

「おう、——ただいま」

　中から返事があって、いちおう門番小屋の窓から表をたしかめ、たしかにそれとわかると、いそいで表門をあけてくれる。

「お帰りなさいまし」

門番足軽が丁重《ていちょう》に出迎える。

「ご苦労だな。すぐに門をしめさせてくれ」

「はい」

足軽が返事をしている間に、さっさと門をしめだしたのは中間の豊吉《とよきち》である。

「るす中、別に変わったことはなかったか」

「はい。それが、さきほど虚無僧《こむそう》がひとりまぎれこみまして」

「なにッ、虚無僧が――」

弥次郎の目が思わず鋭《するど》くなる。国もとから家老和泉又兵衛《いずみまたべえ》のせがれ敬之助《けいのすけ》が虚無僧姿で出府《しゅつぷ》して、礼三郎といっしょに南辻橋の下屋敷へはいったことを、夕がた堀川から耳にしているからだ。

「それで、もうつかまったのだろうな」

「それがその、なかなか腕のたつやつでございまして、あっという間にかこみを切りぬけ、奥庭のほうへ飛びこんだまま、いまだにつかまらないようでございます」

足軽は申しわけなさそうな顔をしている。

九

「いったい、その虚無僧はどこから屋敷うちへ忍びこんだんだ」

弥次郎が詰問《きつもん》するように聞く。

「はい。はじめに薬研堀のお吟《ぎん》という娘がひとりで、堀川さまに会いたいと申して、門をたたきました。豊吉がくぐりから出て応対しまして、表玄関の石崎《いしざき》さまに相談にまいりました」

ちょうど門をしめてしまった豊吉がそこに立っているので、足軽はあとはおまえが話せというように、ちらっと豊吉のほうを見る。

「豊吉、話してみろ」

弥次郎は豊吉のほうを向く。

「へえ、石崎さんをさがしたんですが、見まわりに出ていて、うまく会えないんで、いつまでもくぐりのしまりをそのままにしておいちゃ物騒《ぶっそう》だと思い、一度門のほうへ引きかえしやした。そして、くぐりをあけてみると、お吟の姿が見えねえんです。こいつはいけねえ、ことによるとあの岡っ引《おかぴ》きの娘め、岡っ引き根性を出したんじゃねえかと、いそいでくぐりのしまりをして、ほうぼうさがしてみやしたが、別にそんな様子も見えやせんでした。それからまもなくなんです、石崎さんたちが玄関のほうで、くせ者だあと騒ぎだしたのは」

「よし、わかった。おまえ、いっしょについてこい」

弥次郎は冷たく豊吉に命じ、

「門番、だれがまいっても、わしに取り次がぬうちは門をあけてはならんぞ」

と、きびしくいいつける。

「心得ましてございます」

「一同、まいれ」

弥次郎は先に立って内玄関のほうへ歩きだした。

――敬之助もお吟もまだ屋敷うちにいる。どうしてくれよう。

むろん、生かしてかえすわけにはいかんと、弥次郎の腹ははじめからきまっているが、とにかく長持ちを早く茶室へ運びこんでからのことである。

「やあ、鐘巻どの、お帰り――」

内玄関の右手の木戸から奥庭へはいろうとすると、石崎五郎《ごろう》が浪人ふたりをしたがえて、ぬっとそっちから出てきた。

「石崎、虚無僧はつかまったかね」

「いや、それがまったくすばやいやつで、どこへもぐりこみおったか」

「表は貴公の責任、裏は金田《かねだ》の責任、失敗のあったときは責任者に責任を取ってもらう約束だった。あと半刻《はんとき》（一時間）待とう。貴公手つきの浪人組全員にそう告げておきたまえ」

「はっ」

石崎はぎょっとしながら、急に青ざめた顔になる。失敗のあった者は切る。切られても文句はいわないという約束になっているのだ。

「軍律はきびしいがよろしい。士気がゆるんでいてはいくさはできぬ。貴公の采配《さいはい》に期待しよう」

「はっ」

弥次郎は冷たくいいきって、軒先《のきさき》づたいに奥へ進む。家の者はほとんど上屋敷へ引きあげさせてあるから、どの廊下も雨戸がしめきってあって、屋内はしいんとしている。

そのいちばん奥の間の軒下を出はずれると、まもなく茶室のある林の中の道へかかる。位置からいえば、茶室はおもやの北側にあって、例の水門口は茶室から西へ二町《ちょう》ばかりのところにある。

十

茶室の六畳《じょう》の間《ま》のほうへ長持ちを運びこませた弥次郎は、すぐにもふたをひらいて、お京の方の無事な顔を見ておきたいが、今はそうはいかなくなってきた。敬之助がまだ屋敷うちのどこかにかくれていると、まずその用心からしてかからなければならないのだ。

「豊吉、水門口へ行って、金田半兵衛《はんべえ》にすぐここへくるようにいってくれ」

「へえ」

豊吉は心得て玄関口のほうへまわっていく。

その間にちょうちんの灯《ひ》を行灯《あんどん》にうつした三人の中間《ちゅうげん》たちが、ぬれ縁《えん》から庭へ出てきた。

「その障子《しょうじ》をしめておけ」

「へえ」

ひとりが言いつけられたとおりに茶室の障子をしめきる。

弥次郎の気持ちでは、たいせつな長持ちはなるべく金田にも見せたくないのである。

「おまえたち、今夜はご苦労だった」

「へえ」

「そこでな、おまえたちは今夜南辻橋の屋敷の者に三人とも顔を見られている。焼け玉を仕掛けたところは見られずにうまくやったとしても、放火の下手人《げしゅにん》はおまえたちだと、敵はすでに見当をつけているだろう。つかまるとめんどうだし、命がない。ひとり頭十両《りょう》ずつやるから、これからすぐどこへなりと高飛びしてしまうがいい。わかったな」

「わかりやした。だんなのおっしゃるとおりにいたしやす。――なあ、いいだろう、おい」

「いいとも。ひとり頭十両なら文句はありやせん」

ふたりとも異存はないようである。

「よし。それ、十両ずつ」

弥次郎はめいめいに小判十枚ずつをわたして、

「念のためにいっておくが、焼け玉のことも、長持ちのことも、絶対に口外するなよ。それが人の耳にはいると、自分たちの首があぶなくなる。忘れるなよ」

と言い聞かせる。

「わかっていやす、だんな、あっしたちだって自分の命は惜《お》しい。けっして人なんかにしゃべりゃしません」

「うむ、そのほうがりこうというものだ」

「じゃ、だんな、ごめんなすって」

「どうもありがとうござんしたな」

中間三人は思わぬ大金が手にはいったので、よろこんで玄関のほうへまわってくる。

「なあ、兄貴――」

「なんだ」

「十両はちょいと安かあなかったか」

「まあそう欲ばるな。物にゃほどってことがあらあ」

「けど、兄貴、あの長持ちの中は六万石《ごく》のお大名の奥方だぜ。もし、そっちへ運んでいきゃ、たいした礼金が出るはずだ」

「しっ、てめえ命が惜しくねえのか」

三人はひそひそと言い争いながら、枝折り戸から雑木林の小道へ足早に立ち去っていく。

――やっぱりそうか。こいつえらいことになりゃがったなあ。

豊吉は暗い玄関前の物かげに、唖然《あぜん》と立ちつくしてしまった。

十一

弥次郎は茶室のぬれ縁に腰をおろして、金田半兵衛のくるのを待っていた。

半兵衛とは浪人時代から親交があって、約束は必ずまもってくれるたのもしい男だが、ひょっとすると妙に人情もろくなるのが、この男の悪党に徹しきれない悪い癖《くせ》だった。

鈴《すず》ガ森《もり》で礼三郎を待ち伏《ぶ》せさせたときも、なんでも切らなければならぬという意気ごみさえあれば、切れないことはなかったはずなのだが、唖《あし》というしばいに

うまくひっかかって、

「啞じゃ切ってもかわいそうだからなあ」

と、あとでいっていた。

「バカをいえ、あれは啞じゃない。きさま、うまくひっかけられたんだ」

弥次郎がそういってなじると、

「そうか。まあいい、いずれまたという機会がある」

別にくやしがろうともしないのは、侍たる者が啞のまねまでして逃げたいのなら、逃がしてやったって恥にはならぬという気持ちがあったのだろう。

――今夜はどうしても、もう一本くぎをさしておく必要がある。

事はすでに九分《ぶ》九厘《りん》こっちの思うつぼにはまってきているだけに、弥次郎はいっそうつまらぬことで失敗はしたくなかったのだ。

「やあ、うまくいったそうだな」

まもなく、半兵衛がのんきそうに声をかけながら、庭へまわってきた。

「うむ。こっちはだいたいうまく運んでいるが、るすに虚無僧《こむそう》がひとりまぎれこんで、いまだにつかまらんというではないか」

表は石崎、裏は金田といちおうきめてはあるが、浪人組の総大将は格からいっても金田半兵衛とだれもが承知しているのだから、弥次郎はわざと気むずかしい顔をしてみせる。

「うむ、目下ゆだんなくさがさせている。外へ逃げ出さないかぎり、まもなくつかまるだろう」

「もうひとり、お吟という娘がはいりこんでいるはずだが、こっちはどうだ」

「実は、わしもその見当でさがしている。ふたりはむろんぐるなんだ。お吟のほうが先にはいりこんで、それから虚無僧が忍びこんできた。虚無僧のほうは一度玄関前で取りかこんだんだが、切りぬけて奥庭へもぐりこんだ。お吟は一度きて水門口からこの茶室のあたりまでの地の利はよく心得ているから、虚無僧をつれてこっちのほうへまぎれこんでいるという見当なんだ」

「この茶室にはおらん、わしがいま調べた」

「いや、おれも二度ばかりここは調べにきている。ここじゃない。ことによるとおもやの中じゃないかと思うんだが、おもやへはいることは禁じられているんで、貴公の帰りを待っていたんだ」

おもやの奥は調度がまだそのままになっているので、浪人組の出入りを厳禁しておいたのである。

「よし、奥はむやみな者を入れるわけにはいかんが、貴公自分で監督して、すぐに調べてみてくれ」

「心得た」

「それから、ここの枝折り戸のあたりへふたりばかり、しっかりしたやつを見張りに立てておいてくれ。ただし、呼ぶまで絶対に庭のほうへまわってはいかんと、よく申しつけておいてもらいたいな」

十二

「運んで帰った長持ちの中は生き物なのかね」

にやりとわらいながら、金田が聞く。

弥次郎はわざと聞き流して、

「いいか、半兵衛、賞罰は正しくせんと士気がゆるむ。虚無僧がどうしてもつかまらん場合は、責任者の責任を問うからと、貴公からも一同に申し渡しておいてくれ。むろん、虚無僧をつかまえた者、または切った者には特別の賞を与える」

と、きびしい態度に出る。

「よし、心得た」

金田は承知して、庭を出ていった。

弥次郎はしばらくその足音を耳で追っていたが、たしかに枝折り戸を出ていくのを聞きとどけてから、ゆっくりと茶室へはいった。

腹はすでにきまっている。掌中《しょうちゅう》の玉《たま》は生かすも殺すもおれの胸ひとつだと思うと、われにもなく不敵な微笑がうかんでくる。

弥次郎は静かに長持ちのふたをあけた。

一瞬、女体《にょたい》の甘いにおいが鼻をくすぐって、お京の方はまぶしそうに目をしばたたき、まだ半分失神状態からさめきらないような、表情のない蒼白《そうはく》な顔である。

胸だけが新鮮な空気をむさぼるように大きく二つ三つ波打って、やがてその目が上からのぞきこんでいる弥次郎の顔をはっきりと意識してきたらしく、さっとからだじゅうをかたくしたようだ。

青いまゆをいくぶんひそめた顔が、生まれが生まれだけに、谷間の白ゆりをおもわせるような気品をただよわせて、あやしくもなまめかしいかぎりである。

「奥方さま、長い間さだめし窮屈《きゅうくつ》でございましたろう。どうぞお出ましを願います」

弥次郎は身をひいてそこへすわりながら、長い間の習慣で、つい臣礼を取っている。

奥方は黙って身を起こしてそこへすわったが、長持ちから出ようとはせず、びっくりしたようにあたりを見まわしていた。

「もうおわかりでございましょうが、ここは深川の下屋敷の茶室でございます。ただし、新三郎さまは上屋敷へ移りましたので、ここにはおりません」

お京の方はがっくりとうなだれながら、じっと奥歯をかみしめたようだ。根の落ちた大丸髷《おおまるまげ》の鬢《びん》が乱れかかって、山賊《さんぞく》にさらわれた奥方、そんな絵をふっと弥次郎は思い出す。

「弥次郎、お手をお貸しいたしましょうか」

そろそろずぶとい山賊になりかかってくる弥次郎だ。

お京の方は激しくかむりを振った。

「さきほどは手荒なまねをいたしまして、深くおわび申し上げます。これもお家のためにやむをえず、てまえ一存にて命をかけて敢行《かんこう》いたしましたので、なにとぞおゆるしを願います。むろん、弥次郎は奥方さまの御意《ぎょい》しだいで、切腹は覚悟いたしております」

そんな神妙なことをいって、ちょいと気をひいてみる。

しかし、お京の方は石のように黙って、うなだれたままだ。

――途方にくれているんだな。よし気長に待っていれば、どうせあきらめるよりしようがなくなるだろう。

弥次郎はゆっくり獲物《えもの》をたのしむ気持ちで、それとなくにおやかなお京の方のからだじゅうを目でたのしんでいる。

十三

「奥方さまに弥次郎お願いの儀《ぎ》がございます」

弥次郎はもっともらしく少しひざをすすめ、

「ご承知のとおり、このたびの儀は、お里方《さとかた》の伊賀守《いがのかみ》さまのご支援がなくては、とても浜松家の存続はおぼつきません。それにつけても、新三郎さまは奥方さまになにか失礼なことがあったとかうかがい、正直に申し上げますと、今後さような不心得のないよう、弥次郎からもきびしくご意見申し上げておきました。この儀につきましては、いずれ新三郎さまからあらためておわびがあるはずでございます。それはそれといたしまして、このたびご当主さまご急死あそばされましたについては、ご当家としましては新三郎さまお跡めのほかに人はないのでございます。まげて奥方さまからお里方伊賀守さまに、新三郎さまご家督についてお口ぞえをいただきますよう、お願いいたしたく存じます」

と、ぬけぬけとたのみこんでみる。

「無礼でしょう、弥次郎。そのような大事は、そなたのような新参者の口にすることではありません」

きっと顔をあげたお京の方の語気は、意外にも激しかった。

「さようでございますかなあ。お家のためを思うという一念には、古参も新参もないと考えるのですが、新参者がそんなことを考えるのはふらちにあたりましょうかなあ」

弥次郎は苦わらいをしながら、

「奥方さまは、まだ弥次郎の器量をご存じないとみえる。味方にすると弥次郎ぐらいたのもしい男はないんですがなあ」

と、目が異様に冷たく光りだす。

お京の方は口をきくのもけがらわしいというように、もう顔を見ようともしない。

——もうかごの鳥も同然なのに、思ったより強情《ごうじょう》だなあ。

その強情さになんとなく興味さえ感じてくる弥次郎だ。手はいくらもあるし、どうもがいたところが絶対にのがさぬ獲物《えもの》なのだ。

「そうそう、そう申せば、宵《よい》すぎに礼三郎さんがみえられましてな」

軽く切り出してみると、案《あん》の定《じょう》、はっと聞き耳を立てたようだ。

「よせばよかったのですが、つい拙者《せっしゃ》が冗談口をたたきました。奥方さまはもう下世話で申す後家《ごけ》になられたのだから、おたのしみですなあと、こっちはほんの冗談のつもりだったんですが、なぜか礼三郎さん気ちがいのようにおこりだして、いきなり刀を抜くのです。切られてはたまらないから、拙者は夢中で逃げました。向こうは夢中で追いかけてくる。あの林の中にはから井戸がありましてな、わしは知っているからうまく飛び越しましたが、あぶない、教えてあげようと思っている間に、わあっと礼三郎さんそのから井戸の中に落ちこんでしまったんです。どうも、おきのどくなことをしました」

わざとそこでぽつんと話を切ってしまうと、お京の方はとうとうがまんができなくなったらしく、

「弥次郎、それで礼三郎さまは、どうあそばしたのです」

と、必死の目を向けてきた。

「なにか仰《おお》せられましたか」

そっぽを向いていた弥次郎が、そらっとぼけて聞きかえす。

十四

「弥次郎、礼三郎さまはそれで、どうあそばしたのです」

憎《にく》いやつ、相手はこっちをじらしにかかっているとわかっていながら、お京の方はやっぱり聞きなおさずにはいられなかった。

「ああ、礼三郎さんのことでしたな」

弥次郎はなおもそらっとぼけながら、

「さあ、どうなりましたかなあ。から井戸ですから、別に命にかかわることもないでしょう。ただ、深いから、ひとりではちょいとあがれないでしょうな」

と、けろりとした顔つきである。

「まあ」

お京の方は唖然《あぜん》と目をみはりながら、もうじっとしていられなくなったのだろう。

「そのから井戸はどこにあるのです」

と、気もそぞろのように立ち上がると、夢中で長持ちの外へ出ていた。

ちらっとなまめかしいすそが乱れて、白々とした脛《はぎ》が弥次郎の目に痛い。

「奥方さま、あのから井戸へおいでになるのですか」

「まいります。外庭の林の中ですか」

「おひとりでは、とても無理でしょうな。帯を解《ほど》いておろしても、とどかないかもしれませんからな」

そのことばから、そうだ、綱《つな》をおろせば助けられるのだと気がつくと、お京の方はもう弥次郎などにかまっていられなくなって、つかつかとぬれ縁《えん》の障子《しょうじ》のほうへ進む。

「まあ、お待ちなされ」

弥次郎はその背後から豹《ひょう》のごとくおどりかかっていた。

「あっ、なにをする、放せ」

「いや、おひとりではあぶない。あなたさままでから井戸へ落ちてはたいへんですからな。拙者がお供《とも》しましょう。なあに、あなたさまから礼三郎さまに、拙者を切ってはいけないとたのんでいただいて、礼三郎さまが拙者を切らないと約束してくれれば、拙者だって安心して礼三郎さまをおあげしてあげてもいいんです」

口ではそんなおためごかしをいいながら、弥次郎のずぶとい手はお京の方のうしろから両肩をしっかりおさえつけながら、その右手がいつの間にかするりと内ふところをねらっていく。

「無礼な、——弥次郎、な、なにをする」

お京の方がびっくりして、必死に両手で胸をかばいながら、身をかがめようとするのを、

「いや、弥次郎、けっして無礼はいたしません。まあ、お静かに」

と、口でなだめながら、両手は強引にお京の方の上体を胸の中へ抱きすくめながら、自分からどっとからだを畳の上へ投げ出す。

「あっ、なにをする。——助けてえ、だれか」

「おとなしくしないと、ためになりませんぞ」

もう半分野獣になりかけた弥次郎は、ぐいと右腕をお京の方ののどへまわして、

じわじわと締めつける。

「助けて――」

お京の方は身もがきしながら、声さえ出なくなって、しだいに意識がかすれてくる。

が、弥次郎は別に締めおとそうとはせず、奥の方の精根がつきるまで、ゆっくりとのどを攻めつけながら、女体《にょたい》の甘いにおいを心ゆくまでむさぼりたのしんでいるのだ。

十五

「礼三郎さま――」

ついに力つきたお京の方は、うわごとのようにその名を呼びながら、ぐったりとなってきたようだ。

――やっぱりそうか。

この美しい女体の魂深く礼三郎の名が食い入っていると思うと、弥次郎はわれにもなく急に激しい嫉妬《しっと》を感じて、思わずのどにからんでいる腕に力がこもる。

「ふ、ふ、もうなんといったって、おれのものにしてみせる」

次の瞬間、ぐったり失神状態におちいった女体を放して、自分だけむくりと起きなおった弥次郎は、狂ったように、くの字なりに身を縮めている奥方の帯に手をかけていた。

きらびやかな衣服をはぎ取って、大名の奥方という高い座から、女というただの席へけおとしてやりたい衝動に駆られてきたのだ。

「くせ者だあ。──虚無僧《こむそう》が出たぞう」

ふいに玄関前に近いあたりの林の中から、だれかの絶叫する声が聞こえた。

「えいっ」

「とうっ」

火の出るような気合いの声さえひびく。

「鐘巻さま、虚無僧が出たそうです」

「おうい、いま行くぞう」

枝折り戸をまもっていたらしいふたりの声が口々にいって、ひとりはもうそっちへ駆けだしたようだ。

「くそッ」

惜《お》しいところへきてと、舌打ちをした弥次郎は、しかしひざもとへ敵が出たのではほうってもおけない。

目の前の獲物は、みだれたすそ、くずれた衣紋《えもん》をかきあわせる気力さえつきているようなので、こうしておいてまず心配はあるまい。

――そうだ。人が見て煩悩《ぼんのう》をおこしてはいかんからな。

弥次郎は刀を取って立ちあがるなり、もう一度なまめかしくも乱れきった女体をまぶたに焼きつけながら、ふっと行灯《あんどん》を吹き消した。

女体はたちまちやみにぬぐい去られたが、外に月の光がある。すぐやみになれた目は、障子にただよう青白いうすあかりに、ぼうっと浮き出されてきたお京の方の寝姿を見さだめてから、思いきって玄関のほうのふすまをあけて、そこの廊下へ出た。

「おい、だれかいるか」

いまあけたふすまを半分しめて、格子《こうし》の外へどなる。

「はっ」

枝折り戸の外からひとり、こっちへいそいで駆けこんできた。

「くせ者だぞう、出あえ」

「こっちだぞう」

「虚無僧だあ」

そんな声があっちこっちに聞こえて、林の中を浪人組たちが走りまわっている。

「貴公、ひとりか。見張りは」

「はっ、相棒《あいぼう》はくせ者を追っています」

格子の外から若い浪人が答える。

「たしかに、くせ者の姿を見たのか」

「姿は見ませんが、だれかが切りあっているのを、たしかに耳にしました」

「そうか」

弥次郎はもう一度林の中の騒動に耳を澄ましてみる。

十六

裏と表の人数は、しだいに林の中へ集まってくるようである。

「おうい、くせ者はどこだあ」

「見つけた者は、声をかけろう」

新手《あらて》がどなっている。

が、どこからもこっちだという声がかからないのは、またしてもくせ者に逃げられてしまったのだろう。

いずれにしても、くせ者はこの茶室をねらって忍びよろうとしたにちがいない。

――よし、たのしみはあとへのばせということがある。

弥次郎はそうあきらめるほかはなかった。

とにかく、獲物《えもの》はもう一度長持ち詰《づ》めにしておいたほうが安全である。

「おい、わしもすぐ行くから、貴公枝折り戸のところで待っていてくれ」

「はっ」

若い浪人はすなおに枝折り戸のほうへ引きかえしていった。

弥次郎は半分あいている茶室のふすまをいっぱいに引きあける。

「あっ」

獲物の姿が見えない。

暗いといっても月あかりがあるから、六畳の間《じょうま》はひと目で見わたせる。

床《とこ》の間のほうの壁に寄せてある長持ちへ飛びついていってみたが、ふたはあけっ放しのままで、むろんからだ。

「しまった」

玄関口には自分が立っていたのだから、逃げればぬれ縁《えん》から庭へ出たのだ。ほんのわずかな間だから、まだ庭から外へ出られるはずはない。しかも、この茶室の庭は、見張りが立っている枝折り戸のほかに出口はないのだ。

弥次郎は血相《けっそう》を変えながら、三畳のほうの茶室をのぞいてから、ぬれ縁の障子《しょうじ》をあけ放して庭へ出てみた。

この庭は石に草があしらってあるだけで、身をかくすような植え込みひとつない。まわりは簡単な竹垣《たけがき》だが、女では飛び越せない高さなのだ。

――くそッ。

足は自然に玄関のほうへいそいでいた。

「おい、いまそっちへだれか出ていかなかったか」

「いや、だれもきません。どうかしたんですか」

「うむ。――とにかく、よく見張っていてくれ。いいな」

反対側をぐるりとまわって、もとのぬれ縁のところへ帰ってきた。

――虚無僧《こむそう》がつれ出したのか。

そんなことはとうていできるはずはない。自分はずっと玄関にいて、ちゃんとふすまを半分あけておいたのだ。どんな小さな物音でも聞きのがすはずはないのだ。

では、奥方はどこへ消えてしまったのか、それともひとりで消えたのか、相手があるのか。

——わからん。

弥次郎はぬれ縁の前へ突っ立って、じっと座敷じゅうをにらみまわしている。

「まさか、押し入れへかくれるはずもあるまいが——」

しかし、念のためだから、つかつかとあがっていって床の間とならんでいる一間の押し入れをあけてみた。

十七

——やっぱり、おらん。

押し入れの中はからっぽなのだ。

弥次郎はなんとしてもふにおちない。身をかくす場所はほかにないのだし、この庭から人目につかずに外へ逃げたとすれば、もう竹垣を越して雑木林の中へのがれたと考えるほかはないのだ。

――そうだ、から井戸かもしれぬ。

さっきあんなに礼三郎のことを心配していた。女の一念で、恥もみえもなく竹垣を乗りこえて、から井戸へ走る。やりかねないことだ。

「くそッ」

弥次郎は狂気のようになって、どかどかと茶室から庭へ飛び出し、一気に竹垣を乗りこえて、林の中へ走っていた。

それからまもなく、おなじ竹垣をひらりとねこのように外から庭へ乗りこえて、はいってきた人かげがある。中間《ちゅうげん》の豊吉だった。

豊吉は足音をしのばせて、すばやくぬれ縁からあけっ放しの茶室の中へはいりこんだ。

「奥方さま――」

小声で呼びながら、月あかりをたよりに長持ちの中をのぞき、押し入れをさがし、三畳の茶室へはいってみたが、むろんどこにもお京の方の姿はない。

――ちくしょう、弥次郎のやつ、どこへ奥方さまを閉じこめていきやがったんだろう。

豊吉はくちびるをかんで、じっとそこへ立ちつくす。

――それにしても、弥次郎はあんなに血相を変えて、いったいなにをさがしていやがったんだろう。

豊吉は竹垣の外から、弥次郎が檻《おり》の中のくまのように、うろうろと茶室の庭じゅうをまわっていたのを、ちゃんと見ていた。そして、狂人のように竹垣を越えて、雑木林の中へ走りこむのを見とどけたから、お京の方を救い出すのは今だと思って、そっとここへ忍びこんできたのである。

――まさか、奥方さまをさがしていたんでもあるまいと思うが。

しかし、どう考えても、弥次郎があんなふうにうろうろさがしまわったのは、奥方をさがしていたんじゃないかと、そんな気もしてくる。

とすると、自分がくせ者だあとわざと林の中へ浪人組を呼び集めたとき、弥次郎はまんまとその計略に乗せられて、ちょっと茶室を外にした。そのすきに奥方がうまく逃げ出したということにでもなるのか。

――さあ、わからねえ。

そのすきというのは、どっちにしても、ほんのわずかなすきだったにちがいない。奥方にそんなすきをつかむだけの度胸があったろうか。

いや、たとえどうにか茶室はのがれ出たとしても、今は庭じゅうを浪人組が血眼《ちまなこ》になってくせ者をさがしまわっているのだ。

——そうだ、ここに奥方さまがいないとすれば、やっぱり雑木林の中へまぎれこんだと見るほかはない。

こんなところでぐずぐず考えこんでいるより、林の中をさがしたほうが早いと、やっと腹がきまった豊吉は、そろりともう一度六畳の茶室のほうへ出ていった。

「鐘巻さま、——鐘巻さま、おらんですか」

玄関のほうからあわただしく呼ぶ者がある。

十八

——しまった。

豊吉はすばやく六畳のぬれ縁から庭へ飛び出して、地へ伏《ふ》した。

玄関へ出るふすまがあけっ放しになっているので、それがかえっていけなかったらしい。

「あっ、だれだ」

敵はちらっと人影を目にとめたらしく、がらっと格子《こうし》をあけて、

「鐘巻さま、——いませんか、鐘巻さま」

と、声をかけながら、かまわず茶室へ押しあがってくる。

——いけねえ。

一度逃げてから、いまさら中間の豊吉ですと名のっても、いよいよ疑われるばかりだから、豊吉は思いきって竹垣を乗りこえる。

「あっ、くせ者だ。——みんな出あえ、くせ者だぞう」

浪人者は大声で味方を呼びたてながら、いきなり抜刀《ばっとう》して、庭へおどり出してくる。

——南無三《なむさん》。

もうあくまで逃げ切るほかはない。

雑木林の中へ逃げこんだ豊吉は、足にまかせて茶室の東側から北側へ出た。

「くせ者だぞう、——くせ者だあ」

少しおくれて竹垣を飛びこえた浪人者は、さいわい茶室の西側へまわったようだ。

「くせ者だあ。みんな出あえ」

「くせ者はこっちだぞう」

林じゅうに散っていた浪人組が、口々に叫びながらみんなそっちへ走りだしているようだ。林の中はふたたび騒然としてきた。

いずれはこっちへも足がのびそうだ。

──しようがねえ。度胸をきめろ。

豊吉はそこでしばらく息を静めてから、知らん顔をして、西側のほうへのこのこ歩きだした。

そこの小道を行って、木戸から外庭へ出たところに、まきや炭を入れておく大きな炭小屋があるのだ。

その小屋の奥に、豊吉はお吟をかくしている。そこへ行って自分もしばらくかくれているつもりで、ひと足木戸から外へ出たとたん、

「なんだ、豊吉じゃないか」

と、から井戸のほうからもどってきた弥次郎にぱったり顔をあわせてしまった。

「ああ、これは鐘巻さま」

「どこへ行くんだ」

「水門口が気になりますんで、見に行きます。みんな虚無僧さがしに夢中になっ

ていますんで、あそこに見張りが残してあるかどうか、いちばんあぶないところでございますから」

「そっちはいまおれが見てきた。ふたりばかり残っているが、ふたりじゃ心もとない。おまえも行っておれ」

「へえ」

弥次郎はそういいつけて、木戸をはいろうとしたが、

「ああ、豊吉、――」

と、なにか思い出したように立ち上がって呼ぶ。

「ご用でございますか」

如才《じょさい》なく前へ行っておじぎをすると、

「実は、お京の方さまが長持ちの中から逃げ出している。だれにもいわず、おまえひとりで庭じゅうをそっとさがしてみてくれ。うまく見つけたら、ほうびとして十両《りょう》つかわす。しっかりやれよ」

と、小声で言いつけるのである。

「へえ、かしこまりやした。きっと捜し出してみせやす」

「たのみおくぞ」

弥次郎はそのまま木戸をはいっていく。

——しめた。

ともかくも、奥方は弥次郎の毒牙《どくが》からだけはのがれたと、豊吉はほっとした。

それにしても、虚無僧《こむそう》の和泉敬之助はどこへかくれてしまったのか、いまだにつかまらないのがふしぎである。

十九

虚無僧が表玄関前の庭へしのびこんで、石崎たちに取りかこまれたとき、豊吉とお吟はまだ西の木戸内の林の中にいた。

「あっ、敬之助さんだ。どうしよう、豊吉さん」

お吟はその騒ぎを耳にして、またしても豊吉にすがりついたが、その敬之助を助けるどころか、実はその騒動のおかげで、自分たちがかくれていた林の中があぶなくなってきたのである。

敬之助が逃げこんだのは、さいわい東の木戸からだったが、それがつかまらないとなると、浪人組の追跡は内庭全体にひろげられるのは当然な話で、ふたりがかくれているところへも、いつ捜索の手がのびてくるかわからない。

「あねご、ここにじっとしていてやつらの手につかまるより、ひとつ逃げられるだけ逃げてみようと思うんだが、おれにまかせてくれるか」

「どこへ逃げようっていうの」

「この林の中をうまく抜けて、水門口へ出る内木戸の外に炭小屋がある。そこへでもしばらくかくれているほかはない」

「小屋はかえって目をつけられやしないかしら」

「だから、やつらはもうさんざんその小屋の中は調べあげてしまっているだろう。こっちはその逆をいこうというんだ。それに、おれにちょいとしたくふうもあるんだ」

「じゃ、まかせるわ。つかまるならつかまるで、あたしもうどうなったってかまやしない」

礼三郎が生き埋《う》めにされたと聞いて、お吟は半分やけにもなっているようだった。

「たのむぜ、あねご。おめえはどうなったってかまわないかしれないが、もしおれがあねごをかばったとわかると、裏切り者として即座に打ち首にされちまう。首がなくなると、歩くのに見当がつかなくなるからな」

豊吉はそんな冗談をいいながら、お吟の手を取ってぐるりと屋敷の西側をまわり、どうやら人目をさけて、この小屋までたどりついたのである。

きてみると、案《あん》の定《じょう》、小屋の戸の外からかかっているかぎはこわされ、戸はあけっ放しにされて、炭俵《すみだわら》もまき束《たば》の山も、相当に踏みくずされていた。つまり、浪人組がもう何度か踏みこんできて、手あたりしだいに調べていったあとなのだ。

豊吉はその小屋の裏側へまわって、そこの羽目板《はめいた》を一枚はがし、そこからお吟を中へ入れた。表からいえば小屋のいちばん奥になるところで、中間《ちゅうげん》の悪はそこから炭を盗み出して、自分用にどんどん使っているから、そのあたりは人がふたりぐらい楽にはいれるほどのすきができているのだ。

「いいか、もしあぶないと見たら、そっとここの羽目板をはずして、裏の林の中へ逃げこんでしまえばいいんだ」

豊吉はそう教えて、自分は知らん顔をして持ち場の表門へかえっていたのである。

二十

豊吉は用心深くあたりに人のけはいのないのをたしかめてから、炭小屋の裏へまわっていった。

「あねご、いるかね」

そっと中へ声をかけてみる。

「豊吉さんなの」

「うむ、えらいことになっちまったんだ」

豊吉は羽目板をうまくずらして、するりと中へはいりこむ。

暗さになれた目は、どこかにある月あかりで、そこにすわっているお吟の顔をぼんやり見わけることができる。

「敬之助さんがつかまったの」

「そうじゃないんだ。奥方さまが長持ちに入れられて、弥次郎に例の茶室へ運びこまれてしまったんだ」

「なんですって――」

けさから次々に起こってくる事件の連続と、その気苦労で、精神的にも肉体的にもうくたくたになりかかっているお吟だが、思わずあっとわが耳を疑わずにはいられなかった。

「どうしてそんなことになったのか、はっきりとはわからないが、弥次郎は南辻橋の屋敷へ火をかけて、そのどさくさまぎれに奥方さまをさらい、こっちから持っていった長持ちに入れてかついできてしまったらしいんだ」

「まあ、――それで、それでどうしたの」

「いっしょに連れていった中間三人には金をやって口どめをして逃がして、枝折り戸のところへ見張りをおいて、茶室には奥方さまと弥次郎とふたりきりということになる」

「まさか、いくら弥次郎だって、お主さまに対して――」

「と考えるのは普通の人間のことで、あの野郎は礼三郎さまさえ平気で生き埋めにするやつなんだ」

「こわい、豊さん」

お吟は思わず豊吉のほうへひざをすりよせていく。自分が奥方の立場に身をおかれたような気がして、弥次郎がどんなまねをするかわかりきっているだけに、身ぶるいが出るのだ。

「おれもな、万一そんなことがあっちゃたいへんだと思ったんで、あの近くの林の中へ行って、くせ者だあ、虚無僧が出たぞうと、どなってやったんだ」

「ああ、それで浪人たちがまた騒ぎだしたのね。あたしはまた、敬之助さんとうとう見つかってしまったのかしらと思って、ひやひやしていたんです」

「いいあんばいに、みんなが騒ぎだしたんで、おれはすぐ茶室の庭の竹垣の外へ行って、じっと様子を見ていた。茶室の灯《ひ》は消えている。弥次郎は玄関のほうへ出て、見張りの浪人になにかいっているらしい。そのうちに引きかえしてきて、がらっと障子《しょうじ》をあけて、庭へ飛び出してきやがった。どうやら、あわててなにかをさがしまわっているようなんだ」

「奥方さまが逃げたのね、そうなんでしょ」

「そうなんだ。弥次郎が竹垣《たけがき》を乗り越えて、気ちがいのように林の中へ駆け出していくのを見とどけて、おれもすぐ茶室へ飛びこんでいってみたんだが、長持ちはからっぽで、どこにも奥方さまの姿は見えない。——けど、おかしいのは、どこへ奥方さまがお逃げになったかってことなんだ。今もいうとおり、おれはすぐ裏の竹垣の外へ行って、忍んでいたんだからね」

二十一

「そうねえ、そんなちょっとした短い間に、奥方さまどこへお逃げになったのかしら」

逃げるだの、かくれるだのということには、およそ縁《えん》の遠い育ちだけに、お吟もふしぎな気がする。

「奥方さまといい、敬之助さんといい、まるで神かくしにあったみたいなんだから、おれはふしぎを通り越して、少し心配なんだ」

豊吉は腕組みをして、しんけんな顔つきなのだ。

「なにが心配なの」

「ひょっとすると、礼三郎さまが落ちこんだようなから井戸がほかにもあって、そこへ落ちこんでいるんじゃないかと思ってね」

「いやだなあ、そんなこわいことをいっちゃ」

まったくないとはいえないので、お吟はまたしても身ぶるいが出る。

「とにかく、おれは弥次郎から奥方さまをないしょでさがし出すようにいいつけられているんだ。もう一度屋敷じゅうをさがしてみてくるから、あねごはここを動いちゃだめだぜ」

「あら、また出かけちまうの」

お吟は急に心細くなる。

「うむ、おれがいつまでも姿を見せねえと、それこそ弥次郎のやつに疑われる。それに、なんとか早くいいすきを見つけて、あねごを屋敷の外へ出してやるくふうをしねえと、夜が明けちまったらたいへんだからなあ」

「ねえ、豊さん、あんたどうして奥方さまやあたしの味方なの。ほんとうのことが聞きたいわ」

さっきからそれもお吟のふしぎの一つなのである。それに、豊吉は下郎になりきってはいるが、目の光にもからだつきにもどこか侍らしいところがあると、これだけは昼間から見ぬいているお吟なのだ。

「あねご、そんなことはここで口にしちゃいけねえ。ただ下郎の気まぐれ、そう思っていてもらえばいいんだ」

豊吉は苦わらいをしている。その顔がとても男らしく見えて、

「だって、あたしにはどうしてもそう思えないんだもの」

と、お吟は思わず大胆な目を向けている。

「じゃ、あねごにはどう思えるんだね」

「だれかにたのまれて、この屋敷へはいりこんでいる隠密《おんみつ》」

お吟にはそうとしか思えないのだ。

「冗談いっちゃいけねえや。隠密が人に隠密とわかるようじゃ、隠密はつとまらないって話だ。めったなことはいいっこなしさ。首があぶないからなあ」

「だれにもいいやしないからだいじょうぶよ。あたしはこれでも岡《おか》っ引《ぴ》きの娘なんですからね」

「気が強くって、うぬぼれもちょいと強い娘さんなんだってね」

からかうようににやりとわらう。

「承知しないから。あたしがだまされたのは、きょうだけだわ」

かっとお吟は顔が赤くなってくる。けさこの豊吉にうまくだまされたり、さっきは石崎五郎などにうっかり当て身をくらったり、薬研堀《やげんぼり》のあねごもきょうはさんざんだったのだ。

「まあいいやね。あねごがしくじったなんて、おれもだれにもいいやしない。ないしょごとはおたがいっこにしておこうよ」

「いやっ、いやっ、こうなったらほんとうのことを聞かないうちは放さない」

お吟は立とうとする豊吉のひざをしっかりと両手で押えつけていた。

二十二

「あねご、そんなに男の秘密を聞きたがって、おれのお嫁になってもいい気があるんかね」

豊吉が冗談のように聞く。

お吟はどきりとした。たいせつな男の秘密など、うっかり他人にもらすものではないし、また聞きたがるものでもない。それをむりに聞きたがるからには、女房になれといわれてもしようがない。

──あたし、きらいじゃない、この人。

あのとき豊吉がきて助けてくれなければ、いまごろはけだもののような石崎に恥ずかしいめにあわされ、そのうえあの仲間の浪人ふたりだって、なにをするかわからなかった。

一度はもうあのとき死んだからだなのである。それを豊吉に助けられて、しかもこの人は女の弱みにつけこむようなことや、恩きせがましいことはひとことも口にしない。ただの下郎でないことは、それだけでもわかる。

「いいわ、あたし豊さんのお嫁になる」

はっきりそう口にしながら、お吟はかっとからだじゅうが燃えてくる。

「ほんとうかな、あねご」

「うそじゃない。抱いて、豊さん」

お吟が男の分《ぶ》厚《あつ》い胸の中へ思《し》慕《ぼ》をたぎらせながら身を投げかけていくのを、豊吉はしっかりと胸の中へうけとめて、

「よし、おれのお嫁だ」

そう口走ったとたん、息もとまりそうに抱きしめて、歓喜にあえいでいる女のくちびるへくちびるをかさねていった。

「うれしい」

お吟は気が遠くなりそうである。

「この鬼の屋敷がうまくぬけ出せたら、きっと夫婦だぜ」

「もう夫婦よ。死んだって夫婦よ」

「うむ、夫婦だとも――。だからよう、なんとかしてあねごを助け出さなくちゃ」

「死んだっていいわ、あたしこのまま」

ふしぎなことには、あんなに気になっていた男の身の上が、こうしてたのもしい男の胸の中へしっかりと抱きしめられてみると、早く聞いてみたいとも思わなくなっていた。

もう夫婦約束をしてしまったんだから、この男がただの下郎だってかまやしないと、お吟はそんな気がしてくるのである。

「しっ」

豊吉はぎょっとしたように、お吟のからだを放して、外へ聞き耳を立てた。だれか二、三人の足音が、たしかに近づいてくる。

「おい、この炭小屋はもうさがしたのか」

表に立って聞いたのは、どうやら弥次郎の声らしい。

「はあ。このとおり何度もさがしています」

「あの炭俵の山の裏側も調べたのか」

「調べたんだろうと思います」

「だろうじゃいかん。あの山をくずしてみろ」

弥次郎のきびしい声が飛んだ。草の根を起こしても奥方をさがし出さずにはおかないという意気ごみなのだろう。

「豊さん――」

お吟は男の胸にしがみついてしまった。炭俵の山をくずされては、もうのがれっこないのである。

「しっ、おちつくんだ」

豊吉はお吟の耳もとへささやいて、すばやく羽目板《はめいた》のほうへいざり寄る。

地獄の道

一

そのころ——。

雑木林の中のから井戸へ落ちこんだ礼三郎は、さいわい長いあいだ舞いこんではたまった落ち葉が、かなり厚くなっていたので、別にけがはせずにすんだ。

しかも、このから井戸には横穴があるらしく、落ちたとたんにからだがそっちのほうへずり落ちていったのである。

だから、上から土を落とされても、生き埋《う》めになることだけはまぬがれたが、完全にはいあがる道をふさがれてしまったのだから、

——こいつ、助かるかな。

と、さすがの礼三郎も一時はぼうぜんとせずにはいられなかった。

視界はまったく暗い。そして、土を投げこむ音がやむと、あたりは地獄の底のように物音ひとつしなくなってしまった。

が、しめった土くさいにおいこそするが、どうやら呼吸だけはできるようである。

すると、この横穴は行きどまりではなく、どこかへぬけ出られるのではないかと気がついた。

たとえばぬけ出られないにしても、この横穴が長ければ長いほど、埋められた土をそっちへかきのけていけば、から井戸の口だけはあく。

「絶望するのは早いようだ」

そうつぶやきながら、礼三郎はともかくも手にしている刀を鞘《さや》におさめた。

それから、静かに立ってみると、高さは四尺《しゃく》ばかりで、すぐ頭がつかえたが、おちついて天井をなでてみると、どうやら板ばりになっているようだ。

横幅も四尺ほどで、そこも板ばりである。いや、床にも板が張ってあるようだ。

「しめた。これなら必ずどこかへぬけられる。この横穴は、はじめから抜け道に作られたものなのだ」

そう思って考えてみると、深川はだいたいに土地が低く、水が多い。このくらい深く井戸を掘れば必ず水が出るはずだ。から井戸になっているはずはない。

いちばんはじめにここへ下屋敷を作るとき、ここはほかからかなり土を運んできて地盛りをしたものにちがいない。そのおり、屋敷の主人は、なにか必要があって、あらかじめ木のわくを作り、その上から土を盛らせた。から井戸も空気ぬきのためにに井戸側を作っておいて、土をかぶせていったものなのだろう。その上へ雑木林を移してきたということになるらしい。

むろん、その年代は相当古く、浜松家がここを手に入れるまえにできていたものだ。

「よし、どうやら命は助かりそうだ」

礼三郎はほっとして、全身に勇気があふれてきた。

ただ心配なのは、これができてからもう相当の年代がたっているだろうから、どこか一カ所でも木がくちて穴がふさがっていると、それまでということになるのだ。

「いや、そのときはそこから引きかえしてきて、から井戸の土をかきのければいい」

一度生きられるという自信を持った礼三郎は、二度と絶望はしなかった。

左手を軽く羽目板《はめいた》にふれて、それを唯一のたよりに、中腰のまま足さぐりで、礼三郎は用心深くゆっくりゆっくりと前へ進みだす。まったく視界のきかない真のやみなのだから、それは相当以上に根気と勇気のいる仕事だった。

二

音もない、光もない地獄の道は、ずいぶん長くつづいたような気がした。

「冗談ではないぞ。この抜け道は、このままほんとうに地獄へ抜けていくんじゃないだろうな」

礼三郎は二、三度たまらない不安に襲われかけて立ち止まったが、しかしけっきょく行くところまで行ってみる以外に道はないのだ。

またしても足さぐり手さぐりで、全身を神経にしながらのろのろと進みだす。

そして、どうやら抜け穴のかどへきて、注意深くそこを羽目板にそって左へ曲がると、急に天井が高くなって、立って歩けるようになった。

そのままなおも進んでみると、そこは四角のへやになっているらしく、ぐるりとひとまわりしてもとの抜け穴の入り口にもどっているのがわかった。

「そうか。ここが抜け穴の行きどまりらしい」

もう一度羽目板にそって歩幅で計ってみると、四畳《じょう》半ほどの広さである。するとここのどこかの羽目板に外への出口がなければならない。高さはどのくらいあるのか、刀を抜いて計ってみると、案外低く、六尺ほどの高さしかない。

「よし、たしかにこの羽目板のどこかに出口がある」

礼三郎はその確信に勇気をふるいおこし、念入りに羽目板をさぐり、なでまわし、たたいてまわって、どこにも戸口らしいものはないが、最後に抜け穴の入り口へたどりつき、その天井の上が二尺幅ほどのたなになっているのを、やっとさぐり当てることができた。

「どうやら、ここになにか細工があるらしいな」

このたなの上へのぼってみればなにかあると見当をつけ、ほっと一息ついていると、そこのはるか上のほうから、ひとところちらっと灯《ひ》がもれてきたのをはっきりと見た。

それはほんの一筋の黄ばんだ薄い光だったが、ずいぶん長い間やみばかりを見ていた目は、やっと極楽の光をさがしあてたような、歓喜せずにはいられない希望の光に見えた。

礼三郎は長い間のやみとの戦いで、疲労しきっているのも忘れ、三尺高さのたなへ一気によじのぼる。

そこから二尺高さのところに、おなじようなたながもう一段できていて、そこへのぼると縦に一筋の光が、ちょうど目の高さのところへきた。

その向こうでやや遠く、男の声がなにかいっている。どうやら弥次郎の声のようだ。

「おのれ――」

憎《にく》んでも憎みきれぬ鬼のような仇敵《きゅうてき》の声である。礼三郎はかっとなって、前の壁をさぐると、これもやや目の高さのあたりに引き手のついているのに手がふれた。

そっと引きあげてみると、かなり重くはあるが、五寸ばかり一気にあいた。

さっと行灯《あんどん》の光が目にしみて、まっさきに目についたのは、三尺ばかり向こうに置いてある長持ちである。

どうやら、ここは例の林の中の茶室の六畳の間《ま》らしく、いま自分があけたのは床《とこ》の間の正面の壁らしい。

まっすぐ目の前がぬれ縁《えん》の障子《しょうじ》で、弥次郎は障子の外の庭に立って、だれかと話しているようだ。

三

――そうだ。ここから出られるとわかれば、なにもあわてることはない。ついに活路を得たとわかると、礼三郎はたちまちいつもの冷静さを取りかえして、いちおうかくし戸をもとのとおりにしめた。この茶室のまわりにどのくらいの人数が備えてあるのか、それをよくたしかめてから飛び出していってもおそくはないと気がついたからである。

礼三郎は床の間の壁のうしろに立って、じっと耳をすましていた。まもなく弥次郎が茶室へもどってきて、長持ちをあけたようである。

――あっ。

礼三郎は思わず聞き耳を立ててしまった。怪《あや》しいとにらんだ長持ちの中には、やっぱりお京の方がはいっていたのだ。どうして南辻橋の屋敷からこんなふうにつれ出してきたか、それはわからないが、弥次郎は例によってかってな屁理屈《へりくつ》をねちねちこねながら、お京の方のすきをねらっているのが、その濁《にご》った声音《こわね》でもはっきりとわかる。

「貴公を生き埋めにしておいて、お京の方はゆっくりとこの弥次郎がもらいうける。やがて奥方さまがいやでも男の子をおうみあそばすと、なんとこれがあなたの残していったたねでな――」

さっきから井戸の上からぬけぬけと浴びせていた弥次郎の放言が、いまだにはっきりと耳にこびりついている礼三郎なのだ。

――おのれ、こんどこそ許さん。

礼三郎は歯がみをしながら、しかし、ともかくも弥次郎というやつはついさっきの放言どおり、もうお京の方をここへ盗み出してきている。もし、自分に抜け穴という天祐《てんゆう》がなかったら、弥次郎はおのれの思いどおりに、ここでお京の方をわがものにしていたにちがいないと考えると、その底知れぬ悪知恵と、思いきった実行力には、まったく舌をまかずにはいられない。

そんなことを考えながら、おりをうかがっているうちに、とうとう、

「助けて――」

というお京の方の悲鳴が、どすんと肉体の投げ出される音といっしょに、はっ

きり耳を打ってきた。

もう捨ててはおけない。礼三郎がかくし戸に手をかけて、ぐいと引きあけたとき、

「くせ者だあ。——虚無僧《こむそう》だあ」

と呼びたてる声が、騒然と林の中からまきおこってきたのだ。

——虚無僧とは、もしや敬之助のことではなかろうか。

お京の方がここへつれこまれているからには、敬之助がそれを助け出しに忍びこんでくることは少しもふしぎはない。

礼三郎は思わぬ味方を得たような気がして、かくし戸を一寸ばかりあけたとたん、ふっと茶室の行灯《あんどん》が消えた。

弥次郎はいそいで玄関のほうへ出ていったようである。

「今だ——」

一気に三尺ばかりかくし戸をあけて、月あかりの茶室へ出た礼三郎は、そこにむざんにも気を失いかけて倒れているお京の方を、すばやく抱きあげた。

「あっ」

おびえたようにお京の方がぱっちり目をあく。

四

「しっ、——黙って」

礼三郎が耳もとへ口を寄せていうと、

「あっ」

お京の方はそれが礼三郎だとすぐわかったらしく、もう一度まじまじとその顔を見なおしていたが、急に力いっぱい胸へすがりついてきた。

と見て、礼三郎はお京の方を抱いたまますばやく床《とこ》の間《ま》のほうへ取ってかえし、かくし戸から密室へはいると、音のしないように片手で戸をしめきってしまった。

それはまったくあっという間の仕事で、玄関ではまだ弥次郎の怒気《どき》をふくんだ声が、しきりに浪人者になにかいいつけているようだった。

かくし戸をしめきると、中はまっくらである。しかも、礼三郎の立っているところは三尺足らずの板の間で、その先は二尺ほどさがって、そこがまた狭いたなになっているのだ。うっかり足を踏みすべらせると、六尺下までころげ落ちることになるから、よっぽどおちついてからでないと、お京の方をおろしてやるわけにいかない。いや、それでなくてさえ、お京の方は放れじと、しっかり礼三郎の胸へしがみついているのである。

じっとそのまましばらく立ちつくしていると、弥次郎が茶室へ引きかえしてきて、狼狽《ろうばい》したようにその辺をさがしまわる足音が耳についてきた。

「こわい——」

お京の方が胸の中で身もがきする。

「しっ」

押えつけるようにして、礼三郎はその口をふさぐように、思わず自分のくちびるを押しつけていた。

「ああ」

お京の方の全身から急に力が抜けてきて、せつなげに胸が波うっているようである。

がらがらっと障子をあけて、弥次郎が庭へ飛び出していったようだ。

「お京どの——」

はじめて礼三郎がそっと耳もとへ呼んだ。

「礼三郎さま、お放しにならないで——」

い「あたくしはもう礼三郎さまのもの。――なにも考えたくない」

た。

　返事のかわりに、礼三郎はまたしても激しくその口をくちびるで押えつけてい

　許されることではないかもしれぬ。が、こうして一度せきを切ってしまった愛情の炎は、もう燃えつくすまでどうしようもない。

「わしは、わしはお京どのとなら、このまま地獄へおちよう」

「もうなにもおっしゃらないで」

　こんどはその口をふさぐように、お京の方がくちびるをよせてきた。

　礼三郎は足で板の間を注意深くさぐってから、一段下へおりて、お京の方のからだをひざでうけながら、ゆっくりとそこへ腰をおろした。

　からだが楽になると、疲労しきっている神経ががっくりとゆるんで、なにをする力も、ものをいう気力さえなくなってくる。

　礼三郎はしばらく放心したように、お京の方のにおわしい女体《にょたい》を抱いたまま、うっとりとそこへ腰かけていた。

　お京の方もひっそりと礼三郎の胸にほおをよせたまま、甘く疲れきっているよ

うである。

五

たがいに命のせとぎわから生を得た歓喜と、浮き世の義理にさまたげられていた相思の魂と魂がふいに相寄《あいよ》り、理性を踏みこえて燃え狂った情熱が、やみの中でしっかりと抱きあったまましだいに少しずつおちついてくると、いやでもそこにきびしい現実にまたしても直面してこなければならなかった。

「礼三郎さま——」

お京の方がその現実を払いのけるように、せつなげに呼ぶ。

「どうした、お京どの」

「ひとことおっしゃって——。きっと女夫《めおと》だと」

「なにをいう。女夫だと思うから、わしはさっきからこうしてお京どのを抱いている」

「お京はもう礼三郎さまの妻」

「そうだ。そこでな、お京どの、女夫になるためにはまず生きなければならぬ」

「でも、生きて女夫になれますかしら」

現実にかえれば、お京の方にはまだ兄嫁という枷《かせ》が、しっかりとかけられているのである。

「なれるとも。わしに考えがある」

「ほんとう、礼三郎さま」

なんとなくまだ甘い夢からさめたくないような声音《こわね》である。

「だいじょうぶだ。わしはどうしても生きてお京どのと女夫にならなければ承知できぬ。きっとお京どのを妻にしてみせる」

「きっと、きっとでございますね」

「きっとだ。わしは勇気がわいてきた。お京どののために、どんなことでもやってみせる」

「うれしい、あたくし」

「さあ、聞こう。お京どのはどうしてこんなところへつれてこられたんです」

「弥次郎が屋敷へ火をつけて、——ああ、そのまえに、お美禰の方さまのところへ、深川から長持ちがつきました。それから火事になって、焼け玉というものを使ったんだろうと申します」

「なるほど──。弥次郎のやりそうなことだ」

「作兵衛につれられて、庭の築山《つきやま》のほうへのがれますと、ふいに覆面《ふくめん》の者が数人あらわれて、かわいそうに、作兵衛は切られてしまいました」

「なにッ、切られた」

「はい」

「敬之助はどうしたんです」

「そのまえに、ぜひ深川へ様子を見に行きたいと申しますし、お京も礼三郎さまのことが心配でたまりませんし」

「どうしてそんなかってなまねをしたのかなあ。あんなにお京どののそばを離れてはならんと、かたく申しつけておいたになあ」

「しからないで、礼三郎さま。お京があんまり浮かない顔をしてしまいましたので、お吟も敬之助もついその気になったのですから」

「すると、お吟もまいっているんだな」

「はい。──あの、礼三郎さまはから井戸へ落ちたと、弥次郎が申していましたけれど、うそだったのでございますか」

「いや、それはほんとうなんだ。しかも、弥次郎はわしを生き埋《う》めにする気で、上から土をほうりこんできた」

「まあ、こわい」

「さいわいそのから井戸に横穴ができていて、それがこの下まで通じていた。

――そうだ、わしは一度死んだからだなんだ」

「いや、いや、そんなことをおっしゃっては」

お京の方は激しく身ぶるいをする。

六

茶室の庭へ急にどかどかと人の足音がはいってきたようだ。ふたりや三人ではなさそうだ。

「あっ、礼三郎さま」

お京の方がぎょっとしたようにしがみついてくる。

「だいじょうぶだ、お京どの。ここは声さえたてなければ、絶対にわかるはずはない場所です」

礼三郎はお京の方をなだめながら、じっと壁の外へ耳を澄ます。

「だれか、行灯《あんどん》に灯《ひ》をいれろ」

弥次郎の声だ。

「はっ」

ひとりがからっと障子《しょうじ》をあけてあがってきて、ちょうちんの灯を行灯に移したようだ。

壁戸のすきまからすっと一筋暗い光がさしこんできて、それでもやみになれた目は、お京の方の白い顔をかすかに見わけることができた。

お京の方もおなじだったらしく、胸の中でおびえた目をまじまじと見あげながら、そっと手をあげて礼三郎のほおをなでている。

礼三郎がうなずきながら微笑すると、お京の方ははじらうようにいそいで胸へ顔を埋めてきた。

「その女をこっちへあげろ」

弥次郎の声がすぐそこに聞こえだしたのは、茶室へあがってきて、床の間を背にすわったのだろう。

——その女とはだれのことだろう。

礼三郎は全身が緊張してくる。

「お吟、だれがおまえをあんなところへかくまったんだ。正直にいえ」

つかまってきたのは、やっぱりお吟だったようだ。

「なわつきのままお調べだなんて、まるでお白州《しらす》のようですね」

お吟はもう度胸をすえているらしく、しゃっきりと言いかえす。

「むだ口をたたくな。すなおに白状せんと、痛いめにあうだけだぞ」

弥次郎の声のほうが妙にいらいらしているのは、お京の方に逃げられた余憤《よふん》がまだおさまりきれないのだろう。

「白状することなんか、なんにもありません」

「黙れッ、だれがおまえをあんな炭小屋などへつれていったんだと、聞いているんだ。おまえがひとりであんなところへはいりこめるわけがないではないか」

「じゃ、だれがあたしをあんなところへかくしたと、鐘巻のだんなはお考えになるんです」

弥次郎は黙ってお吟をにらみすえているようである。

「あたしはお留守居役《るすいやく》の堀川さまに用があってここへたずねてきたんです。そしたら、中間《ちゅうげん》さんが奥へ取り次ぎに行っている間に、石崎五郎さんて浪人さんが手下をふたりつれて出てきて、よし、わしが案内してやるからと表玄関までつれていかれ、そこでいきなり当て身をくってしまったんです」

「なにッ、石崎がか」

「そうです。あたしは石崎さんには鈴ガ森で一度会っているんで忘れやしません。ふっとあたしが気がつくと、まっくらなところへ投げこまれていました。そこがあすこだったんです。うそだと思ったら、石崎さんを呼んで聞いてみるといいわ」

お吟はすらすらといってのける。

七

「たしかにそれに相違ないな」

石崎ならやりかねないことだと、弥次郎は思ったが、しかし炭俵《すみだわら》の山をくずしてその奥からお吟を引き出したとき、お吟はただそこにぽかんとすわっていた。別に手足を縛《しば》られていたわけではないのだから、逃げようと思えばいくらも逃げられたはずだ。

「おかしいではないか。お吟ともあろうきかん坊が、どうして正気にかえってからも逃げようとせず、おとなしくあんなところへすわっていたんだ」

「外が騒々《そうぞう》しいんで、逃げてもむだだと思いました。それに、あたしは別に悪いことをしにここへきたわけじゃありません。浪人さんたちでは話がわからないけれど、ここのご家来のうちのどなたかがきてくれれば、逃げかくれなんかしなくてもちゃんと話がつくと思ったんです。鐘巻さんまであたしを縛《しば》ろうとは思いませんでした」

お吟は堂々と弥次郎にくってかかる。

「では聞くが、おまえは堀川さんになんの用があってここへきたんだ」

「堀川さんがどんな用でこちらのお方さまのお供《とも》をして南辻橋の屋敷へおいでになったか、鐘巻さんはご存じなんでしょうね」

「それは存じておる」

「堀川さんはお方さまを人質にして、礼三郎さまをこちらへおつれしました。あたしは奥方さまの仰《おお》せつけをうけて、礼三郎さまにおことづてがあったんです」

「虚無僧《こむそう》といっしょだったそうだな」

「お国家老和泉又兵衛さまのご子息敬之助さまが、女ひとりの夜道はあぶないからと、ご門のところまで送ってきてくれました」

「敬之助はどうして門の外で待っていたんだ」

「奥方さまのご用はあたしひとりで足ります。それに、敬之助さまはわざわざ虚無僧に姿をかえて江戸へ出てきたくらいですから、堀川さんたちにはまだなるべく会いたくないのだといっていました」

「それみろ。おまえは別にここへ悪いことをしにきたわけではないというが、ほんとうは礼三郎の様子をさぐるのが目的だったんだろう。どうだ」

弥次郎が一本きめつけると、

「では、うかがいますが、礼三郎さまの様子をさぐられてはお困りになることが、鐘巻さんのほうにはなにかあるんですか」

と、お吟はこざかしくも逆襲してくる。

「お吟、おまえはもうこっちのとりこなのだぞ。はっきりいえば、礼三郎とわれわれは敵と味方なのだ。そんなことぐらい知らぬおまえではなかろう」

「よく存じています。礼三郎さまは敵でじゃまになるから、から井戸へ生き埋《う》めにしたんですってね」

くやしまぎれに、お吟はうっかり口走ってしまう。

「なにッ、おまえはそんなことをだれから聞いたんだ」

あっとお吟は気がついたが、もうおそい。ままよと度胸をすえて、

「礼三郎さまから聞きました」

と、口から出まかせをいう。豊吉の名はどうしても出せないと思ったからだ。

「なにッ、礼三郎からだと――」

弥次郎の目がぎらぎらと光りだす。

八

「うそをつけ――。生き埋めにされた礼三郎が口をきくか」

弥次郎の声は嘲笑《ちょうしょう》しながらも、憎悪《ぞうお》にみちている。

「そうかしら――。奥方さまも姿が消えてしまったし、敬之助さんもどこかへかくれたっきりつかまらないし、そんな知恵の働く人は、礼三郎さまのほかにはないと考えられないのかしら」

お吟はからかい顔である。

「すると、あの男が幽霊にでも出たというのか」

「そうかもしれませんね。幽霊ならどこへでも出られますから、いまにきっとまたあたしを助けにきてくれるわ」

「おい、だれか石崎にここへくるようにいってこい」

弥次郎は庭にひかえている浪人組のほうへけわしい目を向ける。

「はっ」

ひとりがいそいで立っていった。

とにかく、石崎を調べる必要がある。石崎がお吟をあの炭小屋へつれこんだのではないとすると、ほかにだれか裏切り者がいるのだ。いや、お京の方といい、敬之助といい、こんなにさがしても発見されないのは、ひょっとしてお吟がいうとおり、礼三郎が生きているのではないのか。

あのから井戸に横穴でもあれば、絶対にそんなことはないとも言いきれない。

弥次郎は妙に疑心暗鬼《ぎしんあんき》に駆られてきて、

「お吟、きさま礼三郎の幽霊とどこで口をきいたんだ」

と、詰問《きつもん》せずにはいられなくなってきた。

「あたりがまっくらでなにも見えないところだったから、あの炭小屋の中かしら」

「いいかげんなことをいうな。よし、あくまでしらをきるんなら、きさまのからだに聞いてやる。――おい、そのちょうちんをよこせ」

「はっ」

ひとりがちょうちんを持ってきて渡す。

弥次郎は手早く灯《ひ》のついたままの裸ろうそくを取り出して左手に持ち、

「お吟、正直に白状すれば許してやるが、このうえ強情《ごうじょう》を張ると、その顔をこの灯でじりじり焼いてやるぞ」

と、鬼のような残忍《ざんにん》な形相《ぎょうそう》をして立ってきた。

あっと、さすがにお吟も息をのむ。

「返事をしろ、お吟」

お吟はそっぽを向く。いまさら許してくれとは意地でもいいたくないお吟だ。

「うぬっ」

弥次郎が裸ろうそくを持ちなおしたとき、

「鐘巻さまはこちらでございますか」

門番足軽があわただしく庭へ駆けこんできた。

「なにか用か」

「はい。ただいま南辻橋の屋敷の者だといって、中間《ちゅうげん》が表門をたたきましてな、用はと聞きますと、お美禰の方さまが自害されたので、その遺骸《いがい》を船でお運びしてくる。水門口をあけておいてくれるようにいって、帰っていきました」

「なにッ、お方さまが自害――」

弥次郎はがくぜんとしたようだが、

「そんな甘い手には乗らん」

と、たちまち吐《は》き出すようにいった。

九

弥次郎は自分が偽《いつわ》って南辻橋の屋敷へお美禰の方の長持ちを運びこみ、焼け玉を使って火をつけているので、敵もお美禰の方が自害と偽り、その仕返しにきたと見たのだ。

「門番、表組を門に集めて、わしの許しのないうちは、絶対に表門をあけてはならん。しかと申しつけたぞ」

「はっ、かしこまりました」

門番足軽がいそいで立ち去ると、今はお吟にかまってもいられないので、

「おい、だれかひとりだけ残って、あとの者はすぐ水門口へ行け。金田に、わしが行くまで、たとえ南辻橋の船がついても、ひとりも桟橋《さんばし》へはあげないようにい

っておいてくれ」

と、浪人組にいいつける。

「承知しました」

「ついでに、裏組の者はみんな水門口へ集まるように触れておくんだ。いそいでくれ」

「はっ」

三人残っていた浪人組のうち、ふたりがすぐ枝折り戸のほうへ駆けだす。

「おい、ちょっと手を貸してくれ。この女を長持ちへ詰《つ》めるんだ」

弥次郎はろうそくを消してそこへ投げ出し、

「お吟、しばらく長持ちの中でしんぼうしておれ」

と、手ぬぐいを出して口を縛ろうとする。

「お方さまはおかわいそうに、鐘巻さんに殺されたようなもんですね」

「よけいな口はきかなくてもいい」

弥次郎はみなまでいわせず、お吟の口を縛ってしまうと、残った浪人者に足のほうをになわせ、自分が胴のほうをかかえて、お吟を床の間《とこのま》の前の長持ちの中へ運び入れる。

ろうそくの火でからだを焼かれるより、まだしもこのほうがしばらくでも命がのびそうだから、お吟は別にさからおうとはしなかった。

弥次郎はお吟を長持ちの中へあおむけに詰めると、上からふたをして、かちゃりと錠をおろしてしまう。

こうしておけば、長持ちをこわさないかぎり、お吟は逃げられもしないし、いたずらをされる心配もない。

「貴公はたしか北野《きたの》だったな」

「はあ、北野仙蔵《せんぞう》です」

まだ若い正直そうな男である。

「貴公はここでこの長持ちの番をしていてくれ。わしがもどるまで、だれがきても長持ちに手をふれさせてはいかん」

「心得ました」

「この障子《しょうじ》はあけておくほうがいい。もし怪《あや》しいやつが出たら、大きな声でどなれ」

「切ってもかまわんですか」

そう聞くところをみると、腕には大いに自信があるのだろう。

「けっこう――。切れたら切ってよろしい。よく働いてくれる者に対しては、わしは必ず話のわかる男だ。では、たのんだぞ」

この男ならだいじょうぶだろうと見たので、弥次郎は安心して水門口へ向かった。

例の内木戸を出ると、お吟が忍んでいた炭小屋がすぐ目につく。

――ここはもう一度あとでよく調べてみる必要があるな。

それにしても、お京の方はどこに逃げこんでいるのか、そんな敏捷《びんしょう》なまねはできるはずのない女性だけに、弥次郎はお吟の口走った礼三郎のことが妙に気になる。

十

「裏組は水門口へあつまれえ」

「表口はいちおう表門へ集まれえ」

そこここで組の者たちに触れている声がきこえていた。

時刻はやがて九ツに近いだろう。

――これだけ手をつくしてわからんというはずはないんだがなあ。

弥次郎はなんともふにおちない気持ちだが、しかし考えてみると、何度もさがした炭小屋の奥から、何度めかにお吟が発見されているのだ。

要するに、まださがし方が足りないのである。

——けっきょく、わしがもう一度自分でさがしてみるほかはない。

弥次郎はお京の方の白々とした美貌《びぼう》をはっきりとまぶたにやきつけながら、絶望するのはまだ早いと、執念《しゅうねん》の火がまたしても胸に燃えさかってくる。

やがて、船着き場へきてみると、味方のちょうちんの灯《ひ》に照らし出されて、胴の間にたしかにつり台をすえた船が一隻桟橋《せきさんばし》に横づけにされ、艫《とも》に裃《かみしも》をつけた三十年配の侍が、中間《ちゅうげん》に定紋《じょうもん》打ったちょうちんを持たせて、静かに立っている。ほかに船では人足がふたり、羽織《はおり》はかまの供侍《ともざむらい》がふたりひかえている。

——はてな、あのつり台はほんものかな。

ほんものだとすれば、お美禰の方の遺骸《いがい》なのだから、弥次郎もちょっとぎくりとせずにはいられない。

「やあ、鐘巻どの、南辻橋のお使者の船だそうだが、あなたの来られるまで、ごらんのとおりそのまま待っていてもらってある。さあ、かわりましょう」

桟橋の前に立っていた金田半兵衛が、弥次郎を見ると、そういってすっと後ろへさがった。

「ご苦労――」

弥次郎は鷹揚《おうよう》にうなずいて、前へ進み、

「てまえは今夜当家をあずかる責任者、鐘巻弥次郎と申す。ご用件はなんですな」

と、至極《しごく》冷淡に船へ声をかける。

「拙者《せっしゃ》は松平《まつだいら》伊賀守の家中にて中岡新兵衛《なかおかしんべえ》と申す。ご当家に今夜浜松家のお留守《るす》居役《いやく》堀川儀右衛門どのがまいっておられるはずだが、堀川どのにお美禰の方さまのお遺骸《いがい》をお送りしてまいったと、お取り次ぎが願いたい」

船の上から中岡がいんぎんに申し入れる。

「それは困りましたなあ。堀川どのはすでに上屋敷へもどられて、ここにはおりません」

「すると、あなたではこのお遺骸はうけとれませんな」

「お遺骸と申すと、お方さまがご自害あそばされたというのは、ほんとうですか」

「おいたわしいことですが、事実です」

「それが事実だとすれば、容易ならん一大事ですが、なんでまたさようなことになったのでしょうな」

できればその責任を松平家へ押しつけてしまいたいと、弥次郎はとっさに考えて、わざと信じきれないという顔をする。

「失礼でござるが、あなたはお方さまが今夜堀川どのに送られて、南辻橋の当家の下屋敷へまいられた事情をご存じかな」

「いや、くわしいことは聞いておりません」

うっかり知っていると返事をして、礼三郎やお京の方のことを詰問《きつもん》されては、弥次郎もちょっと返答に困るのである。

十一

「お美禰の方さまは、たしか当お屋敷の新三郎さまのご生母でございましたな」

中岡の態度はあくまでもおちつきはらっている。

「さようでござる」

「新三郎さまはおいででございましょうな」

「いや、新三郎さまも今夜神田《かんだ》の上屋敷へまいっておられて、あいにくるすです」

「すると、ご当家には今夜なにかご浪人衆の寄り合いでもあるのですか」

その辺に立って目を光らせているのは、だれがみても浪人たちばかりで、侍らしい者はひとりも見えない。中岡はつい皮肉が口を出たらしい。

「いや、さようなことはありません」

弥次郎はずぶとく突っぱねる。

「とにかく、今夜堀川どのが南辻橋へまいって申しておられたこととは、こちらのご様子はだいぶ違うようです。もっとも、お方さまのご自害は、それらの点についての責任もあってのことかもしれませんが、——事情をなんにもご存じないあなたにお掛け合い申してもらちのあかぬこと、てまえはこれから神田のお上屋敷へ船をまわして、直接責任者にお会いすることにします。夜中とんだおさわがせをいたした」

中岡はていねいに会釈《えしやく》をして、

「船頭、船をかえしてくれ」

と、船頭に命じた。

弥次郎は黙って船の上のつり台をにらんでいる。

このままこのつり台を上屋敷へ運びこまれては、弥次郎の責任はとうていまぬがれない。が、ここでお美禰の方の遺骸をうけ取ったところで、その責任をのがれるような小細工はきくまい。

　もうこうなってはしようがない。あくまでもお京の方を手に入れて、礼三郎のほうはたしかにかたづいているのだから、この二つをてがらにして宇田川外記《うだがわげき》をおさえるほかはないのだ。

　それにしても、中岡新兵衛という使者は相当の男とみえて、お京の方のことについては一言も口にしなかった。

　犠牲になってしまったものはしようがないと、里方《さとかた》ではあきらめてしまっているのか、いずれにしてもこれから上屋敷へ乗りこんでの中岡の掛け合いは、お美禰の方の死骸を突きつけてのことだから、容易ならぬものがあるにちがいあるまい。

　――陸《おか》をかごで走れば船より早いのだ。

　ぜひお京の方をさがし出して、船よりも早く上屋敷へ駆けつけ、外記や堀川をおさえると同時に、中岡と舌戦《ぜっせん》をやらなくては、すべてが万事休すというどたん場へきてしまったのだ。

　――死んでしまったものはしようがないが、お方さまもつまらんところで死にいそぎをしてくれたものだ。

　弥次郎が黙って見送っているうちに、中岡の船はゆっくり水門口を出ていった。

「おい、水門口をしめろ。——半兵衛、ここは貴公にまかせるぞ。絶対に人の出入りは禁じる」

「よろしい、引きうけた」

金田がうなずくのを見て、弥次郎はそこにいた浪人二、三人をしたがえ、いそいで茶室のほうへ引きかえした。

十二

——お吟を拷問《ごうもん》にかければ、きっとお京の方のかくれ場所を知っているにちがいない。

弥次郎は殺気だった気持ちで枝折り戸をはいり、茶室のぬれ縁《えん》のほうへまわってきた。

——はてな。

ついているはずの茶室のあかりが消えている。

「北野、——おい、仙蔵はおらんか」

ふっと見ると、くつ脱ぎ石の前のあたりにその北野らしい男がうつぶせに倒れているようだ。

もうただごとではないと見たから、

「おい、北野を見てやれ」

弥次郎は浪人たちにいいつけておいて、自分はあけっ放しの茶室へあがっていった。

「あっ」

そこの長持ちの前にもだれか倒れていて、長持ちのふたがあいている。中はむろんからだ。

ぷうんと血なまぐさいにおいが鼻をついてくる。

――しまった。

弥次郎は頭髪の一本一本がさかだつような激しい憤怒《ふんぬ》に駆られ、倒れているやつの顔をのぞいてみると、石崎五郎だ。背中から胸へかけて、ずぶりとひと突きにされ、自分は刀の柄《つか》にさえ手をかけていないのは、あきらかにふいを襲われたものらしい。

――下手人《げしゅにん》はだれだ。

その下手人がお吟を長持ちからさらって逃げたにちがいないのだ。

「鐘巻どの、北野が息を吹きかえしました」

庭から浪人のひとりが呼ぶ。

「よし、――ふたりばかり枝折り戸の前で立ち番をしてくれ」

「はっ」

ふたりがすぐに枝折り戸のほうへ走る。

「北野、いったいどうしたんだ」

弥次郎はぬれ縁に突っ立ったまま、仲間に助けられてやっと立ちあがった北野をにらみつけた。

「申しわけありません」

青い顔の北野は、やっと意識がはっきりしてきたらしく、

「鐘巻さまが出ていかれると、入れ違いのように石崎さんがきて、鐘巻どのがお呼びだそうだなといいますから、いま水門のほうへ出ていかれたばかりだと、教えたんです」

と、急にくやしそうな顔になってくる。

「それで、どうしたんだ」

「なんの用だろうって聞くから、たぶんお吟のことだろう、鐘巻どのは今までこ

こでお吟を取り調べていた。――お吟はどこにいるんだね。一時あの長持ちの中に入れてあると教えてやると、ふうむといいながら、いきなりわしに当て身をくれたんです」

「バカッ、なんでそんなよけいなことを口にしたんだ。――これを見ろ」

弥次郎は少し身をずらして、茶室の中を見せるようにしながら、

「石崎はきさまを倒して、お吟をつれ出そうとした。長持ちの錠をこわしにかかったところを、何者にかふいにうしろから突き殺されたんだ」

と、説明してやる。

「なるほど――。すると、自業自得《じごうじとく》というやつですな。同志を裏切るようなやつは、どうされたってしようがない」

北野はいい気味だといわぬばかりの顔をしている。

十三

「仙蔵、石崎を刺し殺した下手人《げしゅにん》がお吟をさらっていったんだ。つまりはきさまの責任だとは思わんのか」

弥次郎がたたきつけるようにいって、北野をにらみすえる。

「わしの責任――？」

北野は意外そうな顔をしている。

「きさまの責任ではないか。おまえが石崎に当て身をくうようなゆだんさえしなければ、お吟はさらわれずにすんだんだ」

「それは鐘巻さん、少し無理なようですな。味方から裏切り者が出たんじゃ、われわれとしてはどうしようもない。責任という点からいえば、そういう人を裏切るようなたよりない者を味方に集めた大将こそいちばん責任があるんじゃないかな」

「なにッ」

「石崎を刺してお吟を横取りしていった下手人だって、味方の者かもしれない。だいいち、こんなおおぜいの者の目が光っているところへ、敵がのこのこはいりこめるもんじゃないでしょう。はいりこんだ敵は三人、そのうちのひとりはから井戸へ落ちこんで生き埋《う》めにされてしまったし、お吟は長持ちの中にいた。それを助けるとすればもうひとりの虚無僧《こむそう》だが、その虚無僧がお吟を助けるには、まえからこの辺をうろうろしていて、わしが石崎に当て身をくうのを待っていなければならない。忍術使いじゃあるまいし、そんな長いあいだ虚無僧が人目につかずにいられるもんじゃないでしょう。わしは石崎のほかにも、まだ何人か浪人組の中に裏切り者がいるんだと思いますな」

若い北野は正直者らしく、思ったことをずばずばといってのける。

「そうだ、こりゃ北野のいうことのほうがほんとうかもしれませんぞ、鐘巻さん」

「表組の責任者たる石崎五郎先生からして裏切り者だったとは、少し意外すぎますからな」

そこに残っていたふたりの浪人たちも、北野の意見に同感のようである。

「そうか。あるいはそうかもしれぬ」

弥次郎は苦い顔をしながら、

「しかし、女ひとりをつれて、人目につかずにこの屋敷をぬけ出すことは、いかに裏切り者でもちょっとむずかしい。貴公たち、すぐに裏と表の人数に触れて、その裏切り者を急遽《きゆうきよ》さがし出してくれ。裏切り者をつかまえた者には、必ず恩賞を出す、どうだ、やってくれるか」

と、こんどはしたてに出る。ここでこの三人をおこらせてしまっては、全体が支離滅裂《しりめつれつ》になってしまう恐れがある。うまくおだてて使うほかはないと、とっさに腹をきめたのだ。

「承知しました。われわれを信用してもらえるんなら、やってみます」

即座に返事をしたのは、やっぱり正直者の北野だった。

「貴公たち三人は必ず信用しよう」

「どうだ、両君は」

「信用してもらえるんなら、働きがいがある。われわれもやろう」

「よし、出発だ」

三人は北野を先頭にして、どかどかと枝折り戸のほうへ駆け去る。

――裏切り者がいるとは、うっかりしていたな。

弥次郎はなんとも苦い気持ちである。

十四

まもなく、弥次郎のきびしい命令で、表組は表を、裏組は裏をと二手にわかれ、あらためて屋敷じゅうの大捜索がはじまった。

が、実際は火のようになって屋敷じゅうを歩きまわったのは弥次郎ひとりで、浪人組の多くは、さっきから何度もさがしまわっていないとわかりきっている受け持ちの場所なのだから、張り合いもないし、疲れてもいるし、ただぶらぶらと歩いているにすぎない。

「これだけさがしてもいないんだからな、もう屋敷の外へ逃げてしまったんだろう」

「さよう、いないものは何度さがしたっておなじさ」

たいていの者がそんな調子で、なかには、

「しかし、さっきの炭小屋のような例もあるからな」

という者があっても、

「あいにく、炭小屋はあそこ一つなんでねえ」

と、ひやかすだけで、だれもいっこうにまじめに相手になろうとはしない。

やがて丑満《うしみつ》をすぎるころ、さすがの弥次郎ももう捜すべきところはすっかり捜しつくして、ついになんの手がかり一つ得るところなく、なかば絶望しながら表玄関前へ出てきた。

「ああ、鐘巻さま、ただいまご門へ上屋敷からご家老さまのおかごがつきまして、開門せよとおっしゃっていますが、どういたしましょう」

門のほうからあたふたと早足に歩いてきた門番足軽が、弥次郎の顔を見るなり告げたのである。

「なにっ、ご家老とは宇田川外記どのか」

「はい、そうおっしゃっております」

「よし、まいってみよう」

外記がこの深夜わざわざ自分で出向いてきたとすると、さっきの南辻橋の船が上屋敷へついたので、あわててその善後策を相談にきたのだろう。時刻から見ても、ちょうどそのころになるのである。

――石頭どのだから、やっぱりわしをたよりにするほかないんだろう。

弥次郎はひそかにそううぬぼれながらも、しかしあの使者役中岡新兵衛とどんな応対になったか、それがちょっと気になる。

「供《とも》の者は顔見知りの者ばかりだろうな」

「はい、いつもの若党と中間《ちゅうげん》がふたりきりで、ほかにはだれもついておりません」

「そうか。どうせしのびだろうからな。――かまわぬ、門をあけなさい」

「はい」

足軽が門をあけると、見おぼえのある外記のかごがすっと中へかつぎこまれる。

なるほど、供の者は若党と中間ふたりきりだ。

弥次郎は門番足軽に、すぐ門をしめるように目くばせしておいて、

「ご家老、鐘巻弥次郎です。念のためにお顔をお見せください」

用心深いというより、今夜はこの屋敷は自分があずかっているのだから、家老といえども万事自分の命にしたがってもらわなくては困るという、これが弥次郎のはったりなのである。

陸尺《ろくしゃく》をとめると、かごの戸が中から静かにあいた。

――はてな。

かごの主はずきんですっぽり顔をかくしているが、からだつきがどうやら外記とは違うようだ。

十五

「貴公はだれだ。ご家老ではないな」

弥次郎は鋭く詰問《きつもん》した。

「弥次郎、わしだ。わからんか。――和四郎《わしろう》だ」

ずきんの中の切れ長な目が、にっとわらってみせる。

「おお、伊豆《いず》さんか」

国もとにいるはずの伊豆和四郎が、いつ出府《しゅつぷ》したのかと、弥次郎は思わず目をみはる。

「これ、はきものを出せ」

和四郎は供の中間に命じてぞうりをそろえさせ、ゆっくりとかごからおり立つ。

伊豆和四郎は宇田川の一門で、弥次郎が浜松家へかかえられたのは和四郎の推挙によるところだから、陰ではなにくそと思っても、面と向かってはやっぱり頭があがらない。

「いつ出府されたのです」

「今夕上屋敷へはいった。密々にな」

主君の側用人《そばようにん》をつとめているのだから、公然とは出府できない和四郎なのである。

「これ、おまえたち、早く座敷の用意をさせておきなさい」

和四郎は若党と中間に命じる。そこに控えている浪人者たちには目もくれない。

「まだだれか、こっちへくるのですか」

「うむ、みんなくる。お美禰の方さまのご遺骸《いがい》は、上屋敷へとどめておく筋合いのものではないからな」

和四郎は表玄関のほうへ足を運びながら、いくぶん皮肉にも聞こえる口調である。

お美禰の方はここへ屋敷をもらって分家していたのだから、仏事は当然ここでいとなまなくてはならないのだ。

「上屋敷へは、やはり中岡新兵衛という男がご遺骸を持ちこみましたか」

「はじめにこっちへ運んだが、今夜は浪人衆の寄り合いがあるようで、話が少しも通じなかったといって、わらっていたそうだ。ご家老も堀川老も、だいぶじわじわと痛めつけられたようだな」

「つごうの悪いことは、なんでもわしの責任にしてもらったほうが、話しよかろうと考えて、わざと船を上屋敷のほうへ向けるようにしたんです」

弥次郎はそんな負け惜《お》しみもいう。

「それが、ひどくつごうの悪い話ばかりのようだった」

「先方はどうしろというのです」

「別にどうしろなどというのではなくて、これこれの事情でこういうことになったから、お美禰の方さまの死骸をお届けにあがったと申していたそうだ。そのこれこれの事情というのが、一から十までそれだけでも家名断絶はまぬがれないことばかりだったそうだ」

「それはそうでしょうな。いちかばちか、ここまできては思いきった手を打ってみる以外に、どうせ助かる見こみはない。そう決心してやった仕事なんですからな」

「それで、けっきょくどれだけの成果があげられたのかな」

和四郎は表玄関前へふっと立ち止まって聞く。

「礼三郎さんの命を断ち、奥方をこの屋敷うちにつれこんであります。残念ながら、ちょっとしたゆだんから、奥方は目下どこかへ姿はかくしていますが、断じてこの屋敷の外へ出られるはずはありません」

そんな言いわけをしなくてはならないのが、なんともくやしい弥次郎だ。

十六

「弥次郎、中岡はな、奥方は出火と同時に一度庭へ避難されたが、そこで用人三浦作兵衛が何者かに切られ、同時に行くえ不明になられた。あるいは焼死あそばされたのかもしれぬが、おいたわしいのはお美禰の方さまで、これも腰元どもと庭へ避難しておられたが、奥方さま行くえ不明とお耳にはいると、申しわけないともらされ、腰元どものすきを見て自害されたと申していたそうだ」

そういって聞かせる和四郎の声は、あくまでも冷静である。

「たぶん、礼三郎さまが老用人を切って、奥方をさらったのかもしれませんな。おふたりは長い間ふたりきりで船房ですごされた事実があります」

「万一の場合はそれでもかたづけられるといいたげな弥次郎の口ぶりである。

「礼三郎さまは始末してしまったと、いま聞いたばかりだが」

「むろん、あのいなかどのは、裏の外庭のから井戸に落ちこんだのをさいわい、生き埋《う》めにしましたが、奥方をさらってきたから切ったでも事はすみます」

「いや、中岡はことさらに奥方は焼死されたかもしれぬと申している。奥方さまを利用しようとしても、その手には乗らぬぞという腹だ」

「かってに殺してもいいという腹ですか」

「おそらく生きては帰らぬと見ているのだろう」

「生きてもどったらどういうことになりましょうな」

「弥次郎、お美禰の方さまさえ自害するだけの覚悟がある。奥方さまとておなじことだ。なまじ利用しようとすれば、必ず自害の道を選ぶ。先方はそれをちゃんと見越して、涙をのんで先手を打ってきているのだ」

弥次郎は一言もない。が、さっきお京の方をわがものにしておきさえすれば、ここで完全に和四郎の上へ出られたのにと思うと、なんとも残念である。

——なあに、今からだっておそくはない。きっと、お京の方は手に入れてみせる。

弥次郎は執念《しゅうねん》を新たにしながら、

「それで、先方はけっきょくどうせよというのです」

と、ずぶとく出る。

「どうせよとはいってはおらぬ。わしも心配になるから、実はふすまのかげから聞いていたのだが、中岡はあくまでもおだやかな調子で、藩内のことは藩でおさめ、なるべく早く善処するようにといって、さっさと引き取っていった。若いが相当な人物らしいな」

「善処とは、どう善処せよというのでしょうな」

「弥次郎なら、どう善処するな」

和四郎は皮肉な微笑をうかべながら逆襲する。

「そうですなあ」

さすがの弥次郎も、とっさには答えられない。

「まあ、これは宿題にしておこう。いずれご遺骸がつけば、その評定《ひょうじょう》になる。

――水門口へまいろうか。もうそろそろ船が着く時分だろう」

和四郎は屋敷へはあがらず、そのまま玄関わきの西の木戸をはいって、裏のほうへ歩きだす。

――こっちはまだそれどころじゃないんだが。

弥次郎は心中ちょっとおだやかでない。

十七

「伊豆さん、いまのうちにさがせば、必ず奥方は手にはいる。ぜひこっちのものにしておきたいと思うんだが、どうだろう」

外庭へ出る内木戸のほうへ歩きながら、弥次郎は思いきっていってみた。

「むりにさがさなくても、出入り口がふさがっているのだから、夜があければ自然にわかることだ」

和四郎はお京の方のことはあまり問題にしていないようだ。

「伊豆さんは奥方は利用価値がないと考えていられるようだな」

「弥次郎は奥方の利用価値をあまり重く見すぎているようだな」

「というと——？」

「しかを追う者は山を見ずで、弥次郎は少し奥方をおいすぎている。むしろそっとしておけば、じゅうぶん利用価値があったものを、新三郎どのの意にしたがわせようとした手段などは、功をあせりすぎている。いま手に入れてみたところで、奥方はけっしてこっちの自由になるまい。なまじ生きていられては、新三郎どのの立場が苦しくなるばかりだ」

和四郎はそんな思いきったことをずばりといってのける。

「すると、たとえ見つけても口をふさぐ覚悟と取ってよろしいのかな」

「口はぜひふさがねばならん。しかし、たとえ奥方の口をふさいでも、新三郎どのの跡めはもうむずかしい。里方《さとかた》では、きのうからここでどんなことが行なわれ、だれが南辻橋の屋敷を焼いて奥方をうばい、お方さまを死にいたらしめたか、ことごとく承知してしまっている」

「当主さま急死のことはどうだろう」

弥次郎はちょいと皮肉に出てみたくなる。

和四郎はそれを聞き流して、

「いまさら申してもあとの祭りだが、今夜奥方を手に入れたついでに、お美禰の方をおつれしてくれれば、手の打ちようはまだあったようだ」

と、冷たくいいきる。

「そこまでは手がまわりかねたのです」

「頭もな」

和四郎はずきんの中で、にやりとわらっているようだ。

そこまでいわれてしまえば、弥次郎ももう破れかぶれである。

「伊豆うじ、わしは乗りかかった船だから、あくまで夜明けまでにお京の方をさがし出して、局面を好転させてみせる」

「おそらく、むだだろう。奥方はいまごろ死骸《しがい》になっているか、屋敷の外へのがれてしまったか、どっちかだな」

「そんなことはない。きっと生きている奥方をさがし出してみせる」

「できると思ったら、やってみなさい。別にとめはせぬ」

「そのかわり、口をふさぐことだけは、わしにまかせておいていただこう。局面さえ好転させればいいんですからな」

弥次郎はそんなずぶとい念を押す。

「よろしい、それも承知しよう。しかしな、弥次郎、大望中に女に目をくれるようでは、事は成就《じょうじゅ》しないぞ。そちのこんどの失敗は、どうやらその辺にあるようだな」

冷静な和四郎の一言が、ぐさりと弥次郎の胸を突いてきた。さすがに弥次郎は内心冷や汗を感ぜずにはいられない。

十八

お美禰の方の遺骸をのせた船が、新三郎をはじめ外記や堀川らにまもられて、再度水門口から深川の屋敷へかえりついたのは、もう夜明けに近いころであった。

一方、新三郎付きの家来たちや、上屋敷からのてつだいの者たちは、それより少し早く陸路を取ってすでに深川へついていたので、表門から表玄関、その庭一帯を受け持ってまもっていた表組の浪人たちは、持ち場を家来たちにゆずって、外庭の裏組に合体した。

弥次郎が意地にかけてさがしまわったお京の方はむろんのこと、お吟や虚無僧《こむそう》の姿さえついになんの手がかりもなく夜があけてきた。

弥次郎にとってはまったく悪夢のような一夜になってしまったのである。

「半兵衛、まさかここから出た者はひとりもないんだろうな」

目を血走らせた弥次郎は、ぼうぜんと船着き場の前に立ちながら、金田半兵衛をさえ疑いたくなってくる。

「いや、そんなことは絶対にない」

「はてな――」

弥次郎はいま明けたばかりの水色の桟橋《さんばし》をにらみまわしながら、

「おい、ここにつないであった屋敷の船はたしか二隻《せき》だった、一隻はどうしたんだ」

と、顔色をかえる。

なるほど、船は一隻しかつないでない。

「ふうむ。そういえば二隻つないであったような気もするな」

昨夜はたびたび船が出たりはいったりしたから、うっかりしていたが、金田も屋敷の船は二隻あったとおぼえている。

「半兵衛、貴公がここを離れていた間、あとをまもっていた者を呼んでみてくれ」

「拙者《せつしや》とこの川合《かわい》のふたりです」

そばにいた浪人組のうちから、ふたりがすぐ名のって出た。

ひとりは村野《むらの》吉兵衛《きちべえ》、ひとりは川合光之助《みつのすけ》、ふたりとも浪人組のうちでは幹部級の人物である。

「貴公たちは半兵衛が持ち場を離れたとき、ずっとここに詰《つ》めきりだったんだろうな」

「一度だけ、ちょっとふたりでここを離れたことがあります」

「なにッ、それはいつのことだ。どうして持ち場を離れたんだ」

思わずたたみかけている弥次郎だ。

「あれはたしか、はじめに中間とかいう使者がここへきて、船をかえしたあと、金田うじが鐘巻さんに呼ばれて茶室へ行ったときです。豊吉という中間《ちゆうげん》がどろだらけになって駆けつけてきて、から井戸の中にだれか落ちているようだ、すぐにきてみてくれというので、よし、おまえここを見張っていろといいつけておいて、人命にはかえられんからと思い、駆けつけてみました」

「それで、だれか落ちていたか」

「いや、われわれがそこへ行ってみると、ふたりばかりが土を投げこんでいるところで、つまり石崎うじの死骸をなげこんで、埋《う》めているところだとわかりました。もどって、豊吉にその話をしてやると、なあんだといっていました」

「おい、だれか豊吉を呼んできてくれ。表門のほうにいるはずだ」

弥次郎は即座にいいつけたが、まもなく豊吉は屋敷のどこにもいないらしいとわかった。

十九

例の茶室は、石崎の死骸《しがい》はすでにから井戸へ埋《う》めさせ、問題の長持ちは血を流した畳といっしょに焼きすて、畳をかえてすっかりもとのとおりになおしてあった。

その茶室で、和四郎は弥次郎から委細《いさい》の報告を聞きおわると、

「そうか――。すると、昨夜の収穫は、礼三郎さまを生き埋めにしたということだけになるわけだな」

と、相かわらず皮肉とも聞こえるような、冷静な念の押し方だった。

「けっきょくそういうことになります」

しかし、それだけでも常人にはできない大きな収穫だという自負《じふ》があるから、弥次郎は昂然《こうぜん》と答える。

「弥次郎、それだけはたしかに信じてもいいのだな」

「これだけはまちがいありません。わしがこの目でから井戸へ落ちこむのを見て、すぐその場で土を投げこませているんですからな」

「すると、船でのがれ出たのは、お京の方、お吟、虚無僧《こむそう》姿の和泉敬之助の三人ということになるか」

「たぶんそうでしょう。中間《ちゆうげん》豊吉が裏切り者だったとすれば、いっさいのなぞは解《と》けます」

「豊吉という男は、ただの裏切り者ではあるまい。おそらく、里方《さとかた》の隠密《おんみつ》だろう。普通の下郎では、それだけの仕事はできぬ」

「なるほど――。しかし、里方からどうしてここへ隠密を入れておく必要があったんでしょうな。隠密なら、むしろ上屋敷へ入れておくはずでしょう」

「むろん、上屋敷へも、いや、国もとへも何人かはいっているだろう。礼三郎さまが国もとを出奔《しゅっぽん》するようになれば、跡めはここの新三郎さまということになる。その辺になにか暗いたくらみはないかと、里方がここへ目をつけるのは、あながち奥方がわが娘だからという親心からばかりでなく、一門親戚《しんせき》のうちに一つまちがいがおこると、老中という要職には政敵が多いから、足をすくわれる恐れがある。その用心のためだ」

和四郎にそれを説明されるまでもなく、弥次郎もその弱点はじゅうぶん利用するつもりでかかった今夜の仕事だったのだ。

「豊吉を少しも疑ってみなかったのは、わしの完全な失敗でした」

これだけは弥次郎もみとめざるをえない。

「弥次郎、豊吉が今夜果たした役割を、もう一度ここで筋を立ててみてくれ」

和四郎が妙なことをいいだす。

夜はまったく明けはなれて、庭で野うぐいすがしきりに鳴きかわしていた。昨夜一晩じゅう殺気だっていた屋敷とは思えないような、日の出前のしずけさである。

「礼三郎さまを生き埋めにしたあとで、わしは中間三人に長持ちをかつがせ、すぐ南辻橋の屋敷へ向かいました。そのあとへお吟と敬之助が、礼三郎さまの様子を見にここへ来た、たぶんお京の方のいいつけでしょう」

「敬之助は外で待っていて、お吟が門をたたいた。豊吉が出て応対をして、奥へ取り次ぎにはいった。どこへなにを取り次ぎにはいったんだな」

「豊吉は表の組頭《くみがしら》石崎五郎をさがしていたといっています」

そう答えながら、それは豊吉の口から聞いたことで、そのまま信じてもいいだろうかという疑問が、ふっと弥次郎の胸へわいてくる。

二十

「豊吉はどこへも取り次ぎはしなかった。なんといって追いかえしたものかと考えながら、いちおう玄関まできて、引きかえそうとすると、その間にお吟がくぐりから屋敷うちへはいりこんできて、石崎組につかまってしまったんでしょう」

弥次郎はちょっとそこで考えてから、

「石崎はお吟の器量に野心をおこして、いきなり当て身をくれ、裏の内木戸の外の炭小屋へかつぎこんだんですな」

と、自信はないがつづけてみる。

「あの辺は表組の持ち場ではあるまい」

和四郎が不審を打ってきた。

「万一発見された場合、そのほうが疑われずにすみますからな」

「豊吉はそれを見かけていなかったのかね」

見かけていれば、当然お吟をほかの場所へ移すと考えられるから、弥次郎も急には返事ができない。

「それにな、弥次郎、お吟のげたは内玄関に投げこんであって、そのわきの玄関べやに刃物で切られた麻《あさ》なわと、女のくしが落ちていたそうだ」

「なるほど――。すると、石崎はそこへお吟を運びこんでおいたのを、豊吉が助けて炭小屋へつれていったということになるんですな。わしがお吟を炭小屋から見つけ出したとき、なわがかかっていない、どうもおかしいと思ってはいました」

弥次郎は悪びれずに、いさぎよくかぶとをぬぐ。

「虚無僧の敬之助のほうはともかくとして、豊吉は奥方を助けて、どこへかくしたのだろう」

和四郎があらためて聞く。

「豊吉がかくすとすれば、やはり炭小屋のはずですな。奥方は敬之助が助けたというこになりますかな」

「かくれた場所は——」

「水門前の物置き小屋」

「二度目にお吟を助けたのは——」

「これは豊吉でしょう」

「やっぱり水門前の小屋へつれこんだのかね」

「どうも、そうとしか考えられませんな」

「水門口の番人どもは、ひどくまたなまけていたものとみえるな。いや、それでは庭じゅうをかためてさがしまわっていた浪人組は、みんなまぬけということになりはせんかな」

「豊吉がついているので、その辺はみんなうまくごまかされてしまったのでしょう」

「そう簡単にひとりできめてしまってはいかんな。弥次郎は地獄に道があったのを、まだ気がつかないとみえる」

「なんといわれます」

弥次郎はどきりとせずにはいられない。

「奥方がここを逃げたとき、おまえはすぐそこの玄関にいたのだ。まして、深窓《しんそう》に育った奥方が、たとえ豊吉が味方だったとしても、外へ逃げ出せるわけはないではないか」

「すると、この茶室のどこかに抜け道があるというのですか」

「わしはそこへ気がついたから、すぐ壁をたたいてみて歩いた。――これを見ろ、弥次郎」

和四郎はすっと立って、床《とこ》の間《ま》へあがり、正面の壁を三尺《しやく》ばかり引きあけてみせる。

「あっ」

壁はぽかりと口をあけて、中は暗い。

「ぬけ道ですな」

弥次郎は思わずうめかずにはいられなかった。

「弥次郎、このぬけ道がから井戸にまで通じていたとしたら、どういうことになる」

和四郎は壁戸をもとのようにしめきって、座にかえりながら聞いた。

二十一

「もう中へはいってみられたのですか」

「いや、まだ調べてはみぬ。しかし、わしは、この抜け道は、ここからから井戸の下を通り、水門口の物置きまでぬけていると見た。なんのために前住人がこんなものを作っておいたか知らぬが、それでなければあまり役にはたたぬからな」

「そうかもしれませんな。それで読めました。豊吉がどろだらけになって水門口の見張りを呼びに行ったのは、一度埋めた井戸の土を下からわきへのけて、水門口まで道を通じたのでしょう」

「まずその辺であろう」

「すると、礼三郎さまは生きていることになりますな」

弥次郎はからだじゅうへじっとりとあぶら汗を感じてきた。

「はじめに奥方を助けたのは礼三郎さまだろう。しかし、そのときはすでにから井戸がふさがっているから、おりを見て庭から脱出するほかはない。女づれだから余儀《よぎ》なく、しばらく自重しているうちに、お吟の事件がおこった。そちがお吟を長持ち詰《づ》めにして船着き場へ出ていったあとで、石崎は北野仙蔵に当て身をくらわし、お吟をさらって逃げようとした。豊吉はまえからお吟の身を心配して、この辺にかくれているはずだから、石崎を刺し殺してお吟を助けた。おそらく、敬之助もこの辺にひそんでいたと見ていい。この三人を、礼三郎さまが壁戸の中へ招《まね》き入れたのだ」

「それでなぞが解けました。いくら庭じゅうを気ちがいのようにさがしまわっても、わからないわけです」

「感心ばかりしていてはいかんな。人数は男が三人、女がふたりになった。しかも、豊吉はちょうちんの用意をしたろう。から井戸の土をかきのけるくらいは、そう手間はかからぬ。そこで、ここをのがれた船は、まずどこへつけると推定するな」

「さあ――。南辻橋は焼けていますから、薬研堀でしょうかな。あそこは船宿だし、礼三郎さまが身を寄せているところです」

「時刻はまだ日の出まえだ。そうわかったら、すぐ手を打ちなさい。とにかく、みんな口をふさいでしまうのだ。あとはなんとでも口実はつく。早いがいい」

和四郎の目がなんとなく冷酷な光をおびてくる。

「やりましょう。こうなればこっちももう絶体絶命の場合です」

こんど失敗すれば、また失敗しましたでは帰ってこられない弥次郎である。

「いいか、弥次郎、このぬけ道がいい例だ。事というものは、あとになってこんなぬけ道があったかと気がついたところでもうおそい。あらかじめぬけ道があるかないかをよく見きわめてから、万全を期する、これが人間の頭の働きというものだ。くれぐれも手ぬかりのないようにやってくれ。いいな」

「心得ておきます」

いわれなくてもそんなことぐらい知っているといいたいところだが、いまそれがいえない弥次郎である。

秘　策

一

その朝――。

老中松平伊賀守は登城まえに居間の廊下へ出て、豊吉の報告を聞いていた。

浜松の事件は、末娘お京の方が忠之にとついでいるだけに、伊賀守にとってもやっかいな問題であった。ただ娘の幸不幸ばかりでなく、一藩を取りつぶすということは多くの家来どもの死活問題なのである。

それだけに、江戸家老宇田川外記が私党を作って、当主を乱行に誘いこみ、家督を乗っ取っておのれの勢力を張ろうという悪辣《あくらつ》な策謀《さくぼう》はゆるしがたい。

が、外記一派の悪謀を外から取りのぞこうとすれば、当然忠之の乱行が問題になってくる。角を矯《た》めて牛を殺すようなもので、けっきょくは家名が立たなくなるのだ。

しかし、その外記一派がすでに忠之を急死させているとなると、もうほうってはおけない。しかも、かれらの毒牙《どくが》はお京の方の生死まで無視し、傍若無人《ぼうじゃくぶじん》にも他家の屋敷に押し入り、その家来を切って放火までしているのである。

「すると、京や礼三郎は、とりあえず根岸《ねぎし》へまいっているのだな」

「はい、なるべく目だたぬところがよろしいかと存じ、当家出入り町人信濃《しなの》屋の根岸の寮を一時借りうけることにいたしました」

「それで、礼三郎はなんと申しているのか」

「事ここにいたっては、至急国もと浜松へ引きかえし、国家老和泉又兵衛と連名にて、忠之さま急死を公儀《こうぎ》へ届けいで、番町《ばんちょう》の忠正《ただまさ》さまの嫡男正太郎《しょうたろう》さまをお跡めに願い出るほかはないというお覚悟のようでございます」

「つまり、公儀の裁断にまとうというのだな」

「たとえ家名が断絶しても、この際小細工を弄《ろう》すべきでないとしているようです」

「お京はどんな考えのようだ」

「お京の方さまは浪人香取《かとり》礼三郎と生涯《しょうがい》を共にしたいお心のようでございます」

豊吉はずばりといって、主人の顔を見あげる。

「ふうむ。――礼三郎は事件落着のうえは浪人する気でいるのか」

「もともと市井《しせい》に埋《う》もれる気で国もとを出奔《しゅっぽん》したのだそうで、家名に未練は少しもないと申しておられます。申しおくれましたが、お京の方さまも二度と上屋敷へはもどらぬお覚悟のようでございます」

「さようか――」

伊賀守は、しばらく朝の庭へ目を遊ばせてから、

「豊吉、礼三郎にな、嘆願書は土居《どい》どのにあてるがよいと、そちの思いつきのようにして耳に入れておくがよい」

と、いつもと少しも変わらぬ声音《こわね》だった。

「心得ましてございます。つきましては――」

「そちもなにか望みがありそうだな」

「このたびのお役目相《あい》すみましたるうえは、てまえもお暇を願い、町人でご奉公いたしたく存じます」

「小湊屋《こみなと》へ婿《むこ》入りいたすのか」

「ご賢察《けんさつ》恐れ入ります」

豊吉は少しも悪びれなかった。

「考えておこう」

伊賀守は即答はしなかったが、明るい顔で、

「ご苦労であった」

と、労をねぎらいながら、すっと廊下を立った。

二

伊賀守は豊吉を去らせると、しばらくひとりで居間にくつろぎながら、思案していた。

老中次席土居大炊頭《おおいのかみ》はものわかりのいい穏便《おんびん》な人がらだから、浜松家のことはむしろこの人に裁断してもらったほうがいいと伊賀守ははじめから考えていた。

諸侯《しょこう》の重臣どものうちに勢力争いがあって、ことに野心家や切れ者がいると、いわゆるお家騒動になることはけっして珍しいことではない。

浜松家の陰謀《いんぼう》派は多少過激すぎて悪質ではあるが、事件はいまのところ藩内だけのことで、天下の政治にまで影響をおよぼすというほどのおおげさなものではない。

したがって、藩内の正義派が自分たちの力で陰謀派も始末することができれば、それで事件は無事に落着するのだ。

ただ、無事にすまないのは、当主がすでに急死して、跡めがきまっていないことである。しかも、当主の急死は毒殺のあとが歴然としている。幕府の規定からいえば、当然家名断絶はまぬがれない。

しかし、幸か不幸か、毒殺された忠之には、ほうっておけばこれも当然家名にかかわるような乱行があった。その点を事なかれ主義で裁量するとすれば、急死として不問に付しておく、そういう前例がまるっきりないこともなかった。

問題は、正義派が陰謀派をどう始末するかである。

それを礼三郎は公儀へ訴え出て、評定所《ひょうじょうしょ》で黒白を争う手段に出ようと腹をきめたらしい。どっちにしてもあぶない家名なら、これがいちばん賢明《けんめい》だろう。なまじ力で争えば、血で血を洗うようになるし、無用の犠牲者を多く出してみたところで、それで家名が立つかということになれば、けっきょくは公儀の裁断にまたなければならないのだ。

――今のうちに評定所へ持ち出してしまえば、半知ぐらいは残るかもしれぬ。

それが伊賀守の見とおしだった。それには、なまじひっかかりのある自分の手から御用部屋へ持ち出すより、大炊頭にすがって取りあげてもらったほうが、公平でもあり、情がかけやすくもある。

――まずそっちはそれでよい。

次はお京の方の身の振り方であった。

これは今のうちに離縁《りえん》を取って、こっちへ引き取ってしまえばそれですむが、おそらく外記一派はただではうむというまい。かれらを納得させるには、相当の手腕駆け引きがいる。

――新兵衛ならやるだろう。

伊賀守は微笑しながら、そばにあった鈴を取って静かに鳴らした。

「お召《め》しでございましょうか」

小姓《こしょう》が廊下へきて両手をついた。

「新兵衛にくるように申しつけてくれ」

「はい」

小姓がさがると、まもなく中岡新兵衛がおなじ廊下へきて、両手をついた。

「新兵衛まかり出ましてございます」

「ああ、これへ進んでくれ」

「はい」

新兵衛は敷居を越して、そこへすわる。

「今夜はたしか深川の通夜《つや》であったな」

「さようかと存じます」

なにをいいだすのだろうと、新兵衛は主人の顔を見まもっている。

三

「新兵衛、当家からも深川へ弔問《ちょうもん》の使者を出さなくてはなるまいと思うが」

伊賀守は相談するようにいう。

「はあ。今夜は三浦老人の通夜もございますが、あちらさまからなにかごあいさつがありましょうか」

そんな必要はありませんといいたげな、新兵衛の顔つきである。

「そのほうは、外記に対面して、丁重《ていちょう》に弔問のあいさつをのべ、そのついでに、お京はたしかに当家へ引き取ったから、公儀へその手つづきを取ってくれるようにと、伝えてきてくれ」

「殿、お京の方さまのご安否《あんぴ》はわかったのでございますか」

「うむ、深川をのがれ出したことだけはわかった。しかし、先方へその説明には及ぶまい。かえって先方が赤面する。ただ離縁だけを取ってまいればよいのだ」

「外記は、独断では返事ができぬと、逃げを打つのではございませんでしょうか」

「その節はそれとなく教えてつかわせ。いずれ忠之どのの病気届けは出さねばなるまい。死んだ者は離縁状は出せぬとな」

「なるほど――」

「あと始末は土居どのに嘆願《たんがん》するがよい。なまじ縁引きをたよりにすると、痛くない腹までさぐられると、いい聞かせてやりなさい」

「かしこまりましてございます」

新兵衛はいちおう承知してから、

「なにぶん、相手は気ちがい犬をたくさん飼っております。お京の方さまのご身辺は心配ございませぬでしょうか」

と、念を押す。

「その心配はない。伊賀は公用に対していっさい私情は持たぬ者だと、はっきり外記に申しておきなさい」

「よく相わかりましてございます」

どうやらすっかり納得がいったらしく、新兵衛はおじぎをしてさがっていった。

――まずこれでよかろう。

二度まで窮地《きゆうち》におちいって、二度まで娘は助かっている。それだけの天運をめぐまれてきているのだろう。

不幸な結婚をした哀《あわ》れな娘ではあるが、恐ろしい窮地を礼三郎とともに切りぬけて、そこに男への深い信頼が生じれば、たとえ栄誉にはめぐまれなくても、これからの人生は女としてかえってしあわせになれるかもしれぬ。

親としての伊賀守は、やっぱり娘に甘い父親だった。それにつけても、この一件を同僚土居大炊頭に託すのは賢明だったと、伊賀守は思うのである。

そのころ――。

中間豊吉は室町《むろまち》三丁目から伝馬《でんま》町のほうへ、用ありげにさっさと歩いていた。目ざすのは薬研堀の小湊屋である。

――親玉にあっちゃかなわない。小湊屋へ婿入りをするのかと、いきなりずぼしをさしてくるんだからな。

若い豊吉はひどく心たのしい。

もともと十石《こく》三人扶持《ぶち》の微禄者《びろくもの》で、このうえどう働いてみたところで、このご時勢ではたいした出世は望めない。お吟がその気なら、いっそ武士をすてて、船宿の亭主どので一生暮らすのも気楽だろう。

急にそんな気になってしまった豊吉なのである。

四

隠密《おんみつ》という役は、細心で、がまん強くて、大胆で、しかも世情に通じていなくてはつとまらない。そういう人がらを求めるとすれば、中以上の士分の間からでは、育ちが違うからほとんど無理だ。微禄者の中の傑出した者にかぎるのである。

しかし、隠密というやつは、どんなにてがらをたてても、それはあくまでも陰の仕事であって、表のてがらにならないのだ。むしろ、あいつは隠密をつとめたやつだとわかると、一藩からけんのんがられて、白い目で見られがちになる。

中間《ちゆうげん》豊吉はそういう事情をよく知っていたので、お吟というすばらしいはねっかえり娘にふところへ飛びこまれたとたん、惜《お》しげもなく士分をすてる気になってしまっていた。

が、こんどの役目はいちおう主人に報告はしたようなものの、浜松家の事件が落着するまでは手がぬけないのである。

しかも、隠密という役目のうえからいえば、あくまで事件の中へまきこまれずに、真相を冷静に傍観《ぼうかん》していて、それを報告すればいいのだが、被害者のうちに主人の娘がいるのだから、こんどはそういかなくなっている。

主人の娘は見殺しにはできない。となれば、勢い事件の渦中《かちゅう》に飛びこまざるをえないのだ。その結果がきょうの報告になったので、これからは隠密としてではなく、お京の方の安全のために働かなくてはならない。

言いかえれば、一度事件の渦中へ飛びこんでしまった今は、隠密としての活動は不可能になってしまったのだ。

――しっぽを出してしまった隠密。

それは隠密としてはだらしのない隠密ということになるのだが、主人伊賀守が暗黙の間にちゃんとそれを承知してくれたのだから、きょうかぎり隠密という役目は解任されたと見ていいだろう。

もう一つ豊吉がうれしいのは、ついでに小湊屋へ婿入りのことまで、主人に黙認してもらったことである。

それにしても、気の早いのはお吟だった。

一行を深川の屋敷からうまく船で脱出させて、豊吉は表門から堂々とぬけ出し、その足で松平家の台所をあずかる御用達《ごようたし》、京橋《きょうばし》の信濃《しなの》屋善兵衛《ぜんべえ》の家をひそかにたたいて、根岸の寮を借りうけることに話をきめ、それから出入りの元締め鶴《つる》屋鶴《つる》五郎《ごろう》のところへまわって、奥方の乗り物を一丁《ちょう》つごうして豊吉が薬研堀の小湊屋へはいったのは、やがて夜の白々明けであった。

ちょうど船の一行もいま着いたばかりだとかで、いきなり飛び出してきたお吟は、

「豊吉さん、あたしもうおとっつぁんにみんな話しちまいましたからね、そのつもりであいさつをしてくれなくちゃだめよ」

と、土間でそっと耳打ちをしていた。

「よし、心得た」

そう返事はしたものの、豊吉はなんとあいさつをしたものかと、まごつかずにはいられない。だいいち、お吟はまだ豊吉の身分は知らないはずである。これだけはいくら夫婦約束をしても、事件がすっかりかたづくまでは、絶対に口外してはならないことでもあった。

が、あいさつに出たおやじの小湊屋仁助《にすけ》は、さすがに苦労人だった。

「このたびは娘がたいへんお世話になりやして」

そうひとこと感謝しただけで、あとはなにも聞こうとしないのである。

五

そのときはひと休みする間もなく、奥方をかごに乗せて、根岸へ立ってしまった。

むろん、その行く先はだれにも告げていない。また、だれも聞こうとはしなかった。

「おとっつぁん、お吟は当分奥方さまといっしょのほうがいいと思うから、あずかっていきます」

出がけにそっと仁助に耳うちをすると、

「なにぶんたのんます」

と、仁助はただひとことといって、頭をさげていた。

かごの先頭には礼三郎が敬之助と肩をならべて立ち、かごわきは鶴屋鶴五郎が自分でかためる。豊吉はお吟といっしょにかごのあとからついていった。

町はようやく明けたばかりで、下谷《したや》へはいるまではほとんど人に出あわなかった。

「豊さん、どこへつれていくの。――根岸？」

お吟はさすがに勘がよかった。

「まあ、その辺かな」

「元締めはだいじょうぶだけれど、あの陸尺《ろくしゃく》さんたちは安心できるかしら」

命のせとぎわをくぐりぬけてきているだけに、お吟はひどく用心深くなっている。

「だいじょうぶだ。元締めが選んでつれてきた男たちだから、その心配はないだろう」

「あたし、船の中で、香取さんにしかられちまったわ」

「どうしてだね」

「奥方さまのそばを、けっして離れちゃいけないって、くれぐれもいいつけられていたんです。それを、敬之助さんといっしょに深川なぞ出かけてしまったもんだから」

「じゃ、敬之助さんもしかられたんだな」

「しかられたわ。その軽はずみが三浦作兵衛を死なせ、お美禰の方を自害させたとは思わぬかっていわれたもんだから、敬之助さんそのとき艪《ろ》をこいでいたんだけれど、へなへなとそこへすわって、両手をついてしまったんです。ほうっておいたら腹を切ったかもしれない」

「そうまでいわれりゃ、あの人だって武士だからな」

「奥方さまがいそいでとりなしてくれました。みんな京が悪かったのです。ふたりが深川へまいったのは、京のいいつけでした。もうふたりをしからないでください。お美禰の方のことも、作兵衛のことも、京に責任があるのですから、一生菩提《ぼだい》をとむらいます。京ひとりのために、みんなに迷惑をかけて、どうすればよいのかと、泣きだしてしまったので、こんどは香取さんもちょっと困ってしまって――」

お吟はそういいながら、いそいで涙をふいていた。

「船はどうしたんだね。その間じゅう流しっぱなしか」

「いいえ、あたししかられているのがきらいだから、敬之助さんにかわって、黙ってこいでいたわ」

「あいかわらず気が強いんだなあ。先が思いやられるぜ」

そうはいったものの、そのきかない気があるから、あの炭小屋でつかまりかけたとき、あねごしんぼうしろ、あとできっと助けに行くと耳うちして、すばやくひとりで逃げ出しても、すぐ納得して泣き声ひとつたてなかった。

——しりに敷かれてもしようがねえ。

と、豊吉はそのときからちゃんと観念している。

六

「豊さん、うちのおとっつぁんどうだった」

お吟は思い出したように聞いていた。

「どうって、おとっつぁんはおとっつぁんさ」

豊吉がわらいながら答えると、

「おとっつぁん、とてもよろこんでるのよ」

と、耳もとへいう。

「ほんとうか」

まだこっちは約束の身分もうちあけていないし、お吟もそんなことは忘れてしまったように聞こうともしない。そんな男を、おやじはどうよろこんでいるんだろうと、豊吉はほんとうにできなかったが、

「ほんとうよ。あたしがいきなり、おとっつぁん、あたしのお婿《むこ》さんきまったわよっていったら、おとっつぁん、あたしの顔をじっと見て、ふうむ、おまえのようなはねっかえりのところへ婿にきてくれる物好きな男があるかなあって、首をかしげていたわ」

と、お吟はうれしそうに肩をすくめていた。

とにかく、豊吉はそのおやじどののところへ、これからお吟のおちつき先を知らせに行かなくてはならないのだ。

それに、奥方からもことばをあずかってきているのである。

豊吉がそんなことを考えながら、やがて薬研堀へはいってきたのは、すでに四ツ（十時）に近い時刻である。

——はてな。

堀の突き当たりへ出て、斜め向こうの堀端《ほりばた》に小湊屋がそれとひと目で見えるところまで来ると、豊吉はふっと気がついた。

そこの堀のあたりにしゃがみこんで、ふたりでなにか話しあっている深編《ふかあ》み笠《がさ》の浪人がいる。

——こいつ臭い。

と、豊吉はすぐににらんだ。

深川ではすでに奥方たちが船でうまく脱出したことを気がつかずにいるはずはない。

気がつけばすぐに追っ手をかける。

お吟がいっしょだし、礼三郎もしばらく小湊屋へ居候《いそうろう》をしていたのだから、弥次郎がまずそこへ目をつけるのは火を見るよりあきらかだ。

そうとこっちもちゃんと承知しているから、ひと休みする暇もなく一行を根岸へつれていってしまったので、その点はざまあ見ろと、赤い舌を出してやりたいところだが、どうしてこの張り込みのふたりの目をくぐって根岸へ帰るか、それが問題になってきた。

が、いまさら小湊屋の前を素通《すどお》りしてみたところで、たぶん見のがすような連中ではなかろうから、豊吉はさっさと小湊屋のほうへ曲がって、かまわず油障子《あぶらしょうじ》をあけた。

土間へはいってあとの戸をしめると、

「やあ、豊吉さんか」

店の炉《ろ》ばたでひとりで一服すっていたおやじが、親しい笑顔で迎えてくれた。

「おやじさん、けさほどはおさわがせいたしやした」

「まあお上がり——。ひと休みぐらいしていってもいいんだろう」

「へえ、おじゃまいたしやす」

豊吉は手ぬぐいで足のほこりを払い、しりっぱしょりのすそをおろして、炉ばたへあがっていった。もう中間はすっかり板についている豊吉なのである。

仁助はさっそく茶道具を引き寄せている。

七

「豊さん、あのおかたたちは、うまくおちつくところへおちつきなすったかね」

仁助は茶をすすめながら豊吉に聞く。

「おかげで無事におちつきやした。それについて、奥方さまからおやじさまにおことばがありやして、お吟はもうしばらく貸しておいてくれるようにとのことでござんした」
　りちぎな仁助は、急に居ずまいをなおして、
「それはわざわざごていねいなごあいさつで、かしこまりましてございますと、
おまえさんからよろしくご返事申し上げておいておくんなさい」
　と、おじぎをした。
「娘さんがいなくて、おやじさまは不自由なことはないかね」
「なあに、おれはもう女房に死なれてから不自由にはなれっこになっているが、
お吟のやつ、あんなはねっかえりで、うまく奥奉公がつとまるのかな、豊さん」
「そんな心配はいりやせんや。なんでもさばさばとやってのけるのが、今の奥方
さまにはかえってたよりになるんでさ」
「そういうもんかなあ。あれは男親育ちで、女のしつけはなんにもしてこなかっ
たんだ。その辺のところは、豊さん、なにぶんよろしくたのんます」
　仁助は豊吉にそれがいっておきたかったのだろう、あらためて頭をさげていた。
「そういわれると恥ずかしい。おれこそしつけのしの字も知らない下郎で、お吟
さんはおれにゃ過ぎものなんだが、そのかわりたいせつにしやす。これだけはお
やじさまにきっと約束しておきやす」

豊吉は本心をぶちまける。

「そのことばが親にとっちゃなりよりだ。けど、豊さん、おまえはまだなかなか年があかないからだじゃないのか」

「そいつは、たぶん、お吟といっしょにお暇がもらえると思っていやす」

「そうか、それならいい。おれももう年だから、早く孫の顔が見てえし、縁《えん》なんてものはこうと話がきまったら、なるべく早くいっしょになったほうが、まちがいがなくていいものなんだ」

「おやじさまにだけそっと耳に入れときますが」

豊吉はあたりにだれもいないのを見すまして、

「お吟たちはいま、信濃屋善兵衛さんの根岸の寮にかくれていやす」

と、耳うちをする。

「そうか。奥方さまはたしかご老中松平伊賀守さまのご息女だったね」

「そうです」

「早くおしあわせにしてあげたいもんだが、ご老中さまでも悪いやつは悪いと頭からきめつけるわけにはいかないところに、世の中の苦労がおあんなさるんだろう」

「おやじさまのいうとおりだ。悪いやつにかかっちゃかなわない。現に、もうここには悪人一味の張り込みが目を光らせていやがる」

「ふうむ。あくまでも香取さんと奥方さまのお命をねらおうっていうんだな。――どうする、豊さん。まさか、ひもをつけてかくれ家へかえるわけにもいくまい」

仁助はまゆをひそめながら心配しだす。

「おやじさまの着物を借りて、ひとつ岡《おか》っ引《ぴ》きに化けてみようと思うんだが、どうだろう」

豊吉が相談するようにいう。

八

「豊さん、舟はこげるかね」

仁助がわらいながら聞く。

「くろうとのようなわけにゃいかないが、つりに行くときはよく舟だけ借りて出かけたから、艪《ろ》や棹《さお》の使いかたぐらいは知ってる」

「それならだいじょうぶだ。豊さん、岡っ引きのふうより船頭のほうがいい。ほおかむりをして、家の桟橋《さんばし》から舟をこぎ出す。かまわず水戸《みと》さまの石揚《いしあ》げ場《ば》あたりへつけて、そこからずらかっちまうんだ。なあに、舟はあとからうちの若い者に取りにやるから、つなぎっ放しにしておくがいい」

「なるほど。じゃ、たのんます」

舟なら、見張りの浪人者たちが気がついても、それから舟を雇《やと》ってこぎ出すまでには、こっちはもう大川《おお》のまんなかあたりへ出ている。豊吉は茶の間《ま》へはいって、中間の看板をぬぎすて、仁助が出してくれた半纏《はんてん》腹がけ股引《ももひ》きに着替える。

「用心のために、匕首《あいくち》か、十手《じって》でも持っていきなさるか」

「いや、なまじそんなものを持っていると、つい気が強くなる。なんでもかんでも足だけをたよりに、逃げるが勝ちときめこみやす」

「うむ、それがいちばんの上分別というもんだ」

「おやじさま、お吟もあっしもここ半月ほどはたよりができないかもしれやせん。なんの音さたもなかったら無事でいるものと見て、心配しないでおくんなさい」

豊吉はあらためて仁助にいっておく。

「よし、わかった。おやじは気長に待っているから、お吟にもくれぐれも軽はずみなまねはしないように、おとっつぁんがいっていたと、そうことづけておいてもらいます」

長年十手稼業《かぎょう》で苦労しているだけあって、やっぱりものわかりのいいおやじさまだった。

「承知しやした。では、出かけやす」

「うむ、そこに艪がある。見送りはおかしいからな、ここで別れるが、じゅうぶん気をつけて行きなせえよ」

「ありがとう。おぞうさをかけやした」

豊吉は土間の壁に立てかけてある艪を取って肩にかつぐと、ふらりと表へ出た。往来《おうらい》を一つ越した前が小湊屋の桟橋になっている。

さっさとそこへ降りていって、柱につないである猪牙《ちょき》にのり、もやいを解《ほど》きながらそれとなく堀の突き当たりのほうを見ると、二つの深編《ふかあ》み笠《がさ》はいそいで立ち上がって、じっとこっちを見ているようだ。

——まぬけだなあ。あんないなか浪人に張り込みなんかつとまるもんか。

豊吉はほおかむりの中でせせらわらいながら、ゆうゆうと猪牙を大川のほうへこぎ出す。

深編み笠はまだぼんやりとそこに突っ立っているようだ。とうとうふたりにはこっちを豊吉と見ぬけなかったのだろう。

こうして、次の日もまたその次の日も、鐘巻弥次郎の手もとへは、これはという思わしい報告は一つもはいってこなかった。礼三郎、お京の方、お吟、敬之助の四人のかくれ家はむろんのこと、下郎豊吉の行くえさえかいもくわからないのだ。

一方、宇田川外記は、お美禰の方の初七日がすむと、黒幕伊豆和四郎と相談のうえ、伊賀守の指示どおりお京の方の離別をみとめ、国もとの当主忠之急病の届け出と、跡めには新三郎を立てたい旨《むね》を、老中土居大炊頭の手もとまで願い出た。

九

弥次郎の取った手段があまりにも悪辣《あくらつ》すぎたので、外記もこんどのお京の方の離婚問題では、里方《さとかた》伊賀守の真意を計《はか》りかね、かなり迷わされた。

外記がいちばん恐れたのは、奥方の縁《えん》が切れると同時に、伊賀守は報復《ほうふく》手段として、浜松家取りつぶしにかかるのではないかということであった。

「いや、そんなことはないでしょう。浜松家を取りつぶす気なら、取りつぶしてからお京の方を引き取ってもいいことで、だいいちお京の方はもうこっちの手の中にはいないのですからな」

そういって小首をかしげたのは和四郎である。

「うむ、そういえばまあそうだが、使者に立った中岡という男は、ほかのことにはいっさいことばをふれずに、ただお京の方を引き取りたいといっていた。わしにはどうも先方の真意が計りかねる」

「ご家老にわからぬことが、拙者《せっしゃ》にわかるはずもありませんが、お京の方の立場から考えて、こっちへもどれば命にかかわる、それが里方にもはっきりわかっているので、娘の命だけは助けたい、それにはいっさいのことを不問に付して、ただ娘の身がらだけを引き取るほかはない、そういう親心が先に立ってのことではないでしょうかな」

われながら少してまえがってな推量のようにも思えるが、和四郎としてもほかに考えようがないのである。

「うむ、親心な」

「そうです。離縁にしておけば、またほかへ縁づけることもできます。それに、あくまでこっちが新三郎さまを跡めにおすとすれば、親としてはよけいお京の方のことが心配になるでしょう」

「お京の方はもう里方の手の中へもどっているのだろうか」

「いや、おそらくもどってはいないでしょう。これは礼三郎さんが離しません。跡め問題であくまでも争うとなれば、礼三郎さんにとってもお京の方はたいせつな人質ですからな」

「なるほど、それで読めた。奥方の離縁を取ってしまえば、礼三郎さんも人質にしておいてはしようがない。無事に里方へ送りかえすだろうという、つまり一石二鳥のねらいがあるんだろう」

「それに、老中という地位からいっても、跡め問題にあまり深入りすると、あとでなにかととばっちりをうけなければならない。それもあるから、こんどは大炊頭さまにすがって、早く家中の騒動をまとめるという腹にもなるんでしょう」

「よし、ではこの際思いきって離縁を承知して、里方がいっさい不問に付そうという腹なら、新三郎どのを堂々と跡めにおし、ついでに忠之どのの急病を届け出てみようではないか」

外記の腹はやっときまった。当主の急病はなるべく早く届け出ておかなくてはならない。それを届け出るとなれば、当然跡めをきめなければならないのだ。一方からいって、礼三郎の行くえが知れないのは、向こうは向こうでどんな策動をしているかと、多少不安がないでもなかったが、そっちは弥次郎が責任をもって網を張っているのだ。とにかく、打つ手だけは打っておこうと、伊賀守の指示どおりに手を打ったのであった。

十

それから五日めに、老中土居大炊頭から浜松家へ意外な差し紙がついた。

取り調べたき儀《ぎ》これあり候《そうろう》につき、国もと部屋住み松平礼三郎儀、国家老和泉又兵衛つきそいのうえそうそうに出府《しゅっぷ》いたすべく候。

そういう文面で、なお使者の口上がそえてあった。

「これは役目のうえではなく、てまえの一存からでござるが、このたび礼三郎どののお呼び出しは、なんのためかおわかりかな」

使者は自分の一存として切り出してきた。

「さあ、お跡めのことについてでございましょうか」

応対に出たのは外記に堀川儀右衛門で、外記は渡りに舟と聞いてみた。

「むろん、それもある。てまえの聞くところでは、このたび国もとの礼三郎どのから、国家老和泉又兵衛連名のうえで、当主忠之どの急死の届け出があり、跡めについては番町の忠正どの嫡子正太郎に仰《おお》せつけられたい儀を嘆願《たんがん》してまいっているそうだ」

「な、なんと申されます」

こっちからは急病の届け出がしてあるのだから、外記は顔色をかえずにはいられなかった。

「当江戸屋敷からはまだ三河守《みかわのかみ》さま急逝《きゆうせい》の届け出はないが、それはともかくとして、跡めは新三郎どのにと願い出ている。その食い違いをお取り調べになるのだが、このままでいけばどうしても評定所《ひようじようしよ》で対決ということになる。そこまで行ってしまっては、ご当主急逝が当然問題になってくるので、そのまえによく国もとと話し合いのうえ、双方の嘆願をいちおう取りさげて、跡めの儀を一つにまとめてあらためて願い出るようにしてはどうか、てまえ一存として申し入れておく」

「ご厚情《こうじよう》のほどかたじけなく存じます」

「申すまでもないことだが、このうえの騒動はかならず相慎《あいつつし》みますように」

使者はそう念をおして帰っていった。

外記一派はこれで完全に礼三郎に出しぬかれてしまったのである。

しかも、礼三郎組があえて忠之の急死を届け出てしまったのは、家名断絶もやむをえない、家名にかけて正不正を争いたいから、天下の評定所で対決させてくれと、江戸組ののどもとへ匕首《あいくち》を突きつけたことになるのだ。

「どうする、和四郎」

外記はまったく手段に窮《きゅう》して、和四郎の才覚をたよるほかはなかった。

「伊賀守さまに、まんまといっぱいくわされましたな」

和四郎は思わず苦笑していた。

「すると、こんどの知恵は里方《さとかた》から出たと申すのか」

「いや、もう里方ではありません。お京の方は離縁《りえん》になっているんですからな」

「それはそうだ。だから、浜松家などもうつぶれてもかまわないというしうちに出たのかな」

「そうではないでしょう。家名にかけても跡めを争う、これは礼三郎さんの考えから出た。評定所へ出れば、小細工しているだけこっちの負けです。そのうえで半知ぐらいは残る。そう踏んだのが伊賀守さまです。跡めに番町を持ってくるなどは、敵ながらまったくうまい」

和四郎はひとりで感心していた。

十一

「和四郎、こんどは万策つきたということになるのか」

外記はわざと観念したような顔をしてみせる。

「そうですな。このまま黙っていれば負ける。負けるということは、命のないことです。どうせない命なら、いちかばちか、ひとつ思いきった手を打ってみましょう」

和四郎の顔に冷たい微笑がうかぶ。

「そんな手があるか」

「評定所の対決は、相手があってのことです。相手がなければそれまでの話でしょう」

「それはそうだ。しかし、相手が頓死《とんし》でもしてくれればとにかく、こんどは差し紙がついているでな、うかつなまねをすると、やはり譴責《けんせき》はまぬがれない」

「しかし、殿さまこのたびのご急死について、近臣中に疑いをはさむ者があり、両人を恨《うら》んで復讐《ふくしゅう》の手段に出たということになれば、これはやむをえないでしょう」

「なるほど――」

「もう一つは、ぜひお京の方を手に入れて、そのほうから礼三郎を納得させるのです」

「というと――」

「お京の方の命と引きかえということになれば、おそらく礼三郎は涙をのんでも手をひくほかはないでしょう。今から思うと、伊賀守さまがお京の方の離縁をいそいだのは、こっちの騒動にまきこまれないためばかりではなく、むしろお京の方と礼三郎はいっしょにしなければならぬ事情にあったからでしょう」

「そう聞いてみれば、なるほどありそうなことだな。しかし、お京の方をこっちの手に入れる手段がむずかしかろう」

「いや、お京の方はまだ里方へもどってはいません。礼三郎が江戸のどこかへかくしているにちがいありません。お吟がいまだに親もとへもどってないのでもわかります」

「そうか。できればお京の方を早く手に入れて、そっちから礼三郎を納得させるほうが上策のようだ」

「おっしゃるとおりです。国もとから礼三郎が又兵衛といっしょに出府《しゅっぷ》するまで、どう早くても十日はかかるでしょう。それまでに、おとりのほうをなんとか手に入れることにしましょう」

「万事任せるでな、なにぶんたのむぞ」

　外記はやっとほっとしたようである。

　この日、昌平橋《しょうへいばし》内の上屋敷からは、老中の差し紙伝達の急使がふたりただちに国もとへ向けられた。

　急使のひとりは、別に和四郎が浜松の一味にあてた密書を託されていた。刺客《しかく》四人を人選して、二組みにわけ、江戸へはいるまでに必ず礼三郎と又兵衛をしとめろという命令なのである。

　外記にはお京の方を手に入れるほうを先にするといっておいたが、お京の方がそれまでに必ず手にはいるかどうかはわからない。

　そんなことをあてにしているより、こっちはこっち、そっちはそっちで、両方一度に手を打っておいたほうが安心である。

——ここまで手を打って、それでも両方失敗するようなら、それまでの運とあきらめるほかはない。

和四郎はひそかにそう覚悟して、その日の昼すぎ、かごで深川の下屋敷へ向かった。

新三郎はすでに上屋敷へ移って、深川は弥次郎が本拠にしているのである。

十二

「弥次郎、お京の方の行くえはまだわからんかな」

弥次郎をつれて、例の茶室へおちついた和四郎は、おだやかに聞いた。

「どうしてもわからんです。礼三郎が江戸の外へつれ出しているんじゃないでしょうかなあ」

弥次郎はひどく神経がいらだっているようだ。あれからすでに半月、ここはと思うところへは残らず網が張ってある。しかも、なんの手がかりひとつ得られないのだから、ついじりじりしたくもなるのだろう。

——それに、この男は奥方が礼三郎といっしょにいるということが気に入らぬ。

身のほどを知らぬ野武士あがりだからな。ちゃんとそこまで見抜いている和四郎だ。

「その心配はなかろう。礼三郎は国もとへ帰っているようだ」

「ほんとうですか、それは」

「うむ、けさ老中土居大炊頭さまから、そのことで差し紙がついた」

和四郎はあらましの話をしてやる。

「憎《にく》いやつですなあ」

弥次郎はいかにもくやしそうである。

「弥次郎にとっては恋がたきでもあるからな」

和四郎はひやかすように、にやりとして、

「しかし、こんどはお京の方はいっしょではあるまい。奥方にはお吟をつけて、きっと江戸のどこかにかくしてある」

と、断言するようにいう。

「まさか、里方の上屋敷へ引き取られているんじゃないでしょうな。それだと、ちょっと手がとどかない」

「そちに手がとどかないようなところでは、礼三郎さんにも不自由だろうからな。

だいいち、お京の方のほうでうむとはいうまい」

「なるほど――」

「それに、上屋敷では町娘のお吟が居づらい。案外手近なところにかくれていると、わしは踏んでいる」

「そうでしょうかなあ。薬研堀のほうはずっと見張りをつけていますが、それらしい出入りは一度もないようです。考えてみると、あの日、中間《ちゆうげん》豊吉を取り逃がしたのはたしかに失敗でした」

「いまさら死児《しじ》の年をかぞえてもしようがなかろう。どうだ、十日以内にぜひお京の方を手に入れたいのだが、そちになにかいいくふうはつかぬか」

「さあ、まさか仁助をさらってきて、拷問にかけるというわけにもいかんでしょう。あれは町方の者ですしな」

「わしが一つくふうしてみようか」

「なにかいい手がありますか」

「骨惜しみをしてはいかんな。まず自分で考えてみることだ」

「むろん、わしは考えるだけ考えて、思いついた手はみんな打ってあります」

「そうか。では、わしがひとつくふうしてみよう」

そんなくふうなどありようがないといいたげな弥次郎の顔つきである。

「お願いします」

「ことわっておくがな、弥次郎、こんどお京の方が手にはいっても、わしに無断でちょっかいを出してはいかんぞ。たいせつな人質になるのだからな」

和四郎はぴしゃりとくぎを一本さしておく。

十三

「わしは別にちょっかいなど出したおぼえはありません」

弥次郎はぬけぬけとそんなしらをきる。

「よかろう。出したおぼえがなければそれでよいから、今後もその覚悟でやってくれ。女色に心が動くと、とかく仕事は失敗するものだ」

和四郎は深くは追及せずに、

「薬研堀へいちばん最初に見張りに行ったひとりは、たしか北野仙蔵という若い男だったな」

と、話題をもとへもどす。

「そうです」

「その後も北野はずっと薬研堀へ詰《つ》めているのか」

「半日交替でずっと薬研堀をうけもっています」

「いま屋敷にいるようなら、ちょいとここへ呼んでみてくれぬか」

「すぐに調べてみましょう」

弥次郎は玄関へ立っていって、そこに控えている小者に、北野仙蔵が控え所にいたらすぐくるようにいってくれと命じた。

ここに集めてある浪人者は三十人ほどで、いまはもっぱら張りこみを仕事にしている。そのうちでも薬研堀の小湊屋の張りこみは最も厳重で、一昼夜を四つにわけ、半日半夜交替でふたりずつが絶えず目を光らせていた。

「伊豆さん、北野仙蔵という男は一本気で、悪気はないが、そのかわりあまり融通《ゆうずう》はきかないほうですぞ」

弥次郎は座にかえって、和四郎にいった。どんな用をいいつけるのかしらないが、仙蔵はここでお吟をつめた長持ちをまもらせておいたとき、味方の石崎五郎に当て身をくわされたうっかり者なのである。

「いや、そういう一本気のやつのほうが、使いようによってはかえって役にたつことがあるものだ」

和四郎はそういってわらっていた。

「鐘巻さん、お呼びですか」

仙蔵が庭のほうからまわってきて、ぬれ縁《えん》の前へ立った。邪気のない童顔で、だれからもかわいがられそうな男だ。

「きょうは北野はいつの交替だったな」

「わしは宵番《よいばん》です」

宵番は暮れ六ツから九ツ（十二時）までの張り込みである。

「そうか。伊豆どのがおまえになにか用があるそうだ」

弥次郎はそう告げて、仙蔵を和四郎にゆずる。

「北野、まあそこへ掛けなさい。毎日ご苦労だな」

和四郎は如才《じょさい》がない。

「失礼します」

「見張りという仕事は、なかなか楽ではあるまい」

「思ったよりほねがおれますな。昼間は人目がじゃまだし、夜はこっちの目が眠くなる。困ったもんです」

正直にいってのける仙蔵だ。

「近所にかわるがわる息をぬくような場所はないのかね。たとえば小料理屋とか、なわのれんの一杯飲み屋とか」

「そうですなあ。そんな場所があるにはありますす」

仙蔵はちらっと弥次郎の顔を見ている。

十四

「それはなわのれんかね、それとも小料理屋かね。あの辺はおしろいくさい女がたくさんいるところだからな」

和四郎はわらいながら誘い出そうとする。

「鐘巻さんににらまれるかもしれないが、わしはときどき赤だことというなわのれんへ行って息をぬきます。小湊屋の近くの横町だし、ちょっと一杯にはちょうどいい店です」

「それに、あの店には看板娘がいるしな」

「伊豆さんは赤だこのお藤《ふじ》を知っているんですか」

仙蔵はちょっと目を丸くする。

「北野は女にもてそうだから、お藤がいつも特別に計《はか》らってくれるのではないかな」

「いや、そんなことはありません。しかし、娘も出もどりとなるとうまいもんですな。だれにでも気があるように見せかけて、親切にしてやるのが稼業繁盛《かぎょうはんじょう》の秘《ひ》訣《けつ》だと、平気でわしにいうんですからな」

「いくつなんだね、お藤は」

「ことし二十一だといっていますが、二つぐらいさばを読んでいるのかもしれませんな」

「それはそうだろう。北野より年が上だとはいいたくあるまいからな。しかし、姉女房というものは親切でいいものだぞ」

「わしにはまだそんな気はありません」

「しかし、お藤のほうにはじゅうぶんそんな気があるのではないのか」

「そんなことはないでしょう」

北野はそういって、正直にちょっと考えているようだ。

「そんなことはないといって、北野はいつも勘定《かんじょう》をまけてもらっているんだろう」

「そういえば、ときどき安いなと思うときはあります。わしがそれでいいのかというと、こっちは稼業ですよと、おこった顔をするんで、ああそうかと、そのまま帰ってきますが、――なるほど、少し変ですな」

「変なことはない。お藤はおまえの女房になりたいんだ。しかし、おまえのほうが年下だし、きらわれているんだとくやしいから、口に出しかねているんだ」

「そうですかなあ」

仙蔵はまだ半信半疑のようである。

「北野、赤だこへは小湊屋の船頭もよく飲みにくるんだろう」

和四郎がなにげなく聞く。

「文吉《ぶんきち》という子分もきます。わしはいつも気をつけていますが、お吟の話は一度も出ないようです」

「それは出るように持ちかけなければ出ない。どうだ、お藤がおまえの女房になりたがっているかいないかをためすにはちょうどいい機会だ、ひとつ手を使ってみぬか」

「どんな手です」

「お藤にはな、おまえから、下郎豊吉をつかまえなければ身が立たないのだとたのみこむ。お藤がほんとうにおまえにほれていれば、きっとおまえのために働いてくれる。よいか、もしお藤がうむといったら、こんどはお藤の口から文吉に、お吟は豊吉と駆け落ちをしているんじゃないかと聞かせてみるんだ。きっと文吉の顔色がかわる。そうなったら、こんどは文吉のあとをつければいいんだ」

あっとひそかに目をみはったのは、北野仙蔵よりむしろそばにいる弥次郎のほうだった。

十五

北野仙蔵はその日伊豆和四郎から応分の軍資金を与えられて、ひとりで薬研堀のなわのれん赤だこへ出向いた。

仙蔵は金田半兵衛の世話でこの浪人組の中へ加えられたので、だいたいにおいて浪人たちはほとんど日当が目あてだから、どっちがいいとか、どっちが悪いとかは問題にしていない。働けば日当がもらえるから、働いているだけのことだ。

しかし、半月ほどこの屋敷にいるうちには、仙蔵にだいたいの様子はのみこめてきた。

奥方を長持ち詰めにしてつれてきたり、礼三郎という主筋にある国もとのご舎弟様を生き埋《う》めにしようとしたり、お吟という岡《おか》っ引《ぴ》きの娘を拷問《ごうもん》にかけようとしたり、どうも自分たちの雇《やと》われている外記派のほうが、こんどの場合に無理をとおそうとしているらしい。

「なあに、大名の家にお家騒動はつきものだ。どっちがいい、どっちが悪いといったところで、理屈というものは双方にある。つまり、勝ったほうが天下を取るにきまっているんだ」

半兵衛はちゃんとそう割り切って、そんなことは気にするなと、若い仙蔵に教える。

それもそうだ。おれは食うに困るからこうして日当をかせいでいるだけだと、仙蔵もその気になってはいるが、どうも悪いほうへ雇われているのは、やっぱりいくらか良心にとがめる。

——よし、これを最後の奉公にして、こんどこそあの組を脱退してやろう。

深川の屋敷を出ながら、仙蔵はこう腹をきめてしまった。

中間豊吉のいどころを突きとめるということは、奥方たちのかくれ家をさがしあてるということになりそうだが、自分にさがし出されるようなへたなかくれ方ならば、ほかの者にだってさがされてしまうだろう。それはこっちが悪いんではなくて、かくれるほうがへまなんだからしようがあるまい。

——しかし、お藤は伊豆さんがいうように、ほんとにおれに気があるのかなあ。

そのことになると、仙蔵はまだ半信半疑だった。

お藤はいつも親切にしてくれるから、きらわれていないことだけはわかっている。しかし、きらわれていないということと、ほれられているということでは、まるっきり事態が違ってくる。

「仙蔵、もしお藤がおまえを好きだといったらどうする」

仙蔵は自分に聞いてみた。

「それがほんとうなら、おれも好きになってやってもいいな」

「じゃ、夫婦になろうといったら、どうする」

「そうだなあ、夫婦になってもいいな。飯の心配をしなくてもすみそうだからな」

なにか胸がくすぐったくなってくる仙蔵だが、

「おれにほれているなんてうそだろう。お藤はしっかり者で、あそこのおやじさえ一目《いちもく》置いているくらいだからな」

と、てきぱきと啖呵《たんか》のきれる強い顔をまぶたにうかべて、どうも信じられなくなってくる。

——変なことをいうと、横っつらを張り飛ばされるかもしれないぞ。

仙蔵は歩きながら、思わず首をすくめていた。

十六

赤だこは、薬研堀の北河岸《きたかし》の中ほどにある横町を、二、三軒はいったところにある。

仙蔵がそこのなわのれんをくぐったのは、八ツ半（三時）近くで、夕がたにはまだちょいと間《ま》があるから、店にはほんの二組みぐらいしかお客はなかった。

「いらっしゃい。きょうは北野さん夜じゃなかったの」

いつもの赤い前だれ、赤だすき姿で店へ出ていたお藤が、なんでもないような顔をして迎える。が、きのうは朝番で、帰りがけにここで朝飯を食ったとき、あすは夜番だといったのもちゃんとおぼえているところを見ると、顔つきほど腹の中は無関心でもないのだろう。

つまり、そこが出もどりで度胸がすわっているし、年も一つぐらいはたしかに姉らしいから、あんまり男に甘い顔は見せたくないのかもしれない。

「おれ、少し困ったことになってなあ」

仙蔵は正直にそういいながら、しかしその顔は口ほど困った顔ではなく、はにかんだような微笑をうかべている。

「こっちがあいてるわ、北野さん」

正面に板場の入り口と並んで、三畳《じょう》ほどの切り落としがあって、土間と間をついたてで仕切ってある。お藤はそこへ仙蔵をあげておいて、すぐにちょうしとつまみ物を運んでくれる。

「なにがそんなに困ったの？　聞いてあげるわ。いま働いているところがだめになったの？」

台を中にして差し向かいにすわったお藤は、酌《しゃく》をしながらさっそく切り出した。

仙蔵はそんなことをお藤がほんとうにしているかどうかは知らないが、この近くにある旗本屋敷の賭場《とば》の用心棒に雇《やと》われているんだと話してある。

「なあに、いまのところはあまりがらがよくないから、もうやめるつもりなんだが、やめるにはひとつてがらをたてなければならないんだ」

「どんなてがらをたてればいいの」

そうはいったが、さてどんなふうに持ちかけたものか、ちょいと切り出しにくい。

「うむ、いま話すよ」


考えてみると、和四郎はお藤が仙蔵に気があるものときめて、だいじょうぶだといっていたので、それをそのとおりだいじょうぶにするには、まずお藤が自分に気があるかどうかをたしかめてからでなければならないのだ。

「困ったなあ、どうも」

「おかしな人ね。だから、その困った話を聞いてあげるといってるんじゃありませんか」

「ほんとうか、お藤さん。——じゃ、おれの杯を一つうけてくれ」

仙蔵は杯をのみほして、お藤にさす。

「ふ、ふ、酔わして聞きたいことがあるってがらじゃないわよ、北野さんは」

お藤はわらいながら杯をうけて、酌をしてやると、ぐいと飲みほして、すぐにかえしてよこして、

「さあ、これでもう気がすんだんでしょう」

と、話のほうをうながす。

「よし、思いきっていうからな、びっくりするなよ」

「これでも江戸っ子ですからね、たいていなことはびっくりしないわ」

「あいにくおれは江戸っ子じゃない。生まれは相州小田原《そうしゅうおだわら》だ」

どうも切り出しにくい仙蔵である。

十七

「お藤さん、正直にぶちまけてしまうけどな、お藤さんはおれがきらいか」

仙蔵は思いきっていって、さすがに顔が赤くなった。

「まあ――」

一瞬お藤の目がどきりとしたように強くなって、まじまじと仙蔵の顔をにらみつけるようにする。

「そうにらまないでくれよ。恥ずかしいや」

「あんた、あたしをからかう気なのね」

いつもほかの客には、こんなとき平気で冗談口をたたいているお藤のようだが、きょうはほんとうにおこったらしい。顔色までなんとなく青ざめていた。

「からかう気じゃない。本気だった。しかし、もういいんだ。きらいだとはっきりわかれば、二度とそんなことは口にしないことにする。忘れてくれ」

仙蔵はいそいでいって、すっかりてれてしまった。

「あんたの困る話ってのは、それだったの」

「いや、その話はまた別なんだ。しかし、もういいんだ。きらわれている人には話してみたってしようがないことなんだ」

「じゃ、あんたはあたしをいろじかけにかけて、あたしをなにかに使う気だったのね」

「違う違う」

あわてて手をふってみせたが、考えてみるとたしかにそういうことになるので、

「困ったなあ。おれはそんな悪党にはなれない男なんだが、ついうっかりしちまったんだな」

と、申しわけなさそうにいう。

「じゃ、ついうっかりあたしをくどいてみたくなったのね」

お藤はなかなか承知しようとしない。

「いや、好きなことは、おれはほんとうに好きだった。夫婦になってみたいなあ

と、ほんとうに考えていた」

「お侍があたしのような女を女房にして、どうする気だったのさ」

「侍をやめてもいいと思った。浪人していると、だんだん人間が悪くなってきそうな気がして、――浪人がいやになってきたんだ」

「いくじがないのねえ、あんたって人は」

いかにもけいべつするようにいいながら、

「あんたに聞きたいことがある。これを一本のんだら、新大橋《しんおおはし》の上へ行って待っているんです。わかったわね」

と、小声で念をおして、ぷいと立っていってしまった。

――はてな、おれが深川の犬になっているのを、お藤は知っていたのかな。

こんな張り込みなどという仕事は、あまり男のやることじゃないと、自分でも多少良心にとがめている仙蔵だから、この新大橋ゆきはなんとなく薄気味が悪い。

が、お藤にいわれたとおり、ちょうしを一本のんで、お梅という小女に勘定《かんじょう》を払い、ぶらぶらと浜町《はまちょう》河岸へ出て、足が新大橋のほうへ向かっているのは、仙蔵にもなにかお藤をあきらめかねるものがあるからだった。

「なにをそんなに考えこんで歩いてるの」

そのお藤が、意外にも、浜町河岸のちょうど中ほどにある本多家《ほんだ》の中屋敷の手前の横町からひょいと出てきて、肩をならべた。ちゃんとよそ行きの着物に着かえている。

十八

「お藤さんか――。おれはもうがっかりしちまったんだ」

仙蔵は正直に情けない声を出す。

「そうお――。なにをそんなにがっかりしたの」

お藤は澄ました顔で聞く。

「つまり、おれはお藤さんに振られちまったことになるんだからな」

「そのほうが、あんたのためでしょう。あたしはこんな出もどりだし、年だってほんとうはあんたより一つ上かもしれないわ」

「そんなことはどっちでもいいんだ。しかし、考えてみると、おれは自分ひとりの口さえ養いかねている。少しずうずうしすぎたんだ」

「いいわ、あんたの困る話ってのを聞いてあげる。話してごらんなさい」

けろりとして、お藤はそんなことをいいだす。

この辺は新大橋まで片側は諸侯《しょこう》の屋敷つづきの長いへいだから、ほとんど人通りはない。もう夕日になりかけた晩春のあかるい日ざしが、大川から深川河岸のあたりをぱっと染め出して、つがいかもめが白い羽を輝かせながら、水面《みなも》をすべるように飛び舞っていた。

「それが、あんまりいい話じゃないんだ」

「しようがないわ。わざわざあんたの話を聞きに出てきてあげたんだもの」

「なんだか、話しにくいなあ」

「おかみさんでなけりゃ、どうしても話せない話なの」

「うむ」

仙蔵はもう話さなくてもいいと思った。浪人組を脱退してしまえば、それですんでしまう話なのだ。

「あんたって人は、ほんとうにぼうっとしているのね。もう少しすれていると思ったのに」

「いや、これでもだいぶすれてきたんだ。お藤さんをくどこうと思ったくらいだからな」

「そんなにあたしが好きなの」

「うむ」

「どこが好きなの」

「みんなだ」

「あっさりおっしゃるわ。じゃ、おかみさんになってあげようか」

「ほんとうか、おい」

仙蔵は耳を疑うように立ち止まっている。

「バカねえ。立ち話なんかみっともない。お歩きなさいよ」

そうたしなめるお藤の目が、いつか熱ぽったくなって、もういつもの強い顔ではないようだ。

「ほんとうかなあ」

仙蔵はまた肩を並べて歩きだす。

「ほんとうなら、うれしい――?」

「そりゃうれしいさ」

「あたしはきらいな男なんか、こうして外へ誘い出しゃしないわ」

「ああ、そうか。じゃ、おれはまるきり振られたわけじゃないんだな」

「もう困った話ができるでしょう。おかみさんだと思って、話してごらんなさい」

「うむ、話す」

仙蔵はそう答えてから、

「しかし、おれの考えが悪かったら、そういってくれ。おれはきっと考え直す」

と、あらためて念を押しておいた。あんまりいい話でないのが、やっぱり気にとがめるのだ。

十九

小湊屋の文吉が赤だこへふらりとのみにきたのは、それから三日ばかりたってのたそがれどきだった。

お藤はもう亭主ときまったかわいい仙蔵のために、あまり気のすすまない役を、いやでもつとめてやらなくてはならない。

「そんな罪なまねは、たった一度だけよ。ようござんすね」

お藤はかたくそう念をおして、やっと納得したのだ。

「うむ、たった一度でいいんだ。おれはそれを置きみやげにして、浪人組をぬけようと決心しているんだから」

仙蔵もちゃんとそう誓ってくれた。

——しょうがありゃしない。黙って浪人組をぬけさせれば、裏切り者にして仙

さんを切るかもしれないんだもの。

お藤にはそんな心配もあったのだ。

お藤はまえから邪気のない仙蔵がきらいではなかった。出もどりだしそれに年

上という弱みもあって、自分から用心して、好きだなどという顔色はけぶりにも

見せないようにしていたが、あの日意外にも、仙蔵のほうから妙なくどき方をさ

れて、あとはまるで弟あつかいに帯まで解いてしまうと、もう一日も離れてはい

られない火のような女にされていた。

同じ町内に住んでいるのだから、お吟や文吉とも知らない仲じゃない。ことに、

文吉は店の定連のひとりでもあった。

——罪だなあ。

とは思ったがかわいい亭主の身にはかえられない。

「文さん、このごろお吟さんの姿をちっとも見かけないようだけれど、どうかし

たの」

心やすだてに酌《しやく》をしてやりながら、ほかにも客はかなりいたが、そのほうががやがやしていて、かえって持ちかけよかった。

「うむ、親戚《しんせき》のほうに少し用があってね、しばらくそっちをてつだっているんだ」

文吉はなにげなくいう。

「そう、それならいいんだけれど、あたしちょいと妙なうわさを耳にしたもんだから」

「妙なうわさ――」

「いいのよ。あたしだって、そんな人のうわさなんか、本気にしてやしません」

「いったい、どんなうわさなんだね」

文吉はすぐに乗ってきた。まえからお吟には気のある男なのだから、いくらか自分でも思いあたることがあるにちがいない。

「こんなこと話してもいいかしら」

「いいとも――。うわさなんてものは、とかくおおげさにできてるものなんだ。悪口だろう」

「どうせそうよ。お吟さん子どもができたもんだから、身をかくしているんだっていう人があるのよ」

「なあんだ、バカらしい。どこのどいつかしらないが、たいへんなうわさをこしらえるもんだな」

「ほんとうにねえ。あたしもたぶんそんなことだろうと思ったわ。どこかの中間《ちゆうげん》で豊吉さんて男がいるんですってね。お吟さんはその中間さんにすっかりだましこまれて、身重《みおも》にまでなってしまったんで、いまふたりでどこかへかくれているんだって、――話があんまりうまくできすぎていますものねえ」

文吉の顔が妙にこわばってくるのを見とどけて、お藤はわざと軽くわらいながら、板場へ立ってしまった。

それぞれの恋

一

文吉《ぶんきち》はこのあいだ親分の仁助《にすけ》から、

「文吉、おれももう年だ。近いうちに岡《おか》っ引《ぴ》きの株はおまえにゆずって隠居するつもりだから、そのつもりで御用を励んでくれなくちゃいけねえぜ」

と、うれしい申し渡しもうけていた。

「ありがとうござんす。きっと精いっぱい励みやす」

感激してそう誓《ちか》った文吉は、むろん親分のことばの奥には、お吟《ぎん》をもらってくれという心が、気持ちがあるんだろうと思った。

一時お吟の心はだいぶ浜松《はままつ》の礼三郎《れいさぶろう》にかたむいていたようだが、これはあまりにも身分違いだから、どうにもなるまいと見ていた。

どうやらそれは文吉の見こみどおりになったようだが、こんどはお京《きよう》の方《かた》に見こまれて、事件がいちおう落着するまで、お相手をつとめなくてはならなくなったようだ。

その奥方さまやお吟を深川《ふかがわ》の新三郎《しんざぶろう》屋敷から助け出したのは、若い中間《ちゆうげん》の豊吉《とよきち》だという。

豊吉は一度薬研堀《やげんぼり》へ、お吟をお京の方の迎えだといってつれにきて、うまく深川の屋敷へひっぱり出している。そのとき文吉は親分のいいつけであとをつけたから、豊吉というやつはよく知っているが、若いに似ずなかなかきりっとしたところのある、ゆだんのできない男だと見ていた。

赤だこのお藤《ふじ》の話だと、お吟はその豊吉といい仲になっているのだという。

――そんなことはない、そいつはただ人のうわさだけの話だ。

文吉はそうわらってしまいたかった。が、なんとなくわらいきれないものが文吉にあるのだ。

こんど礼三郎や奥方をどこかへかくしたのは、いっさい豊吉の才覚だったようだし、あの朝豊吉は親分にも親しそうにあいさつをしていた。いや、あの朝のお吟のそぶりがどうも気になるのだ。

なにかそわそわしていて、文吉のほうなど見向きもしなかったのはいつものことだから、まああたりまえだとしても、あとから豊吉がはいってくると、いきなりその腕をひつかむようにして、なにか二言三言男に耳うちをしていた。

お吟のいつもの性分《しょうぶん》からいっても、なんでもない男にあんなまねをするような娘ではないのだ。あれはもうちゃんと話ができている男と女だからできる仕事なのである。

文吉は今になってそうはっきりと思い当たるのだ。

なんといっても豊吉は一度お吟の命を助けているようだし、いちばん気がもめるのは、もう半月の上もふたりは一つ家に奥方と暮らしていることだ。どうせかくれ家のことだから、そう人目が多いとは考えられないし、しめしあわせてやろうと思えばどんなまねでもできる立場に、ふたりはいるのだ。

――ちくしょう、どうしてくれるかなあ。

相手が礼三郎ならしようがないとあきらめもするが、たかが中間の豊吉ではがまんがならない。その豊吉にぶつかるか、お吟にぶつかるか、なんとかして一度真相をたしかめなくては、文吉は虫がおさまらなくなってきた。

が、困ったことには、そのかくれ家がまったくわからないのである。

親分は知っているかもしれないが、まさか親分には聞けないことなのだ。

二

——おれも岡っ引きのはしくれだ。てめえの足もとにあるようなこんなかくれ家ひとつかぎ出せねえようでどうするもんか。

文吉は歯ぎしりをして奮《ふる》い立った。そして、知恵をしぼって思いついたのは、あの朝お京の方のかごをかついでいったのは人入れ稼業《かぎよう》鶴屋《つるや》の若い者で、たしかに元締め鶴五郎《つるごろう》も供《とも》についていたことである。

そうだ、鶴屋はご老中の松平《まつだいら》さまがお出入り屋敷先だった。元締めのあとをつけまわしていれば、きっとかくれ家へなにかの用で出かけるにちがいない。

文吉はその日から鶴五郎のあとをつけまわしはじめた。が、元締め稼業はつきあいがひろく、しょっちゅうほうぼうへ飛び歩くから、この尾行はなかなかほねがおれた。しかも、いっこうにかくれ家がありそうな場所へは足を向けないのである。

日は二日三日と遠慮なくたっていく。

一方――。

お京の方が根岸《ねぎし》の信濃《しなの》屋の寮へ世をしのんでから、二十日《はつか》あまりの日は夢の間にたって、寮の庭はいつか明るい若葉の季節をむかえていた。

月日というものは、たってしまえば夢の間ということになるが、お京の方にとってこの二十日あまりはけっしてそんななまやさしい一日一日ではなかったようだ。

というのは、この寮へおちついた翌日、礼三郎はあとのことを豊吉とお吟にまかせ、敬之助《けいのすけ》ひとりを供につれて浜松へ急行してしまったからである。

「寮のまもりは、なまじ人手を借りるより、人の出入りをいっさい禁じることだ。わしが帰府するまで、お京どのはむろんのこと、お吟や豊吉もけっして外出してはならぬ」

ここを立つとき、礼三郎は三人にくれぐれもいいおいていった。

日常の買い物は寮番の夫婦でまにあうし、西丸《にしのまる》下の屋敷との連絡は信濃屋の下男に手紙を託せばすむ。

そういう礼三郎の意見で、ここには警固の士はひとりもおかなかった。それでも万一のことがあった場合は、豊吉とお吟がお京の方をつれて逃げる。敵を倒そうなどと血気にはやることは絶対に禁じられていた。

里方《さとかた》の松平家のほうでも、礼三郎のこの意見を入れて、直接に使者をよこすなどということは一度もしなかった。屋敷じゅうでも根岸の寮係は中岡新兵衛《なかおかしんべえ》だけにかぎられ、お京の方が根岸にかくれているということさえ、知っている家来はほとんどなかった。

弥次郎《やじろう》が八方に網を張っても、どうしても根岸のかくれ家がわからなかったのは、この方法が案外功を奏したからである。

その点からいえば、二十日あまりの根岸の生活は、お京の方にしても、お吟にしても、至極《しごく》安心してものしずかにすごせたということになる。

なんの心配もないということは、一面またひどくたいくつだったということにもなる。

お吟は毎日豊吉といっしょにいられるのだからまだいいとして、胸に恋という重荷を持っているお京の方には、その寂しさやるせなさが、日ごとにつのってきて、しだいに物狂わしくさえなってくる。

三

ふしあわせな結婚をして、むすめ妻のまままる三年の間深窓《しんそう》にとじこもり、春の日の目をみなかったお京の方にとって、礼三郎という相手を得て突然ひらいた恋の花は、われながらびっくりするような、身も心も焼きつくさずにはおかない燃えるばかりの真紅の花だった。

しかも、この恋の花は、命のせとぎわにまっくらな抜け穴の中で、いきなり花をひらいたのである。

そして、やっと根岸のかくれ家へのがれ、ほっとしたのはたった一日で、もう翌朝はたいせつな男をまたしても命の旅へ見送らなければならなかった。

「いやです。京もごいっしょにまいります。京はもう礼三郎さまのいないところで、一日も生きていたくはありません」

その夜のお京の方は、まるでだだっ子だった。礼三郎のひざへすがったまま、どうしても離れようとしない。

「困りましたなあ。行って帰って二十五日ほど、おそくても月がかわればそうそうにもどってきます。その間にいっさいのわずらいをかたづけ、晴れて女夫《めおと》になれるんだから、しんぼうしてくれなくては——」

「いや、いやです。京もごいっしょにまいります」

必ず無事にもどれるとはいいきれない道中だけに、お京の方は必死だった。

敬之助たちもおよそのなりゆきを察して、奥の間へは近づかないし、ときどき泉水のこいがはねる水音さえはっきり耳につくほどひっそりと静かな春の夜ふけだった。

途方にくれた礼三郎は、ことばにつきて、しばらく黙ってお京の方の肩を抱いていた。

礼三郎といえども、つれていけるものならつれていきたい、一日も別れていたくはないひとなのである。

せつない愛情がふれあっているからだからからだへ、しだいに火のように燃えあがってくるばかりだった。

——どうにもならない宿命。

礼三郎はふっとそう覚悟すると、黙ってお京の方のからだを軽々と抱きあげて、次の間へ運んでいた。

翌朝、お京の方はやっと納得して、礼三郎を国もとへ見送ったのである。

――もうほんとうの女夫になれたのだから。

そういう安心があったからだ。

が、実際はそれもほんの二日三日のことで、日がたつにつれてまえよりも激しい思慕《しぼ》の情が狂おしいまでにからだじゅうを駆けめぐりはじめた。どんな人のなぐさめも、もう通用しない。自分を自分でもてあますと、お京の方は寝所へのがれてひとりで泣けるだけ泣いてみるほかはなかった。

「豊さん、奥方さまだいじょうぶかしら。あんなことをしていて、もし気でも変になったらどうする？」

そばで見ているお吟も、気が気ではなくなってきた。

「しようがない。まさか浜松へお供するわけにはいかない奥方さまなんだからな」

「じゃ、もし離縁《りえん》になったら、お供してもかまわないの」

「そのときはそのときで、またなんとか考えようもあると思うんだが」

豊吉にもこれだけはどうしようもなかった。

四

お京の方がこんど浜松家から離縁《りえん》になった旨《むね》を、里方《さとかた》の上屋敷から密書で知らせてよこしたのは、根岸の寮へかくれ住むようになってから十日あまりすぎたころだった。

そのきずな一つが思いの種だったお京の方は、

「これでやっと自由なからだになれました」

と、心からほっとしたようである。

「おめでとうございます。きょうからはもう奥方さまではなくて、あのかたの奥さまですね」

そのことでいくらかでも日ごろの気がまぎれれば、これに越したことはないと思い、お吟もそのときはほんとうに安心した。

「ありがとう、お吟。京はこれでだれにも気がねもなく、あのかたのところへまいれます」

「そうですとも。こんど礼三郎さまがおかえりになりましたら、すぐにここでお杯ごとをしましょう」

「やっぱり、それまで待たなければいけませんか」

お京の方はがっかりしたような顔をする。だれに気がねもなくとは、だれに気がねもなく礼三郎のいるところへ追っていけるという気持ちだったらしい。

「それまでになさらなくても、もう十二、三日もごしんぼうなされば、きっとお帰りになるんですもの」

お吟はどきりとして、あわてていった。

「それもそうですね」

そのときはどうやらそれですんだが、それからまた十日あまり、きょうになって、お京の方は突然、

「お吟、今夜鶴五郎に寮へまいるようにいいつけてください」

と、目をすえながらいいだしたのである。お京の方のこのごろはすっかり面《おも》やつれして、凄艶《せいえん》ともいいたい面だちにかわっていた。

「あの、鶴屋の元締めをお呼びになるんですか」

「ええ、ぜひ呼んでください」

どんなご用があるんですとは聞きかねるような顔色である。また、聞かなくて

も、お吟にはおよその見当がつく。

「かしこまりました」

お吟は奥方の前をさがって、いそいで庭へ出た。

豊吉はここへきてから毎日たいくつなので、寮番のおやじに教わりながら、一日じゅう庭木の手入ればかりしている。

お吟ははさみの音をたよりに、築山《つきやま》のうしろの梅林へまわっていった。

「豊さん、たいへんなことになったわ」

「どうしたんだ、そんな食いつきそうな顔をして」

豊吉はわらいながら、どろのついた指で、ちょいとお吟の白いほおをつつく。

「いやだ、そんな——。冗談どころじゃないのよ。奥方さまが、今夜ぜひ鶴屋の元締めを呼ぶようにっておっしゃるんです」

「ふうむ」

「お目がなんとなく血走っているんですもの、いけませんとはいえないし、どうする、あんた」

こっちはもう親がゆるしたおおっぴらな仲だから、お吟はわがからだのように男の腕をひっつかんでいる。

「そうか、それは困ったなあ」

　豊吉の顔からわらいが消えた。

五

「困ったお方さまだ。いよいよ清姫になろうと覚悟されたのだろう」

「あたしもそれが心配なんです。けど、お歩けになるのかしら、五十里《り》も六十里も」

「いや、かりにあす江戸を立つとすれば、たぶん小田原《おだわら》あたりで礼三郎さまの行列に出会えるはずだ。奥方さまはそこまでちゃんと指を折って、計算されているんだろう」

「すると、礼三郎さまはもう浜松をお立ちになっているんですね」

　ああ、そうだったのかと、お吟はやっと思いあたる。

「日取りからいえば、ちょうどそんなことになるんだろう。しかし、それはこっちの計算だけの話だから、実際はどうなっているか、ここからではなんともいいかねる」

「だって、あすこっちから出ていけば、途中で会えることだけはたしかなんでしょう」

「礼三郎さまが予定どおりに浜松を立っているとすればね」

「そんなことといったって、奥方さまは予定どおりに礼三郎さまが立っているときめて、覚悟してしまったんでしょうから、なまじおとめしたって、だめだと思うわ。もうすっかりお目が血走っているんですもの」

「そうだろうな。思いつめた恋ほど悲しいものはない。それに、奥方さまはお吟のようになんでも思ったことをぱっぱっと自分でかたづけてしまうというわけにいかないから、しまいにはつい狂いたくなってくる」

「ふ、ふ、なんだかあたしは奥方さまに悪いみたい」

思わず首をすくめて、お吟の目がとろりと豊吉を見あげる。

「お吟、どうしても奥方さまに思いとまらすことができないとすると、おれもおまえもこんどは命がけということになるぞ」

豊吉の目は、むしろしみじみとしたものをたたえて、いとしそうにお吟の顔を見ている。

「かまわないわ。あたしは死んでも生きてもあんたとふたりなんだもの」

「そうか。じゃ、奥方さまには、豊吉が万事心得て取《と》り計《はか》らっておりますと、おまえから申し上げておいてくれ」

「自分で出かけるの、豊さん」

「いや、礼三郎さまのいいつけがあるから、わしは奥方さまのおそばは離れられない」

「それならいいけれど——」

お吟は安心して家のほうへ帰っていった。

お京の方がこの寮を動くとなると、もう豊吉の一存では計らいかねる。

豊吉は委細《いさい》のことをくわしく手紙にして、上屋敷の中岡新兵衛のもとへ送った。

新兵衛も独断では計らいかねるので、主君伊賀守《いがのかみ》が下城するのを待って、居間へ出て、豊吉からの書状を直接手もとへ差し出した。

伊賀守はしばらく黙念《もくねん》と書状をながめていたようだが、

「新兵衛、これは人目につかんように焼きすてておきなさい」

といって書状をもどした。

「かしこまりました。——して、いかが計らいましょうか」

「やむをえまい。あれは一生日かげ者の身だ。思うようにさせてやるのが親の慈悲《じひ》かもしれぬ。万事よきに計らってやってくれ」

伊賀守の声音《こわね》には、親心があふれているようだった。

六

主人伊賀守から、そちにまかせるといいつけられてみると、中岡新兵衛の責任は急に重くなってきた。

お京の方の意中は、むろん浜松へ行きたいにきまっている。伊賀守は、行きたければ行かせろ、しかし伊賀守の娘として公然と道中させるわけにはいかない。どうしてもしのびということになる。

これが普通のしのびならそう心配はいらないが、お京の方はそれでなくてさえ浜松家からねらわれているからだなのだ。どんなことで途中でまちがいでもあった場合、主家の名は絶対に出させないのだから、ここにめんどうがある。たとえば、死にいたる大事がおこっても、変名のままうまくあと始末をしなければならないし、供《とも》をしていく者は、これこれでおなくなりにましたと、のめのめ自分だけ帰って主人にあわせる顔はないから、腹を切らなければならなくなるのだ。

といって、しのびの道中である以上、そう多くの人数はつれていけない。そんなことをしては、かえって人目にもたつ。

――困ったお方さまだ。

そうは思ったが、一度主命をうけてしまった以上、ぐずぐずしている場合ではないので、新兵衛はすぐ京橋《きょうばし》の鶴屋鶴五郎をたずねた。

「どうかなさいましたか、中岡さん」

鶴五郎はまだ三十を少し出たばかりの年配だが、多くの子分、人足をあつかって、それだけの貫禄《かんろく》はじゅうぶんある男だった。

「少しやっかいなことになってな」

「とおっしゃると、根岸のほうで」

さすがに察しが早い。

「そのとおりだ。豊吉から手紙がとどいてな、お方さまが鶴屋を呼べとねだっていられるんだそうだ」

「あっしをでござんすか。どんなご用があるんでしょうねえ」

これだけは鶴五郎にも見当がつかないらしい。

「知ってのとおり、お方さまは浜松家を離縁になった。中さば日かげのお身ではあるが、もうだれに遠慮もいらない身軽になられた。それやこれやで、急に礼三郎さまに会いたくなられたのではないかと思うんだ」

「なるほどねえ。ご無理はありやせん。いままでしあわせというやつをどこかへ落としてきちまったような毎日だったんですからね」

「殿さまにもそのごふびんがあるから、好きにさせろと仰《おお》せられるのだ」

「すると、根岸さまがあっしにご用とおっしゃるのは、道中の供をせよでござんすか」

「たぶん、そうだろうと思う」

「むろん、おしのびでござんしょうね」

「浪人香取《かとり》礼三郎妻京、それよりしようがあるまいし、ご当人もその覚悟だろう」

「お供は豊吉さんとこの鶴五郎だけということになるんですか」

「お吟もいっしょだろう。どうしても女手《おんなで》がいるしな」

「それでうまくいきやすかねえ。あっしはむろん子分を二、三人用意はしますがね」

「いや、わしもずっと陰供はする」

「それなら安心ですが、ひょっとすると帰りなしということもあるんじゃありゃせんか」

鶴五郎はもうすっかり腹をすえてしまったようだ。

七

「お京の方さまのかくれ家が、やっとわかりました」

北野《きたの》仙蔵《せんぞう》が深川の新三郎屋敷へ駆けつけてそう告げたのは、その日の宵《よい》すぎであった。

「そうか、ご苦労だったな」

あの日以来、深川に陣取って、弥次郎とともに仙蔵の報告を待ちかねていた伊豆和四郎《いずわしろう》は、それがほんとうならこれでどうやらまにあいそうだと、ほっとした。

江戸の急使が国もとへ立った日取りから数えて、礼三郎の行列は今夜あたり蒲《かん》原《ばら》泊まりである。あすは三島《みしま》、明々日は箱根《はこね》を越えて小田原泊まり、小田原から江戸へは二日の道中である。

行列にはむろん刺客《しかく》がつきまとっているはずだが、いまだにそっちからなんの報告もはいらないところをみると、よほど警固が厳重で、容易に手が出せないのだろう。

そっちがうまくいかないとすれば、四日には行列は無事に江戸へ着いてしまうことになる。

せめてお京の方のほうでも手に入れておかないと、策のほどこしようがなくなるのだ。

「で、そのかくれ家はどこだったのかな」

「根岸の御行《おぎょう》の松《まつ》のそばの信濃屋善兵衛《ぜんべえ》の寮です」

「ふうむ、信濃屋の寮な」

うっかりしていたが、信濃屋は老中松平家の御用達《ごようたし》をつとめている。その寮を借りているということは、いかにもありそうなことだ。

「仙蔵、どうしてそれがわかった」

「薬研堀の文吉のあとをずっと追いまわしていました。文吉は松平家お出入りの元締め鶴屋鶴五郎を根気よくつけていたんですが、その鶴五郎がきょうの夕がた根岸の寮へかごを飛ばしたんです。そして、鶴五郎が寮の前でかごをおりて門内へはいると、まもなく豊吉のやつがくぐりからそっと顔を出して、つけているやつはいないかというように、往来《おうらい》を見まわしていましたから、もうまちがいはないと見たんです」

仙蔵はちゃんと急所をおさえてきているようだ。

「よし。そこまで見てくればじゅうぶんだ。寮内のかためはどうだろうな」

「中へはいってみたわけではないから、よくはわかりませんが、ひっそりとしていたようです。とにかく、一刻も早く知らせるほうが先だと思ったんで、いそいで駆けつけました」

「そうか、ご苦労だった。しばらくさがって休んでいてくれ」

「伊豆さん、お願いがあります」

仙蔵はあらためてまじめな顔をする。

「どんなことだね」

「わしは一役すみましたから、もう侍はやめて、お藤と夫婦になりたいと思います。今夜かぎり暇をもらいたいんですが」

「ああ、そのことか――。どうだ、お藤は貴公をたいせつにしてくれそうかな」

和四郎がわらいながらきく。

「はあ、わしはいい女房を見つけたと思っています」

「そうか、そうか。貴公は正直でいい。よろしい。今夜根岸へ道案内をしてくれたら、その場から貴公の好きにするがよかろう」

和四郎は北野の身軽さが、ちょっとうらやましい気さえした。

八

「弥次郎、早いがいい。すぐに根岸へ押しかけてみよう」

和四郎はせきたてるように弥次郎をうながした。

「伊豆さんも行かれますか」

「うむ、たいせつな獲物《えもの》だ。いっしょにまいろう」

「人数は全部つれていきますか」

「そうだな、町人の寮のことだ。そうものものしい警戒はかえって目だつから、案外あっちは小人数だろう。十四、五人もつれていけばことたりると思う。さっそく人選してくれ」

「承知しました」

浪人組は金田半兵衛《かねだはんべえ》以下十五人、これに案内役の北野仙蔵、和四郎と弥次郎とを加えると総勢十八人が、なるべく二人、三人ずつに分かれて深川の新三郎屋敷を出発したのは、五ツ（八時）少しまえだった。

深川から根岸までは三里《り》足らずの道のりだから、御行の松のほとりへ出たのは、やがて四ツ（十時）すぎごろである。

信濃屋の寮は音無《おとなし》川にそった左手にあって、石橋をわたったところにわら屋根門がある。小川にそった生けがきのふちには、ずっと高いけやきの木がならんで、枝葉を茂らせていた。

「ここです、信濃屋の寮は」

仙蔵が小声で和四郎に告げた。

「そうか。――弥次郎、門をたたいてみろ。西丸下の上屋敷からだといえば、案外すなおにくぐりをあけるかもしれぬ」

和四郎はずきんで顔をつつみながら、弥次郎に命じた。

「やってみましょう」

弥次郎もおなじようにずきんをかぶって、しだいに門前へ集まってきた浪人組の中から半兵衛を目で招《まね》き、つかつかと石橋をわたっていった。

もう月末でやみ夜だったが、夜空に星のあかるい晩だった。この辺は田端《たばた》から王子《おうじ》村へ通じる村道になっているから、人通りはまったく絶えている。

「たのうむ。門番、西丸下の上屋敷からまいった者だ、——たのうむ」

くぐり戸をたたいて中へ呼ぶと、

「おうい、いまあけますだ」

寮番のおやじが返事をしながら、疑いもせずに小屋から出てきたようだ。まもなく、ことりと桟《さん》を外して、くぐりをあけ、

「どなたさまだね」

と、なんの気もなく顔を出した目の前へ、

「静かにしろ」

さっと弥次郎は抜き身を突きつけながら一喝《いっかつ》した。

「あっ、乱暴してはいけねえです」

びっくりしておやじがじりじりと後ろへさがるのを追って、弥次郎は門内へはいる。

つづいてはいった半兵衛が、手早く門のかんぬきをはずして門をあけた。

それを待っていたように、浪人組がぞろぞろと全員門内へはいるのを見とどけて、半兵衛はふたたび門をしめきってしまった。

「門番、奥の人数は何人ぐらいいるか。すなおに返事をしたほうが、身のためだぞ」

弥次郎はおどかすように聞く。

「いいえ、もうだれも、だれもいねえです」

おやじはがたがたふるえながら、迷惑そうにいうのだ。

九

「半兵衛、とにかく屋敷をいちおう調べてみてくれ」

「心得た」

金田半兵衛は浪人組をひきいて玄関のほうにいそぐ。

「おやじ、今夜宵の口に、ここへ鶴屋鶴五郎がきたはずだな。命が惜《お》しかったら、なんでも正直にいってしまうんだ」

弥次郎は寮番に刀を突きつけながら、こわい目をしてみせる。

「へえ、おれはなにもかくさねえです。鶴屋の元締めは、たしかに宵の口に、ひとりで奥方さまをたずねてこられたです」

「いったい、奥方さまは何人でここへかくれていたんだ」

「ずっとおつきしていたのは、豊吉という中間《ちゅうげん》さんと、お吟という娘とふたりきりでした」

「なにっ、たったふたりきりか。侍はひとりもついていなかったのか」

「ひとりもいなかったです。たずねてきたこともねえです」

弥次郎はそこに無言で立っている和四郎と、思わず顔を見あわせる。

「それで今夜鶴五郎がひとりでたずねてきて、みんなでどこへ出かけたんだ」

「どこへ行ったかは知らねえだ。あれは五ツ（八時）少しまえだったが、みんなで旅じたくをして、長いこと世話になったが、今夜出かけるからとあいさつをして、どこかへ出ていったです」

「ふうむ、旅じたくをして出かけたのか」

「へえ」

そこへ金田半兵衛を先頭にして、浪人組がどやどやともどってきた。

「おもやにはほんとうにだれもおらんようです」

「そうか、ご苦労だった」

弥次郎はどうしようというように、和四郎の顔を見た。

「引きあげよう」

和四郎はおだやかにいって、

「おやじ、騒がせたな」

寮番に声をかけておいて、先に立ってくぐりから外へ出た。

「旅じたくとはおかしいですな。どこへ出かけたんだろう」

肩をならべながら、弥次郎はまだふにおちないようである。

「おそらく、東海道《とうかいどう》へ出るつもりだろう。行列を迎えに行ったんだ」

「礼三郎をですか」

「鶴五郎は今夜、尾行されたことに気がついたんだ。もうあの寮へおいてはあぶない。どこかへ移そうということになって、そんならいっそ行列を迎えに行きたいと、奥方がいいだす。予定どおりに行けば小田原あたりで出会える勘定《かんじょう》になるんだから、鶴五郎としても江戸にいてねらわれているより、そのほうが安心だということになるだろう」

「なるほど――。すると、今夜は品川《しながわ》か大森《おおもり》泊まりですな」

それが事実なら、もうこっちのものだと、弥次郎はわれにもなく意気ごんでくる。

「弥次郎、今夜はそっとしておいてな、あすの朝一番舟が出るまえに、六郷《ろくごう》の渡しで待ち伏《ぶ》せをかけてみることだ。たぶん、むだ足にはなるまい」

和四郎もこれが最後の決戦だと、ひそかに腹をきめていた。

十

鶴屋鶴五郎がその夜のうちに思いきりよく根岸の寮を旅立つことにしたのは、和四郎が想像したとおり、豊吉がくぐりから往来《おうらい》をのぞいたとき、ちらっと北野仙蔵の姿を目端《めはし》にかけたからであった。

いや、そればかりではない。豊吉がいそいで首をひっこめたとたん、

「中間《ちゆうげん》さん、――もし、豊吉さん」

勢いこんで叫びながら、そのくぐりへしがみつくように飛びついてきたのは、顔見知りの文吉だった。

「やあ、薬研堀の文吉さんだね。どうしたんだ、なにか用かね」

豊吉はもうあわてなかった。仁助がここを教えるわけはないから、鶴屋のあとをつけてきたにちがいないと、とっさに見ぬいてしまったからである。

「すまねえ、豊さん、親分の用できたんだから、お吟さんにひと目会わせておくんなさい」

文吉は仁助の名を出しながら、妙に目の色をかえている。

「まあ、こっちへはいってくれ」

豊吉は文吉を門の中へ入れて、あとをしめきり、

「いまお吟さんをここへよこすから、しばらく待っていてくんな」

と、くどいことはなにもいわず、すぐにお吟を呼びに行った。

「あら、どうして文吉はここがわかったのかしら」

それと聞いたお吟は、さっと顔色をかえたが、

「たぶん、元締めのあとをつけてきたんだろう。そのあとをまた深川の浪人組の若い北野って男がつけていたようだ。わかっちまったものはもうどうにもしようがないんだから、あんまりがみがみいっちゃいけねえぜ。つまらないへそを曲げられると、男は男なんだから、どんなしっぺがえしをくわないともかぎらないからな」

豊吉はそう注意しておくことを忘れなかった。

「ええ、がみがみなんかいやしないわ」

お吟はいそいで門のほうへ駆けだしながら、しかし、よけいなまねをする文吉が、やっぱりおもしろくない。

「文吉、おとっつぁんの用ってなあに」

「しばらくだったねえ、ねえさん」

「そうねえ。あたしがここでなにをしているか、おとっつぁんはよく知っているはずなんだけどなあ。どんな急用なの」

「白状すると、ほんとうは親分の用じゃないんです」

「じゃ、だれの用なのさ」

「別に用ってわけでもなかったんですがね、こんどあっしは親分から十手《じって》をゆずってもらうことに話がきまったんです」

「おとっつぁん隠居するっていうの」

「そうなんです。もう年だから、十手は文吉にやるといいなさるんで」

「けっこうよ。いつまでも年寄りが十手いじりでもないんだから」

「あっしはそのことをお吟さんにいいにきたんだが、ここには豊吉さんがいっしょにいなさるようだね、ねえさん」

文吉の目が急にうらみがましく燃えてきたようだ。

「それがどうだっていうのさ、文吉」

お吟はとうとう腹にすえかねてきた。

十一

「文吉、おまえはたいへんなことをしてくれたようだね」

「なにをです。あっしがなにをしたっていうんです」

「ここにはね、深川からねらわれている奥方さまがかくれておいでなさることは、おまえだって薄々《うすうす》は知っているんだろう。奥方さまばかりじゃない、あたしだって豊さんだって、こんど見つかれば命がないにちがいないんです。三人とも、あの朝、命からがら深川の屋敷から逃げ出したんですからね」

「だから、豊さんは命の恩人だって、お吟さんはいいたいんかね」

「まだそんなことをいってる。豊さんはもうあたしの亭主なんです。おとっつぁんもちゃんと承知していることなんだから、家へ帰ったら聞いてみるがいい」

「それ、ほんとうか、お吟さん」

文吉の顔がさっと青ざめる。

「うそでこんなことをいいますか。だから、おとっつぁんはおまえには岡ッ引《おかぴ》きの株を、豊さんには船宿のほうをゆずって、自分は隠居する気になったんじゃありませんか」

「そうか、——そうだったんか」

「それももうむだになっちまったかもしれない。あたしたちは香取さんが帰ってくるまで、なんとか無事にここにかくれていたいと思って、あたしも豊さんもここからはひと足も外へは出なかった。それだのに、おまえが鶴屋の元締めのあとをつけてきたばかりに、そのおまえのあとを深川の北野とかいう若い浪人者がつけていたって話だ」

「な、なんですって——」

文吉はそれに気がついていなかったらしく、ぽかんと口をあけている。

「今夜はこの寮はまたきっと浪人組に取りまかれてしまう。あたしたち、もうぐずぐずしちゃいられないんだから、早く帰っておくれ」

「ほんとうかなあ、そいつは」

「しっかりおしよ。岡っ引きのくせに、自分がつけられているのを知らずにいるなんて、そんなことでどうするのさ」

「すんません」

文吉は思わずくちびるをかみしめる。

「家へ帰ったらおとっつぁんにね、おちついた先はいずれ知らせるからって、そういっておいておくれ。もし、もしあたしたちにまちがいでもあったら、おとっつぁんのことだけは、文吉、たのむよ」

それがあるから、お吟も文吉をしかりきれないのである。

「すまねえ、ねえさん。あっしがバカだったんだ。このつぐないはきっとしやす。あっしにできることがあったら、なんでもいいつけておくんなさい。命がけで働きやす」

急におろおろしだす人のいい文吉だった。

「こっちのことはいいよ。なまじあたしたちが変な口出しをするより、鶴屋の元締めにまかせておいたほうがいいんです。ただ、おとっつぁんのことだけは、ほんとうにたのむわよ。身寄りのあんまりいない人なんだからね」

「そいつは、ねえさん、あっしがきっと引きうける。——けど、とんだことをしちまったなあ、あっしは」

しょぼんとなってしまった文吉を、せきたてるようにしてくぐりから送り出し、お吟はいそいでおもやへ引きかえしてきた。

十二

「お吟、すぐにしたくをしてください。今夜ここを立ちますから」

奥方の前へ出ると、お京の方は顔を輝かせながら、いきなりお吟をせきたてるのだった。

「ほんとうですか、元締め」

お吟はまだそこにおちついて奥方の相手をしている鶴五郎に聞いた。

「どうも、そのほうがいいようなんだ。岡っ引きにあとをつけられているのを知らずにいた。こいつは鶴五郎の一生の大しくじりで、面目《めんぼく》ありゃせん」

鶴五郎は深く恥じているようである。

「すいません、元締め。うちの文吉が考えなしなもんですから」

お吟は思わず顔を赤くする。

「なあに、岡っ引きはそれが稼業《かぎよう》なんだから、つけられるほうが悪い。文吉って人をしからないように、お吟さんからあとでおとっつぁんによくいっておいてくれ」

むろん、鶴五郎はつけた文吉を根に持つというような狭量《きようりよう》な男ではないようだ。

「それで、元締め、奥方さまをどこへおつれするんでしょう」

「お吟、京はもう奥方ではありません。香取礼三郎の家内です」

お京の方がわらいながら、きっぱりといいきる。

「お吟さん、いまその話をあっしからよく申し上げていたところなんだから、お方さまはぜひ浜松へつれていけと、鶴五郎におっしゃる。あっしとしても、これがお出入り先のお屋敷の姫君や奥方さまでは、お供《とも》するわけにはいきません。あっしがひとりぎめにお供するからには、香取さまという浪人さんのご新造《しんぞ》の資格でないと、道中はできない。そう申し上げると、お方さまはそれでいいとおっしゃる。じゃお供しましょう。そのかわり、お供は、この鶴五郎のほかにお吟さん、中間の豊吉さん、この三人きりということになる。どうだろう、いっしょに行ってくれるだろうね、お吟さん」

お吟ははっとした。たった三人きりでお京の方がまもりきれるだろうか、なによりもそれが心配なのだ。

「元締め、あたしはどうなったってかまやしません。どこへでもお方さまのお供をする覚悟ですが、――道中は心配ないんでしょうか」

「いや、ないとはだれにもいいきれない。それは鶴五郎も打てるだけの手は打つつもりだが、万一の場合は一蓮托生《いちれんたくしょう》、その覚悟がなければこんな乱暴な道中の供は、はじめからできないということになる」

「お吟、京はそれでよいと、鶴五郎に約束しました。そなたもそのつもりで、京といっしょにまいってください。たのみます」

お京の方はそこへ手をつかんばかりの意気ごみである。

「かしこまりました。きっとお供いたします。――元締め、これからすぐにここを立つのですか」

「話がきまったらそのほうがいいと思ってね、いま豊吉さんに御行の松のあたりまで様子を見に行ってもらっているんだ。そのつもりで、さっそく香取さんのご新造さんのおしたくをたのみやす」

まったく足もとから鳥が飛び立つような話だったのである。

十三

鶴五郎はお京の方を平侍《ひらざむらい》の新造《しんぞ》に仕立て、お吟はその女中ということにして、豊吉がひととおり近所を見まわって帰り、いまならだいじょうぶそうだと告げると、即座に根岸の寮を立つことにした。

時刻はまだ宵《よい》にはいったばかりである。

御行の松から坂本《さかもと》へ出て、そこで女たちのためにはかごを二丁雇《ちょうやと》い、表通りをまっすぐ日本橋《にほんばし》へ向かう。

男の供《とも》は豊吉と鶴五郎のふたりきりだが、実は御行の松のあたりから鶴屋の子分が四人、厳重な旅じたくで陰供についていた。

かごが京橋をすぎるころ、子分のひとりが鶴屋へ走って、そこに行っていた中岡新兵衛に、お京の方がいま品川へ向かった旨《むね》を告げる。

「よし、心得た」

新兵衛は若党ひとり中間《ちゅうげん》ひとりを供につれて、これも陰供につく。

新橋《しんばし》でかごを乗りついだ一行は、そのまま足早に品川へ向かう。

「豊吉さん、あっしは今夜の泊まりは大森ときめているんだが、ご新造のからだじゃ少し無理かねえ」

鶴五郎は豊吉にそっと相談してみた。荒っぽい町かごなどには乗りつけないお京の方のことだから、少し心配になってきたのだ。

「なあに、少しぐらい無理でも、やっぱり大森にしやしょう」

「それでいいかねえ」

「もし、かごにゆられるのはもうたくさんだということにでもなれば、それごらんなさい、だから道中は無理でございますと、いいますからねえ」

にやりとわらってみせる豊吉だ。

「なるほど、そういう手もあったねえ」

鶴五郎もにっこりしながら、

「じゃ、音《ね》をおあげになるまで、かまわず飛ばすことにするか」

と、腹をきめてしまう。

「あすの朝、六郷の渡しは一番でござんしょう、元締め」

「あっしはその腹だ、一番で無事に六郷をわたってしまえば、小田原まではもうだいじょうぶと見ていい」

「おれもその考えだ。六郷あたりが、やっぱりいちばんくさいんじゃないかと思う」

「だから、今のうちに音をあげていただくほうが、どっちかといえば安心なんだけれどねえ」

しかし、かごの中のお京の方は至極《しごく》おとなしかった。

「ご新造さま、まだお疲れじゃありませんか」

高輪《たかなわ》海岸へかかったころ、鶴五郎は念のために声をかけてみた。

「いいえ、まだ疲れません。鶴五郎、もうどの辺までまいったのです」

「波の音が聞こえるでござんしょう。ここは高輪海岸でござんす」

「このままずっと小田原までまいるのですか」

「いいえ、今夜はせいぜい大森まででございましょう。あと二里《り》ほどでござんす」

「そうですね。そう無理をしなくても、どうせ明々日でないと、香取は小田原へ着かないのですから」

音をあげるどころか、お京の方はこのまま小田原へ走りつづけてもいいぐらいの元気のようだ。

十四

その夜、大森の旅籠《はたご》で一夜をあかした一行は、翌朝はまだ暗いうちに旅籠を立たなければならなかった。

大森から川崎《かわさき》へ一里半、明け六ツまえまでに六郷へ着いていなければ、渡しの一番舟にまにあわないのだ。

女たちふたりは、むろんかごである。

「ご新造さま、お疲れじゃございませんか」

ゆうべがおそいうえにけさが早いので、豊吉が心配して聞いた。

実は、疲れたといってくれればしめたものだ。もう一日ここへ泊まって、あわよくば品川へ引きかえしてしまう手もあると考えてのことだったが、

「いいえ、だいじょうぶです。――お吟はどうなの」

と、かえってお吟の心配をするほど、お京の方は元気だった。

「お吟、奥方さまは少しもまいっていないようだね」

おりを見て、そっとお吟に聞いてみると、

「だめよ、思いとまらせようとしたって、奥方さまは道中へ出てから、香取さんのご新造さまといわれるのがうれしくてたまらないんですもの」

と、お吟はわらっていた。

「そうか。じゃ、やっぱり行くところまで行くほかないな」

「そうよ。いやがらせなんかいっちゃ、おかわいそうよ。ただ香取さんに会いたいばかりに、どんなことでもがまんしているんですもの」

「いや、別にいやがらせなんかいうつもりも、するつもりもないんだが、なるべくなら安全な道を選びたい。いってみれば、ここに泊まって待っていても、香取さんは二、三日うちにはきっとここを通ることになるんだからね」

「それはそうだけど、それが待っていられないほど、奥方さまは思いつめておいでになるんです。今までなに一つご自分の思いのままにはできなかったんですから、あたしたちでできるだけわがままを聞いてあげましょうよ」

お吟は心からお京の方に同情してしまっているようである。

父伊賀守もそのふびんがあるから、自由にさせようという気持ちなのだと、豊吉は中岡新兵衛からも聞かされている。

「よし、おれもこれが最後のご奉公なんだからな。それに、こっちはおまえとふたりなんだし、どこまで行ったって文句はないはずだ。そのつもりで出かけることにしよう」

豊吉はちょうちんを持ってかごの先を走った。

鶴五郎はお京の方のかごわきについて走る。

小一町《ちょう》とは離れないうしろから、新兵衛主従《しゅじゅう》が鶴屋の身内といっしょに走っているはずである。

えんほい。

えんほい。

二丁のかごはしだいに六郷の渡しへ近づいて、東の空から白々と明けそめてきた。

街道には薄い朝霧が流れているようである。きょうもいい天気のようだ。

豊吉は走りながら、ちょうちんの火を消して、ふところへしまった。

やがて、前方に六郷土手が黒々と、霧にぼやけて見えだした。まだほとんど人は通らない。

まもなく明け六ツの鐘が打ちだすはずである。

十五

「元締め、どうやらくさいようだ」

豊吉は土手の上へちらっと人影が立って、すぐに向こう側へ消えたのを目ざとく見てとったのだ。

「あっしも見やした、中山《なかやま》さん」

鶴五郎はつい豊吉の姓を口にしながら、すっと肩をならべてくる。

「やっぱり、一番舟をねらったようだな」

「ねらうとすれば、まずここがいちばんたしかですからね。あっしが応対して、あとの加勢がつくまで時をかせぎやすから、中山さんはなるべくかごのそばを離れないようにしてください」

「合点《がってん》だ。こっちは総勢九人、相手はどうせ金で雇《やと》われている浪人どもだから、きっとなんとかいく」

「そのつもりでやりやしょう」

男を売る稼業《かぎょう》だから、度胸という点になれば、侍以上のものを持っている鶴五郎である。

それに、豊吉がなによりも安心なのは、敵は絶対に女たちは殺さないということである。

「かご屋、もし敵が出たら、かごをおろして、おまえたちは逃げていてくれ」

豊吉は後ろへさがって、かご屋にいっておく。

「へえ」

「豊吉、敵がいるのですか」

お京の方がかごの中から聞いた。

「はい、待ち伏《ぶ》せがあるようでございます。こっちにもその用意はございますから、てまえが声をかけるまで、かごからお出ましになりませんように」

「ご苦労ですね、豊吉」

お京の方はわりにおちついているようである。もっとも、たとえどんな敵が出ても、自分ではどうしようもないのだから、いっさいを供の者にまかせて、あとは運にまかせるほかはなかったのだろう。

鶴五郎が先頭に立って六郷の土手を越すと、はたしてまだ夜があけて間もない河原に、十五、六人ばかりの浪人組が舟着き場への道を擁《よう》して待ちかまえていた。

「おい、ちょっと待て」

ぬっと鶴五郎の前へ立ちはだかったのは、鐘巻《かねまき》弥次郎である。けさは敵もみんな覆面《ふくめん》なしで、堂々と顔をさらしていた。

「なにかご用でござんすか」

鶴五郎はおとなしくかぶっていた笠《かさ》をぬいで、わざとふしぎそうな顔をして見せる。

「そのほうはたしか、京橋の鶴屋鶴五郎だな」

「へえ、あっしは鶴五郎でござんすが、お武家さんはどなたさまでござんしょう」

「わしは鐘巻弥次郎という者だ。こう名のったら、名まえぐらいは聞いているだろう。用件はそのかごの中の婦人をこっちへわたしてもらいたい」

弥次郎はずばりと切り出す。

「すると、だんなはこのかごの中のおかたをご存じなんですかい」

「鶴五郎、この場になってとぼけるのはやめろ。おまえはなにもかも承知で、こんどのお供を買って出ているはずだ。すなおにかごをこっちへわたすか、それとも刀にかけて受け取るか、返事は二つに一つでよい。どっちだ、鶴屋」

「いきなりそんな追いはぎみたいなことをいわれても、こっちは返答に困るんですがねえ」

鶴五郎は当惑顔をしながら、陰供の追いついてくるのを心待ちにしている。

十六

「半兵衛、切れ」

獲物《えもの》はすぐ手のとどくところにいるのだ。じゃまのはいらぬうちにと思った弥次郎は、金田半兵衛をふりかえって断然命じた。

「心得た。――下郎、行くぞ」

半兵衛が抜刀《ばっとう》したのと、

「うぬッ、人非人」

鶴五郎がこやつさえかたづけてしまえばと、いきなり長わき差しを抜き討ちに、弥次郎に切ってかかったのと同時だった。

が、さすがに弥次郎はゆだんなく、ぱっと飛びさがって、

「それッ、一同かかれ」

と、怒号《どごう》する。

初太刀《しょだち》を仕損《しそん》じた鶴五郎は、それ以上弥次郎を追うすきはなかった。

「おのれッ」

一呼吸おくれた半兵衛が、いささかあわてぎみに切って出たからである。

「くそッ」

鶴五郎も町道場でひととおりの修業はしているうえに、真剣勝負となれば持って生まれた度胸と腕力がものをいう。半兵衛の一刀をすばやく引っ払っておいて、もうじっとしていては取りまかれてしまうおそれがあるから、

「えいっ、――とうっ」

長わき差しを左右にたたきつけながら、火のように敵の中へ飛びこんでいく。

「わあッ、たたっ切れ」

「気をつけろ」

ふいをくらった浪人組は、どよめき打って一度は飛び散ったが、たちまちいっせいに抜刀して鶴五郎を押っ取りかこもうとする。が、敏捷無類《びんしょうむるい》の鶴五郎は、ねずみ花火のように四方八方へあばれまわるので、どうにも手がつけられない。

「半兵衛――」

その間に弥次郎は半兵衛をうながして、そこにおりている二丁《ちょう》のかごのうち、豊吉がまもっているかごのほうへつかつかと進んでいった。

「豊吉、きさまよくも裏切ったな」

弥次郎は冷酷な目をして、豊吉をにらみつける。この下郎が裏切ったばかりに、このあいだはせっかく網にかかった礼三郎とお京の方とをまんまと取り逃がしているのだから、ことに恨《うら》みが深い。

「冗談いっちゃいけやせん、ご主家を裏切って殿さままで一服盛った悪党さんはどなたさまでござんしょうね」

豊吉は恐れげもなくやりかえして、にやりと不敵な冷笑さえうかべた。

「うぬッ、――たたッ切れ、半兵衛」

「さあ、いらはい」

言下に豊吉が、こういうこともあろうかと木刀がわりにさしてきた長わき差しをとっさに抜き放つ。これは腕にじゅうぶんおぼえがあるから、堂々たる青眼だ。

「下郎、やるなあ」

半兵衛はいささか甘く見たらしく、いきなり大上段に振りかぶってきた。

「えいっ」

「とうっ」

豊吉はじりじりと間合いを詰《つ》めて出たが、そばに弥次郎が目を光らせているので、あまりお京の方のかごから離れるわけにはいかない。たのみの綱《つな》は、もう陰《かげ》供《とも》の連中が追いついてくれるだろうということ一つにかかっている。

十七

ちょうどそのとき、陰供の連中が土手を越えて、

「それッ」

「わあッ」

と、いっせいに抜刀しながら河原の乱闘へ突入してきた。

――よし、もうだいじょうぶだ。

豊吉はやっと少し安心しながら、

「とうッ」

一気に前の敵に火の出るようなもろ手突きを入れていった。

「おうッ」

半兵衛は、必死に上段から豊吉の突きを引っ払って、だっと六尺《しゃく》ばかり飛びさがる。

「えいっ」

「とうっ」

思わぬ強敵と見た半兵衛は、たちまち一刀を青眼になおして、こんどこそ本気になってきた。

こうなれば腕はおよそ互角、切るか切られるかだから、どっちもうっかり仕掛けることができない。いや、ふたりとも相手の剣先以外に気を散らしてはならないどたん場に立ってしまったのだ。

河原の乱闘に参加した陰供の七人は、それっと立ち向かった浪人組にさえぎられて、まだひとりもかごのそばへは近寄れない。

なんといってもきょうの浪人組はそれだけの腕を買われて、しかもそのうちから十五人だけよりすぐって弥次郎がつれてきているのだから、それでなくてさえ人数のすくないお京の方組は苦戦はまぬがれない。

——今だ。

それと見た弥次郎は、自分のそばを駆けぬけようとした浪人組のひとりを呼び

とめ、

「加藤《かとう》、貴公はあっちのかごへかかって、乗っているのは薬研堀のお吟だ、かごから出ないように引きとめておいてくれ」

といいつけた。

「心得た」

「けがはさせるなよ。いいな」

「わかっています」

加藤はばらばらっとお吟のかごのほうへ走り寄る。

その間に、弥次郎はさっとお京の方のかごのたれを引きあげ、

「お方さま、失礼します。ここにいてはおあぶのうございますから、なにとぞかごからお出ましを願います」

と、そこへ片ひざを突いた。

「弥次郎、無礼でしょう」

お京の方は青ざめた顔をしながらも、きっと弥次郎をにらみつける。

「無礼は承知のうえです。ここは乱刃の中、おけががあってはならんと思うので、声をおかけしたのです」

一度はこのすばらしい女体《にょたい》をわが胸の中へとりこにしたことがあるのだ。そのお京の方の美貌《びぼう》をすぐ目の前に見ながら、弥次郎の心はあやしく燃え上がってくる。

「お黙りなさい。そなたのような男は、顔を見るのもけがらわしい。おさがり」

お京の方は心からうとましそうに、美しいまゆをひそめてみせるのだ。

「強情《ごうじょう》ですな、あいかわらず」

弥次郎はふてぶてしくいって、苦わらいをしてみせる。

十八

「この期《ご》におよんで、ただはゆるしません」

弥次郎は急にこわい顔をしてみせながら、ぐいとお京の方のきき腕をわしづかみにした。

「な、なにをする」

おびえて身を引こうとするのを、かまわず力まかせに手もとへ引きつけたから、つかまれた腕の痛さに、お京の方はさからいかねて、いやでもかごの外へ出るほかはなかった。

「お立ちなさい。あなたはもう弥次郎のとりこなんだ。おとなしくいうことをきかなければ、刺しますぞ」

弥次郎は右手でふところの短刀をぬいて、ぴたりと胸もとへ突きつけながら、強引に引っ立てる。

——こっちは命がけなんだ。情けなどかける必要はあるもんか。

じゃまのはいらぬうちに早くここを立ちさらなければ、また失敗する。

川下の葦《あし》の中に舟が用意してあって、ともかく一度海へこぎ出し、羽田《はねだ》へつれていくというのが弥次郎の計画だったのだ。

「豊吉、——お吟」

お京の方は救いを求めて身もがきしてみたが、そのお吟は浪人組のひとりにきっさきを胸もとへ突きつけられていて、かごから出ることさえできないし、豊吉は豊吉で強敵金田半兵衛を向こうにまわしているので、どうしようもない。

「未練ですぞ、お方さま」

弥次郎はずるずるとお京の方をひきずるようにして、川下の河原の葦むらへ歩きだした。

「鶴五郎、――豊吉」

そのお京の方の必死の声さえ、河原いっぱいにひろがっている乱闘のすさまじい雄叫《おたけ》びにかき消されて、もうだれの耳にもはいらなかった。

「おとなしくなさい」

すぐそこにたけなす葦むらが見えだして、朝風にやささやとそよいでいる。この深い葦むらの中へひきずりこまれてしまっては、なにをされるかわからない。それを裏書きでもするように、弥次郎の目がぎらさぎらと悪魔のように燃えだしているのだ。

――ふ、ふ、和四郎は煩悩《ぼんのう》をおこすなよといっていたが、舟の中へつれこんでしまえば、もうこっちのものだからな。

事実、弥次郎の胸の中には、そんな執念《しゅうねん》の火がめらめらとうずをまき出していた。

だから、かいなく身あがきする女体のなまめかしさにばかり目を奪われていて、いま川崎河岸《がし》のほうから一番の渡し舟がそこの舟着き場へ着いたのを、ついうっかりしていた。

渡し舟の客はたったふたり、どっちも深編《ふかあ》み笠《がさ》をかぶった旅の武士である。

舟が桟橋《さんばし》へ着いたとたん、ふたりは待ちかねていたように舟からおりて、ひとりは河原の乱闘のほうへ、ひとりはお京の方を葦むらの中へひきずりこもうとしている弥次郎のほうへ、ものをもいわず走りだした。

「弥次郎、――弥次郎」

弥次郎の背後へ迫った長身の武士が、静かに呼ぶ。

「なにッ、――何者だ」

ぎょっとして弥次郎がふりかえる。深編み笠の旅の武士で、味方ではないとひと目でわかったから、短刀もお京の方も一度に放して、弥次郎はとっさに一刀の柄《つか》に手をかけている。

十九

「弥次郎、醜《みにく》いぞ」

武士はしかりつけるようにいいながら、かぶっている深編《ふかあ》み笠《がさ》をぬぎすてた。

「あっ、礼三郎――」

弥次郎にはまったく意外だった。礼三郎は行列を仕立てて国もとを立ったはずで、箱根を越えるのはどう早くてもあすになるはずなのだ。

が、例によって行列の中におとなしくしていられなくて、こんなとっぴなまねをしているのだろう。それならそれで、かえって始末がいい。ここでかたづけてしまえばそれまでの話なのだ。

「ああ、わかった。だれかに一日も早く会いたい、つまり恋ねことというやつなんですな」

弥次郎はそんな悪態を飛ばしながら、われにもなく急にむらむらっと激しい嫉妬《しっと》を感じてきた。くそッ、お京の方をわたしてたまるかと、目が血走ってくる。

礼三郎は冷然と刀に手をかけたまま、弥次郎の出ようを待っている。

その目に、きょうこそ無礼討ちにしてくれるという決意が、はっきりと見えているのだ。

――うぬッ。

負けてたまるかと、弥次郎も憎悪《ぞうお》と敵意をろこつにして、闘志をみなぎらせてくる。

たかが若殿芸、腕では絶対に負けない自信がある。

が、なんとなくむぞうさに抜刀《ばっとう》しかねるものを感じるのは、相手の冷然たる態度のうちに、一段高いところからバカ者めがという気持ちで、こっちを見おろしているふうが見えるからだ。いわゆる位負《くらいま》けというやつだろうか。

——くそッ。

弥次郎は反発して、じりじりと間合いを詰めて出た。

礼三郎は黙って見ているだけだ。

抜きうちをかけるにはまだ距離が少しありすぎる。

——くそッ。

呼吸を詰《つ》めながら、弥次郎はまたしてもすり足に、全身を神経にしながらじりじりと肉迫していった。

踏みこんで抜きうちに引っ払う。ただそれだけのことなのだ。

敵もその間合いを待っているのだから、早いほうが勝ちだ。

——くそ、やってしまえ。

と、弥次郎は思った。ここまでくれば一跳躍でじゅうぶん抜きうちがきくと思った。

「とうッ」

弥次郎は必殺の気合いと同時に、地をけってだっと抜きうちをかけた。

――しまった。

すっと剣先が空を切ってむなしく流れたのは、礼三郎がそれより早くひらりと飛びさがっていたからである。

空を切った体勢をとっさにもどそうとした一瞬、

「えいっ」

礼三郎のからだがぐうんと大きく目の前へ迫って、意外にも敏捷《びんしょう》きわまる抜きうちだった。

「わあッ」

やられたと思ったときには、じいんと左の肩へ衝撃を感じ、くらくらっとなりながら、たちまち目の前がまっくらになり、そのままどっと前へつんのめっていく。からだが河原へたたきつけられたときは、弥次郎はすでに意識がなかった。

二十

礼三郎は弥次郎がまったく息絶えたのを見とどけてから、血刀をぬぐって鞘《さや》におさめた。

「礼三郎さま――」

それを待ちかねていたように、お京の方が走り寄って、身も世もなく必死にすがりつく。夢のような気持ちだったにちがいない。

「お京どの、これはいったいどうしたことなのか」

礼三郎はしっかりとお京の方を胸の中に抱きとめながらも、その声音《こわね》は半分詰問《きつもん》している。

「しからないで――。しかってはいやです」

お京の方は礼三郎の胸へ顔を埋《う》めるようにしながら、どうしかられてももうこうして恋しい人のそばへきてしまったのだからと、からだじゅうがよろこびに甘く燃えていた。

ふっと気がついて、礼三郎が向こうの乱闘のほうへ目をやると、浪人組は早くも弥次郎の討たれたことを見てとったらしく、いっせいにばらばらと土手のほうへ敗走しだしたところである。

「追うな。追うには及ばぬぞ」

「捨ておけ。追うな、追うな」

味方は口々に呼びあいながら、かごのあたりへ集まっていくようだ。

「どうしてあなたはそう聞きわけないのかなあ。根岸の寮を離れてはいかんと、あれほどわしがいっておいたのに――」

礼三郎にはもうおよそのいきさつが読めるので、思わずため息が出る。女とはこんなにも向こう見ずなものかと、そのいちずな気持ちがいとしくもあるのだ。

「礼三郎さま、京はもう香取のご新造《しんぞ》さまになりました」

ふっと顔をあげたお京の方がうれしそうにいう。

「ご新造さま――？」

「はい、浜松は離縁《りえん》になりましたの。ですから、こうしてだんなさまをお迎えにきても、もうだれにも遠慮しなくてもよろしいのです」

それがお京の方のこうして出てきた言いわけなのだろう。

「伊賀守さまもご承知なのか」

「あちらは勘当《かんどう》なのでございましょう。好きにさせよと、父上は新兵衛におっしゃっていたそうです」

「そうか。それで、お京どのはそんな身なりで道中へ出てきたんだな」

これは平侍《ひらざむらい》の家内の身なりで、丸髷姿《まるまげすがた》もういういしい。礼三郎には好《この》もしいかっこうだった。

「鶴五郎が、香取のご新造さまならお供《とも》をする、今までの京では供はできないと申すものですから、思いきって浪人香取礼三郎の女房になって出てまいりました。いけませんでしたかしら」

お京の方は至極《しごく》むじゃきである。

「いや、それはそれでいいんだが、あなたはまだ外記《げき》一派にねらわれていることを、忘れてはいけなかったのだ」

「でも、礼三郎さまにお目にかかりさえすれば安心だと思いましたし、京はもう礼三郎さまのおそばを離れていては、せつなくて、一日も生きている気がしなくなったのですもの」

そういう女にした責任は自分にもあるので、礼三郎もこれ以上はとがめきれない。いや、本心をいえば、礼三郎も一日も早くお京の方に会いたいから、行列には刺客《しかく》のつきまとうのを口実にして、こうして敬之助とふたりきりで先行してきたのである。

江戸の凪

一

乱闘の時間が比較的短かったので、けが人は多少あったようだが、弥次郎をのぞいてはさいわい敵にも味方にも犠牲者はひとりもなかった。

「豊吉、だいじょうぶか」

舟着き場からまっすぐ駆けつけた和泉《いずみ》敬之助は、深編《ふかあ》み笠《がさ》をかなぐりすてるなり、豊吉と相対峙《あいたいじ》している金田半兵衛の横合いへ出た。

それと見た半兵衛は、さすがに場なれしているから、無理な勝負はけっしてしない。さっとうしろへ飛びのくと、すたこら味方のいるほうへ引きあげていった。

「鐘巻さんがやられた」

「ひけ、――引きあげろ」

敵が土手上へ敗走しだしたのは、それからまもなくである。形勢不利と見てからの浪人組の引きあげぶりは、いつもながらまったくあざやかなものである。

「和泉さま、意外なところでお目にかかります」

ほっと我にかえった豊吉は、目をみはらずにはいられなかった。

「おまえこそ、なぜこんなところへ出向いてきたんだ。お京の方さまもごいっしょのようだな」

敬之助の顔はあきらかにふきげんそうである。

「あっ、ご新造《しんぞ》さまは」

「うろたえるな。あれにおられる」

敬之助が指さす川下の葦《あし》むらのそばに、お京の方はこれもまた思いがけない礼三郎の胸の中へすがりついている。

「あれはたしか礼三郎さまでございますね、和泉さま」

そこへ鶴五郎がまだ殺気だった顔のまま駆けつけてきた。

「和泉さま、思いがけないご加勢、鶴五郎これでどうやら生きて江戸へ帰れやす。お礼のことばもございません」

「鶴屋、あれはお里方《さとかた》の中岡どののようだな」

敬之助は敬之助で、向こうの土手下に遠慮している新兵衛主従《しゅじゅう》のほうを目ざとく見つけて聞いた。

「へえ、陰供《かげとも》でございます」

「そうか。あいさつをいたそう。おまえたちは、あれに礼三郎さまがおられる、お迎えに行ってあげてくれ」

敬之助はそういいつけ、刀をぬぐって鞘《さや》におさめてから、土手下のほうへ歩きだした。

「元締め、あぶないところだったねえ」

豊吉も長わき差しを鞘におさめながら、どうやら人ごこちがついてきた。

「中山さん、きょうこそ生きてこうして会えようとは思わなかった。おたがいに命運があったんですねえ」

やっといつもの顔にかえった鶴五郎が、感慨深げにいった。

「ほんとうだ。きょうは浪人組も必死のようだったからな。――とにかく、礼三郎さまにごあいさつをしてこよう」

「そうしやしょう。しかし、思いがけなかったなあ。ここへ礼三郎さまがちょうどまにあってくれるなんて」

ふたりが川下のほうへ歩きだそうとすると、

「豊さん――」

かごの中からお吟が呼びながら、するりと外へ出て立った。

二

「どうした、お吟、――無事でよかったなあ」

豊吉が走り寄って、心からいう。

「知らない。薄情《はくじょう》ったらありゃしない」

お吟はぷっとふくれてみせる。

「薄情――？」

「あんたはあたしなんかのこと、ちっとも心配していやしないんでしょ」

すぐにかごのそばへ行ってやらなかったのが不服らしい。

「わがままをいいなさんな。元締めにわらわれるぜ」

鶴五郎はわざと川のほうを向いて、豊吉のくるのを待っているのだ。

「いやだ、あたし――。どうしてすぐあたしのそばへきてくれなかったのよう」

「無事だとわかっていたから、あとまわしにしたんだ。たとえおれたちが無事でも、ご新造さまにもしものことがあれば、腹を切らなけりゃならない。これからだって、江戸へかえるまでは、おれのからだでいておれのからだじゃないんだ。わかってくれなけりゃ困るじゃないか」

豊吉はしんけんな顔をしている。

「わかったわ。もういいから、早く元締めのところへおいでなさいよ。いつまでも、みっともないじゃありませんか」

お吟は赤くなって、いそいで男の胸をおしやる。

「おまえも礼三郎さまにごあいさつ申し上げたほうがいいよ」

「あとからすぐ行くわ」

豊吉は鶴五郎のところへもどって、いっしょに礼三郎のほうへ歩きだす。

「豊吉さん、あちらさまもまだお物語のさいちゅうのようだが、じゃまをしてもいいかねえ」

鶴五郎がわらいながらいう。お京の方もまだ礼三郎の胸にはりついたまま離れようとしないのだ。

「いや、あちらさまはけっして人見知りはなさらないから、かまわないだろう。しかし、礼三郎さまがけさここへまにあうとは意外だったな、元締め」

「こっちにとってはまったく地獄で仏《ほとけ》というところだった」

お京の方がすでに弥次郎の手に落ちていただけに、鶴五郎はいくら感謝しても感謝したらない気持ちである。

足音を聞きつけて、礼三郎はくるりとこっちを向いた。

「おお、鶴五郎、豊吉、お京どのがわがままを申してすまぬ」

礼三郎はにっこりしながらいった。

「香取さまにはようこそご無事で――」

「だんなさま、お帰りなさいまし」

鶴五郎と豊吉はそこへひざまずいて、ていねいにおじぎをする。

「さあ、かまわぬから立ってくれ。見るとおり、わしは香取礼三郎で江戸へいそぐ途中だ。そうされては話しにくい」

「さようでござんすか。豊吉さん、仰《おお》せにしたがって」

「ごめんこうむりやす」

ふたりはさそいあいながら、立ち上がった。

「香取さまのご新造さま、おめでとうございます」

ならんで立っているお京の方に、鶴五郎がよろこびをのべる。

三

第二陣の伊豆和四郎は、このとき残りの浪人組十五人あまりをしたがえて、大森から蒲田《かまた》村へかかろうとしていた。

弥次郎が六郷の渡しでうまく待ち伏《ぶ》せに成功すれば、この辺でもうその吉報がはいるはずだし、そのときは自分でお京の方をうけ取って江戸へ帰り、勝ちに乗った弥次郎組はそのまま六郷をわたって前進させ、藤沢《ふじさわ》あたりで国もとの行列に襲撃をかけるつもりだった。

が、浪人組頭《くみがしら》金田半兵衛を先頭にして敗走してきた味方の報告は、まったく意外だった。

「なにッ、弥次郎が礼三郎に切られたというのか」

「そうです。あの男は惜《お》しいかな、どうも奥方に執念《しゅうねん》がありすぎたのですな。そのままかごにおいて、味方の戦列を離れさえしなければ、たとえ礼三郎さんがきあわせたところで切られずにすんだ。いや、むしろ戦闘はこっちが有利だったかもしれません。奥方をひっぱって、むりにひとりで川下へ戦列を離れたのが運のつきでした」

「うむ」

和四郎はもう冷静にかえっていた。その冷たい目は、たとえ弥次郎ひとりを切られても味方は十五人、敵は礼三郎と敬之助を加えても十一人、なぜあっさり敗走してきたのだとなじっているようである。

「大将の討ち死にはいちばん士気に影響しますからな。浮き足だったまま不利な戦闘をつづけて、なまじよけいな犠牲者を出すより、あとから第二陣がくるとわかっているんだ。早くこれと合流して、第二段の策を取るほうが賢明《けんめい》だとわしは考えまして、敵はどうせこの道を取って江戸へはいるんです。こんどは味方の人数も敵の三倍になるんですからな」

半兵衛のいうことにもまんざら理屈がないではない。

しかし、それはあくまでもなるべく労をすくなく勝とうという浪人根性から割り出しだ常識であって、おなじ第二陣へ合流するにしても、敵の何人かを、たとえふたりでも三人でも討ち取ってから引きあげてくるのと、敵も味方も無傷のまま敗走してくるのとでは、第二にそなえる士気に雲泥《うんでい》の差が生じてくるのだ。とはいえ、味方の人数がいま敵の三倍になったのは事実で、敵はまもなくこの道を通るのだ。

礼三郎が敬之助とふたりで行列をぬけ出し、三日も早く先行していたことはまったく意外だが、さいわいいまはこっちがねらっているお京の方と礼三郎がいっしょなのである。こんないい機会はまたとない。

——思いきって最後の決戦に出るか。

和四郎は何度か思い迷った。

ただ一つ和四郎が気になるのは、なんとも時刻が悪いのである。すでに朝日がのぼって、これからはしだいに往来《おうらい》がはげしくなる一方だ。しかも、東海道は公用を持って道中する役人の御用道中が非常に多い。

万一勝負が長びいて、それらの役人の目にとまると、たとえこっちが勝ってもあとがうるさい。

——自重して夜を待つべきか。

しばらく腹をきめかねた和四郎は、やっと決心がついた。ふっと考えついたことがあるからだった。

四

礼三郎はひそかに行列を離れ、一介の浪人香取礼三郎として江戸へ先行してきたのだ。かれの行列が江戸へ着くまでは、公式に中屋敷へも下屋敷へもはいれない。まして、お京の方がいっしょなのだ。

——おそらく、今夜は根岸の寮へ泊まるほかはあるまい。

それなら日の暮れるのを待って押し込めば、勝っても負けてもいいのがれの道はなんとでもつく。ここはひとまず自重すべきだと、和四郎は考えたのである。

「半兵衛、こう朝になってしまっては、街道筋《すじ》での待ち伏《ぶ》せはおもしろくない。ひとまず深川へ引きあげることにしよう」

「そうですな。人目があっては、たとえ勝ったとしてもとりこを運ぶのが困難です」

「そのとおりだ。そのかわり、だれか気のきいた者を両三名ほど厳選して、敵の今夜の泊まりをつけさせてくれ。ただつけるだけではなく、敵の手くばり、備えなどをじゅうぶんさぐらせてもらいたいな」

「心得ました」

「引きあげは例によって三々五々、なるべく目だたないようにしろよ」

「必ず注意させます」

和四郎はあとのことはいっさい金田半兵衛にまかせて、自分はその足で昌平橋《しょうへいばし》内の上屋敷へかごを飛ばした。

「そうか、弥次郎がまた失敗しおったか」

委細《いさい》を聞いた宇田川《うだがわ》外記は、世にも苦い顔をして、

「当人が礼三郎に切られたのは自業自得《じごうじとく》としても、ここへきて失敗は痛いな。どうするな、和四郎」

と、相談するようにいう。

弥次郎を推挙したのは和四郎なのだから、本来ならその責任を問いたいところだろうが、事の成否は命の生死にかかわるどたん場まできているので、外記はどうにも和四郎が責めきれないのだ。

「ご家老、さいわいただ一つだけ手が残っています。明朝この和四郎が生きてご家老の前へ出られるようだったら、まずこっちのものだと思って、安心していただきましょうか」

和四郎はいかにも自信ありげにいう。

「そうか――。すると、今夜がこっちの生死の境ということになるのか」

「たぶん、そうなりましょう。とにかく、明日をお待ちください」

和四郎はそういいおいて、最後の軍資金五百両《りょう》をうけ取り、ふたたび深川の下屋敷へかごを飛ばしたのは、やがてその日の夕刻だった。

和四郎としては、この二年間、外記と腹をあわせて、着々と計画を進め、すでに主君忠之《ただゆき》には悪名をおわせて、毒殺までしている。なまじ弥次郎が妙な小細工さえしなければ、黙っていても新三郎が浜松六万石《ごく》をつげるところまでこぎつけていたのだ。

その和四郎がこんな大胆な陰謀《いんぼう》をたくらんだのも、実は最後の目的は六万石の実権を一手に握ったうえ、忠之をきらいぬいて近づけないお京の方をひそかにわがものにしようという欲望があったのだ。

が、そのお京の方はすでに礼三郎のものになっている。そっちはあきらめるにしても、ここまできてはなんとか礼三郎に勝たなければ、自分の命がないところまできているのである。

五

「どうだ、尾行の者からなにかたよりがあったか」

和四郎は深川の屋敷へ着くと、すぐに例の茶室へ金田半兵衛を呼んで聞いた。

「はあ、先刻ひとりだけもどってきました」

「そうか。礼三郎たちはどこへおちついたか、わかったかな」

「一行は途中どこへも寄らず、まっすぐ昼少しまえに、やっぱり根岸の信濃屋の寮へはいったそうです」

「ふうむ」

和四郎はちょっと考えてから、

「一行というと、だれとだれだ。くわしく話してみてくれ」

と、聞きなおす。

「まずお京の方とお吟、これは町かごだったそうです」

「うむ」

「男のほうは礼三郎と敬之助、これに鶴五郎、豊吉がしたがい、鶴屋の子分が四人と、例の中岡新兵衛主従《しゅじゅう》は少し離れて陰供《かげとも》のまま、この人数が残らず根岸の寮へはいったということです」

「男は全部で十一人だな」

「そうなります」

「だれも根岸の寮を出て、家へ引きあげた者はいないのか」

「三人で八ツ（二時）まで見張っていたそうですが、帰ったのは二丁《ちょう》のかごとかごかきが四人、それだけで、あとはひとりも出てくる様子がない。今夜はその十一人で寮の夜詰《よづ》めをするんじゃないかと見たんで、ふたりはなおも見張りに残り、ひとりだけとにかく注進にもどったのだということです」

「なるほど――」

だれも寮から帰らないというのは、礼三郎たちが根岸へ帰ったことをどこへも知らせないことで、松平家へ警固の士をたのまないとすれば、今夜は十一人で寮をまもる気だということになる。

少し大胆、というより策がなさすぎるような気もするが、礼三郎がひとりでひそかに江戸へはいったことは、松平家へ対しても知らせるわけにはいかないことだし、だいいち今夜こっちが根岸を襲撃するなどと、考えてもいないことかもしれない。

つまり、六郷で弥次郎を倒した。それで浪人組は解散したろうと、礼三郎は見ているのだろう。

――よし、今夜こそこっちのものかもしれぬ。

和四郎はしめたと思わずにはいられなかった。

敵はすっかりゆだんしているうえに、人数からいっても三十人と十一人では勝負の数は歴然としている。このうえは、味方の士気を今からあおっておくことだ。

「半兵衛、今夜の襲撃は人数からいっても必ず味方の勝利だ。浪人組が働きがいのあるように、今夜は特に賞を出すことにしよう」

「けっこうですな」

「お京の方とお吟は生《い》け捕《ど》りにするのだ。十両ずつ賞をかけよう。礼三郎を討った者にも十両、あとはひとりについて五両ずつ賞を与える。それなら働きがいがあるだろう」

賞金によって士気をふるいおこさせようという和四郎の腹だった。

六

金田半兵衛から今夜の襲撃には賞金がついていると、その詳細を知らされた浪人組はたしかに士気があがってきた。

しかも、根岸の寮の人数は味方の三分の一、十一人にすぎないとわかっているのだから、勝負はあきらかだし、賞金は早いもの勝ちということになる。意気のあがるのは、当然のことである。

――今夜こそお京の方を手に入れることができそうだ。

そう見越しがついてくると、和四郎もまた男という点で弥次郎と五十歩百歩で、お京の方をこの下屋敷へとりこにしてからのことを考えずにはいられない。

――それはまたそのときのこと。

和四郎がうずくような胸をかみしめながら、先陣出発の令を下したのは、日が暮れてからまもなくであった。

三十人もの人数が一度に屋敷を出ては目だつ。五人、三人とくぐりから出て、そのまま別れ別れに歩き、集合地点は根岸の御行の松ときめておいた。

三里《り》近くの道のりだから、人数の集合が終わるのは四ツ（十時）近くと見ていい。ちょうど寝入りばなだから、襲撃にはいちばんいい時刻である。

和四郎は金田半兵衛といっしょに、いちばん最後に表玄関で真新しいわらじをつけていた。友の人数は半兵衛を入れて四人である。

表門のほうから、上屋敷から急使がまいりましたが、どういたしましょう」

「伊豆さま。上屋敷から急使がまいりましたが、どういたしましょう」

「急使――？」

「はあ、ご家老さまの書状を持参したのだそうです」

「そうか。とにかくここへつれてきなさい」

「はっ」

「いまごろどうしたんでしょうな」

半兵衛がふしぎそうに聞いた。なにかのつごうで、今夜の襲撃を中止しろなどといってこられては、先発の人数を呼びもどすだけでも大ごとだという気持ちもある。

和四郎はそういう半兵衛の顔色をすぐに見て取って、

「金田、心配するな。多少の事情ぐらいなら、襲撃は決行する。今夜のような機会は二度とないかもしれぬからな」

と、わらいながらいった。

せっかく手にはいりかけているお京の方を、このままのがしてはたまらない。その気持ちのほうが大きい和四郎なのである。

表玄関から門のほうは見とおしがきかないように、前庭のまんなかに丸い植え込みができている。

——少し手間どれるようだが、なにをしているんだろう。

そう思って植え込みの左右を見ていると、やがて使者らしい侍がふたりあらわれて、ゆっくりこっちへ進んできた。

——ふたりとはぎょうぎょうしい。

じっと見ていた和四郎は、思わず、

「あっ」

と、声に出しながら愕然《がくぜん》と立ち上がってしまった。

先頭はたしかに香取礼三郎、供は和泉敬之助だったからである。

七

けさ蒲田で礼三郎の一行を尾行するために残された浪人組の三人は、実は大きな見落としをやっていることに、まったく気がつかなかったのである。

六郷の渡し場から、けさ礼三郎が一同をつれて蒲田へ向かう途中、その礼三郎の前へひょっこり立ったのは、昨夜まで浪人組のなかにいた北野仙蔵だった。

「あなたは香取礼三郎さんですね」

礼三郎のほうはいちいち浪人組の顔はおぼえていないが、仙蔵は礼三郎をよくおぼえていて、仙蔵のほうから声をかけたのである。

そのとき、礼三郎は少し歩いてみたいというお京の方といっしょに、一行の先頭に立って歩いていた。

「わしは香取だが、貴公は――」

「昨夜まで深川の浪人組の中にいた北野仙蔵という者です。どうぞよろしく」

人のいい仙蔵は、正直に名のっておじぎをした。

「昨夜までとわざわざことわるところをみると、きょうはもう浪人組をやめたのかね」

　礼三郎はわらいながら聞いた。

「やめました。一ってがらをたてて、円満に脱退したんです」

「どんなてがらをたてたのかね」

「あんまり人のいい話じゃないんですが、伊豆和四郎さんにたのまれまして、薬研堀の文吉をちょいとだましたんです」

「というと――」

「薬研堀に赤だことというなわのれんがあるのを知りませんかねえ」

　仙蔵の話はのんびりとしていて、まことにほほえましかった。要するに、お藤と夫婦約束をして、そのお藤にたのんで文吉をそそのかし、きのうとうとう根岸の寮をたしかめてしまった。

　そして、昨夜の根岸襲撃となったが、さいわいお京の方たちはもう道中へ出たあとだったというのである。

「しかし、あとでもなんでも、わしの役はすんだんです。だから、その場から浪人組は脱退させてもらいました。その帰りに、御行の松でわしは文吉につかまってしまいました。つまり、わしのおかげで文吉はもう親分のところへ帰れないようになってしまったというんです」

「なるほど――」

「わしはすっかりきのどくになってしまって、じゃあおまえにも一ってがらをたてさせてやろう。それをみやげにして親分にわびをいれるがいいと、ゆうべからふたりでずっと浪人組のあとをつけていたんです」

「そうか、ありがとう。それで、けさはどんないいたよりを持ってきてくれたのかね」

「いや、あんまりいいたよりじゃないんです。第二陣が十五人ばかり、大将は伊豆和四郎でけさ早く品川を立ちました。文吉はいまそのあとをつけているってたよりなんですが、これで文吉の失敗をゆるしてもらえないでしょうかねえ」

いい男だなあと、礼三郎はすっかり仙蔵が好きになってしまった。だから、

「よろしい。けっして悪いたよりじゃない。文吉のことはわしが引きうけよう」

と、誓ってやった。

八

まもなく文吉が駆けつけてきて、伊豆和四郎は蒲田で敗走組と落ち合い、尾行をいつけたらしい浪人三人をそこへ残して、自分は一同をひきつれ、江戸のほうへ引きあげたことを知らせてくれた。

「ご苦労だったな、文吉」

礼三郎はその労をねぎらって、

「お吟、文吉に声をかけてやれ」

と、とりなしてやる。

「文吉、あのことはあたし、おとっつぁんにはなんにもいいやしないから、安心おし」

「すんません。あっしはほんとうに恩をあだでかえすところだったんだ。いま考えても冷や汗が出やす」

「お吟あねご、これでおれも小湊《こみなと》屋と近所づきあいができそうだね」

仙蔵はうれしそうにわらっていた。

「北野さんはかわいい人だから、きっとお藤さんのほうがくどいたんじゃないかしら」

あとでお吟は豊吉にそっと耳こすりをして、

「どっちもきかなそうだからな、これで町内にしりに敷かれる亭主がふたりできることになるだろうよ」

と、豊吉にひやかされていた。

和四郎のほうの腹が読めてみると、礼三郎はなんとか至急対策を講じなくてはならない。

そこでひとまず目についたよしず張りの掛け茶屋へはいって、さいわい仙蔵と文吉のふたりが一行に加わったから、自分と敬之助がぬけても一行の人数は変わりないことになる。仙蔵を敬之助に、中岡新兵衛の若党は礼三郎に仕立てることにして、自分と敬之助は一行からぬけることにした。

「また別れ別れになるのでございますか」

たったさっきめぐりあったばかりのお京の方は、内心おだやかならぬものがあったようだが、

「いわば、あなたのために一同がこんな苦労をしているのだから、がまんしなけ

ればいかん」

礼三郎のひとことで、話は即座にきまってしまった。

そこから女たちはかごで、おなじ人数の一行にまもられて江戸へはいったのである。

尾行の浪人三人は、頭数ばかり遠くから読んでいて、いちいち顔をあらためるわけにはいかないし、またそこまで念を入れる気もなかったので、一行はまっすぐ根岸の寮へはいったという報告になってしまった。

こうして、ひと足おくれて江戸へはいった礼三郎は、こんど国もとの行列がはいることになっている浜町《はまちょう》の中屋敷へひそかに敬之助をやって、かねてから安心のできる味方の士五人を集めさせた。

和四郎組はどうせ隊伍《たいご》を組んで深川の屋敷を押し出すわけにはいかない。途中ばらばらになって町を進むだろうから、地の利のいいところで和四郎を迎えれば、自分たちを入れて七人も人数があれば、じゅうぶん和四郎は倒せる。こっちは和四郎ひとりをねらえばいいのだから、多人数の必要はないと計画をたてた。

一方、松平家の家中へ一書を飛ばして、万一の場合は根岸の寮のほうをたのむと、通知しておいた。

そして、日の暮れるのを待って、味方七人は堀一つ隔《へだ》てた対岸の路地口へわかれわかれにしのんで、深川の下屋敷の表門を見張っていたのである。

九

案《あん》の定《じょう》、浪人組は新三郎屋敷の表門のくぐりから、三人五人と別れ別れに出発しだした。

浪人組はいずれも丸太橋《まるた》をわたって、材木町《ざいもくちょう》通りを佐賀町のほうへ出ていく。つまり、礼三郎たちがかくれている前は通らないのだ。

「敬之助、ここは地の利が悪い。こっちの陣を富久町《とみひさ》のほうへ移そう」

うっかりすると伊豆和四郎を見のがしてしまうおそれがあった。

が、対岸の富久町へ出るには、どうしても丸太橋をわたらなければならない。

「万一、浪人組の目にでもついては、かえって不利を招《まね》きはしませんか」

いちおう敬之助は進言してみた。

「いや、こっちもひとりずつ、すきを見て目につかんように移動すればいい。まずわしがやってみる」

礼三郎は浪人組のひとりがくぐりを出ると、こっちもぶらりと往来《おうらい》へ出て、堀一つ隔てた道を平行して両方から丸太橋へ向かい、ちょうど浪人組が丸太橋をわたりきって、まっすぐ材木町通りへ行きすぎるのを待って、さっさと富久町へわたってしまった。そこにも身をかくすような路地はいくつもある。

次に敬之助がそれをまねた。こっちはひとりずつ行くのだから、たとえ浪人組に見られても、ただの通行人としか思わなかったろう。

こうして、先頭の礼三郎は、すきを見ては新三郎屋敷の表門のほうへだんだん近く陣を進めていった。

浪人組の人数は、仙蔵と文吉の報告で、およそ三十人とわかっている。

その二十五人まで出て行くのを見送ったとき、

「敬之助、門をたたいて、上屋敷から外記の急使だと触れこんでみろ」

と、礼三郎は敬之助にいいつけた。

もう邸内には和四郎のほかに浪人組は四、五人しか残っていないのだから、町じゅうを騒がせるより、できれば邸内で和四郎を討ちたいと考えていたのである。

この計画はうまくずに当たって、一度奥へ取り次いだ門番足軽は、まもなく引きかえして中からくぐりをあけた。

「声をたてるな。騒ぐと切るぞ」

敬之助は抜刀《ばっとう》を突きつけて門番足軽を威嚇《いかく》し、その間に礼三郎は味方の五人に合い図を送って、まっすぐ門内へはいってしまった。

「後ろのくぐりはしまつをしておけ」

出入り口をふさいでしまえば、どんなことで浪人組が引きかえしてきても、急には中へはいれない。

ここはふたりの味方にかためさせることとした。

「伊豆和四郎はどこにいるのか」

相手が浜松の礼三郎だとわかると、門番足軽はもうけっして手向かいしようとはしなかった。

「ただいま表玄関まで出て、お使者を待っております」

「人数は何人ほど残っているな」

「伊豆さまのほかに金田半兵衛さま、それに四人の浪人、六人のようでございます」

「よく教えてくれた。静かにしておれ」

礼三郎は足軽をねぎらっておいて、

「まずわしと敬之助が行く。あとの者は様子を見て、臨機《りんき》の行動をとれ」

そう味方にいいつけておいて、表玄関のほうへ進んだのである。

十

「和四郎、亡兄三河守《みかわのかみ》にかわって香取礼三郎、そのほうを手討ちにする。観念いたせ」

礼三郎は和四郎の正面へ立って、きっぱりと申し渡しながら抜刀《ばっとう》した。

――しまった。

どうして礼三郎がこんなところへきたろうと、和四郎は一瞬ぎょっとはしたが、敵はふたりだ、味方は自分を入れて六人いる。ここで礼三郎を討ち取ってしまえば、なんのことはないのだと、とっさに腹がきまったので、

「半兵衛、狂人がまぎれこんだようだ。かまわぬ、切り捨てろ」

と、ふてぶてしく浪人組にいいつけて、自分はすっと式台の上までさがった。

「それッ、狂人を切り捨てろ」

半兵衛がわめいて、抜刀するなり礼三郎に向かおうとしたが、

「無礼者、さがれッ」

すかさず敬之助が抜きあわせて半兵衛に向かった。

「やれッ、やれッ」

「たたっ切れッ」

残る四人の浪人組もたがいに掛け声だけは勇《いさ》ましく抜刀したが、礼三郎にかかろうか、敬之助に向かおうかと、そこは金で雇《やと》われている連中だから、なるべく安全なほうへかかりたい気持ちが無意識のうちにも出る。

そのわずかなすきに、

「和四郎、逃げるか」

礼三郎は決断よくだっと式台まで和四郎を追いこんで、激しく切りつけた。

「うぬッ」

和四郎は狼狽《ろうばい》ぎみに抜刀しようとしたが、まだ一刀がすっかり鞘《さや》を放れぬうちに、思いきって踏みこんだ礼三郎の太刀《たち》が、火のように左肩から袈裟《けさ》がけに、みごとにきまっていた。

「わあッ」

和四郎は絶叫しながら、どっとあおむけに式台へ落ちていく。

「それ、やった」

「切れ切れ」

四人の浪人組は、こんどは当然礼三郎の攻撃が自分たちのほうへくると見たから、必死に白刃をかまえたが、

「やめい、無用のことだ」

礼三郎はしかりつけるようにいって、刀を引いてしまう。

一方では半兵衛と敬之助がすでに白刃をまじえようとしていたが、

「半兵衛、やめい。敬之助も刀をひけ」

と、かさねて礼三郎が声をかけた。

「はっ」

ともかくも敬之助が刀をひいて、ひらりとうしろへ飛びさがる。

「半兵衛、伊豆和四郎は手討ちにする理由があるから、わしが切った。しかし、礼三郎はそのほうたちには別に恩怨《おんえん》はない。それでもそのほうたちはまだ無益の血闘を望むか」

礼三郎は半兵衛に向かって、冷静に聞いた。

半兵衛はちょっと返答ができない。和四郎には金で雇われた義理はあるが、そ

の和四郎が手討ちにされてしまったのでは、どう働いてみたところで見ていてくれる者はないのだ。

かれらは死んでまでも和四郎に忠義をつくす義理はないのだ。

十一

「金田、譜代《ふだい》の恩があるというわけではなし、死んだ者に義理をたてるにも及ぶまい」

礼三郎がかさねていった。

「恐れ入りました」

半兵衛はやっと納得したようである。すでに同志の四人のほうが先に闘志を失ってしまっているので、ひとりではどうしようもなかったからである。

「納得いたしてくれるか」

「完全に味方の敗北です。どうもやむをえません」

半兵衛はもう悪びれなかった。

「そうわかってくれたのなら、たのみがある。すでに勝敗がついたのに、先発した浪人組が無益にご府内近くをさわがし、血を流すにもあたるまいと思う。あとを追って一同を引きとめてくれぬか」

「承知しました。おっしゃるとおりです」

「一同は伊豆から約束の日当をうけとっているのか。まだのようなら、わしが考慮してもよいぞ」

礼三郎のことばはあくまでも行きとどいている。

「そのおことばでは恐れ入ります。けっきょく正しいものが勝つ、これがほんとうでしょうな。負け惜《お》しみのようだが、われわれははじめから正しくないほうへ味方したわけではなかった。正しいと思ったから鐘巻弥次郎の相談に乗った。しかし、だんだん日がたってみると、残念ながら弥次郎のすることにだいぶ正しからざるところが見えてきた。たびたび忠告はしてみたが、乗りかかった舟で、こっちもうあとへひくわけにはいかなくなっていた。うまい話というものは、乗るまえにじゅうぶん気をつけなければいかんということが、よくわかりました。心からあなたのご武運を祈ります」

「ありがとう。実をいえば、浜松家が立つか立たぬかは、まだこれからだ。わしは最後までつくすべきをつくす、その覚悟でいる」

「あなたはたしかにおりっぱです。——では、おそくならんうちに先発の味方をまとめて、浪人組はきょうかぎり解散することにしましょう。失礼いたしました」

半兵衛はそういって、刀をぬぐって鞘《さや》におさめ、四人の仲間をさそって表門のほうへ走っていった。

「礼三郎さま、おめでとうございます」

今夜こそ決死の覚悟だったが、それが案外簡単に意外な成功をおさめることができた。敬之助は胸にあふれるよろこびをかくすことができない。

「ご苦労だったな、敬之助」

「みんな礼三郎さまのおてがらです。きょう一日で、朝には弥次郎がかたづき、今また和四郎が倒れました。宇田川外記ももうどうしようもないでしょう」

「敬之助、そのほう単身これから上屋敷へまいって、外記を説得してみぬか。わしはこれ以上血を流すことは好まぬ」

礼三郎の顔は暗い。悪人といえども人ふたりを自分の手にかけた、けっしていい気持ちはしないのである。

「承知いたしました。外記に会って、よく礼三郎さまのお心を伝えてみましょう」

悪人に勝つことはできても、家名が断絶したのではなんにもならない。敬之助もまたよろこんでばかりはいられなかった。

十二

敬之助が単身昌平橋内の上屋敷へ乗りこんだのは、やがて五ツ（八時）を少しまわるころであった。

——敵が血迷っていると命がない。

敬之助はあらかじめそう覚悟をきめていたが、外記党は伊豆和四郎が討たれたとはまったく思いもつかなかったらしく、敬之助が夜中わざわざひとりでたずねてきたのは、なにか妥協《だきよう》をしにでもきたのではないかと取ったようだ。

「ご家老は所労の気味にて引きこもっておられます。お留守居《るすい》の堀川儀右衛門《ほりかわぎえもん》どのでよろしければ、お目にかかるそうです」

玄関先でだいぶ待たされたうえ、取り次ぎの若侍はそう告げてきた。

「儀右衛門でもよろしい。ちょっと会いたい」

敬之助は国家老の嫡子だから、それだけの格式はある。

「それではどうぞ――」

と、玄関正面の書院へ通されると、かまわず自分から上座についた。

むろん、座ぶとんも出さなければ、茶も出さない。

そこでまたしばらく待たされてから、やっと出てきた儀右衛門は、

「これはこれは敬之助どの、今夜はおしのびですか」

と、座につくなり、からかうようにいった。

「さよう、しのびといえばしのびということになる。外記どの所労《しょろう》だそうだな」

「ご家老は近ごろ、お家のためにご苦労が多いものですからな。あなたは国もとの行列といっしょではなかったのですか」

「うむ、つごうで先行してきた。こっちもなかなか苦労が多いからな」

「礼三郎さまもごいっしょのようにうかがったが――」

「察しのとおりだ」

「あの仁《じん》はお腹がお腹だけに、ときどき思いきったまねをされるようだ。――それで、今晩のご用というのは」

「けさ、六郷の渡しで礼三郎さまが鐘巻弥次郎を手討ちにされたことは、もう聞き及んでいるだろうな」

「そんな話ですな。弥次郎という男も新参者で、いつまでたっても浪人根性がぬけきらない。困った男です」

「今夜、伊豆和四郎がいまは当家を離縁《りえん》になられたお京の方の根岸の寮を襲うことになっていた」

「さあ、それは初耳です」

儀右衛門はずるそうな目をして、こっちがなんと出るか、ひそかに待っているようである。たぶん、その襲撃を取りやめてくれと泣きを入れにきたとでも思ったのだろう。

「さようか。これだけは初耳か」

「はあ。あの仁はなかなか知恵者でしてな、ときおり独断が多くて困ります」

「そのようだな。今夜は浪人組三十人ばかりを深川の屋敷から根岸へ向けて先発させた。こっちの不意を突いて、夜討ちをかけようという、これも知恵の独断だったようだが、さようなことをさせて、ご府内近くをさわがしては、立つべきご家名も立たなくなる。浪人組がほとんど先発してしまったあとへ、わしが礼三郎さまのお供《とも》をして、深川屋敷の門内へ押し入っていった」

はてなと、儀右衛門の顔色が少しかわってきたようである。

十三

「礼三郎さまが、今夜深川の屋敷へおしのびになられたというのですな」

儀右衛門も、今夜伊豆和四郎がお京の方のかくれ家を襲撃するはずだとは、外記から聞いている。しかも、今夜が最後の勝負で、明朝無事な顔を見せたら、こっちの勝利だと思ってもらいたいと、自信ありげにいって帰ったという。敬之助の話の様子では、どうやらその逆を突かれたらしいので、儀右衛門もどきりとせずにはいられなかった。

「さよう。礼三郎さまはちょうど表玄関前を出発しようとしていた和四郎に対面され、そのほう儀《ぎ》は家中にあるまじき叛逆《はんぎゃく》たくらんだ罪科により、亡兄三河守にかわって手討ちにいたすと、はっきり申し渡され、その場でみごと和四郎を手討ちにいたしした」

「なんと申されます」

「礼三郎さまは、これで悪人ふたりは成敗《せいばい》した。これ以上血を流すことは好まぬ。右のおもむきを上屋敷へまいって、宇田川外記の耳に入れてくるようにと申されたので、敬之助が単身その使者に立ったのだ。国もとの行列が公式に江戸へはいるのも二、三日のうちだ。浜松家が立つにせよ、立たぬにせよ、あまり見苦しい内情を天下にさらしたくない。外記に善処するようにという礼三郎さまのおぼしめしである。そのほうからよく外記に伝えておいてくれ。わかったろうな」

敬之助は別にどうせよとはさしずもしなければ、恐れ入ったかともみえもきらない。

が、伊豆和四郎まで手討ちにされてしまったのでは、味方はもう手足をもぎとられたも同然ということになる。

「恐れ入りますが、しばらくお待ちをねがいます」

儀右衛門はまっさおになって、あたふたと外記のいるところへはせもどってきた。

外記は奥で腰元どもをはべらせての新三郎の酒宴の相手をしていた。

「どうした、儀右衛門。敬之助はもどったか」

「ご家老、ちょっとお耳を拝借《はいしゃく》いたします。一大事になりました」

「ここではいえぬことか」

「はい」

ただならぬ儀右衛門の顔色なので、外記は座をはずして次の間へきた。

「一大事とは、どうしたのか」

「和四郎が今夜、深川の下屋敷で礼三郎さまに手討ちにされたそうです」

「なにッ」

「なんでも、浪人組が根岸へ出発したあとへ、ふいに礼三郎さまと敬之助のふたりで下屋敷へ押しかけたようです」

「それはほんとうだろうな。和四郎が切られたというのは、うそではあるまいな」

外記はうろたえながら、まだほんとうにできないようである。

「敬之助はたしかに手討ちにしたと申しています」

「敬之助は敵だ。どんな舌刀《ぜっとう》を使わぬとはかぎらんではないか」

「そういえばそうですな」

はてなと儀右衛門がちょっと半信半疑になってきたとき、

「申し上げます」

と、取り次ぎの腰元が廊下へきて両手をつかえた。

十四

「なにか用か」

外記がけわしい顔を廊下へ向ける。

「はい。ただいま表座敷から取り次ぎがございまして、深川のお下屋敷から門番足軽宮下与右衛門《みやしたよえもん》と申す者が表の内玄関へまいり、急用にてお留守居堀川さまにお目にかかりたいと申しているそうでございますが、いかがいたしましょうか」

「いま行くから、小座敷へ通しておくようにと申しておきなさい」

かわって外記が答えて、腰元をさがらせ、

「儀右衛門、やっぱりきたようだな」

と、がっかりしたようにいう。

「とにかく、会ってきてみましょう」

儀右衛門は即座に立ち上がった。

――善処して、恐れ入りましたということになれば、まず切腹、軽く行っても追放はまぬがれない。

どうせ死ぬときまっているなら、なにか打つ手がありそうなもんだがなあと、儀右衛門は少しおちついてくると、妙に度胸がすわってきた。

もうひとがんばり、やれるところまでやって、それでも失敗したとなったら、せめて当座ことかかぬだけの藩金を横領《おうりよう》して逃亡する。それでもいいわけだ。

――しかし、そこまではご家老に相談はできない。新三郎さまがいるかぎり、ご家老はまさかひとりで逃亡というわけにもいくまいからな。

儀右衛門はひそかにそんなことを考えながら、内玄関わきの座敷へいそいだ。

「おお、どうした与右衛門、なにか用かな」

聞かなくても与右衛門の顔色で、もうおおかたの想像はついたが、儀右衛門はわざとゆったりと座につく。

「堀川さま、一大事でございます。今夜浜松の礼三郎さまが突然和泉さまはじめ五、六人のご家来をつれて深川へまいられ、伊豆和四郎さまをお手討ちになさいました」

「そうか、ご苦労だったな。その儀ならもう知らせてくれた者があって、先刻耳にいたしておる。――ほかになにか変わったことでもあるのかな」

「いいえ、お知らせしますことは、ただそれだけでございます。伊豆さまの死骸《しがい》はそのままにいたしておきましてよろしゅうございましょうか」

「浪人組の者どもは、どうしているな」

　ふっと気がついて聞いてみた。

「金田半兵衛さんが途中まで出発していた者を呼びもどしてまいりましたから、今ごろはそろそろ深川へもどっているのではないかと存じます」

「よし、後刻わしが出向くから、浪人組の者はそのまま待っているように、――和四郎どのの死骸は、ともかく座敷へ移しておきなさい」

　浪人組が散っていなければ、まだ策はありそうだと儀右衛門は思った。

「かしこまりました。では、ひと足先へもどりまして、おいでをお待ちしております」

「礼三郎さまは根岸へもどられたのであろうな」

「はい、たぶんそうかと存じます」

「よろしい。追ってのさしずを待つがよい」

　儀右衛門は門番足軽をもどして、ふたたび奥へ引きかえしてきた。

十五

儀右衛門が奥へ引きかえしてみると、さすがに酒宴の席はきれいにかたづけられ、新三郎と外記がふたりきりで、なにかしきりにいい争っているところらしかった。

「儀右衛門、和四郎が礼三郎に手討ちにされたというのはほんとうか」

酒気をおびている新三郎は、興奮に顔を引きつらせながら、いきなり聞く。

「はあ、残念ながら、ほんとうのようでございます」

「礼三郎はどこにおるのだ」

「たぶん、根岸の信濃屋の寮でございましょう。そこがお京の方さまのかくれ家でございますから、ほかへまいるはずはありません」

「よし、わしが和四郎の弔《とむら》い合戦《かっせん》をしてやる。儀右衛門、すぐに味方を集めろ」

「まあお待ちなされませ」

外記は苦い顔をして、

「そのまえに、まず敬之助の始末をつけなくてはなりません。——儀右衛門、新三郎さまはこれから根岸のふいを突こうと申されるのだが、そちの考えはどうか」

と、儀右衛門に相談する。

「ご家老も最後の腹をきめられたのですか」

「いや、最後の腹は、そちの意見によって、これからきめるのだ。遠慮なく意見を申してみてくれ」

外記もまだ一縷《いちる》の望みは捨てかねているようである。

「率直に申しますと、礼三郎さまが善処するようにと申し入れてきたのは、こちらのご老中への嘆願書《たんがんしょ》を取りさげて、いっさいを公儀《こうぎ》の裁断にまかせろということです。つまり、ご家督は番町《ばんちょう》の正太郎《しょうたろう》さま一本やりにして、それで浜松家が立つか立たぬか、これは公儀の裁断に待つほかはないという腹なのでしょう」

「それなら、礼三郎のほうこそ、嘆願書を取りさげればいいではないか」

新三郎がおこったようにそばから口を入れる。

「さあ、そこでございます。そうさせるにはどうしても礼三郎さまと一戦しなければなりません。礼三郎さまが生きている間は、敵もあとへはひけないでしょうからな」

「そちに礼三郎を倒すくふうがあるか」

外記の目が思わず光りだす。

「おまかせくだされば、ないこともございません」

いよいよ自分が立つ番だと思うと、儀右衛門は急に策士になったような気持ちで、我にもなく胸をそらせている。

――勝ちさえすればいいんだろう。勝てば浜松六万石《ごく》がひとりでかきまわせるようになるんだ。

儀右衛門はだんだん気が大きくなってくる。

「聞こう、どんな策がある」

「まず敬之助を血祭りにしておく必要があります。ご家老が会うからといって、てまえがこっちへ案内してきますから、廊下の途中へ死士《しし》を伏《ふ》せておいていただきましょう」

「ふむ、それで――」

「深川に浪人組がまだそのまま残って、上屋敷からのさしずを待っているそうですから、てまえがそれをひきいて根岸へ乗りこみます。つまり、和四郎の意志をついで、和四郎の弔い合戦をやる。こんどはふいですから、根岸のほうもゆだんしていでしょうし、必ずうまくいくと思います」

儀右衛門は昂然《こうぜん》と言いきる。

十六

「儀右衛門、お京の方は生けどりだろうな」

新三郎が酒気で充血した目をぎらぎらさせながら、念を押すようにいう。

「むろん、お京の方はたいせつな人質でございます」

儀右衛門は和四郎の策をすっかり踏襲《とうしゅう》するつもりだ。

外記も、礼三郎さえ倒すことができれば、まだなんとでも策はあるし、やっとおちつきを取りもどして、

「とにかく、儀右衛門、敬之助のほうが先決問題だぞ」

と、堀川をうながす。

「承知しました。では、お廊下を案内してきますから、死士のほうをお願いいたします」

「それは心得ておる」

「ふいを突くのですから、あんまり多いより、ふたりほどのほうがよろしいでしょう」

そんなさしずまでして、儀右衛門は表玄関の間のほうへ引きかえしてきた。

——これが成功すれば、さしずめわしは江戸家老だ。

儀右衛門の足取りは軽かった。

が、書院の間へはいってみると、そこに待ちくたびれているはずの敬之助の姿が見えない。

「これ、だれかいるか」

手をたたいて玄関詰《づ》めの宿直《とのい》の者を呼ぶと、

「お呼びでございますか」

と、すぐに鈴木三之助《すずきさんのすけ》という徒士組《かちぐみ》の若侍がそこへ顔を出す。

「三之助、客はどうした」

「はあ、敬之助さまでございましたら、もう少しまえにおかえりになりました」

「なにッ、帰った」

「はあ、当方は別に返事のいることではないのだから、このままもどると申しまして」

「たわけめ。それならそれで、なぜすぐ奥へそう申してこぬのだ。だいいち、わしに取り次ぎもせず、黙って客を帰すという法があるか」

儀右衛門は思わずかっとなって、三之助をきめつける。

「いちおうてまえもそういってお引き止めしたのでございますが、いやご家老もお留守居役《るすいやく》も多忙であろうから、それには及ばぬ。当方はいうべきことはみんな耳に入れてしまっているのだから、あとでただよろしくと伝えておけばよいと、かように申されまして――」

「そのよろしくさえ、まだ取り次いでおらんではないか」

「はあ、堀川さまは深川の門番足軽とご用談中だとうかがいましたので、それがすんでからと控えていたのです」

三之助はなにをそうがみがみいう必要があるのだろうといいたげな顔つきである。

「儀右衛門、敬之助はもどったというのか」

こっちの声がわれにもなく高くなっていたので、早くも耳にはいったらしく、外記が顔を出して聞いた。廊下へ新三郎もきているようである。

「どうも気のきかぬ者どもで困ります」

あまり待たせすぎたのも事実なのだから、儀右衛門は苦笑するよりしようがない。

「それで、どうだ、客がもどっては今夜のことになにかさしさわりが出てくるのかな」

外記はそれを心配しているらしい。

「いや、そのほうは別にさしつかえないと思います」

敬之助がこっちのたくらみを見ぬいたから黙って帰ったとは、儀右衛門には思えない。

十七

「儀右衛門、ただちに深川へまいってくれるか」

外記がきげんをとるようにいう。

「まいりましょう。兵《へい》は神速《しんそく》を尊《たっと》ぶといいますからな」

きおいたっている儀右衛門も、むろんその気だった。

「これ、すぐにかごを一丁《ちょう》、玄関へまわすように申しつけなさい」

「はい、堀川さまが深川の下屋敷へまいられるのでございますな」

いま敬之助を黙ってかえしてしかられたばかりだから、宿直の鈴木は念を入れてきく。

「そうだ。早くしなさい」

「はっ」

鈴木はいそいで書院を出ていった。

「儀右衛門、必ずうまくやってまいれよ」

廊下にいた新三郎がつかつかとはいってきて、立ったままいいつける。

「心得ました」

儀右衛門の心はもう深川へ飛んでいるから、新三郎のそんな軽々しい態度もそう気にはならない。というより、

――どうせこのバカ様はお京の方だけが目あてなんだから。

と、はじめからけいべつしてかかっているのだ。

まもなく、かごのしたくのできたことを、鈴木が取り次いできた。

「たのむぞ、儀右衛門」

玄関まで送って出てきた外記が、もう一度念を押すようにいう。

「ご安心ください。誓って成功してみせます」

儀右衛門は晴れがましく胸をたたいてみせて、玄関式台に横づけになっているかごへ乗りこんだ。

——こうなると、おれのひとり舞台のようなものだな。けっして悪い気持ちではない。

供《とも》はちょうちん持ちの中間《ちゆうげん》とぞうり取り中間のふたりに、外記の計らいで特に徒士組《かちぐみ》の腕ききの士がふたりつけてあった。

「よいぞ」

儀右衛門がかごの中から声をかけると、かごはすぐにあがった。選ばれた徒士組の士ふたりは、外記に目礼してかごにしたがう。かごは正面の植え込みをまわって、表門のほうへ去っていった。

「じい、だいじょうぶだろうな」

ついたてのかげからかごを見送っていた新三郎が出てきて、外記と肩をならべた。

「こんどこそうまくいくでしょう。根岸のほうでも、今夜はまさかとゆだんしているでしょうからな」

外記は成算が持てるような気がした。

玄関先に立ってかごを見送っていた鈴木が、ふっと内玄関のほうを見て、びっくりしたように目をみはる。

「どうしたのか」

外記がいぶかしそうに聞いた。

返事のかわりに、そっちの物かげからすっと玄関前へ進み出てきた深編《ふかあ》み笠《がさ》の旅じたくの武士がひとりある。

「これ、そのほうは何者か、かぶり物をとりなさい、無礼な」

外記は妙にどきりとしながら、しかりつけるようにいう。

十八

「外記、久しぶりだな」

深編み笠をぬいだのは、意外にも礼三郎である。

「あっ、あなたさまは――」

外記はがくぜんとしながら目をみはった。

「いま儀右衛門がかごで出ていったようだが、深川へあとかたづけにまいったのか」

外記は急には返事ができない。

「ただのあとかたづけならよいが、なにかわけがあってのことなら、行ってみてさぞがっかりするだろう。浪人組はわしがすでに解散させている」

「礼三郎、きさまはどこからここへはいりこんできたのだ」

新三郎がたまりかねたようにわめきだす。

「新三郎さん、あなたこそ深川へ屋敷をもらって別家された人だ。だれにことわってこの上屋敷へはいられたのか」

「黙れッ、わしが浜松家をつぐのは一藩の希望によるところだ。そのほうごときいなか者の知ったことではない」

新三郎はいたけだかになってやりかえす。

「それはこれから公儀の裁断を待ってきまることだが、はたして浜松家はつぐべき家名が残るかどうか、辰の口《たつくち》へ出れば亡兄三河守の死因、わしがきょう手討ちにした鐘巻弥次郎、伊豆和四郎の罪状、ひいては南辻橋《みなみつじ》の伊賀守どの下屋敷を焼いて、お美禰《みね》の方《かた》さまを自害させた醜《みにく》い争いまで、残らず天下にさらすことになる。だからこそ、善処するようにと、敬之助をもってさきほどもすすめている」

「いうな。――切れ切れッ。者ども、このいなか者を無礼討ちにしろ」

新三郎が気ちがいじみた目を血走らせて怒号《どごう》したが、さすがにだれも声に応じて出てくる者はなかった。

外記でさえ黙念《もくねん》とそこへ頭をたれたきりである。

「うぬッ」

かっと逆上した新三郎は、いきなり手にしている刀を抜いて、玄関からはだしで飛びおり、礼三郎に切ってかかった。

「推参《すいさん》――」

ひらりと飛びのいた礼三郎は、空を切ってたわいもなく前のめりになる新三郎の肩先へ、

「えいっ」

あざやかな抜き打ちだった。むろん峰打ちだから、命に別条はないが、

「う、うっ」

新三郎は急所の激痛に、どっとそこへつんのめったまま気を失ってしまう。

「外記、まだ日はある。もう一度よく熟考してみよ」

礼三郎は静かにいって、刀を鞘《さや》におさめ、玄関先を離れた。

表門をかためて待っていたのは、敬之助をはじめ中屋敷の五人である。

礼三郎は敬之助を上屋敷へ立たせるとすぐ、深川の門番足軽に旨を含めて共に上屋敷へ向かい、門番足軽だけを玄関へやって、味方に表門をかためさせ、敬之助を呼び出してしまったのだ。

上屋敷の家来たちも、礼三郎が自身で乗りこんできたのでは、だれひとり手向かいをしようとする者はいない。一方からいえば、それだけ外記党の人望はすでに地におちていたのである。

十九

儀右衛門はその夜ついに上屋敷へはもどらなかった。そして、上屋敷の者が気がついて、そのお長屋をたずねてみると、家族の者たちもたいせつなものだけ持って、いつの間にかみんな姿を消していたという。

おなじ夜、外記は新三郎にはなんの罪もないことを書き残して、自宅で自決していた。

したがって、土居《どい》老中の手もとへ出されていた新三郎跡めの嘆願書《たんがんしょ》は、即日上屋敷の家来たちの手によって願いさげにされた。

これで辰の口の評定所《ひょうじょうしょ》での対決は自然消滅ということになったが、ともかくその裏にあれだけの騒動があったのだから、相当の処罰はまぬがれない。六万石《ごく》の家封が半知の三万石を削《けず》られ、新たに三万石で番町の正太郎の跡めを許されたのは、その夏もすぎてやがて江戸に秋風のたつころであった。

香取礼三郎はぜひ幼い当主正太郎の後見にと一藩から懇望《こんぼう》されたが、初志どおりこれはかたく辞退して一生浪人を誓《ちか》い、根岸の寮をそのまま信濃屋からゆずりうけて、世間体《せけんてい》はひそかにお京の方と改めて祝言《しゅうげん》の式をあげた。

浪人香取礼三郎の妻になったのだから、お京の方は奥方ではなく、香取のご新造《しんぞ》さまということになったわけである。

お吟は望みどおり豊吉を婿《むこ》にむかえて、船宿小湊屋をつぎ、仙蔵は浪人をすてて姉女房のお藤といっしょになり、なわのれん赤だこの亭主におさまった。

香取夫婦は当分世間をはばかってほとんど他出しないので、気軽なお吟がよく遊びにくる。

「だんなさま、お吟は来年そうそう赤ちゃんができるそうでございます」

ある日、そのお吟がかえったあとで、お京はそっと礼三郎に告げた。

「そうか、それはめでたいな。仙蔵のほうはどうなのだろう」

礼三郎がわらいながら聞いた。

「あちらはまだなので、お藤がくやしがっているそうです。ですからお吟が、あんまり仙蔵をかわいがりすぎるからでしょうとひやかしてやると、仙蔵がお藤のひいきをして、そうじゃない、お藤はのべつに店へ出て働いているから、冷えこむんだって、むきになって弁解するそうですの」

お京はなにかたのしそうである。

「すると、うちも少しわしがお京をかわいがりすぎるかな」

「そんなことございません。うちだって、お吟よりひと月ぐらいおくれますかしら」

おちついて答えながら、新妻《にいづま》のほおがほんのりと赤くなる。

「なんだ。うちもおめでたなのか。ふうむ、それはめでたい」

礼三郎の顔も思わずほころびてくる。

それからまもなくだった。いまは国もとへ帰って父又兵衛《またべえ》のあとをついでいる和泉敬之助から書状がとどいて、長くお京の方の中老をつとめていた浜野《はまの》をぜひ

妻にもらいうけたい、当人はすでに承知のはずだから、お口ぞえを願いたくといってきて、

「あれもたしか姉女房になるはずだが、敬之助はいつ浜野とそんな約束をしていたのかなあ」

と、礼三郎をびっくりさせたのだ。

コスミック・時代文庫

山手樹一郎傑作選

浪《ろう》人《にん》若《わか》殿《との》

【著 者】
山手《やまて》樹《き》一郎《いちろう》

【発行者】
杉原葉子

【発 行】
株式会社コスミック出版
〒154-0002 東京都世田谷区下馬 6-15-4
代表 TEL.03(5432)7081
営業 TEL.03(5432)7084
FAX.03(5432)7088
編集 TEL.03(5432)7086
FAX.03(5432)7090

【ホームページ】
http://www.cosmicpub.com/

【振替口座】
00110-8-611382

【印刷／製本】
中央精版印刷株式会社